全民阅读精品文库

当代中国最具实力中青年作家作品选

东紫中短篇小说选

红领巾

东 紫 著

中国言实出版社

图书在版编目（CIP）数据

　　红领巾：东紫中短篇小说选 / 东紫著 . -- 北京：
中国言实出版社 , 2016.9
　　ISBN 978-7-5171-2006-3

　　Ⅰ . ①红… Ⅱ . ①东… Ⅲ . ①中篇小说—小说集—中
国—当代②短篇小说—小说集—中国—当代 Ⅳ .
① I247.7

　　中国版本图书馆 CIP 数据核字 (2016) 第 229573 号

出 版 人：王昕朋
责任编辑：胡　明
文字编辑：张　丽
封面设计：水岸风创意文化

出版发行　中国言实出版社
　　　　地　址：北京市朝阳区北苑路 180 号加利大厦 5 号楼 105 室
　　　　邮　编：100101
　　　　编辑部：北京市海淀区北太平庄路甲 1 号
　　　　邮　编：100088
　　　　电　话：64924853（总编室）　64924716（发行部）
　　　　网　址：www.zgyscbs.cn
　　　　E-mail：zgyscbs@263.net
经　　销　新华书店
印　　刷　北京温林源印刷有限公司
版　　次　2016 年 10 月第 1 版　　2016 年 10 月第 1 次印刷
规　　格　710 毫米 ×1000 毫米　1/16　16 印张
字　　数　225 千字
定　　价　40.00 元　　ISBN 978-7-5171-2006-3

目录

北京来人了

1

　　李传正一大早就用看破铜烂铁的眼神看着在床上缩成一团的儿子李正确。看着，看着，他的眼神却逐渐柔软起来，尤其是当李正确的母亲姚素菊洗完脸端着半盆泛着肥皂沫的水从他眼前挤过去，走向公共水房的时候，他柔软的眼神随着她的后背走到门口，收回来，重新落到李正确的床上，声音也跟着软化了——正确，起床了，你妈给你打洗脸水去了，赶紧起了。他用拐杖轻轻蹭着右手虎口处发痒的疤痕，看看他唯一的儿子再看看窗外阴霾的天。

　　嗯。李正确用鼻子应了一声。李正确的鼻子随他母亲，细细的，长长的，白白的，瘦瘦的，平日里发出的声音本就单薄羞怯，此时，因为睡梦中体内的气息散淡不经，一声嗯就格外的懒散无力，传到李传正耳朵里就成了一根细细的银针，扎得他蹭痒痒的手停下来，手背上那英雄的有着藤蔓和花朵样子的疤痕立刻有了风中的姿态。但，一瞬间，风就止了，那藤蔓和花朵缠绕着的棕色枝干攀住了拐杖。咚！李正确的钢丝行军床和拐杖一起发出了男性的狂野的愤怒声响。

　　干什么？大清早的。李正确睁开细长的单眼皮皱着他稀疏的无精打采的眉毛不耐烦地看着父亲。他的不耐烦也是细长的无精打采的，蛛丝一样就把父亲恨铁不成钢的愤怒给缠绕捆绑住了。李正确涌到眼珠子上的力量，没有儿子力量的回顶，闪跌下来，软塌塌地落到唇上——干什么？你也不看看都几点了？我和你妈都洗刷完了，你还赖在床上。

李正确坐起身，翻开枕头拿起被压得板板正正的白衬领围到脖子上扣好，然后往身上套藏蓝色圆领毛衣。毛衣是姐姐李达莱上个月为他织的，反针做底，正针织结出麦穗，每个麦穗长约十公分，自下而上共有七八行。姐姐送毛衣给他那天捏着毛衣的两个肩说，看这麦穗织得怎么样，我同事都说好呢，八垄，一垄二十个，一百六十个麦穗，织得我手酸。李正确心里暖暖的，他嘿嘿着说，八垄，说的跟蹲在麦子地里似的。姐姐催促他穿上试试。他抬抬下巴说，留着我生日那天穿。李达莱知道这句话就是弟弟对毛衣的充分肯定——她的弟弟和别人不同——别人一年里最在意的日子是过年，李正确最在意的是生日。他从十七岁时就开始把生日过得在意而隆重。当然，那份在意和隆重都是他个人的——他会在头一天先理发再进澡堂彻彻底底地洗个澡，从澡堂子里回到家抱着脚丫子把指甲铰得紧挨着肉，然后换上最好的衣服，等待生日的到来。

2

李正确第一次给自己搞隆重生日仪式的时候他正读高二，一家人用吃惊的眼神看着他翻箱倒柜地折腾完毕后，姚素菊说，这是发哪门子神经？离过年还好几天呢。李正确说，过年有什么了不起的，过生日才是最重要的，因为这一天这个世界上才有了这个人。生日？姚素菊在心里算着日子——前天赶集买辞灶果，明天应该是小年了。姚的思绪一下子到了十七年前的腊月——她挺着大肚子牵着女儿达莱的手在铁路家属院门口等老家的表哥。表哥嘴里呼哧着白气，胳肢窝里夹了个包袱，一看见她们就掏口袋，摸出七八颗花生给女儿说，表舅给你带辞灶果了。女儿两只小手弯成小瓢接着，踮了脚尖举高了给她看。她看见女儿馋馋的眼神，赶紧剥开一粒塞进女儿嘴里。一股会飞的香气从女儿的嘴里窜出来，漫过一九六二年干冷饥饿的空气钻进她的鼻子里，她的肚子顿时疼起来，疼得她接不了表哥递过来的蓝底白花缀着黑补丁的包袱——里面是她的娘用自己的两个褂子大襟给外孙缝的棉袄。她对表哥说，这是个馋孩子，闻着香味就要出来了。

姚素菊酸楚地把思绪扯回到眼前，看着十七岁的儿子说，今天真是正确的生日啊，我煮长寿面去。她在李正确的床上放上面板，和了一团面，揉着。李传正催促儿子说，等你妈擀出面条来，人该饿瘪了，先喝碗粥垫垫。李正确摇摇头，直直地站在床头看着母亲把面团一下下擀成薄薄的盖顶大的圆，然后，把圆叠成半圆，把半圆再折叠三次，用刀切成筷子粗的条，像成排的粉笔画出的"111111111"，母亲切完，用手抓起那些"1"轻轻一抖索，"1"们就成了相互盘绕纠结的一堆……李正确面对着他热气腾腾的生日面，下筷子前深吸了口气，他用筷子挑起面条，把它们扯成长长的笔直的"1"，然后把吸进肚子里的冷气慢慢地放出来，把"1"们送进去。十七岁的装了一肚子"1"的李正确在一九七九年腊月的早晨坐在饭桌前挺直了身子，他想到自己应该活成个"1"，不弯不折，不歪不斜，独一无二，正正确确的。虽然常有人拿他的名字开玩笑，他自己却喜欢它看重它——因为他母亲曾不止一次地和他讲起过这个名字的来源——我生你姐的时候，你爹的脸阴了整整三天，三天后他给我下命令——下一个，无论如何也要给我生一个带把儿的！我李传正不能没儿子！等生了你，你爹乐得拿拐杖直捣地，一个劲地夸我——姚素菊你终于干了一件正确的事！这儿就叫正确！你生下来十天才睁眼，那十天里你爹天天趴床边上喊你——正确，睁开眼看看爹！我就坚持叫你狗狗，人家说名字越贱越好养活，你那拧爹最终还是给你起成了大名。

　　十七岁之后的李正确并不知道如何让自己活成个独一无二的"1"，他只得坚守着生日前对自己隆重而苛刻的清洗和修剪。坚守着吃"1"的仪式。大学落榜的李正确被分到光华百货楼布匹组当售货员，每天拿着一根一米长的姜黄色的木尺测量五颜六色的布，他在尺子上找准顾客需求的尺寸后，对准尺子上那道短短的"1"用剪刀在布上剪下另一个小小的"1"，然后双手扯住裂口使劲一撕，或清脆或暗哑的分裂声音就出来了。遇到厚实的或斜纹布时，就只得把布折出"1"来，用剪刀慢慢地顺着"1"剪出两个"1"来。清闲的时候，李正确就会想到自己的工作总是跟"1"打交道，而自己从十七岁立下的目标却越来越不可能了，他看着成群的或成个的顾客，知道自己和他们几乎没有任何区别了，他用那把姜黄色的上面密布了一百个"1"的尺子拍打着柜台上看起来像肥胖的"1"的布卷，心里泛出淡淡的失落。

一个个生日过过来。一场场苛刻的清洗和修剪被千篇一律地完成了。一碗碗相互纠结的面被扯拽成长长的"1"吞进体内。每年的生日李正确都觉得自己像一块被剪了小口的布，有说不清的两股力量扯着他发出撕裂的声音——撕裂霉湿的旧布的声音。李正确的精气神被这块每年撕扯一次的霉湿的旧布遮盖了起来，一直到1988年，李正确二十六岁。

1988年，奇怪而奇妙的一年——原本冷清的百货楼内突然人头攒动，原本只是见面点头的街坊邻居热情地拉扯住他和他东扯葫芦西扯瓢后都会拜托他帮忙买折叠椅、电视机、冰箱、彩电、大米、酱、油、醋、雪花呢，等等等等。为了报答他，他们频繁地给他介绍对象。李正确没有看上的。他觉得她们都缺点啥。8月8号这一天，李正确面前的柜台空了，身后的货架子空了，那些像肥胖的"1"的布卷在李正确熟练的撕扯中被变成方的长的，然后被折叠被带走了。带走的方式多种多样，最普遍的一种就是被妇女的胳肢窝夹走了。李正确看着空空如也的柜台，恍如梦中。他手里那把姜黄色的木尺无所事事了，他把它撩在柜台上。它发出清脆悦耳的声响。这声音是从未听过的。李正确抓起它再撂下去，力气大了些，尺子掉到了柜台外面的地上，他打开两片柜台之间的木板，推开下面的小门出来捡尺子。他看见了他！福尔摩斯！他在一本厚厚的书封皮上，他的头发是卷的，鼻头尖尖的，嘴唇薄薄的，眼神利利的。他的腮帮子上有半个无法辨出男女的鞋印，V字花型，很像是解放鞋的。李正确把书和尺子捡起来，擦了擦福尔摩斯腮帮子上的鞋印，回到柜台里读起来。只一刻钟的功夫，李正确的心里就起了贪念——说什么也不能失去这本书！世间竟有这样的书！世间竟有这样的人！李正确觉得心里有几个活泼的泡泡在上蹿下跳，蹿的啥跳的啥他一时搞不明白，但他怕丢了它的人回来寻它——卖了八年布没贪过一厘米的李正确把书藏到了纸箱子底下。

一直到下班，都没有人来找书。李正确把书带回家，在父亲如雷的呼噜里读了一个通宵。天亮的时候，他完全为福尔摩斯所折服。李正确心里的霉湿和失落以及空缺全部消失了——他知道了，终于知道了自己从十七岁就立志活成个"1"的才能和办法就是要像福尔摩斯一样。只有像他一样。只有他才是他所景仰的钦佩的，不由自主要模仿的。其实，后半夜的时候，李正确就不再是单纯的读者了，他更像是福尔摩斯笨拙好学的学生，他在读到福尔摩斯智慧破谜前就合上书，看着封面上的福尔摩斯，在心里向他说出自己的猜测，然后再打开书看下去。他第一次也是唯一一次比父亲早起了，他洗漱完毕，端端正正地坐到自己床对面的椅子上，回想头天下午的景象——他觉得在他有生之年能够见到的四个扭着麻花排列在一起的"8"是为了显示这个日子的神奇，那抢购的人群其实就是为了给他的福尔摩斯打扫出出场地，以备他神秘地降临！他的老师！他的朋友！他的快乐！他的即将帮助他体现智慧的神！

很快，李正确就把《福尔摩斯探案全集》熟记在心，但依然百读不厌。他不但四处寻找关于福尔摩斯的书籍和录像带，还定了一本名叫《啄木鸟》的杂志，那上面常常刊登一些破案的小说。李正确用福尔摩斯的眼神看着他生活了近三十年的城市，看着那些他闭着眼都能走的大街小巷，那些在他身后出现只听咳嗽声或笑声就能确定身份的街坊邻居。李正确期待着能有考验他智慧的事情发生。遗憾的是，在他们家属院里能够发生的事都是小偷小盗小奸小坏——张三家晒在窗台上的运动鞋丢了，李四家在垃圾楼旁边圈出的那块小菜园里的茄子被人摘走了，王麻子家的两只鸡莫名其妙地死了，澡堂子的玻璃被打碎了……这些都不值得尤其是不适合李正确出面，姚素菊严厉禁止李正确对事件进行猜测——都是邻里邻居，不许你充能！李正确就乖顺地点头应着，但所有的答案他都了然于胸。他在日记里仔细记录着事件和自己的推测——一九八八年十二月五日，张三家的运动鞋案——公厕左边楼三楼走廊公用水管对面那家的老阿姨嫌疑最大，半个月以前她的孙子哭闹着跟他要白色旅游鞋，老阿姨搞不清什么是旅游鞋，正巧张三家儿子骑车经过，她孙子手指着张三儿子的脚说，就是那样的。老阿姨的眼一直跟着张三儿子的背影……一九八九年六月四号，李四家丢失茄子一案——一个经常穿越小区的男人，看工作服应该是车辆段的，此人五十露头，面呈酱色，双眼皮，眼角下拉，下唇略厚，走路有点前探腰，常背着一个深蓝色布袋子，走路喜欢东张西望，捡拾废铁之类，至少我遇见三次他站在李四家小菜园边，其中一次伸手进栅栏缝里撸掉一个刚刚红了尖的西红柿，看见我他赶紧低头走过，故意抬起手抚弄头发，恰恰向我展示了他作案的证据——食指上有明显的西红柿叶子的绿色痕迹……

到一九九二年，李正确三十岁生日前夕，李正确遇到的能够挑战他智慧的事只有三件。一件发生在一九九一年初，也是唯一给李正确带来快感和成就感的一件——他们单位里新购进的八台平面直角21寸遥控彩电被盗案。李正确几乎没费什么气力就发现了警察也没发现的线索。虽然，他把功劳让给了保卫科长，但侦破的快乐和荣誉一直圈养在他的心里。

另外的两件，一件是铁路家属院临街的那栋楼里有租住的女人被人砍死了，李正确曾试图去参与侦探，无奈被警察严厉地呵斥了，他只得打消了念头。另一件是李正确的伤心事——去年秋，保卫科长把他老婆表姨家的闺女介绍给了李正确，两个人倒也对眼，李正确认认真真地谈起恋爱来。一年后，李正确动了结婚的念头，但也就在这时他观察到女孩子看他的眼神里有了一丝躲闪和慌乱，尽管那仅仅是偶尔出现的。他和福尔摩斯一样都坚信任何情况的偶然背后都埋伏着至关重要的必然。李正确只用了两次跟踪就弄清了——另外一个男人的存在。李正确再三思考后决定放手，他直截了当地对女孩子说——我知道你另有人了，也知道你爱他，只是你自己觉得已经和我好了就不能接受他了，你的理智和感情撕扯着你，快两个月了。女孩子又惊又呆又痴又傻地哭着，求着，发誓再也不见那个人了。李正确说，你爱他，我都看见了，你自己看不见吗？李正确在女孩的道歉声里扬手做了个再见的动作，用福尔摩斯的姿势跳过地上的一个水坑，走了。走了两站路后，他发现自己的脸上湿漉漉的，浅咖啡色的外套胸前有好几个深棕色的点子。他拿手绢擦擦脸和衣服，心里纷纷扬扬的都是女友在那男人面前的神情——瞬间的惊喜之后是躲闪和克制。李正确看见了那惊喜是爆发式的，从她的眼睛里放射到整张脸，而之后的躲闪克制则是牵拽式的，好似她体内有个小钩子不允许她那样欢喜快乐，一下一下地拽她，拽得她的眉毛一下一下动个不停。李正确知道自己就是她心里的那把小钩子。李正确流着泪走回家，倒在床上蒙头装睡。李传正看不得他低头耷拉角的样子，用拐杖砰砰地捣地。姚素菊用手用眼扯着丈夫即将爆发的愤怒。晚上，李正确在父母鼾声里翻身的时候把枕边的福尔摩斯全集碰掉了，他听着书掉落的声音突然有了自救的安慰——毕竟，毕竟你是用自己的智慧破解了一份爱情的背叛，阻止了一个悲剧婚姻的形成。

3

李正确在父母的注视下，慢慢地穿好衣服，到脸盆架前站住，从墙上长约三十厘米的镜子里看新毛衣的效果。镜子旁边挂着日历。日历是李正确单位里发的，纸张很软，365个日子被一个四五厘米长的铜色订书钉死死地把着。大多数人家都采取每过一天撕掉一张的办法——到年底的时候，只剩一坨相互挤压的纸屑。李正确不喜欢那种日子被一天天撕掉的感觉，他在日历上方的墙上又钉了个铁钉子，用一截绿色的尼龙绳拴了个军绿色的铁夹子，每过一天就用铁夹子夹住一页拽起来——这样，一年结束了，把铁夹子一松，365个日子就又翻翻翘翘地聚合在一起。上过扫盲班的姚素菊拿了旧的日历当家庭账本，写写画画，新的一年就附着了上来。其实，最近这两年李正确的单位还发电影女明星的挂历，但是，李传正怕李正确天天看那些俊美的姑娘把眼眶子看高了，影响找对象的标准，就都自作主张地送人了。

镜子里雪白的衬领在李正确苍白的脸和藏蓝色毛衣之间起到了双重作用——既打破了藏蓝的沉闷，又调和了他过白的肤色在深色服饰下的衬比，李正确满意地拂了拂额前的头发，然后把日历掀上去夹住。出现在一家三口眼睛里的数字是大红色的，李正确的心情被跳跃的红感染得活泼了些，他吹起了口哨——只要你过得比我好，过得比我好，什么事都难不倒，一直到老……李传正嘟囔说——星期天啊。姚素菊看眼日历上的阴历日期说，我给正确煮生日面去。

李正确家是这层楼上唯一一家有固定厨房的。因为楼是那种只有一面房子的筒子楼，楼梯和厕所在楼的两端遥对着脸儿。李正确家紧挨着楼梯，这样，最里面的一间房和楼梯的墙壁间就有了个将近两平方米的空间，李达莱结婚的那年，她丈夫张建立就让全楼的人见识了建筑工人的智慧——用木板和三合板加上几根铁条就造出了一间厨房——有门有窗。其他人家都是锅灶摆在走廊上，不但平日里锅里炒的啥剩的啥一楼的人都知道，遇到下雨下雪的时候还要往屋子里搬。姚素菊很快用葱花炸锅，煮了一锅面条。等李正确把床铺和自己收拾利索，李传正已经坐在抽屉桌——兼职餐桌的边上催促了。照例是李正确坐在自己的床头上，姚素菊坐在对面，李传正面北坐着。李正确把面条挑起来扯直了用嘴吹着热气，白色的热气漫过父亲的白发上升到墙壁上的玻璃相框上，在上面凝结成水雾，使李传正在北京天安门前自豪的笑容模糊了起来。李正确吃完面条说，我去一趟温慧明家。

温慧明是李正确最知心的朋友，外号"秀才"，原是铁路建筑段的一个木工，因为文章写得好被调到宣传科了，他答应借自己进口的相机给李正确。他也是李正确此次计划的赞同者。在李正确刚萌生出去北京的念头时，他就加以肯定和鼓励。

温慧明把相机递给李正确说——你早该去北京了，我保管你到了北京一定会有心灵上的震撼，就只跟你说这么一点吧——升国旗经常从电视里看吧，不陌生吧，但是就这最熟悉的画面都让你激动不已，你想啊——那音乐从四面八方涌过来，把你围住，你就站在那音乐的海洋里，看着国旗班的战士们威武整齐地从天安门里出来，这么嚓嚓嚓地迈着正步来到你面前，把那红旗，伴随着太阳伴随着国歌徐徐升起，那份庄严感、自豪感、责任感和使命感就会从你的心里一股脑地跑出来，你会不由自主地仰望着她，放声歌唱——起来，不愿做奴隶的人们，把我们的血肉筑成我们新的长城！

李正确不转眼珠地看着温慧明，心里随他一起哼唱。温慧明突然停下来说，不多说了，你自己去感受吧。他嘱咐李正确——不要担心胶卷，我给你放了三个在侧面的兜里，多拍些照片回来给老爷子看看，难得去一次，回来我包冲洗。李正确笑着拍拍温慧明的肩膀——温慧明是知道他的心的，也知道他父亲的心。秀才么，秀才不出门便知天下事。温慧明从口袋里掏出火车票和剩余的零钱交给李正确说——出了北京站往左一拐就是卖票的地方，先把回来的票买了，年关了，票紧张得很，你到那里是早晨五点一刻，估计你买完票顶多五点四十左右，然后你坐地铁到天安门看升旗，时间很从容，冬天的升旗时间都在六点二十左右，其他的你就看时间安排吧。温慧明又找了纸笔详细地画了北京站的地形图，讲解了通过地铁去天安门的路线和从天安门去圆明园、颐和园、长城的公交车次。

李正确怕父母反对他去北京，就在温慧明家磨蹭到下午才回家。李正确把早已准备好的包从床底下拿出来，把相机挂在胸前对父母说——爸，妈，我去趟北京。姚素菊一听就急了——这孩子，怎么大腊月的往外跑？不行，不行，都年根底了。李正确说——我就去一天，明天夜里我就回来了，我都三十岁了还没去过北京，像话吗？李正确说完，提起包就要走。姚素菊一把扯住他，向李传正求援——他爸，你说话呀！

李传正的眼从听见儿子说要去北京的一瞬间就盯在了相框里的北京天安门上——那时，他正是儿子现在的年纪，他的胸前佩戴着大红花，他的身上手上和脖子上以及左脸颊布满了美国鬼子留下的疤痕——一种永远摘不掉的英雄之花，他短缺了一截的右腿支撑在国旗下的台阶上，他的头顶处是伟大领袖毛主席慈祥的脸，他在心里对毛主席对国旗对全国人民说——我是您的儿子！我一辈子都热爱您！

李传正用拐杖把自己撑起来，他走到李正确跟前。姚素菊松了手说——我的话你不听你爸的话总该听吧。李传正低头看着他一直引以为憾的儿子说——该去！早该去！男人哪能不去北京啊？去吧，去！

最后一个去字，李传正说得激动了，他那攀爬着英雄花朵的手指不由地做了一个勇往直前的动作。姚素菊妥协了，附和着说，去吧，去吧，去散散心也好。

李正确知道母亲的意思，他不愿意别人把他的北京之行看成是狭隘的失恋散心，就对父亲说——我去了，我，去替你看看北京，也替我自己看看北京，这男人的事，我妈不懂。李传正呵呵一笑说，你妈就知道烧火做饭。姚素菊不服气地说，瞧不起我这烧火做饭的呀，就是毛主席他也得一天三顿饭，一顿不吃他也饿得慌。李正确笑着从母亲的肩头望向相框，他要仔细看清父亲当年站立的位置，他要在同样的位置照一张照片回来给父亲看。镜框里的北京天安门是被李达莱五年前拿到照相馆里翻拍放大了的，人工上了色——李传正的脸颊和毛主席的脸颊上都泛着淡淡的胭脂红。李传正觉得这点不属于男人的红使得他和他的毛主席和他的北京天安门都有些陌生了，倒是胸前被还原了颜色的大红花真就有了当年的风采。李正确很早就想替父亲拍一张彩色的天安门，只是他内心里固执地认为——去北京是要有资格的。他从去年破获了彩电被盗一案之后，才觉得自己有了一丝丝站在北京天安门前的资格了。少年的时候，在父亲对那张照片的一次次讲述中，他给自己设立的资格是——成为父亲一样的战斗英雄！高中的时候，他调整了这个资格的标准。

4

两个多月以来，李正确一直被三十而立这句古话锯着，磨着。这一天，虽然不能过得问心无愧但也要把它过得有意义。一个星期前，在和温慧明聊天的时候，他找到了度过三十岁生日的最佳方案——去北京。

三十岁的李正确向北京出发了，他知道身后的栏杆上他风烛残年的父母正看着他的背影，他挺了挺瘦小的脊梁。等李正确的背影看不见了，姚素菊和李传正回到屋里，她继续唠叨说——这大过年的，大冷的天，去什么北京啊，让人担心。李传正坐到扶手椅上，把拐杖拿到胸前撑着身子说——你就是管他太多了，这男孩子是不能娇生惯养的，男人是要打天下的，是要经历风雨的，哪能养得跟个大闺女似的。姚素菊凭借三十年的经验知道话再说下去，两口子非吵起来不可，她改变话题问，想吃点啥？李传正说，炒个小炒，我和你喝两盅。姚素菊说，大夫不是不让你喝酒吗？李传正说，就两盅。

姚素菊炒了一盘芹菜炒肉，一盘葱炒鸡蛋，另把用滚水焯过的准备过年拌凉菜的胡萝卜丝用蒜泥拌了一盘端上来。李传正已经在两个白瓷的酒盅里倒满了老白干，等姚素菊坐下，他说，来，咱俩喝一盅。姚素菊说，我不喝，你又不是不知道我不会喝。李传正端了自己的酒盅碰碰姚素菊的说，不会喝也喝一盅。姚素菊端起来抿了一下说，这不过年不过节的喝的哪门子酒啊。李传正一仰脖子喝干了，笑而不语。姚素菊突然发现原来在墙上的相框倚墙立在桌子上。她仰头看着墙上的钉子说，松了？怎么掉下来了？她伸手去拿，想挂回原处。李传正把她的手挡回去说，我拿下来擦擦灰。他给自己满上酒，看着镜框里的照片，红了眼睛说——37年了啊，那时候哪想到今天啊。姚素菊看眼丈夫，不咸不淡地说，今天不挺好的嘛。李传正隔着玻璃抚摸着照片说——今天好啊，今天好啊。他突然觉得自己独享今天的小炒和老白干是愧对那些牺牲的战友的，他端起酒轻轻地撒在地上。姚素菊看着水泥地上弯弯曲曲的酒渍说，等正确回来就赶紧让他回老家给他干爸上坟吧，别总是等到年根儿，不好坐车。李传正有些不满地说，都二十年的老习惯了，干吗半道上改呢。姚素菊说，你的规矩就是多，你也不翻翻自己的心看看，那些规矩里到底有没有一条是疼儿子的？再怎么着他也是你儿子，是你的种你的骨血。姚素菊的抗议是有根有据的，从李正确四五岁起李传正就时常指责姚素菊——看看你给我生的这份子儿！——李正确身上没有一点李传正的影子，他像是母亲的翻版，白皙瘦弱、敏感羞涩，在外面受了欺负从不知道还手，只会跑回家抱着妈妈的大腿嘤嘤而泣。随着李正确的成长，李传正对儿子的不满越来越大——浑身的骨头没一块像男子汉大丈夫的，大小伙子竟然连个呼噜都不会打，睡起觉来，蜷成一团跟只猫似的。他的不满大多只忍心洒向老婆，他把那句——你看看你给我生的这份子儿，挂在嘴上。只有他自己知道正因为这份不满让他格外心疼儿子。只有他自己知道他的心疼都是用不满的方式表达出来的。

李正确的干爸是李正确出生前十年牺牲在朝鲜战场的李柱子，和李传正同村同姓，一起参军一起打小日本，一起打蒋匪，一起去朝鲜打美国鬼子，两个人抗日的时候就说好了——不管谁活下去，生的儿子都是两个人共同的儿子。李传正眼看着他被美国鬼子炸成了碎片，有一片肉带着火焰落在他右手的虎口处，让他痛痒至今。战争胜利后，李传正把李柱子的遗物带回家乡，埋到了他们当年相约参加队伍的岭上。

我就这么一份子儿，咋着翻我这心里都是疼他的。李传正给自己斟满酒说。姚素菊浅浅一笑说，虎毒不食子嘛，我知道你疼他，可你得疼对地方呀，今年就让正确提前回去给干爸上坟吧，去年儿子回来的时候等了五个小时才坐上车。李传正说，你又不是不知道老家当儿子的都是年三十给爹上坟，男子汉冻冻能咋着？姚素菊说，犟驴。李传正瞪她一眼说，你娘们儿家懂啥？姚素菊说，天天嫌我给你生的儿子不好，你自己咋不说说我儿子的好呢，现在这年头连亲爹老子的坟都不上的不多的是吗，就咱们正确一回不落地去给干爸上坟呢，就那么一堆黄土，你说叫干爸，儿子就叫干爸，你说每年过年要回去给你干爸上坟添土，儿子就年年不落地去，冷冷寒寒的，我啊，我要是死了我就不让儿子给我上坟，我宁愿在阴间吃不上喝不上，我也不会折腾儿子。李传正长叹一声说——我也没咋嫌儿子呀，就觉得他应该，啊，那个，更爷们儿一点，其他的我说啥了吗？儿子是好儿子这我知道，不言不语的但心里有数，还是知道做人要有做人的样子，当儿子要有当儿子的规矩的，知道我又病又残地出不了门，知道我这心里惦念啥呢，唉，你说，这个点火车该到哪里了？姚素菊说，我咋知道啊，我又没去过北京，赶紧把你那酒盅子给我。李传正不理睬她，任凭她收走了酒瓶和盅子，他拿袖子再擦擦镜框上的玻璃，沉浸到自己的回忆里。姚素菊盛了粥放到他面前，从他手里把相框抽出来说，别看了，儿子明天就给你带回新的来了，我今天下午买豆腐的时候碰见大老王了，他让我给你带话。李传正问，他说啥了？姚素菊说，还是那些话，说现在这政策越来越不公平了，说你打淮海的时候俘虏的那个国民党军官都是离休的待遇呢，就你们这一帮子老革命倒还是退休的待遇，说正月一上班就组织人员上访去，让你务必参加一下，露露脸就行。李传正用他蜷缩的手指端起碗喝了口大米粥说，哎，中国这么大，这么多人，北京哪能事事都一碗水端平呀，再说了，人家是俘虏不错，可人家有文化，新中国成立后给国家做的贡献比我大，我就一废人，这手握个拐棍还凑合，握笔就不行了，看了几十年的仓库，哪能跟人家当了几十年工程师的比，咱不能给国家添乱。姚素菊不甘心地说，那手握不了笔不也是为国家才残废的嘛，这退休和离休的待遇差老鼻子钱呢。李传正砰地放下碗说，我不去也不许你去，更不许你出去乱说，一点为党为国家考虑的觉悟也没有，要是比的话咋不和那些死在战场上的人比啊，今天能坐在这里吃着小炒喝着大米稀饭是多少人用命换来的啊？他们得到了什么？他们多少人连个名都没留下来啊，我李传正活下来了，我已经比他们幸运多了，逢年过节组织上来看咱，敲锣打鼓地慰问咱，还不够吗？还想咋着啊？姚素菊看李传正真动了怒就软软地说——我没想咋着呀，不就是闲聊天嘛，我哪能不知足呢，我又不是没过过从前的日子，我听你的，不给党和国家添麻烦。

5

　　李正确一踏上火车，他的大脑立马就兴奋了起来。车厢里人满为患，拥挤不堪，男女老少，神态各异。他想起电影《东方快车谋杀案》，想起他的导师福尔摩斯的话——我的头脑讨厌停滞状态，给我问题，给我最深的密码，最复杂的分析，我才最在状态。他找到座位把包放到行李架上，隔着防寒服拽了拽里面相机的带子，确定它坚固无疑后才坐下身，观察起乘客来，根据他们的言行和穿着行李分析着他们的身份、出行的动机和相互间的关系，并试图从他们的面孔上透视到他们的历史。他知道这是非常有难度的，不是一两年的功夫就能练成的，但他坚信——世上无难事，只要肯登攀！他相信福尔摩斯能达到的他一定也能够达到。

夜深了，乘客们不管坐着的还是挤在过道里的都有了倦意，很多人发出了鼾声。李正确知道此刻正是作案的好时机，隐藏在他恹恹神情下的大脑格外警醒起来。车停了，有七八个人肩背手提地下车了，李正确用手指擦擦窗玻璃上的哈气，看着外面的站台。车开了，他把注意力集中到过道口，读解新上车的人——这是一个与众不同的老者。李正确快速地在大脑里收集此人身上散射出的信息，分析他与众不同的具体来源。过道里已经相对宽松了一点，老者没费多大的劲就挤到了李正确的斜对面，他看了眼拥挤的行李架，把手里的包放到地上，用脚从坐着的乘客腿底下塞到座位下，他把手里的票放到那位乘客眼前说，对不起您了，这是我的座位。那个屁股还没有坐热的三十多岁的男子乖顺地站起身回到过道他原来的位置上。李正确看着老者知道了他是一个自信的人（一般人看到座位上有人都会先去看自己的车票），一个很有涵养的人，是一个做事认真的人——从他冻得通红的鼻子可以看出他已早早地等在站台上。老者坐下去，用手按了一下棉服的口袋，他的身子一直，眼珠快速地左右转动了两下。李正确的心和脑子里有东西腾地弹跳而起——问题来了！

他站起身，一步跨过邻座的腿站到老者的面前低声问——你确定它在兜里面的时间是什么时候？老者把眼神定在他的脸上说，刚刚，上车的时候钱包还在。李正确再问——确定？老者说，百分百。李正确听后把目光迅速地朝车厢门口扫描过去。他嘱咐老者说，你就站在这里不要让任何人过去。老者点点头，站到过道上，伸开胳膊抓着两边的座位靠背。李正确向老者进来的方向走去，四五米之外就是列车服务员的小屋子，他走进去低语了几句。李正确走回老者身边等着。老者低声问，你是便衣？李正确笑着摇摇头。一会儿，广播响了起来——10到15号车厢的服务员请注意，请把守好各自的车厢门口，禁止旅客穿越车厢，也请这几节车厢的旅客同志们配合一下，待在自己的位置上不要来回走动。车厢里一下子热闹起来，疲劳困顿的人们顿时来了精神，相互打听，听到有人被偷了，都摸捏自己的口袋，有的把行李架上的包裹拽了下来抱在怀里。李正确站在老者身后看着他们，片刻后，他对老者说咱们可以往下一节车厢了。到了11号车厢，李正确让第一排的乘客让了个座位，他在老者耳朵边上说你一定听我的。老者点点头。李正确拽着老者站到座位上大声说——同志们，同志们，麻烦大家配合一下都朝过脸来，因为这位老人家和贼是打过照面的他记住了贼的样子，大家都朝这看，让他辨认一下。人们纷纷朝他们看过来。李正确大声对老者说，仔细看，每一张脸都看仔细，有吗，没有我们去下一节车厢。人们纷纷侧了身子给他俩让道。两名乘警从后面朝他们赶来——你们俩是谁被偷了？老者说，我。乘警说，来，说一下具体情况。李正确拽着老者的衣服对乘警说，等一会儿再做笔录，让我们看完下几个车厢。乘警看他语气带着不由分说的劲头只得让他俩继续。

来到12号车厢，李正确刚刚站上座位就看见厕所门口一双慌张的眼睛朝他匆匆一瞥就躲到了水池的隔板后面。李正确快速朝水池走去，边走边说，这里没有我们去13号了。走到水池处，有三个人挤在那里，李正确揪住浓眉大眼说——我就不信你能逃了我的法眼。两个乘警上来帮忙，把他的胳膊别成烧鸡式。李正确拍了拍他的口袋，从裤兜里掏出一个钱包给老者看。老者惊喜地说，就是，就是。其中一个乘警把钱包抓到手里打开，问老者里面有多少钱和其他东西。——核对后，乘警把钱包还给老者。两边车厢里的人早已挤了过来，有人拍起了巴掌，清脆的掌声仿如千头鞭炮的第一鸣，声声相接，相传。

李正确的眼圈热起来，在他三十年的生命里第一次有了掌声！这和圈养在自己心里的掌声多么不同——它是这么响亮、这么动听！他在掌声中朝自己的座位走去，如同英雄凯旋。他觉得自己周身的肌肉都舒展开去，它们使得他的身体宽大直溜了很多，他觉得自己原本干瘪的胸膛上鼓起了健美的肌肉。

回到车厢，李正确的屁股刚挨到座位就被突然闪现的念头惊出一身冷汗来——万一推算不灵，抓不住小偷怎么办？！那丑可就出大发了！他怎么跟老者交代，怎么跟警察解释？怎么样才能走回这个座位？怎么样才能在人们的眼皮底下熬过剩下的时间？当他站在父亲曾骄傲站立的地方时，他该怎么样面对毛主席？！他万分侥幸地揣起手来，扭头看向车窗，在心里默默感念他的福尔摩斯，感念那个没跑出他的推算、没让他失败的笨贼和这辆喘着粗气的绿皮火车共同给予了他至高的荣光和快乐，给了他看望北京、看望天安门、看望毛主席的礼物！转念，他又想起了父亲——爸知道我今天这事会咋着？肯定比去年那彩电那事更让他惊讶——今天这可是真抓实干啊！去年那事，从来不夸我的爸就一连说了多少个——看不出你这臭小子还真行啊！你还真行啊！一遍又一遍，直到妈开玩笑说——你爸要再说下去，该给你改名叫李真行了。

　　老者笑眯眯地和李正确对面的人换了座位，拍拍李正确的胳膊朝他竖起大拇指——小伙子你破案是这个。李正确赶紧浅浅一笑。老者说，你在哪里工作啊？留个姓名吧。李正确迟疑着说，这不是我的习惯。老者愣一下然后点点头说，我知道你们便衣都有很多规矩的，这也是必要的自我保护，但你怎么分析的可以讲给我听听吧。周围的乘客也怂恿说，说说吧，警察，让我们也长长见识。李正确笑下说，其实也没什么，就是要仔细观察，你上车前我从车窗里看见你是最后一个，你之后就没有人上下车了，你说你进车厢时钱包还在，而且你走过来之前是没人往9号方向去的，所以我断定小偷作案的位置是从这个座位到车厢门口，作案后的行迹是往11号车厢那边去了，根据时间和车厢的拥挤程度我断定他最远走四五节车厢，再就是利用心理战，说你记住了小偷的样子，小偷看见咱们肯定眼神要慌，要躲闪，剩下的就很简单了。周围的人鼓起掌来。李正确站起身很男人很江湖地朝大家抱了抱拳。待他坐下，老者问，去北京公干？李正确摇摇头。老者笑笑说，不方便说？我的意思是你到北京如果不影响工作的话，我做东，表示一下感谢。李正确说，不客气，我时间很紧张。李正确看看老者和周围仰慕的眼神，突然就有了说一说父亲的冲动，他清下嗓子对老者说，其实我是替我父亲去看看北京的，我父亲1943年十六岁就参加革命了，他先是参加了抗日战争，后来又参加了国内战争和抗美援朝，身上到现在还有三块弹片没取出来，在朝鲜战场上他大半个身子被烧伤，断了一条腿，他这辈子就是在1955年冬天他们部队开庆功大会组织他们去过一次北京，

北京来人了　⑮

在天安门照了张照片，一直珍藏着，他对北京、对天安门感情很深，他身体不好，我就替他来看看，当然，我自己也想来，以前没来过，三十了，觉得怎么着也该来一趟。老者点点头说，好小伙啊，你的意思我很明白，你来看北京的心态很纯净，我觉得应该这么说，你是带着朝圣的心态来的，对不对？

朝圣。李正确思考着这两个字，对老者笑笑。

老者说，我和你父亲年龄相当，你父亲对北京的情感我是理解的，北京啊，她是我们的信仰之都，就是从来没有到过北京的人他也会挂念着北京，挂念着天安门，挂念着那些领导我们翻身做新中国主人的领袖们。

嗯，您说得很对，我父亲说他当年站在天安门前眼泪一个劲地流，他照相的时候专门让摄影师把毛主席的像对准他的头顶，他在心里对毛主席说——主席，您的儿子牺牲了，但我活着回来了，我向您保证——从今往后，我就是您的儿子，永远听您的话，永远跟您走！李正确嘴还没闭上，就传来了哧哧的笑声。老者和李正确一起扭头找发笑的人，那人赶紧坐回座位，低了头。老者说，我没有参加过战争，我一直都生活在学校里，可我和你父亲他们的情感都是一样的，1976年主席去世，我们那感觉真就是失去了父亲啊……孩子，好好替你父亲看看北京，回去好好给他讲讲北京的变化，他身体允许的话再带他来一趟。李正确说，是，是。这时，广播里传来甜美的声音——旅客同志们，虽然现在是凌晨，虽然我们的广播可能会打扰您的休息，但为了表达我们对10号车厢一位见义勇为的旅客的敬意和感谢，现在播放《便衣警察》的主题歌，希望大家能够谅解，也请旅客同志们看管好自己的行李物品，不给犯罪分子可乘之机。

歌声响起——几度风雨几度春秋，风霜雪雨搏激流，历尽苦难痴心不改，少年壮志不言愁，为了母亲的微笑，为了大地的丰收……有稀稀拉拉的掌声传来，李正确朝人们笑笑，借机中断了和老者的谈话，闭上眼睛假装休息。他觉得不再跟任何人交谈是今夜最完美的结尾——他怕在交谈中暴露了自己售货员的身份——他希望自己留给人们的是一个便衣的形象，他看见两个二十岁左右的小伙子看他的眼神里充满了对警察的敬仰。他自己也是敬仰他们的，《便衣警察》的电视剧他在家里看了一遍，去录像厅看了两遍。

车到站的时候，李正确生怕老者再邀请他，故意挤到前面先下了车，在站台的柱子后站了几分钟，把自己混进从其他车厢出来的人流中，慢慢悠悠地走，等到了出站口他已经是最末尾了。

6

李正确走出出站口，站定了，双手抓着黑色人造革的提包，看着父亲的北京！看着自己的北京！尽管北京凌晨的空气看起来是淡黑色的，有着他从未体验过的清冷和锐利，尽管夜色中的北京和他小时候获知的北京形象（北京光灿灿的一片，太阳从天安门上升起来，散发着万道光芒——这个形象一直顽固地在他脑海里）完全不同，他还是不由地闭上眼睛深吸口气，在心里高喊——北京，我来了！北京，我来了！北京，我李正确终于见到您了！

李正确在心里和北京打了招呼，看看左边排队买票的队伍，他决定先熟悉一下广场的环境——这也是福尔摩斯教给他的常识。广场上除了黑乎乎的人影外并没有什么招引眼目的东西，李正确把目光看向远处，有几间房子在斜对面并有昏黄微弱的光散出来，他快步走过去。近了，才知道那就是赫赫有名的地铁，李正确顺着那因为通往地下而显得格外神秘的台阶跑下去，买了地铁票，伸头看看正停靠的地铁重回地上。熟悉完环境，他按照温慧明的建议去排队买票。

刚挨近人群，一个头戴黑色线帽子围着黑色脖套双手揣在袖子里的高个男人在他身边一蹭，说了句什么。李正确没有听清，想回问的时候却不见了人，就在他左右张望的时候，男人幽灵一样又出现在他的左侧——还是一句含糊的话，李正确这次好像听到了票字，因为男人说得匆忙神秘，李正确就被他的这股劲儿感染了，不由地也用了同样的语气反问——啥？啥票？男人像特务接头时试探暗号一样，发现对方不是要找的人就闪身而过。李正确张望起来，他惊讶地发现淡黑色的空气里有很多雷同的人——衣服都是黑的，都戴着帽子围着脖套，白气从遮掩着他们鼻子的脖套里跑出来，使得那仅露的眼睛有了面纱一样的遮挡。李正确走到一个稍微短一点的队伍后排上，眼睛依旧找寻着那个人。他还是第一次遭遇这样的情况——这让他既紧张又兴奋。当他转过身到背后找寻那个神秘身影时，他看见了四个从身架上看应该是中青年的男人，李正确本能地感觉到这四个人是对着他来的！他迅速低下眼睛侧转了身子，警惕着背后的动静。

最危险最神秘的密码出现了！一定要冷静！好在这是在大庭广众之下，只要不激怒他们应该一时半会儿不会出现危险。李正确告诫着自己。约莫过了七八分钟的样子，感觉空气里的黑色淡了些，李正确装作不经意地扭头朝后看去，这一次他看清了距离他最近的那个人的眼神——电视里黑帮的——凶恶、挑衅而嬉亵。李正确想到最大的可能就是火车上的贼是有同伙的，先出来找到了自己的组织——来报复他了！刚才那个含含糊糊在身边说话的人是近距离确认他面貌的人！李正确的后面已经有两个人排着队，根据他们散淡默然的眼神他知道这两个人不是他们的同伙。紧挨着他的人块头比他大一些，李正确缩了身子跟他说——同志，我去趟厕所，一会儿我再回来，要是别人说我插队你帮忙说句话。那人说，好说。李正确瞅见他右侧有四个提着行李的人朝地铁口走去，等他们走到跟前，他闪身加入，脚步抬抬落落都是按照身边人的频率——这样，那人就成了他的一个移动掩体。

到了地铁口，李正确迅速地跑下去，正巧赶上即将开动的列车。李正确趴在玻璃门上看见有两个穿黑衣的人朝他跑来，看见列车启动，其中一个懊恼地跺了下脚，朝后面摆手。李正确猜测后面肯定还有两个。地铁像一个神秘的伙伴，载着李正确在黑暗里嗖嗖穿越。李正确顾不得体会钻天入地的新奇，警觉地观察着车厢里的人，待地铁门一开，他像受惊的兔子一样飞跑到地面，刻意到马路对面的公交站登上开来的第一辆车，坐了一站后又下来接着登上后面的公交——这次，他仔细观察了车厢里的人后，确保自己已经成功地摆脱了跟踪。他下了公交车找到地铁口，坐上回北京站的地铁——他觉得即使福尔摩斯在旁边看着他，也会对他反跟踪的能力感到满意了。出了北京站地铁口，李正确看见空气已经是灰色的了，他看看手表——差5分6点，他赶紧跑到他先前排的队那里，那个答应帮他说话的男人却不见了，李正确只得回到队尾重新排队。这时，先前那个神秘人又出现了，他依然是蹭着李正确的左胳膊走过，依然用含混的神秘语气说了一句什么。李正确警觉起来，四处一看，不禁倒吸一口冷气——他以为早已甩掉的那四个人还在他背后，只是这次他们的位置稍稍远了些——有一个叼了烟卷，有一个把脚踩在花坛上，另两个抱胳膊站着。

李正确对自己的判断产生了怀疑——或许他们不是对着自己来的？但有一点他是非常肯定的——他们的身份——确定无疑是黑社会的。李正确想——如果我往别的地方走他们不跟踪的话那就不是针对我的。他装作若无其事的样子朝着地铁方向走去，他看见那里出现了一个报摊，卖报的人正忙着把报纸杂志往地上摆。他走过去，悄声问卖报人——北京的治安怎么样？卖报人说——这怎么说呢，哪里都有好人哪里也都有坏人，对吧？李正确说，我从一出站就发现有四个人盯着我，那样子很像黑社会的。卖报人抬头看着他说——黑社会的？李正确看他的神色里也有了恐慌。李正确点点头说——就在西南方向，两个叉腿站着一个稍息着一个脚踩着花坛，你看见了没？卖报人匆匆一瞥说，正朝这看呢。李正确说，平时这周围有巡逻的警察吗？卖报人说，那怎么也得等八点吧？或许他们是盯上你手里的包了。

我手里的包？李正确看着自己的包不知道它怎么会惹上黑社会。卖报人提醒他说，说不定他们以为你带着什么值钱的东西呢。李正确轻轻舒口气说——你说的有道理。他告别卖报人朝回走去——他要向他们展示他的包里除了一件棉坎肩和洗刷用具之外没有任何可令他们盯梢的东西。他有些懊恼地想到自己思考问题有些一根筋了——被火车上的盗窃案牵了鼻子——怎么就没想到其他的可能呢？——卖报人说得对，问题可能就在这个包上，也许他们的仇家或来和他们秘密交易的人就提着我这样的包！

李正确回到先前排的队尾，把包放到地上拉开拉链，装着翻找东西，然后站起身来往旁边走了几步踮起脚假装看卖票的窗口——他用此招告诉他们——我没有什么值得你们盯梢的东西。踮了一会儿脚，他想到或许他们还会怀疑他鼓鼓囊囊的身体——他拉开防寒服的拉链，装作看风景一样原地转了一圈。清冷的空气穿过李达莱织的麦穗钻进他的身体，一个喷嚏猝不及防地窜了出来，他慌忙用手去遮挡。一手心的唾沫和清鼻涕水。他蹲下身用那只干净的手从包里翻找卫生纸，从眼角观察那几双脚的动静。

一双脚动了！

其他的脚也动了！

它们朝他的方向来了！

地铁！

李正确的两条腿还未能完成一个起跑动作就被一股来自后面的力量推倒在地，他还没来得及擦的口鼻重重地摔到地上，紧接着后背上落满了手脚。有人别着他的胳膊有人揪着他的头发把他拽了起来——他想观察一下周围有无能帮他逃脱的人或物，可是他的脸被揪得只能看见天。天已经亮了。有人扯下他的防寒服捂到他的脸上，防寒服腈纶的里料像只冷漠光滑的手一拂而过。猛的，他的脸朝向了地，有人扯起他的毛衣罩到他脸上，他瘦弱的身子只剩一层秋衣了，寒冷立马就把他穿了个透。裤腰松了，慌得他赶紧并腿。裤子并没有掉下去，它只滑落到大胯就停了，他母亲在他黑毛裤腰上穿的红白相间的松紧带很乡土地露了出来。他的手被他的腰带死死地勒住了。有人拖着他走，他才意识到应该争辩应该呼救——放开我，你们抓错人了，我不是你们要找的人！救救我啊！……有人狠狠地踹了一下他的尾巴骨，一股钻心的疼痛让他的喉咙里的气流溃散了。他从这一脚上明白了他们对他的仇恨——他们大有置他于死地的恶念。他对自己说——冷静！冷静！注意观察！注意分析！

李达莱织的麦穗，行行斜向的麦粒和麦秆的连接处都有个因减针而出现的洞眼，李正确透过它们看见地上还有没化的残雪，看见他的鼻血滴到雪上，看见他左侧那双脚穿着系带皮鞋，右侧的是松紧口带舌头的，他根据他俩踩出的鞋印深浅知道左侧的比右侧的重很多，他还看见有很多只鞋子或匆忙或停留或退让，李正确知道那都不是他们的同伙，他再次喊起来——我是被冤枉的，你们抓错人了，哪个好心人赶紧帮我报警啊，帮帮我啊！

让你乱喊！李正确的屁股发出了胆怯的声响，李正确双腿一软跪了下去，两边立马有两股力量扯起他拖拉着，他塞在毛裤松紧带底下的秋衣被扯出来了，露出了苍白扁瘪的肚皮。李正确觉得这样的自己很像条死狗，就努力想让自己的双脚重新踩住地面——他的脚一蹬地，就有脚踹他屁股一下。几次后，李正确只得放弃了。李正确死狗一样被人拖了长长的一截路，这当中他感觉是朝右拐了一个弯的，然后他被架进一辆车里。没听见任何的话语，车就启动了——李正确由此知道他们是训练有素且准备充分的。他的头被按到腿上，他这才发现温慧明的照相机没了，鞋子也没了，脚面上有蓝色菱形图案的白袜子已经又湿又黑了，脚指头针扎一样，双腿抖个不停。他告诫自己必须忽略肉体产生的不适感，要调动起自己所有的毅力和辨别事物的能力，他相信只要自己能活着回去，就一定能凭借自己的智慧找到他们！端掉他们的老窝！为民除害！为北京的平安贡献自己的力量！

7

李正确在左摇右晃左转右拐的车里牢记着自己的感觉，同时默数着数。数到313的时候车停了下来，有人把李正确按着头拽下车。一个粗哑的声音说，这小子一看就是欠收拾的主儿，还想玩伎俩，到那，先教训一下。有人解开他的手，有人架着他走到一间屋子前——他从毛衣麦穗上的洞眼里看见了门槛，他看见地上的一切都很清楚了——他知道天已经大亮了，他的心里生出了一点希望——天大亮了就离警察上班的时间不远了，那卖报的人会不会好心地报警呢？

腿刚一跨过门槛，他的身体就被巨大的力量踹向前，一瞬间他觉得这股力量把他身体里的东西撞零散了，它们要穿透他的前胸飞射出去了，就在它们钻痛他的瞬间，前面一股力量拦截上来，它们又往后飞去。如此几个来回后，它们带着李正确的躯壳倒在地上——立马，他的躯体是好几双皮鞋嬉戏的球了。李正确对此并不陌生，他从港台片里看过很多次，他也知道这样的情况下最要紧的就是保护头——头要是坏了他就没有了找他们报仇雪恨的智慧了！

李正确被拖到了一间有桌有椅的屋子里，毛衣已经从他的头上滑下去了，胸腔里的剧烈疼痛和恐惧让他无法睁开眼睛，他蜷缩在地上，不敢出声，生怕再招来殴打。

叫什么名？

李正确。

什么？说清楚点！

李正确。

嗨，还理正确呢，你正确，难道我们错误了？你这样的我们见多了，尾巴一翘就知道你拉啥屎！系带的皮鞋踢过来。

说，到底叫啥？

李正确想起父亲的北京，想起自己差一点就朝圣到的北京，用电视里好汉的语气说——你们就是打死我我也叫李正确！

哪几个字？

姓李的李，正确的正确。

哈哈，叫正确为啥干错误的事？老实交代偷了多少？

偷？！李正确想——果真就是火车上的盗窃案引发的。他说，我没偷，我真没偷。

还不老实！又一脚踢上来。没偷，你以为你说没偷你就没偷了，我们都看见了，还敢抵赖！让你逞能！让你逞能！

李正确彻底明白了——火车上的贼不但是有同伙的，还是有门派的，是一个有组织的盗窃黑帮。他眯缝着眼看看门外，地上已经有了耀眼的光斑，他想他们不可能在光天化日下杀害他，杀人的事大多都在晚上，无论如何要给自己争取这一白天。

说，你到底偷了多少？在黑皮鞋抬起的瞬间，李正确恐慌地闭了眼睛缩了身子——我说，我说。

李正确想到自己只有五十元钱，为了避免他们以为他说谎，就回答说，五十。话音刚落，就有一双手掀开他的毛衣，发现里面没有口袋快速地下移到裤子口袋里，摸出钱来——正好五十。

李正确听见有人松了口气。李正确也跟着松了口气，一直惊惧不堪的身体刚有些松展时，黑皮鞋又踢过来了，李正确重新绷紧自己。让他意外的是——黑皮鞋踢的力度大大降低了——说，还偷了什么？

还，还偷了照相机。

还偷了什么？

没了。

没了？说，还干过什么坏事？

李正确想他们就是想让我自己主动服软，他说，我真不是故意找你们茬的，我以后再也不敢在你们面前逞能了。

说具体点。

我保证，保证不抓小偷了，我全当看不见，我保证。

什么乱七八糟的，他妈的，还敢耍老子！一只皮鞋踩到他的脸上，和话语里的恼恨不同的是，这只脚没有力量，它轻轻地踹着他干瘪的腮帮子——信不信，我踩死你跟踩死只蚂蚁一样，信——不——信？想玩啊，老子能玩死你，信不信？话语和皮鞋一样轻浮了，一样戏谑了。李正确脖子后面一直绷紧的那股力气顿时四散而逃。

啊，啊，啊，啊——求求你们饶了我吧，我再也不敢了，求求你们饶了我吧，我再也不敢了，再也不敢了，再也不敢了。

哈哈，这还差不多，再想想还干过什么？

李正确努力地想起来——五年前，他和同事宋伟姬、洪波，还有他高中同学张刚一起传看过《少女的心》，前年夏天张刚带他去他的一个朋友家学习过贴面舞，面颊和身体磨蹭了没几下，他下边就硬了，吓得他挣脱了舞伴就跑了——我发誓我就跳了那一回。

从包里翻出一个工作证。有人说。还真叫李正确，咋起这么怪的名。

皮鞋离开了他的腮帮子。房间里安静下来。李正确闭眼听着动静。有粗粗的呼吸声。他仔细辨认着，有自己的，还有就是那个穿系带皮鞋的，一个胖子，能把残雪踩出深坑的胖猪！

先关起来。

李正确被拖回先前挨揍的那间屋子。有人把他的手别到身后依旧用他的腰带捆上。李正确哀告说，轻点，轻点，我都这样了，你们就是不捆，我也逃不了。

哪来这么多废话，找揍呀？我告诉你，老老实实给我待着，你要是敢瞎折腾就有你好看的。

等他们出去，李正确才聚拢精神睁开眼，这是一间空空荡荡的大屋子，窗子上都挂着厚厚的窗帘，从缝隙中透进来的光线看，没有阳光温暖的颜色，只是阴冷的一道亮，李正确断定它不是间向阳的房子。不管怎样，李正确已经成功地为自己获得了一些时间，他在心里祈祷——那个卖报人或者那众多的曾看见他被抓的人群里能有人和他一样，善于观察善于分析，能看穿他们假装便衣的把戏，能够追寻着血迹把警察带过来解救他。

李正确蜷缩在水泥地上，身体里尖锐的疼痛和彻骨的寒冷把每一分钟都扯成了煎熬，恶心无力，牙齿发着嘚嘚的声响。他知道这样下去，不用他们动刀动枪他就会被冻死，他咬牙往墙根那个模糊的可能是暖气的地方挪动。苍天助我！——李正确依在温热的暖气片上，心里又多了一丝希望。

等待着。等待着。

李正确的希望一丝一丝地小下去。

窗缝里的亮光消失了。

天黑了。李正确爆发出无法控制的绝望的嚎哭。

哭累了，他听到窗子外面有人说话——

什么时候行动？

后半夜吧。

他们要害死我！要害死我！我不能就这么死！不能！绝对不能！李正确决定救自己！他想到应该先把手弄开，想起自己的腰带是最流行的带卡扣的皮带，只要摸到卡扣就能松开。他祷告着——伟大的福尔摩斯，无所不能的福尔摩斯啊，请你帮帮我，一定帮帮我！

皮带松开了，手自由了，李正确用双手支撑着爬到门口——那门结实得晃不出任何声音。

爬到窗户前，忍着疼痛站起来，摸到的是一根根晃不出任何声音的拇指粗的铁棍。李正确知道自己在劫难逃了。没有了逃离的希望，反倒冷静下来——他想到唯一能做到的就是给警察给亲人留下他冤死的信号。这信号要躲过他们的眼睛，要隐秘，要持久，就是他的肉身腐烂了烧化了也消失不了！他把腰带的卡扣掰下来塞进嘴里，试探了几次都无法咽下，只惹得一阵阵干呕，他习惯性地往兜里掏手绢。他的手指摸到了硬币。

两枚硬币！

李正确干呕着把它们咽了下去。

应该尽量多留一些线索！他想到了早晨滴到地上的鼻血。他拽下自己的白衬领，狠劲揉搓了几下鼻子，一会儿就有血虫子爬到了唇上。李正确展开衬领，手蘸着鲜血在背面写下——我冤枉！写完，他把衬领再套回到毛衣里面。

做完这些，李正确决定利用剩下的时间回想自己的一生。从父亲给母亲下命令——下次无论如何也要给我生个带把儿的，我李传正不能没有儿子！从父亲趴在床头一遍遍喊他——正确，睁眼看看爹！开始——开始想。他第一次明白人真正地想是把经过的事重新经一遍，鲜鲜活活的就在眼前——五岁的他，被小朋友故意撞到，一圈人围着他喊——疤痢脸他儿！鸡爪手他儿！瘸子他儿！独腿他儿！鬼他儿！他哭着跑回家，还没等说出原因，父亲的拐杖就响起来。他哭着躲在妈妈的屁股后从妈妈的腿缝里第一次仔细认真而恐慌地看父亲的疤痢脸、鸡爪手和独腿。父亲先是朝他喊——是我李传正的儿就不许掉半个眼泪渣子！他的眼泪不是半个半个的，是河水一样的，他悄悄地把它们蹭在妈妈的裤子上，却怎么也蹭不干净。父亲的话重复了三遍后，他的眼泪还是跟小河里的水一样，父亲抬起拐杖一下把他从母亲的身后戳到地上——起来！是我李传正的儿子就不许趴在地上！他从地上爬起来的时候，意识到眼泪止住了，连半个眼泪渣子都没有了，他终于敢让父亲看他的眼了。就在他想告诉父亲——我没流眼泪，半个眼泪渣子也没流的时候，他看见父亲朝母亲举起了拐杖——看看你给我生的这份子儿！看看他这点出息！直到母亲哭着给他换裤子的时候，他才知道他的眼泪并没有真的不流了，眼泪也害怕爸爸，它们不敢从眼里流出来，它们从他的小鸡鸡里悄悄地流到裤子上了……从那天起，他再也不敢也不愿靠近他疤痢脸、鸡爪手、独腿的动不动就把地捣得咚咚响的鬼父亲。直到他上小学三年级——那天，他是多么自豪！多么骄傲！多么光荣！那天，学校请来讲革命故事的战斗英雄竟然是他的父亲！他和同学们在父亲的讲述里都流泪了，他的眼泪流得又跟小河的水一样了，还有他的鼻涕也流得跟河水一样了，可是他第一次没有低头掩饰它们，他坐得笔直坚挺，把脸仰得高高的。那天，放学的时候，他在同学们羡慕的眼光里胆怯而自豪地抓起了父亲鸡爪子一样的手，搀扶着他回家。那天，父亲第一次给他讲了天安门那张照片的故事。那天，母亲在做饭的时候，边烧火边给他讲了他出生的故事。那天，他下决心向父亲学习！他告诉自己要做个让父亲喜欢满意的儿子……但是，他总做不到，就像他总管不住他的鼻涕和眼泪一样。就连最简单的也不行——他努力吃饭，渴盼着自己能长得和父亲一样高大——但他总是一吃多了就肚子疼就拉稀发烧，他也想像其他同学一样下河洗澡，在大雨里跑——父亲喜欢那样的，可他实在是害怕水蛭，一看见它们叮在人身上他就眼前发黑，胸口里翻腾，他一在雨里跑就会喷嚏咳嗽得肺炎……这样的时候，父亲就埋怨母亲——看看你给我生的这份子儿！……后来，后来父亲的埋怨少了很多——因为长大的他明白了自己的无能，认可了自己的无能，应该是父亲也明白了认可了。他只做他能做到的——给干爸当儿子！他知道自己有个未曾见面的干爸知道爸和干爸曾经的约定时，他才明白了父亲当年给母亲下的命令才明白了父亲为什么说他不能没有儿子！他认认真真地给干爸当着儿子——每年除夕回老家给干爸添土上坟，给干爸讲干爸看不见的享受不到的生活，有时他也讲爸讲妈讲达莱讲他自己。他给干爸讲自己的时候光讲好的能让干爸高兴的——他不想让两个爸都因他而失望。去年除夕，他给干爸讲的就是他在单位里侦破彩电被盗的事——他把自己怎么通过观察在单位门口一块缺了水泥的地上发现了两道短短的平行的车辙和几个小小的窝坑，怎么综合平日里和门卫大爷聊天获得他起夜的信息后推定了作案的时间和工具，怎么在等候公安问询的人群里发现了电气组的老康面色憔悴还紧张——吸烟姿势都变了，原来两个指头夹着那天是捏着，怎样故意在老康面前说八台彩电排好了一三轮车就能拉走试探老康的反应——他捏烟的手指头都抖了，怎样乔装改扮跟踪老康发现他让一个吹着迎风招展式刘海的女人到状元街藏三轮车，怎么装作问路看清了那三轮车胎的花纹，怎样恍悟那女人的高跟鞋锥子把儿一样的尖跟就是地上那些个窝坑的来源，怎么样把这些信息报告给保卫科长，保卫科长提着什么牌子的酒当天深夜去家里求他都一一讲给干爸——干爸，奖金三百块呢，这酒就是用奖金买的，不过这露脸的机会我让给了保卫科长，达莱不赞成我这么干，她说我是怕保卫科长，其实我就是想人家那么大的男人都跟你张嘴了，哪好意思拒绝呢，再说了我师傅福尔摩斯就说过——我办案不求名声，工作本身，发挥我特殊能力的快乐才是最高奖励！达莱女人家理解不了，干爸，我爸为这事夸了我，一连说了半晚上——看不出来这臭小子还真行呢！说得都快絮叨了。干爸——我本打算过几天给你讲北京的，我知道干爸你也没到过北京，干爸你知道吗，我不但是为我自己来的北京，我还是为我爸为你来的，我借了相机，打算拍彩色的照片给我爸和你看……李正确朝干爸哭诉着，突然他听见了父亲用拐杖敲击出的话——只有他们父子俩才能明白的密电码——

李正确，别哭了！我知道我李传正的儿子是永远不会为非作歹的！爸相信你！到了阴间找到你干爸，好好伺候他！李正确一字一点头地把父亲的叮咛牢记在心……

8

门，被打开了。

李正确恍惚中觉得有人架着他的腋窝，有声音在喊他——李正确你醒醒，李正确你醒醒！

李正确睁开眼睛看见了保卫科长和经理，他知道自己的灵魂已经找见了亲人——他哭着申辩说——我是冤死的！我是冤死的！求你们给我伸张正义啊！我肚子里有两枚硬币就是我冤死的证据……

李正确你醒醒啊，你没死，你还活着，你活着！他烧得太厉害了，去，看看能不能搞两片阿司匹林来。经理的声音。

保卫科长说，我兜里就有，我也正感冒呢。

经理说，找点水给他喂下去。经理拽起他，让他靠在自己的肩膀上。李正确的防寒服和包他已经找了回来，他把防寒服给他穿上，又把包塞到他的屁股底下隔寒。李正确死死地看着经理说——我如果没死的话，怎么可能逃脱黑社会的看管跑回来？

李正确啊，你真是糊涂了，你没回去，是我和保卫科长来了，定定神，一会儿我们就带你回家啊。经理的眼圈红了。

李正确欣喜地嗫嚅着——我没死?！我没死?！我真的没死吗?！

没死，绝对没死！你在我手下干了十几年，你见我撒过谎扯过皮吗？

我没死！李正确喜极而泣。经理用手不停地划拉着他的后背，试图帮助他哭得顺畅一些。

保卫科长端了半杯温水回来了，他把两片阿司匹林塞进李正确的嘴里。李正确看看保卫科长，他突然想到——一定是保卫科长破获了他李正确失踪一案——保卫科长一定是偷偷地向福尔摩斯学习了！李正确咽下药片，朝保卫科长笑笑——你能破得了北京黑社会这样的大案子，你比我厉害，我李正确服！

保卫科长莫名其妙地看看经理。经理说，哎呀，可怜啊，糊涂了。

李正确不服气地说，说啥呀，你们是糊弄不了我的，如果案子没破的话，你们怎么能进入黑社会的老窝里来救我？你们看看他们戒备森严的样子。李正确说着指了指窗户上的钢筋。

保卫科长指指自己的脑袋对经理说，他不会是这里被打坏了吧？

经理说，你俩都别乱说了，千万别再惹出乱子来，万一不让咱走就麻烦了。经理说完，把李正确的身子扶到保卫科长的肩膀上，他倒换了一下蹲在地上的两条腿，让自己和李正确脸对脸，压低声音郑重地告诉他——李正确，从现在开始你一定要听我的话，能做到吧？

李正确点点头。

经理说，不要再说话，尤其是黑社会之类的话，千万不要说了！

李正确警觉地看看门口低声问，黑社会还没全被消灭吗？

经理皱着眉头说，你看看，又乱说，你不是答应我不乱说的吗？

李正确不好意思地垂下眼皮。

经理说，根本就没有什么黑社会，这里是北京的派出所。看见李正确张大了嘴，他用中指敲敲李正确的膝盖说，派出所，警察，懂吧？根本没什么黑社会，你一口一个黑社会，万一被人家警察听到了，人家会怎么想？我可告诉你，你可是我亲自签字画押做了担保的，我向他们保证你是个好同志，以后绝对不会做出危害他人危害社会的事来才被允许放你的，你一定要配合，咱们才能顺利地回家。

派出所？！警察？！李正确稀疏的眉毛和细长的眼睛被疑虑扭结得歪七扭八。

不！不！不！你骗我！不会是警察干的！警察怎么可能和黑社会一样？！你想骗我，但你骗不了我！你知道我李正确最擅长的是什么吧？就是破案啊，咱们单位电视机被盗一案就是我李正确侦破的！你不信啊，你不信你问他！李正确手指着保卫科长，眼睛观察着经理——你们想骗我，你们和黑社会有关系？你们是为他们遮掩罪行的，对吧？！

李正确！保卫科长怒吼一声。李正确，你别把经理的好心当驴肝肺！经理说的句句是真，不管你信不信，这都是事实！根本没有什么黑社会，那都是你自己胡思乱想出来的，咱们一会儿出门的时候你就能看见门口的牌子，你就能看见他们的警服警徽了。

警察啊——警察啊——警察啊——我不相信，我不相信，你们是骗我的，你们是骗我的，警察怎么会无缘无故地把我揍个半死？警察抓人都是用手铐的……李正确像个孩子一样嚎啕大哭，试图为他的警察辩解。

经理和保卫科长架着他往外走，才发现李正确光着脚。李正确你的鞋呢？经理和保卫科长四下里看了看，没看见他的鞋子。保卫科长说，我去问问。经理说，你块头大，你背着他，我去问，看他这样子也走不成个儿。保卫科长蹲下身，经理把嚎啕大哭的李正确扶到他背上。三个人一起来到办公室。经理问，警察同志，他的鞋在这里吗？

警察同志看看保卫科长背上闭目抽泣的李正确又四下瞅了瞅，然后从墙角落里提了一双塑料拖鞋扔到保卫科长面前说，五块钱。经理掏出自己的钱包，付了钱，提了拖鞋往外走。

三个人走出派出所的大门，经理拍拍李正确，命令他——不许哭了！李正确你睁开眼看看派出所的牌子！

不！不！不！我不看，我不看！李正确死闭着眼。

保卫科长对经理说，别勉强他了，不想看就算了吧。

经理斩钉截铁地说，不行！必须让他看，不能让他老在自己的幻想里，老在里面不就成神经病了么！

保卫科长赞同经理的意见，他把李正确放到地上，劝慰说，兄弟，你要理解经理的良苦用心啊，你是我眼里的福尔摩斯啊，你应该能想到这个问题啊——如果你不自己亲眼看看，你肯定就不会相信，你回去就还是按照自己幻想的说，兄弟啊，那样的话是没有人相信的，你想想别人会怎么看你啊？你好歹睁开眼看看，或许，或许是我和经理看错了呢。

李正确睁开了眼。

派出所。二十多个搭建在一起的墨黑的拇指粗的笔画，像被踢飞了的刀枪棍棒一样戳到李正确的眼珠子上。李正确一个趔趄，他在心里建筑了许多年的高楼大厦轰然倒塌了。他再次闭上了眼。这次，他安静了。

经理把手里的拖鞋撂到地上，保卫科长扶着木头人一样的李正确，把拖鞋套到他的脚上，扶他进了经理的轿车——李正确，经理可是一接到电话就来接你了，我们跑了将近十一个小时才赶过来，我在百货公司干了快二十年了，还是第一次见有人能让经理用小轿车接呢。经理在副驾驶上坐稳后说，李正确啊，我们在电话里也不好多问人家，又不知道你的具体情况怕直接跟你父母说惊吓着老人，所以来的时候也没和他们打招呼，刚才我给单位里打了个电话，让他们去你家说了，好让老人有个思想准备。听不见李正确的回应，经理对司机说，走了，看这天会有大雪，别给窝在北京了。

走了半天，李正确听见司机说，出北京了。李正确睁开了眼，看见雪成团地飘落着，大如纸钱，李正确的眼泪又跑出来——老天是看见过他的冤屈的，是看见他死过的！李正确抽动鼻子的声音打断了经理和保卫科长的闲聊。保卫科长说，兄弟啊，别哭了，男子汉大丈夫别搞得跟个娘们似的。经理叹口气说，让他哭吧，李正确我跟你说，在车上哭够了回到家就算了，别让你爹娘那么大年纪了再伤心。

嗯。李正确单薄瘦弱的鼻子发出了粗混的响声。

9

李传正自从儿子去了北京，他衰老了的心脏又年轻起来，仿佛真就回到了三十七年前。这两天，他总是把自己支撑在拐杖上，哼着那些曾经让他热血沸腾的歌——背起那个行装，扛起那个枪，雄壮的那个队伍浩浩荡荡，同志们呀你要问我们哪里去呀，我们要到祖国最需要的地方……

百货公司办公室的小郑来的时候，他正腿上盖着破旧的军大衣哼唱着——有一个道理不用讲，战士就该上战场，是虎就该山中走，是龙就该闹海洋！小郑趴在他家门玻璃上喊——李大爷，我是百货公司的小郑。李传正止了歌唱说，来来来，坐坐坐，你找正确啊，他去北京了，你去过北京吗？哎呀，年轻人呐哪能不去北京啊，我跟你说啊，这去了北京的人和不去北京的人会不一样的，去了，你就一辈子把她放这里记挂着。李传正用他伤残的手指拍着胸口。姚素菊听见动静从里屋走了出来，一看见小郑脸上的表情就警觉地问——是正确让你来的吗？他怎么了？他说昨晚回来我等了他一夜呢。小郑说，大娘你别着急，没什么事可能就是摔了一跤，今晚就能回来了，让先跟你们说一声。李传正听了，握紧了他的拐杖，又心疼又生气地敲着地说——这个不争气的东西，平日里就坐没坐相站没站相，到北京了他还不站稳当点儿。

小郑说，大爷你别生气，也别着急，我们经理和保卫科长从昨天晚上就开车去接他了。

什么？李传正和姚素菊都知道事情严重了。李传正用拐杖把自己撑起来——我到走廊上等他去。小郑说，大爷，下着雪呢，你这身体。姚素菊说，小郑啊，麻烦你到建筑公司家属院给门卫留个话，让我家李达莱回来。小郑领命而去。姚素菊拿了凳子和大衣来到走廊上。

两个老人默默无语地等待着。纷纷扬扬的雪片被风吹过栏杆，落在他们的头上身上。

每一个过往的人在楼下就看到了他们的异常，从他们身后走过的时候就没了往日的欢快，都悄着手脚并试试探探地问——怎么大冷的天坐外面啊？姚素菊嗯嗯两声，算作回答，眼睛却依然盯着路口。李达莱骑着自行车出现了，隔远看见爹娘披雪坐着就失声哭了，匆匆地跑上楼来——这是咋了？正确到底咋了？爸妈你们去屋里呀，我在这里看着。姚素菊说，听达莱的，屋里吧，你要是病倒了，不是给我们娘俩添乱吗？李传正站起身来让姚素菊扶回屋里。

李达莱一看见保卫科长背着李正确她就呜咽了，在她的记忆里除了小的时候弟弟肚子疼让妈这样背着他，她还从没见他这样过——正确你咋了？正确你这是咋了？

李正确面色苍白，昏昏沉沉地说，姐，我疼。

李传正和姚素菊已从屋子里出来了，好几个邻居也跑了出来。人们把李正确放到他的床上。保卫科长和经理劝退了邻居们——没事，没事，就是不太舒服，让他睡一觉，让他睡一觉就好了。

李正确真就睡起觉来。只是他的觉睡得再也不像只安静的猫了，他的觉再也不能睡得让李传正恨铁不成钢了。他的鼻息也不再散淡不经。他不再是他们安静乖顺的儿子和弟弟，他像只独自陷入了狼群的羊一样绝望着。挣扎着。哀嚎着。

我是冤枉的！我是冤枉的！别打我了，别打我了，救救我啊，救救我啊！啊，啊，啊，啊——谁能救救我啊——

姚素菊和李达莱用热毛巾擦着他梦魇里的汗珠，肝肠寸断。姚素菊流着泪说，达莱，别出声啊，别让你弟弟听了更害怕呀。娘俩哆嗦着嘴唇不敢发出悲声，生怕加剧了他梦里的恐惧和绝望。李传正不忍看妻儿，他只得坐到他平日里吃饭的凳子上，看着墙上相框里的北京，一遍遍在心里问——北京啊北京，你到底把我的儿子咋了？！

10

李正确睡了两夜一天。这当中除了被李达莱喊起来喂过几次小米汤和退烧药外，他都在狼群里。即使被扶起身，嘴里虽然咽着水或米汤，眼睛和神情依然是梦里的。李达莱害怕了，想把弟弟送医院又怕神经不好的名声传了出去影响弟弟以后找对象。和爹娘商量后，李达莱把一个在医院工作的朋友请到家里。朋友断定李正确只是受了过度惊吓，内脏器官没有明显的损伤症状——应该不会有生命危险，继续观察，等他醒来，最好到医院全面检查。

李正确终于清醒过来了。他四下看看，看见爹娘和姐姐守在跟前，又把眼睛闭上。李传正问他发生了什么事情？他扭头不语。姚素菊问，他也扭头不语。李达莱问，他还是扭头不语。李传正急了，用他盛开着英雄之花的手抓着拐杖捣起来。

砰！砰！砰！

李正确在父亲的愤怒里投降了，他想想说，叫姐夫来，我告诉姐夫。

李达莱把张建立叫了来，把父母扶到了邻居邹婶家，自己悄悄回来贴着门缝听弟弟对张建立的诉说……

听到后来，李达莱跑进去抱着弟弟放声大哭——正确啊，怎么会这样呀？咱们谁也没得罪啊，咱们什么法也没犯呀，怎么能这样折磨咱呀？张建立扯扯妻子的胳膊小声责备说，达莱，说这些不是让正确更难过么，这样的时候，我们就应该往好处劝往好处想呀。李达莱松开弟弟，走到一边擦泪，张建立劝李正确说，事情到了这一步，我们虽然冤屈，但好在不是落到真的黑社会手里，要是落到那帮人手里，别说回家来，就是尸首也没处找啊。李达莱跟着点头。

李正确看着他俩，沉默许久说——你们不懂我心里的感受，其实我倒是希望真的是落在黑社会手里。

李正确的经历让姚素菊昏厥了。让李传正惊呆了。心碎了。愤怒了。祥林嫂了。他用浊泪纵横的老眼瞅着相框里的北京，用他伤残的手指抓着拐杖一次次一遍遍捣着地板——怎么会这样？怎么会这样？你怎么能这样对待我的孩子啊？你怎么能这样对待我的孩子啊？！

一家人哭了半天，张建立看李正确不时地避开父母的眼睛龇牙咧嘴，就和李达莱商量带着李正确去医院检查身体。检查报告显示：左侧第四第五肋骨骨折，右侧第五肋骨骨折，左手腕骨裂，右脚踝韧带撕裂，身体多处软组织受伤。庆幸的是所有的骨折都是闭合性的，没有造成骨茬刺穿内脏的悲剧。检查结果让一家子再次抱头痛哭。李正确抓着自己的病例突然暴躁起来——他呵斥为他痛哭流涕的亲人——别烦我！别叫我！别叫我！

三整天过去了，谁也不能把李正确从暴躁的绝食情绪里拽出来。姚素菊端着给儿子熬的鸡汤哀求着——正确啊，听妈的话吃一点吧，哪怕喝一口汤呢，正确啊，你不想看爹妈为你急死你就吃一点吧，我的儿啊，人一辈子哪能不遇事啊，再委屈也应该活下去呀……

李正确哭了——妈，求求你给我改个名吧，我听不得那两个字，我一听见就又听见人家讽刺我打我……

我的孩呀，我的孩呀，都怪妈没想到啊，咱改名，咱马上就改啊，咱还叫小名好吧，咱还叫狗狗，我的狗狗啊，听妈话，喝口汤吧，好狗狗听妈的话啊……姚素菊的老泪滴落到碗里，惊得黄澄澄的老母鸡汤油花震荡。狗狗看着母亲的脸，张开了嘴。在门外隔着玻璃密切注视着儿子的李传正看见他的儿子张开了嘴，浑身一松差点摔倒，多亏李达莱扶住他。他抹把脸对女儿说——听见你妈的话了吗，记住了叫他狗狗！告诉建立一声，别忘了。

为了让儿子静心养病，李传正把里屋的床让了出来，他自己睡到了李正确的行军床上。姚素菊又像三十年前一样把儿子养在了身边，日夜地守护着，轻轻地擦着他虚弱的汗珠，软软地喊着他的乳名，帮他擦脸翻身。

正月初一上午，温慧明来拜年了。李达莱在门口把温慧明拽住，扯着他到楼下把李正确的北京之行和现状说了一遍。温慧明说，出了这么大的事呀？怪不得没去还我相机呢。你们都顺着他不再提和北京相关的字眼虽然能让他情绪安静一些，可是他心里的冤屈伸张不了，他这辈子是活不畅快的。

那你说该怎么办啊？我们一家想破脑子也想不出别的办法了。

告他们去呀！

什么？！告警察？告北京的警察？！这怎么可能啊？这能行吗？这怎么告呀？！李达莱惊讶地反问着，不等温慧明回答她，就拉着他往楼上跑。进了屋，就喊——狗狗，狗狗，温慧明说能告他们！

李传正和姚素菊都被李达莱的话惊呆了，他们短短的惊讶之后立马热切地盯住了温慧明——真的能告他们吗？

温慧明点点头，往里屋走了几步，看着在床上苍白着脸已经改名叫狗狗的好友。他的眼让温慧明心里一抽——那双眼睛比原来开阔了一些，低洼了一些，但几乎没有任何信息从里面出来，只有一种接近死亡的安静。温慧明拿张凳子坐到床前，对他说——你要相信我，我是搞宣传的，国家的政策我都知道，前不久国家刚刚开了整顿警风的会，在这关头上肯定一告一个赢！你要是想洗刷自己的冤屈，就拿出精神来，把事情的原本告诉我，我帮你写材料。

温慧明说到这里，李正确的头突地扭向里，哽咽着说——能管用吗？

温慧明说，就看你做不做了。李正确用手掌擦擦眼泪回头看着最知心的朋友，他伸出了瘦弱的手指握住温慧明的手。温慧明鼓励他——现在就干！

姚素菊和李达莱不忍再听一遍狗狗的冤屈，娘俩从窗子外面把挂在墙上的鱼和肉拿进厨房，去给温慧明做几个上好的菜。李传正隔着窗台看着妻女忙碌，偶尔也有一两声儿子悲愤的哭声传进耳朵里。这样的时候，他就对妻女说——能申冤好啊！就是啊，北京哪能放任那帮坏人危害老百姓呀，你们说呢？

姚素菊想得比他周详，她说不能申冤的话，那狗狗就是有污点的人，以后咋找对象？李达莱感叹说，咱们一大家子不如人家温慧明一个人呢，这人啊有知识就是不一样……

晚上十点，温慧明根据李正确的陈述把申辩材料的草稿打好了。他临走的时候对李正确说——你想想有没有需要补充的，明天我再过来，咱们多抄几份，国务院、司法部、公安部、人大、中纪委……温慧明掰着指头数着——都是管事的地方！

第二天，温慧明一大早就来了，而且带来了有整顿警风报道的报纸给李正确看。他看见李正确的眼睛里已有了风吹的波纹。李正确说，给我笔，我自己抄。李达莱说，我们都放假呢，你伤还没好呢。一家人都劝他，李正确乖顺地答应了，只是要求把身子垫高，看着他们写。写到天黑，终于抄完了七份。李正确说，我自己装信封贴邮票。姚素菊把熬好的糨糊端到床上，四个人看着李正确一一封了信封贴了邮票。最后，他郑重地把信双手交给温慧明说——拜托了！温慧明说，放心吧，一定会有回应的，我估计北京会来人！

北京来人？！可能吗？李传正问。

温慧明说，平日里不好说，但现在是风头，应该能引起高度重视的，不但会来人，还应该有赔偿的。

李传正说，只要能申冤就行了，咱们也不能过分为难组织，赔偿就算了。

李达莱不耐烦地叫声爸，你这时候还老革命个啥呀？

姚素菊叹口气说——真给赔偿就要着，狗狗受了多大的罪啊。

日子一天天过去。

李传正和姚素菊每日都尽量装作无意地在栏杆前，等着，盼着。温慧明偶尔会过来问问有没有回音，每次他都带一些相关的剪报过来给他们看，滋养李正确和家人申冤的梦想。

冬去了。春来了。李正确的申冤信如石沉大海。李传正和姚素菊看着已经养好了伤的狗狗天天足不出户，面壁发呆，连侦探小说都不看了，就着急起来，让李达莱去叫了温慧明来劝劝。久无消息，温慧明也没了当初的信心，他对李正确说——你该去上班了，你已经用行动为自己申冤了，这是最重要的。如果，北京能来人处理，那肯定会引起很大的反响，会使一大批人觉醒，如果来不了人也算正常，国家的制度也和马路一样需要修修补补，对吧？

李正确说，慧明，你是知道我脾性的，我必须等到一个说法，要不我宁愿死也不会厚着脸皮出去招摇的，但如果我伸了冤，你就真名实姓地写写我，我不怕丢人，我愿意当块小补丁。要是申不了冤，我这辈子就是连个名字都顶不起来的窝囊废，我活着能有什么意思？！温慧明看劝不动李正确，只得回去偷偷地继续抄写，继续邮寄。

春去了。夏露头了。终于，北京来人了！

12

北京来人了！李正确的经理在楼下朝李正确家喊。

一句话，让坐在马扎上的姚素菊忘记了正择着的韭菜，她浑身哆嗦着站起来，绿着鞋印摇晃进屋子里——天呐！北京来人了！

什么？！北京来人了！李传正眼盯着老婆，伸出花叶繁茂的手摸到拐杖，整个人和拐杖瞬间都在风里了。姚素菊扶住他，扭头又朝里间喊儿子——狗狗，狗狗，北京来人了！快！快起来！

李正确正在午睡，听见北京来人了——他于恍惚中恐惧地抱住了头，等母亲第二声喊的时候他才清醒过来——他腾地坐直了身子，心里顿时万马奔腾，手脚却僵了。他僵僵地坐在床上，只有眼泪是活泼热烈的。李正确双手捂住了脸，转眼间整个人就成了一个呜呜咽咽的漩涡。

李传正飘摇着看了看姚素菊又看了看自己，确定衣冠整齐后对她说——快，扶我出去迎接。李传正刚刚走到门口，就和北京来的人照面了。

北京来了两个人。一高一矮。高的胖，矮的瘦。高的梳着大背头，脸上是密集的胡茬和粉刺坑。两个人的脸上都有着与众不同的威严。李传正抓着拐杖不由地挺直了身子，高个其实也不是太高，光滑乌黑的顶发才到他的眉心。李正确的经理介绍说——这就是李正确的父亲，这是他母亲。

高个朝李传正伸出手来，李传正伸手迎握。高个触到他手指的瞬间愣了一下，四个手指在李传正的掌心里匆匆一碰就撤退了。李传正也愣了一下——他这一生握过无数双男人的手——有新中国成立前的也有新中国成立后的，有生死相别的也有礼节性的，他们或真挚或应付都没让他生气——眼前的这次握手让他生气了——那四个在他掌心里匆匆一碰的手指告诉他——你的手让人恶心让人避之不及。李传正用他的拐杖代替他残缺的右腿朝走廊迈出了一大步——屋里阴冷，还是到走廊上坐吧。姚素菊觉得丈夫的决定英明极了，她赶紧松开扶着他的手张罗着搬凳子拿马扎，她心里嘀咕——就该在走廊上啊！让大家都知道狗狗是被冤枉的啊，在屋子里只能自家人知道啊！

高个儿对李正确的经理说，我们这种调查是要保密的，最好是在屋子里，不能有外人参加。李传正听见了，他拧了脖子说——我们这被调查的都不希望保密，你们还保哪门子密？该说的还是光天化日下说好。他说着在一张凳子上坐下。北京来的人只得跟着他坐在走廊里。李传正大声吆喝姚素菊端茶。早有听见动静的邻居们围拢了过来。李正确的经理朝高个儿笑笑说——我在路上就告诉您了，这是老革命。高个儿看看李传正空着的半截裤管再抬头看看他的脸，散了脸上的威严说——哎呀，你们这些老革命是我们国家的国宝啊，江山是你们打下来的，没有你们就没有咱们社会主义的今天，哎呀，老同志啊，老革命老英雄的觉悟就是高啊，刚才在来的路上我还和你们这位经理说——革命的传统不能丢啊，你们这些老革命老英雄真是应该发挥余热，多给现在的年轻人讲讲过去——他们没吃过一点苦，根本就不懂得珍惜，哎呀——第三个哎呀刚说出嘴，李传正就很不好意思地摆手打断了他的话——其实也没啥，摊上了那个年代没办法，是个爷们他就会扛起枪抡起刀，哪能让敌人跑到咱家里还把屎拉到咱头上？！

哎呀，老人家，别看你话说得朴素，你才是真正的觉悟高，有很多人可不这么想啊……高个儿又一个哎呀出来，李传正脸上露出了羞涩幸福的笑容——他还是第一次听到这样的表扬——北京来的人的表扬！他的心里因为那个半途而废的握手生发的气愤消失了。

高个儿看气氛缓和了，就言归正传——李正确的信，北京有关部门都收到了，领导非常重视，特别派我们两位同志下来，专程来调查一下，麻烦你老人家把李正确喊来，我们有几个问题要问他。

什么?! 领导非常重视，北京的领导非常重视呀！李传正第一句是重复高个儿的话，第二句就是高声宣扬了。李正确的经理说，大爷，你还不知道北京这领导的级别吧，来的路上我问了一下，级别都快顶得上你们局长了。李传正惭愧地睁大了眼——为了我家这么点儿事劳驾这么高级别的领导了呀?!

哎呀，快顶上局长的级别啊？邻居们听了，纷纷发出了感叹声。有人私语着——咱们局长是什么级别呀？

高个儿嘿嘿一笑，摆下手说，这算啥，这算啥。

李传正伸出了他蜷缩的手指，抓住了几分钟前令他愤怒的四根手指，紧紧地攥着——北京的领导同志啊，不好意思，让您为俺们家这点事辛苦啦！

高个缩回手，再摆摆说——不客气，老同志，我刚刚不是说了吗，你是我们国家的功臣啊，老革命，老英雄，是我们国宝级的人物，你的事就是我们的事，我们来是应该的，别说是你老英雄的事，就是普通老百姓的事那也是我们的事，我们的职责就是为老百姓办事嘛。矮个儿手里拿着纸笔说——我们处长很重视这事，凌晨三点钟就从北京出发了。李正确的经理说，就是，就是，到我们那里坐都没坐，水都没喝一口就赶过来了。李传正听了，看了看高个儿干涩的嘴唇，惭愧地吩咐姚素菊——续水，续水！

李正确！李正确你在屋里磨叽个啥？赶紧出来！北京的大领导来看你了！李传正朝屋子里喊。所有的人都随着他把目光转向屋门口。

13

李正确呜咽出的漩涡是离心式的，只三两分钟的工夫就把他四个多月来的冤屈、压抑、恐慌、消极、抑郁都抽离了，等他听见父亲用废弃了四个多月的称呼喊他时，他应命而起的身子有了飞升的轻飘，他麻木了四个多月的大脑重新灵活了，重新福尔摩斯了——要把当日的衣服穿上——上面的血迹，白色衬领后的血书都是彰显他冤屈的符号，他相信走廊上那办案经验资深的处长不用任何言语的提示就能获悉他当日的冤情。

李正确站在了门口，双眼热烈地凝视着北京来的领导，强烈地控制着心底里跪倒的欲念——这一刻，他明白了所有的古戏里跪拦官员轿子喊冤的动作不是做作而出的，或许只有让自己低矮下去才能够表达自己强烈的渴望。藏蓝色的繁茂着一百六十棵麦穗的毛衣和白色的衬领一如他三十岁生日的那天被郑重地穿在了身上。他的邻居，几个细心的已发现他的毛衣和衬领是脏的——毛衣胸前有片片板结，衬领上有黑红的斑点。从没见过李家小子这么埋汰过呀——她们小声嘀咕。他们不知道他此时的感觉——他就是穿着状纸的窦娥。姚素菊看见儿子的一瞬间又呜咽起来。李传正恨铁不成钢地用拐杖戳了戳了她的腿。

　　高个儿从头到脚打量了李正确两眼说——你就是李正确吧？是这样的，关于你上访的信件我们收到了也很重视，今天我们到你家里来家访，一是核实情况二是看望你，如果情况属实，我们会对当事人进行严厉的处罚。

　　李正确知道此情此景需要清晰严谨的陈述。在四月余的煎熬等待中，他已经把不堪回首的屈辱和痛楚收集起来放进了心底一个洞里，并且加了塞子。此时，他毫不犹豫地拔出了那个塞子——顿时，他的屈辱痛楚喷涌而出，冲得他站立不稳——我，我就是李正确，我保证如实回答你们的问题！

　　李！正！确！李传正的呵斥。

　　李正确蔓延的痛楚和屈辱在父亲严厉的声音里一下子冷凝冻结了。和三十年间所有的一字一顿的严厉一样，李传正用他赋予儿子的名字把儿子大大小小的冤屈和眼泪堵塞回他的体内。李正确也像三十年间的每一次一样，用恐慌的疑问的不甘的反抗的最终是顺从的眼神看向父亲。李传正看着儿子哆嗦的嘴唇和泪眼，用他藤蔓花朵相互缠绕的手指抓住拐杖威严无比地敲响了地面——李正确！我不允许你不懂事！我告诉你，今天这事就到这里，多余的话不要说了，咱们山东不是有句古话吗——礼到人不怪！北京这么大的领导为了你都辛辛苦苦地跑来了，这还不够？！非得让北京的同志受到处分吗？非得弄得个鱼死网破吗？你以为是和外国鬼子干仗啊？都是自己人，哪有筷子碰不着牙的？！李传正说到这里把目光从儿子脸上转到了高个儿脸上，他欣慰地看到——北京领导的脸上露出了赞许的笑容！

　　他爸！姚素菊不满地喊起来，咋能就这样，正确盼了小半年了，盼的个啥呀？！

咚！咚！咚！——什么时候能了你娘们家了？！这个家我当不了是吗？！

爸啊——李正确像孩子一样哭了。和小时候躲在母亲大腿后面眼瞅着父亲的哭不一样的是，这次没有慌张和胆怯，只有至亲的人在祸福生死的关头无法相互搭救的绝望——带着一生一世的爱恨情仇。

回屋去！

爸！

回屋去！是我李传正的儿子你就给我回屋去！不怕邻里邻居笑话还不怕北京领导笑话吗？！三十的大男人了，还跟小孩似的！

爸啊——李正确在父亲的命令里，用这个亲切温暖严厉了他三十年的字，炸碎了自己——他听见随着这个字的喷涌，胸膛里又有了那天前后两股强力夹击下的破碎声。他转过身，用他的状纸兜着他破碎绝望的身心回到他等待了四个多月的屋子里。

李传正瞥了眼儿子的背影朝高个儿说——你们当领导的能来，还有什么是说不过去的呢？咱这事，到这就打住了，千万不要处理北京的同志，一家人，一家人么，自己的同志，就是犯了错误，提个醒，改了就是，对吧？

高个儿赞许地朝李传正笑笑，并附带了两个意义准确的点头，感叹地说，还是老革命觉悟高啊，我们一定把您的意思传达到，不过啊，我们还是要例行公事，有几个问题还是要问问，回去好交差。矮个儿把目光从李传正的身上收回来，做好了记录的准备。

李传正说，行行行。

高个儿说，你儿子叫李正确对吧？

对对对。

他回来对您说他在北京因为涉嫌偷盗被抓去了派出所，对吧？在那里受到刑讯逼供了吗？高个儿看着李传正提醒他说——就是挨打，没挨打吧？

没没没！我已经说了，你们来了什么事就都过去了，千万不要因为这事处理北京的同志，俺儿没挨打，没挨打，绝对没有！没没没！李传正说着，眼珠子朝高个儿心有灵犀地转了转，最后在邻居们的脸上停留住——咱们哪能不懂事呀？！

40 红领巾

东紫中短篇小说选

矮个飞快地在纸上写下：受访者：李正确的父亲李传正。

问：你儿子李正确在北京由于涉嫌盗窃被带到派出所后，是否受到值班警察的刑讯逼供？

答：没有，绝对没有。

高个儿说，我们在李正确的单位里了解到，他平时很爱幻想，是这样吗？

是是是，打小就那样，爱瞎琢磨，天天看那些破案的书，都快看痴了。李传正呵呵一笑，满是疼爱地说，不过，有时候听他分析起事来倒也是头头是道。他看眼儿子的经理，想起早已喝下肚的保卫科长送来的酒，赶紧止住炫耀儿子侦破彩电被盗案的打算。

矮个儿犹豫着不知怎么写合适，高个儿瞅了他一眼，皱皱眉头——妄想症。

矮个儿写道：李正确的同事反映他平日里有妄想症，是这样吗？

答：是是是，天天瞎琢磨，都痴了。

……

高个儿舒出一口气，伸出手紧紧地攥住李传正蜷曲的手指摇晃着说——谢谢老同志老革命的配合，谢谢！谢谢！真是太感谢了！

李传正费力地握牢高个肥厚的手掌说——应该的，应该的，都是自家人哪能这么客气！

矮个儿拿出红色的印台说——老人家你得在这里按个手印。矮个在他刚才写写画画的纸上给李传正指出了按手印的位置。李传正说，好好好。李传正英雄的蜷曲的食指无法伸直配合他做按压的动作。高个赶忙把自己的食指在印台上按满印泥再抹到李传正的食指肚上，并殷勤地拿了记录纸折叠了一下放到李传正的食指肚下——李传正不好意思地笑笑，然后使了使劲。按完，他看眼自己在北京领导的文件上按下的手印说——好像不太清楚，行吗？

高个儿把记录纸收起来说——很好，很好。

14

用状纸包裹着破碎身心的李正确回到了里屋，站在绿色木头窗前透过母亲擦得一尘不染的玻璃看着背对他的矮个写下了关于他的一行行字，看着父亲拄着拐杖在高个的殷勤里受宠若惊的笑容和他弯曲的手指按下的血红的手印……突然，那些字和父亲的拐杖钻过玻璃飞进来，追打他，叮咬他！那个曾嘲讽他名字的声音蛇一样缠上来——叫正确怎么总干错误的事呀？谁说我们打过你，哈哈，都是你自己幻想出来的！……那些追打他叮咬他的，锥子一样戳破了他的身体，啄木鸟的嘴一样啄破了他缠裹身心的状纸——他体内的零件碎瓷一样哗啦在地上了。他恐惧地哭起来，趴下去，试图捡起它们。父亲的拐杖落下来——是我李传正的儿就不许哭！不许掉半个眼泪渣子！不许趴着！给我站起来！他爬起身来，眼里的泪却像五岁一样流成了河，必须藏起来，不能让爸看见！藏起来！他往门后躲，却看见干爸站在那里失望地瞪他！就在他难为情不知如何跟干爸解释的瞬间，他身边来了一节火车车厢，他爬上去，却发现正是自己去北京的那节，那个丢钱的老者领着一群人正对他指指点点——听说他偷了钱呢，是个假警察呢，把咱们都骗了啊……那群人的手指头在他打算解释的时候快速地指点起来，像当初为他鼓掌一样整齐有序，众蛇吐信子一样吱吱有声……他捂住耳朵躲避它们，他的手摸到了脖子后的衣领，他想起那里面有他血写的——我冤枉！他手忙脚乱地把衣领翻开，啜泣着——我是冤枉的！我是冤枉的！我要让大家都看看我是冤枉的！他大踏步地跑起来，一条宽敞的大路出现在眼前，他毫不犹豫地冲上去，奔跑，展示……

李正确白色的衬领用很酷的姿势站立着，上面是他曾用血写下的打算留给警察和亲人破获黑社会的信号——我冤枉！三只刚刚成年的绿头苍蝇欣喜地飞离了那堆早已干硬了的粪便落在他红白相间的脑浆上，热烈喧哗。

前面走廊上因为李传正执意要亲自送北京领导下楼而引发的喧闹遮掩了楼后的一切。由于高个儿的诚恳劝阻，李传正妥协了——送到楼梯口！到了楼梯口，李传正又食言了，他执意下了一磴楼梯，惹得高个儿和矮个儿一起来扶他——使不得，使不得，老同志老革命老英雄千万使不得，就送到这里。李传正觉得失礼，就嘱咐姚素菊说——你送，你代我送下楼！

姚素菊送下来，估摸着李传正听不见她的话时鼓起勇气问高个儿——北京的领导啊，我问问你，这样的话，俺家正确算不算有污点了？影不影响他的前程呀？

哦？高个儿看看姚素菊说——应该不会的，这你们尽管放心，这事我做主了，不让他们放进他档案里就是了。高个儿说着拍拍李正确经理的肩膀说——有经理作证。经理赶紧安慰姚素菊说——大娘，你放心，有我在你放心。姚素菊感激地说——那就好，那就好，我就怕影响他找对象呢。

挥别了楼上的李传正和楼底下的姚素菊，握别了百货公司的经理，高个儿和矮个儿钻进了他们的车里，高个儿如释重负地点上香烟，猛猛地吸了一口，长长地叹出烟雾。矮个儿边发动车边问——咱们是先找地方休息还是……高个儿说——直接回去，上边儿还等着回话呢。车开了，矮个儿从反光镜里看见楼上的李传正还在摆手，就笑着说——那老革命还在朝咱们摆手呢。高个儿说，是吗？他摇下玻璃，把手伸出去摇摆着回应，他饶有趣味地从反光镜里看那个挂着拐杖扶栏而立越来越模糊渺小的老革命摆动着他伤残的手指……

差点失效的人

　　2012年中秋节前的某天下午，牛小顺盯着电脑，用眼角扫着办公室里的动静，熬着。熬到天黑，熬到整层楼里只剩他自己时，长喘一口气，轮流抬落两瓣屁股。人造革的驼色椅面，立马像疲惫不堪的骆驼发出了呻吟。在椅子酷似放屁的动静里，他意识到肚子鼓胀得厉害，急需一个屁进行疏通缓解。他双手撑着办公桌，微翘着屁股，放松着，等待着。两三分钟过去了，仍没有收获。牛小顺打开办公室的门，到走廊里溜达，把双手弯成瓢状，虚空着掌心，敲击肚子，提醒下午三点时被他硬憋住的那个屁，赶紧出来。敲着。走着。三个来回趟了，也没动静。他只得把疏通的希望寄托在打嗝上，伸长脖子，使劲收缩肚子和喉结。动静是有一点的，但只在喉咙里咯噔了两下，是吸进去的一口气在半路上被逼着折返时的收脚而已。他不甘心地重复着。四五次后，把希望重新挪回到肚子上，加大了敲击的力度，加快了频率。他想起他娘成年累月的哀叹——气实心了呀，我都被气成实心了呀。她每说上三两遍，就像家里那只灰白的老鹅一样伸长脖子，发出嘎的一声。牛小顺拐进厕所，在镜子里看见了自己打嗝的样子酷似母亲时，不由得怔了一下，警觉地摸了摸后脖颈，又摸了摸喉结，然后果断地放弃了蹲坑的想法，把目光从镜子上撕下来，速速地迈着步子，逃回办公室。仿佛稍一犹豫，镜子里的影子就会沾黏上来。

　　牛小顺在几年前就发现屁的特点都是一分为二的。论味道，臭的和不臭的。论声音，响的和不响的。论效应，大家装作若无其事的和拿制造者开涮的。论来源，也是两种，一种是食物被消磨蠕动发酵时产生的气，内源性的；另一种就是外源性的，吃进去的气。这吃进去的气，也分两种，一种是吃饭喝水说话等吞咽进去的空气，它们一般都只是进到人体内转悠半圈一圈的，就出来了；另一种是老百姓通常说的吃气——某某吃谁谁谁的气，就像他牛小顺吃局长的气，是一种压抑，压制。这种气其实演变成屁是很难的，一般都沉积在机体内部，潜伏在细胞或神经元里，致癌或致神经疯狂。能把它化成屁被排泄疏通掉的人，基本上都是经了长期历练，能自我阿Q的人。

局长的屁，牛小顺是经常能听到的。长的，短的，高亢的，低沉的，单音直声的，复调曲折的，都听过。第一次听，是五年前——他刚调进局长办公室的第三天，局长坐在办公桌前，守着一众来访的男女，高亢嘹亮地放起了屁。听得出来，局长是有意用了些气力的，因为那声音毫无羞涩克制之意，尤其是尾音粗狂有力，干净利落。牛小顺在独居的小屋里时，偶尔也会如此地放上一屁，那感觉确实爽，里外通透，声音悦耳，仿似有个心情不错的隐形人猛地吼了一嗓，虽不明为谁喝彩，却有股让人心情欢畅的劲儿。尤其是结尾时短促有力的震颤，所带给身体的快感，堪称微妙——如飞扬的丝线在风中刹那的招展，如暗痒被恰如其分地柔挠。或许，因为这种愉悦常伴随着不能愉悦他人的气味，或许因为这份愉悦过于渺小短暂，在人类的进化中，被列入了不雅的行列。全人类，尤其是全中国人，都会在人前藏掖压抑自己的屁。唯独局长让牛小顺惊讶。局长的屁响起的时候，牛小顺正弯着腰给一个浓妆艳抹香气逼人的女人倒茶水，他的脸腾地红了，本能地并紧了双腿，收缩了肛门，试图把这不雅控制住。可它是领导的，是不可控的。之后，很久一段时间，牛小顺常琢磨局长咋着就能把屁放得那么肆无忌惮——它又不是个哈欠！就是个哈欠，也得捂捂嘴呀。

牛小顺拍打着肚子在局长的门口站定了，盯着那厚厚的栗皮色门数秒钟后，转过身背对着。仿似挨近了他人的风水宝地，就挨近了通畅的途径。仿似门里边那些经年累月集聚的屁，也有不散的魂灵，也有寻觅宗族的愿望，能有召唤同类的魔力。

气实心了，的确是实心了。牛小顺用他母亲常说的话，结束了自己的努力，快步走回办公室，三下五除二地收拾了桌子，背上挎包，往宿舍走去。天已经模糊起来，路灯昏昏然地醒着，一离了太阳就降温的海风，已经有了让人收缩的能力。收缩让牛小顺实心了的肚子更加胀闷，他想到了运动的方法。为了让路人感觉他的运动属于正常锻炼的范围，他回想了一下大学时跑步的样子。三步，只三步，牛小顺就清晰地意识到，身体的滞重无法让他保持大学时的姿势——那时，他穿着廉价的运动鞋皮鞋甚或布鞋的脚，像安装了隐形弹簧一样，每一次与地面的接触都有相对应的力回击，让他的身体轻松地往上弹起。尤其是有女孩子对他侧目的时候，他觉得那隐秘的弹簧不只在他的脚掌心里，而是布满了学校的角角落落，将他的身体弹，弹，弹。他三七分的喷了室友啫喱水的头发也随着弹，弹，弹——如同被吹扰了的枝条，如同蹦蹦跳跳拣吃麦粒的小雀。此时的牛小顺像一台坏了减震的超载旧面包车，在人行道上突突地往前闯了几米后，扶住一棵银杏树熄了火。来自肚子左下方的疼痛，像带水的保鲜膜包裹了他。岔气了，正常的道不走，乱顶乱撞。他心里嘟囔，头抵着树干咬着牙，揪着眉头，想到了另一个办法——喝点热乎乎的东西进去，从里边让肠子温暖、放松。

　　牛小顺最初叫熊斌杰，后来复读的时候改叫熊顺，熊成，熊易。牛小顺，是他哥哥熊伟杰带着他去一所偏远的中学复读的时候，给他改的。哥说，你不能再叫熊什么了，得换个和原来不搭边的名，叫牛小顺吧，跟你——嗯——跟母亲姓。这一刻，牛小顺心里又失落又解脱。失落的是，他不能和哥姓同一个熊了——哥一直就是他的榜样，是他和父母共同的骄傲，是他和母亲忍受父亲熊国荣的共同理由。好在也是种解脱，一般人看他的名字，不会再把他和熊国荣联系到一起了。熊国荣，那个酒鬼，一天到晚双眼通红直勾勾看人的酒鬼，那个一有点钱就只会干三件事——买酒，打牌，上"破鞋"床的酒鬼，从名字上远离他了。改名字的这个夜晚，后来成为牛小顺记忆里和哥哥最亲近的夜晚。这个夜晚，他们度过了唯一一个同室而眠的夜晚，哥说，无论如何要奋发努力，只要你能考上大学，我就能帮你，你也知道现在的大学生绝大多数是毕业就失业，哥虽有能力帮你安排工作，但也得你自己爬到我伸手能够着你的地方。

　　类似的夜晚还有一个，是他上小学一年级的冬夜。那是一个哥在他心里种植崇拜的夜晚。那时，他已经在母亲的千叮咛万嘱咐里，知道要向哥学习——成为大学生！哥放了假回来，母亲顿顿炒好吃的菜，次次用碗盖着，放在锅台上，拿眼紧瞅着——生怕他和爹偷吃，遇到强行掀碗的情况，母亲的火钩子就会毫不留情地敲过来——贱爪子！在母亲的心里，坚定地维护着只有哥坐到饭桌前才揭开盖碗的仪式，是她对这个和自己没有血缘关系的大学生的尊重。那个夜晚，母亲软软地笑着跟哥说，伟杰你学问大，给你弟起个名。哥起身走到门口，就在母亲脸上的绵软变硬的时候，哥回头招呼他——过来。他看眼母亲，在母亲鼓励的眼神下，站起身，走向哥。

哥在前，他在后，走到大门口的石头上坐下，哥说——我不知道我的话你能不能明白——知识就是力量，是属于我们自己的，谁眼红也抢不走的力量！他在冰冷的月光里吸着鼻涕使劲点着头说，娘天天说要我向哥学习！哥微微一笑说，你叫熊斌杰吧，斌，一个文字加一个武字，文武都杰出。嗯！熊斌杰响亮地答应着，然后问哥——咱爹为啥姓熊呀，他要是不姓熊该多好，李志远他们一和我打架就骂我——狗熊崽子，狗熊是你老祖宗！哥说，我一湖北的同学也姓熊，他说熊曾是人类崇拜的神。他理解不了哥说的话，就着自己的思路想到了辞灶——花生，苹果，糖，摆在娘平日里藏在床底下箩筐里的白盘子上，供奉在灶台旁，等烧完纸磕完头，香燃尽，就能塞到他的口袋里——如果咱爹姓李，或者姓刘，姓朱，咱们家就能腊月二十三辞灶了！

上年辞灶的情形还清清楚楚地在脑子里待着。母亲摆辞灶果的时候，父亲醉醺醺地说，光宗耀祖这话是不管用，管用的是有好祖宗，当大官，后代才能沾光，就是几千年前的大官也管用，你看人家姓李的姓刘的，祖宗当过皇上，人家就能比咱早辞一天。爹用辣椒红的眼瞅着母亲说，上天言好事，回宅降吉祥，咱比人家晚一天，好事落咱头上的机会就少，看看人家都当支书的当支书，发财的发财，看看咱。母亲打断爹的话——别在灶君老爷跟前胡咧咧，几十年来最大的好事落在咱头上了，你还要咋着？！爹略一愣神，一改往日扯脖子和母亲吵的习惯，笑嘻嘻地打着自己的嘴说，胡咧咧，胡咧咧，对，我得着最大的好事了，我儿是大学生！

哥仰望着星空说，那都是规矩，规矩是人定的，你信不信我能改了它？他摇摇头。哥站起身说，走，改去。他吸着鼻涕跟在哥身后，仰脸看着哥黑隐隐的背影，惊讶，兴奋，崇拜，紧张，害怕。到了堂屋门口，他站在门槛外面，准备爹打人的时候，好逃跑。哥站爹跟前，手插在裤兜里说，从今年开始咱们家腊月二十三辞灶。母亲和爹都愣愣地瞅着哥。爹说，凭啥？！丢人现眼也得有个理由。哥说，不凭啥，就想！母亲拍下大腿说，凭咱家出了大学生！熊斌杰看见爹眼里的红铁丝一眨巴就软成了红丝线，红铁水一眨巴就成了红糖水。爹突地高声哈哈大笑，合拢了眼皮兜住那些红丝线和红糖水说，听大学生的，改了它！我看谁敢出来拦我！爹说完瞪眼用那些红铁丝来戳他——等你也成大学生时，我就二十二辞！母亲笑着骂——又放上屁了！爹挤了眼皮遮盖了那些红铁丝——我这屁放得高兴，谁敢来比？

　　牛小顺的手机响起来，不用看也知道是老婆汪梅打来的。她肯定又从内线那里听说发过节费了。到底谁是她的内线，牛小顺始终没能确认。其实牛小顺知道即使确认了，也没办法阻止情报的传递。牛小顺喘息着接起电话，汪梅厉声说，牛小顺，你这是什么动静？！你是不是正在床上和哪个烂货乱搞？！牛小顺说，我肚子疼，正在大街上靠树站着呢，你听不见汽车声吗？汪梅仔细一听，确实有汽车喇叭的声音，打算信的瞬间又想起那些在车里胡搞的，她冷笑着说，你不会是正在车里胡搞吧？牛小顺说，我有车吗？！汪梅气哼哼地说，我知道你没车，现在谁家没有车呀，就咱们家！牛小顺说，不是刚买了房嘛。或许是刚刚走过的男人，使劲清理嗓子的声音解除了汪梅的怀疑，她言归正传——把你的过节费打我卡上，一分都不能少。牛小顺说，什么什么都打你卡上，什么什么都一分不能少，我吃什么，喝什么，我喝西北风活？！西北风也不是天天刮吧。汪梅笑起来，呦呦呦，吃炸药了？别以为我不知道，你不是还有卡吗？他气哼哼地赌咒说，谁有卡谁死！

　　在牛小顺刚刚当上局长办公室秘书的时候，也就是第一次听见局长在众人面前肆无忌惮地放屁的那年春节前的一天，那个他曾经给她倒水的女人独自来拜访局长后，在走廊里遇见了牛小顺，她走近他，用地下党接头的眼神看看他，竖起指头到猩红肥厚的嘴唇前，嘘了一下，接着往他的羽绒服口袋里塞进了一个红包。牛小顺的心狂跳起来，他迅速地琢磨出这事就叫贿赂，他紧张起来，想拿出来还给女人，女人按住了他口袋里的手悄声说，都有。这时，同事王秘书从卫生间出来，女人撇开他，走上前去招呼说，王秘书，我找您有点事。牛小顺在心里朝王秘书露出一个心知肚明的笑，走进卫生间，在确认蹲坑的小门插死后，迫不及待地摸出了那个和女人嘴唇同色的红包。一张面额为一千元的购物卡。那个赫赫有名的商场，遍布全省的大小城市。那个周末，牛小顺把这张卡献给了他七十公里外的妻子。从此开启了她和他每到逢年过节就期待购物卡出现的欲望。

汪梅听见牛小顺赌咒，呵斥说，没有就没有，胡说八道干啥？你老说我抠索你，我还不是为了瑞瑞，为了这个家。一个大男人，跟个娘们似的，咒天魔地，也好意思。瑞瑞，那个在两岁时就能够认全人民币的聪明孩子，再次消解了他被抠索的愤怒。

瑞瑞呢？

和姥姥出去玩了。

还有事吗？牛小顺等着汪梅来问问他肚子疼的事。

汪梅说，明天别忘了把过节费打给我。

牛小顺脑海里浮现出同事杨青青每天温柔细语地给老公打电话的样子。他在心里对汪梅叫嚣——没劲！

卡，曾经是牛小顺和汪梅在商场里欢畅的道具，平日里锱铢必较的汪梅自己都承认——好像卡里的钱不是自己家的一样，花得一点都不心疼。这样的时候，若是牛小顺陪着，牛小顺也会来一点低调的牛逼——用漫不经心的语调鼓励她——买，看中就买。有时候，他并不觉得她该买或她穿上有多好看，只为了这样说的时候，小服务员会用羡慕嫉妒的眼神看他老婆。这种欢畅不再，快两年了。两年前的那个春节，他充满渴望的羽绒服口袋破天荒地颗粒无收。而那些往年给他们送红包的人依旧同往年一样，明目张胆地播撒地下党接头的眼神和手势。牛小顺不用眼看，只凭听觉就能判断出来——正走着的脚步，突然停下，或正说着的话突然打住，几秒钟后，再贸然地彼此道别——再见，再见。这种短暂的停顿，是红包从一只手转移到一个口袋的过程。开始的几天，他以为那些"地下党"忘记了他，他竖着耳朵听他们的动静，听到了，就去走廊，去卫生间，去洗手，去撒尿，去照镜子，去跟他们照面，打招呼。一直到，年除夕，他坐上回家的公交车，手插在空无一物的羽绒服口袋里时，才确切地意识到——那些拥有地下党眼神和手势的人，抛弃了他！他们和他的同事们是一伙的，只有他被抛弃，被孤立了。他们和他们，此时，都心满意足，都心情舒畅，都五谷丰登。只有他，心情抑郁，颗粒无收，惶恐不安。他不知道自己错在哪里。不知道这抛弃和孤立后面隐藏着什么，意味着什么。他在除夕空荡荡冷飕飕的车里，苦思冥想了七十公里，未果。有一点是确定无疑的，那就是和局长对待他的态度息息相关——原来偶尔还夸他两句的局长，在国庆节后不久开始对他莫名地横眉冷对。在他领会局长的授意不够彻底的时候，局长就会用厌恶的语气和眼神对他——你，猪呀！

那是怎样的一个春节呀，牛小顺至今都不愿回想。汪梅像审落网的地下党一样，怀疑，审问，刑讯，逼供，直至忆苦，思甜，还史无前例地学着风骚女人的样子摸他疲软不堪的下体，试图用美人计诱惑他，用眼泪感化他，让他供出吞噬了她的卡她的快乐的婊子来。七天的折磨之后，汪梅半信半疑地把她妈做的炸麻花、蒸枣山、秋天晒好的芸豆皮，装了一面袋子。汪梅说，给你们局长，缓和缓和关系，我琢磨着，肯定是人家都拍马屁，就你没拍的事。汪梅送他到车站的时候，咬了半天嘴唇，递给他一张卡说，原来没舍得花的，你拿着去送局长，土特产只能当个由头。牛小顺说，看你心疼得眼里冒火星子，你还是自己拿着花吧，给也是白给，人家看不上。那咋办？汪梅拿回卡揣兜里。牛小顺说，还能咋着，赔小心，当孙子。汪梅说，只要能恢复到以前，什么孙子爷爷的。

汪梅挂断电话的嘟嘟声披挂着冷飕飕的海风，钻进牛小顺的肚子，干雪上加霜的勾当。牛小顺像阵痛的孕妇似的挺着肚子，爱恨交加地瞅着那串属于汪梅的代码，11个阿拉伯数字。十一只手。不，是更多的手，老婆的，局长的，有着地下党表情和语气的……千手，操控他，指挥他，命令他，纠缠他，撕扯他，压榨他。卡。卡。使人着魔的卡。魔鬼一样，把牛小顺的生活送进了"敌占区"。牛小顺不由得想起哥哥来——他唯一的底牌，他同父异母的哥哥熊伟杰，市局的熊科长。底牌，是用来翻转局势的，不能轻易动用。尤其当这张底牌是明牌的时候，用起来就要格外当心。实在不行的时候再跟哥说——牛小顺用这句话安慰着自己。

十里香馄饨铺里冷冷清清，小玲照例给牛小顺的碗里加上了双倍的虾皮和香菜，牛小顺没心情搭理小玲，低垂着头慢条斯理地喝，体会着每一勺热汤顺着食道下行的感觉。小玲从早晨接到她姐的电话时就盼着牛小顺出现，终于盼来了，眼神不由得热辣起来。她觉得，凭借自己亲亲热热叫了牛小顺两年哥，凭着给他馄饨碗里多加的那些虾皮，他应该能借给自己一部分——五千是有点多，两千三千总有可能吧。看牛小顺情绪低落，小玲一再忍着到嘴的话。

动了！动了！牛小顺觉得他的肚子里有了动静，是那种没有动静的动静，一种悄无声息地腾挪，像拥挤的险境里，胆小的为勇敢者让出通道的努力。牛小顺想回宿舍，又怕惊扰了里面的秩序，四下看看，见只有小玲一人，立马决定就地解决。他往前欠欠身，用一瓣屁股挨着椅子，运了口气，悄悄地往下压着，赶着。为了应付小玲的盯视，他稍稍地往上翘着嘴角。牛小顺不知道他努力往下赶屁的表情，是神秘莫测又温柔忧伤的，使得高度近视的一双眼隔着镜片散射出了让小玲怦然心动的目光。凭借着丰富的经验，他知道那勇敢者从隧道里探索到出口的瞬间，出口会紧张收缩，探路者也会因碰壁折回，唯一的办法就是努力放松出口的同时，把那股压力死死地顶住。一气呵成，一通而畅。他屏着气，朝小玲露出的微笑和忧伤神秘的眼神被迫凝固了。凝固的微笑和忧伤神秘的眼神，像温暖柔软的唇舌舔在小玲的心上。

牛哥——小玲羞涩而甜蜜地喊。

快了！快了！就要出来了……牛小顺迎着小玲的羞涩和甜蜜更努力地屏息微笑。小玲的脸红起来，心突突突地跳，仿佛它一直睡着，刚刚被弄醒，撒起欢来。牛——哥——，你，看得人家不好意思。小玲美美地俏俏地转身去了厨房。牛小顺抿住唇，憋住气，松肛紧腹，那团憋在肚子里一下午的气，不情愿地，丝丝缕缕地，磕磕绊绊地，出来了，带着洋葱腐烂的恶臭。牛小顺大舒一口气，却又被浓烈的气味顶得再次屏息。牛小顺拿桌子上的菜单快速地扇，希望小玲回来之前能散干净。刚扇几下，小玲就进来了，皱着眉四处嗅——啥味呀？啥烂了呀？牛小顺不好意思地低头翻着钱包说，我，有点肚子不舒服。小玲瞬间明了，红了脸说，牛哥的啥，我都喜欢。牛小顺尴尬地笑着说，瞎说。话一出口，牛小顺就意识到会惹得小玲来描，把随口的话描成山盟海誓。如果换个人么，比如杨青青，他倒是乐意听。小玲刚张嘴，牛小顺立马用问题把窟窿堵上——你老板娘呢？

小玲的姐姐根据小玲的授意打来了电话。小玲有些夸张地哭起来，边抹泪边哽咽着说，姐，你一定要给妈做手术，不能眼看着妈丧命呀，钱我来想办法，一定救妈呀，她这辈子太苦了，呜呜呜……牛小顺等着小玲找零，看她哭得伤心，又不好意思催促，就耐着性子等。小玲挂了电话，泪眼蒙胧地向牛小顺求助——牛哥，我妈病了要开刀，你能不能借我五千块钱，我保证四个月就还你，我一个月挣一千五，三个月就四千五。牛小顺想说我哪有钱借给你呀，话到嘴边咂摸一下，觉得不帮实在不人道，何况人家是个连你的臭屁都喜欢的女孩子。他回想着小玲说这话时的表情，眉眼间真就舒舒展展欢欢喜喜的，好像那令人窒息的臭是玫瑰花的香。他嗫嚅着说，我手里没有现成的，明后天我帮你筹措筹措。

店里没有别人来，小玲慷慨地免了牛小顺七元馄饨钱，体贴地问起牛小顺的肚子来——你肚子咋着个不舒服？中午吃凉了？牛小顺说，吃气了。小玲惊讶地说，怎么会呢？还有人敢给你们气吃？理智告诉牛小顺不能跟小玲说工作上的事，尤其是关于卡的事，可那句他不想当真的话却跟钩子似的一直勾着牛小顺诉说的欲念。牛小顺把两年来动不动就挨骂吃气的困境说了。他最后长叹着说，以前，特别看不上那些狗颠屁股摇尾乞怜的人，真没想到自己也活到了给人家掇臀捧屁，还老挨屁呲的份上。

没有办法吗？

没有。

生闷气是最伤人的，牛哥，我有一个办法。

你能有啥办法？

骂回来呀，他是怎么骂你的，你就怎么骂他。当然不是当面骂他，毕竟你还要在他手下干活，你就对着他的照片骂。你别笑，那诅咒人的，不也是弄个假人写上名字么，肯定管用，最起码也解气。

自欺欺人。

怎么是自欺欺人呢，照片也是他呀。你不信，你不信我先骂骂，你感觉感觉，你有你们局长照片吗？没有，那这样，咱写个他名字，他叫什么名字？

王小二。

王小二，你他妈的瞎狗眼了，敢欺负我牛哥，你再欺负他你就要倒大霉，被手铐子铐起来坐牢去！祖祖辈辈坐牢去！小玲啪啪地拍着王小二三个字，骂得牛小顺呵呵地乐。小玲看他乐，越发起劲，声音高扬上去，有了村妇骂街的泼辣风韵。小玲骂着骂着，突然禁了声，一副被噎的神情。牛小顺笑着说，我正听得痛快呢，咋停了？小玲手指着斜对面的招牌说，哎呀，妈呀，差点捅娄子了。你们局长真叫王小二？牛小顺顺着小玲的手指看去，斜对面一个立式的红布招牌——王小二烧饼店，在晚风里哆嗦。牛小顺笑得呛咳起来。小玲知道上当了，撅着嘴打了牛小顺一下说，还怪会害人呢，对面要是打过来，我就说你叫王小二，我骂的你。

牛小顺笑着，意识到自己已经很久没开怀笑过了，心里热恋着这份快乐，总想把它抻长，笑得不得不换气的时候才舍得稍稍停顿，吸上气再继续笑。笑得内脏没力气了，笑得腮帮子都没活动的热情了，还不舍得停下。

有那么好笑吗？看牛小顺没完没了，小玲陪笑的热情淡下去。一句话问得牛小顺眼红鼻酸，他捂着脸停下，憋着眼泪。片刻后，擦擦眼睛说，笑得我眼泪都出来了。

小玲叹口气说，认识你牛哥两年多了，第一次看你笑这么痛快。看来你们局长绝对该骂，你要是骂不出口，我去帮你骂，别说对照片骂，就是对着真人骂，我也不打怵。小玲说着，已经明白加大牛小顺借钱给她的砝码就在眼前，她怂恿牛小顺说，牛哥，你好几次都答应带我去你们局里开开眼，次次都说话不算数。

牛小顺说，那有啥可开眼的，就座楼嘛。

牛哥是政府里的人，天天待在里面都看惯了。像我这小山沟沟出来的，就进过一回乡政府，还是平房呢。我做梦都想进到你们那样的高楼里，可是每次都是走到楼跟前就醒了。

再大再高的楼，也就是平房摞平房，有啥可看的。

人家就想感觉感觉在里面的感觉嘛，牛哥真小气，人家美国总统还允许老百姓参观白宫呢。

牛小顺说，好吧，我也学一回美国总统，过一会儿我就回办公室加班去，你下班后过去找我，别走正门，那里门卫很严，从西北门走车的那个门进，进去后到最高的那座楼，记住了也不要走正门，那里有门卫和监控，还是走到西北角，有一个小门，进了小门就看见一部电梯，是平时我们运货用的，没装监控，你坐电梯到十三楼找我。

你们还运货？运啥货？

你这种什么都好奇的人，是绝对不适合到政府部门工作的。

前进市奋发区政府办公大楼的夜晚，一如既往的黑和宁静，牛小顺用钥匙开了办公楼西北角的小门，虚掩上。开了电梯，进到办公室拉严窗帘，打开灯，半掩着门，在走廊里边溜达边等小玲，双手习惯性地弯成瓢型，叩击着还有些胀的肚子，意识到在他吃气憋屁的历史上，这是理顺得最快的一次。看来笑是最管用的。牛小顺回想着小玲痛骂王小二的情景，努力地想再笑起来，却发现它已过期失效了。他改变方向，去想他儿子瑞瑞淘气可爱的样子，但那些零散的画面仅如蜻蜓点水在脑海里一闪而过，击不起笑的涟漪，反而是下午从手机里听到的话语像巨石砸进，惊涛拍岸——

和～谁～生～气～呢～？绵软得糖稀一样的声音。

猪！笨猪！狗日的！

哈哈哈哈……笑浪涛涛，波浪滚滚。哈哈哈哈，狗能日出猪来，哈哈哈哈，怎么日？怎么日？日个我看看，哈哈哈哈……

浪笑。真正的浪笑。又骚又荤地撩扑人。浊浪一样把牛小顺扑晕了。牛小顺一瞬间手足无措，想听下去又怕局长发现。犹豫间，局长粗重的哼哧声传来，牛小顺登时头晕目眩，他想不到男人的哼哧声也像浪。他慌慌地按断电话，恍如从水底挣扎上来，浑身湿漉漉地起了层鸡皮疙瘩。

回到办公室，牛小顺一屁股拍在驼色的椅子上，在脑子里梳理事情的脉络——局长一个小时前打电话给他让他到他办公室套间的铁皮柜子里拿一瓶红酒送到菲尔特大酒店。局长说，小心点，别摔了，放总台那里。正是局长这句叮嘱，引发了牛小顺的责任心，他上网搜了搜，知道那瓶酒的中文名字叫罗曼尼康帝，竟然比赫赫有名的拉菲还要名贵，网上相同图片的酒要价十二万八，看得牛小顺抱着酒盒子倒吸气。他灵机一动，用胶水粘了报纸，给容易招惹是非的名贵酒穿了层最普通低俗的外衣。他双手抱着，小心翼翼，下车时都是用腿顶开的车门。这么名贵的东西怎么能放到总台呢？局长也太大意了。总台服务员拗不过他，拨了房间电话给局长说，他非要亲自给您送到房间去。牛小顺正纳闷服务员按下的号码——不是5以下数字开头的餐饮号，18开头，那是客房呀。他的手机响起来，牛小顺慢慢地把报纸包放到总台上，用手晃了晃，确定稳当了，接起电话，局长急咧咧地恨铁不成钢地说，让你放哪儿你就哪儿，你怎么这么迂呀！你啥时候才能灵光点儿？！

我怕她们毛手毛脚的。牛小顺觉得局长的大嗓门肯定让几个女服务员都听得清清楚楚，他的脸红了，后背上热刺刺地出汗。就在这时，有了女人酥麻的问询，紧接着有了扑人的浊浪。局长上午说中午要招待省里的领导是假的！他在招待会浪笑的女人！在通奸或嫖妓！

牛小顺理清了头绪，心里面起了风暴——竟然抓着了局长的小辫子！把柄！竟然落在了我牛小顺手里！……把柄不用就是废料，还白白地折磨人——揭了那人的画皮，天天瞅着他肮脏的嘴脸而装崇拜装尊敬，多难的事呀；用，怎么用？用不好就是双刃剑，会划伤自己，自己啊，我哪里是自己啊，我哪有自己啊，我是娘＋汪梅＋瑞瑞＋，不对，是瑞瑞＋汪梅＋娘＋爹＋瑞瑞姥姥＋，或许还会影响到哥……他正纠结的时候，局长黑着脸出现在了他面前。局长皱着眉头问，给市里上报的材料整理好了吗？牛小顺说，还没，你不是说下周要吗？局长的脸上现出以往骂他猪的表情，牛小顺瞬间找回了自己——我牛小顺今天还就不怕你了！鱼死网破的冲动让他浑身发抖！心脏狂跳得已到了嗓子眼——他下定决心在局长骂他猪的时候把局长的把柄抖出来！女人的浪笑和局长肥猪拱槽的哼哧声从耳朵一溜下坡斜冲而来，就要冲开嘴唇这道脆弱的堤坝得以在众人前成妖成精地现出形来。来！来！骂我呀，骂我猪呀！牛小顺挑衅地怒视着局长的嘴。局长的嘴哆嗦了两下张开了——你什么时候能改了这屎不鼓腔不拉的毛病？！局长摔门而去。办公室里窃笑声一片。有人愉快地重复——屎鼓腔。斜对桌的杨青青用额头抵着桌子，优雅美丽的长脖子在微微打战，牛小顺知道她也在笑，他一嘴的利器顿时化作苍蝇蚊子嗡嗡嘤嘤地飞散了。闷闷地从电脑里调出那份给他惹气的材料，遮掩着澎湃的愤怒郁闷和屈辱，不敢叹气，不敢放屁，不敢挪动屁股，生怕闹出动静诱发同事们对"屎鼓腔"一词的使用。

白炽灯光从半掩的门里泄出来，在漫长暗黑的走廊上画出一个直角三角，像块巨大的玻璃碴子发着刺目的锋利，牛小顺一遍遍踏过它，走到尽头再折返回来，走到另一个尽头。每次路过局长办公室，他的心脏就不由得往上弹一下，虽只是小小的一下，却有着让人无可控制的疲软。几次之后，他就意识到这小小的一个弹起对身体的危害大于了胀肚子。他意识到仅仅三十多岁的心脏被折磨坏了。他不由得叹气。长长地叹。愤恨地叹。无奈地叹。

电梯打开了，小玲在黑暗里如幽灵一般降临，浑身散射着橘黄的光晕。牛小顺在走廊的尽头想起了瑞瑞看的儿童剧《巴拉巴拉小魔仙》。牛哥——小玲用她乡野的嗓门和馄饨店的腔调喊起来。电梯在她身后关闭了光源，小魔仙顿时现出原形。牛小顺慌忙跑到那片玻璃碴子上摇手示意她安静，等她走到跟前，低声呵斥——你以为这里是你们馄饨店？！小玲吓得捂了嘴巴说，对不起，对不起。两人进了办公室，牛小顺关了门，招呼她坐下。想了想，又把门打开——虽然从未见夜里有同事来，但也要以防万一——万一有人来，开着门就代表着清白。牛小顺小声介绍大楼的分布情况——十二到十四楼是我们局……十七楼是区长办公室。

区长在你们楼里算最大的官吗？

当然。

一整层都是他办公室？

还有四个副区长办公室，会议室、接待室、活动室，区长喜欢画画，还有他的绘画室。

最大的官还待在那么高的楼层里？多不方便呀，万一电梯坏了，半路上掉下去了啥的，咋办？

牛小顺嘿嘿一笑说，你听说过政府办公楼的电梯有掉下去的？十七，这可是有讲究的，七上八下，十七就是要起要升的意思。

他都是最大的官了，还想升呀？

谁不想升？在这个楼里的人没有一个不想升的，升，是所有人唯一的奋斗目标。

升哪去？

县里区里的升市里，市里升省里，省里升部里，部里升中南海。这是一条六十多年来官场一成不变的奋斗之路，不管你是冲锋陷阵还是匍匐前进，不管你是三叩九拜溜须拍马还是滚爬摸打拿钱开路，总之，升上去的就是英雄，就会前呼后拥众星捧月一呼百应一本万利想啥来啥；掉下去的就是狗熊。

升不了咋办？你刚才说的那一堆，不就作废了吗？

升不了嘛……基本上折不了本，从油水少的地方挪个油水多的地方。

小玲站起身，摸了摸牛小顺的办公桌，喝了口水，欢喜地说，甜的呀，和我们店里的不一样呢。

牛小顺得意起来——空气还不一样呢，这也就是下班了，正常上班的时候，空气净化机开着，清新的。

哎呀，你们这里真高级呀。那，那这里的人是不是就得不了癌了？听人家说，现在咱们奋发区的癌都多得跟感冒差不多了。

这应该是区里下一步工作的重点，先整治那些偷偷往地下排污的，不能再搞吃点拿点就睁一眼闭一眼的事，为了个人得利而致百姓的利益于不顾。

小玲定定地看着牛小顺说，牛哥，你刚才说话的样子可像大领导了。

牛小顺被奉承得浑身舒坦，不自觉地就模仿着区长的样子，往后靠了身子，用手指点着沙发扶手说，我现在就是孙猴子被压在五指山下，除非把山搬了，我才有可能出头。小玲说，牛哥，让我看看五指山啥样呗，我小玲搬不动他，朝他吐口痰，骂他几句还是可以的。

牛小顺说，我这没有他照片。他办公室里有，我带你去看。牛小顺拿了局长办公室的钥匙，他已经想好万一的措辞——加班搞材料到局长办公室找份文件时，表妹来找他。

小玲走进局长办公室，把房间扫视了一遍后把目光定在局长办公桌上——乖乖，这么大张桌子呀，他能趴得过来吗？又不是床，要这么大干吗？

牛小顺耳朵里突地响起局长猪拱槽的哼哧声，他冷笑一声，心里嘀咕——当不当床谁知道。

小玲在局长的椅子上坐下来，瞅着办公桌上的镜框问，这就是五指山？小玲拿到跟前，隔着玻璃和局长对视了一会儿说，长得不咋地呀，跟头退了毛的肥猪差不多。牛小顺呵呵一笑，拿起一分红头文件在沙发上坐下，以防万一。小玲说，牛哥，我帮你骂他，他叫啥名？哦，这牌子上有，王良忠，你还良忠呢，像你这么爱欺压百姓欺负我牛哥的人，你顶多算个孬种，哪里良种了？！你算哪门子良种？！猪！狗日的猪！你再欺负我牛哥，我就咒死你！小玲手指头戳疼了，停下来问，牛哥，过瘾吧？

牛小顺原以为是自哄自的把戏，没想到听着听着，就真通畅起肚腹来，他欠欠腔，放出一屁，点着头给小玲提供咒骂的素材——听说他还把我们局里几个漂亮的姑娘都给睡了，你都不知道，他这人守着一屋子人都能可着劲地放屁，把屁放得地动山摇，弄得我们都跟着脸红。

小玲瞪了眼张了嘴端了两口，呕地咳出一口唾沫，慢慢地对准王良忠的肥脸吐下去。哈哈，牛哥，我给他脸打马赛克了，这样的脸就没有资格给人看，对吧？

小玲说，我原来以为当官得很了不起的人才能当，现在看看很多人都恶心得狠，还不如换你牛哥来当呢。牛哥，你来当局长。小玲把牛小顺拉到局长的椅子上说，看看我给他打的马赛克。

牛小顺看着整天屁都不肯遮掩一下的局长在小玲的唾沫下，仰躺着，像个被淹死腐烂了的人。他也学着小玲的样子在他的下体上吐口唾沫说，这里也得打马赛克，给他打散成块，就干不了坏事了。

小玲坐在沙发上瞅着牛小顺说，那些上这里来的女人都啥样呀？

牛小顺说，这咋说，嗯，都话说不利索。

啊？怎么会呢？又不是傻瓜。

人家是故意的不利索，嗲，这样，局～长～呀～，拐着弯。

局～长～呀～小玲学着拐起弯来，竟然也是嗲嗲的味道。哈哈哈哈，竟然也是浪浪的笑。牛小顺呆呆地看着她。小玲走过来扭下他的胳膊说，不准笑话我。局～长～呀～，你这么多抽屉呀，里面藏着什么宝～贝～呀～？

牛小顺没想到在局长办公室里的小玲竟然也有浪女人的风韵，仔细端详，眉眼竟然也耐看，胸脯子竟然也鼓囊囊的两大坨。又有被浊浪撩拨的感觉，头有点晕，他摸出自己办公桌的钥匙装模作样地说，看看有什么宝贝，都赏给小玲。钥匙插进了锁孔，他边拧边说，你要是在我们这里上班，保不准也得被局长给睡了。小玲哼下鼻子说，那我就把他鸡巴割下来给牛哥炒酒肴。

拧。拧。拧。

竟然开了！！！

牛小顺和小玲一瞬间都愣住了。

我的钥匙怎么能打开局长的抽屉呢？！

这是好兆头，牛哥！说明你将来也能当局长！

牛小顺把钥匙抽出来，瞅瞅，再插进去，再拧上，再拧开。虽然不顺畅，但使劲在锁眼里晃晃，也就打开了。小玲说，你别老拧呀，拧坏了关不上了咋办？看看里面有啥呀？从出生到现在我还没看过一个当官的抽屉呢。

牛小顺说，领导的抽屉，除了纪委的检察院的反贪局的人看，别人看不到。小玲催促说，快拉开看看呀，他那么恶心的人，会不会像网上说的那样藏着女人的毛呀啥的。

没有女人的毛。也没有性爱日记。就在两个人开始失望的时候，牛小顺拉开了最后一个抽屉。一张报纸。牛小顺拿起来寻着它被收藏的原因。小玲的惊呼吓得他一哆嗦——怎么了，大惊小怪的！

你快看，快看！

红彤彤金灿灿的一抽屉！卡！购物卡！瞬间，牛小顺觉得胸膛里跟装了秋千架似的，有人悠悠地飞上来，照准他的心踹一脚，再踹一脚。卡，曾经带给他和汪梅愉悦的卡，把俩人的信任毁掉的卡，把他孤立在同志的队伍之外的卡，在这里！满满的一抽屉！

这就是购物卡吧？给我一张看看啥样。牛小顺拿起最上面的那个红包抽出一张递给她。小玲瞅了眼反面，又惊呼起来————天啊，个十百千,五千啊！天啊，一张卡就能救俺娘一条命！

牛小顺把报纸原样盖好。小玲说，这张还没放进去。牛小顺说，给你了，拿着救你娘的命去。购物卡，俺娘又不上商场去开刀。牛小玲说着把购物卡攥手心里。牛小顺说，你去商场看人家购物付钱的时候，让人家把钱给你，你用卡帮着付，给人家便宜个三十五十的，倒换出来钱来，不就能救你娘了嘛。

嗯嗯嗯，可是这偷拿人家的不好吧?

牛小顺说，没什么不好，取之于民用之于民嘛，能帮助你娘，还算他积德。他锁了抽屉，用卫生纸擦了局长照片上的唾沫，把椅子摆回原样。小玲悄悄地提醒他，牛哥，你也给自己拿一张吧。牛小顺转转脑筋说，一张半张的他看不出来，多了估计就不行了。

红彤彤金灿灿的一抽屉光芒，白天在牛小顺的脑海里忽闪，夜晚在牛小顺的梦里荡漾。像火，让寒冷的人控制不住地想靠近它。很多的个夜晚，它吸引着他去打开它，清点，计算，然后选取一张让它完成取之于民用之于民的使命。当意识到那些它不属于自己的时候，羡慕嫉妒恨的情绪就会浊浪滔天，尤其是怀疑里面极有可能夹杂着该属于他的那一份时。它成了牛小顺整天纠结如何利用的第二个把柄。第二把双刃剑。他担心着它会突然消失。在一个确认局长出差的夜晚，牛小顺把所有的卡逐张用手机进行了拍摄，然后把它们整整齐齐地在局长的桌子上排队。桌子排满了，再排到地上，把累计所得到的数字122.8万元，用白纸写了，摆在队尾，然后远景近景地进行了拍摄。

以后的夜晚，牛小顺又用他办公桌的钥匙试探了办公室里其他的桌子。只打开了杨青青的抽屉——这个瞬间，他相信冥冥中真有神灵在——它竟然能打开他最关注的两个人的抽屉。杨青青啊，杨青青，你他妈的喜欢啥不好呀，竟然喜欢写日记! 为防万一，他先关了她的抽屉，回到自己座位上翻看——她竟然在初中时就被人睡过了! 现在被一个叫Z的老男人睡着，老男人给她老公调动了工作，老男人很宠她，对她有求必应，但老男人也让她苦恼不已——根本硬不起来，每次都抹了油像塞团丝巾似的往里塞，还逼着她装高潮……牛小顺的倾慕彻底地被颠覆了。你烂成这样，怎么还有脸装得冰清玉洁温柔贤良。他愤恼地咒骂她，烂货! 烂货! 骗子! 他把日记放回去，猜测着这个Z是不是代表王良忠的忠字。当晚，他就清理了办公桌里所有涉及隐私的东西——他已琢磨出了钥匙的魔力所在——同一品牌的办公桌用的同一牌子的锁造成的——别人的也可能打开他的。

自从拍了卡们的合影照之后，牛小顺就决定不再靠近那盆火了。他把火的影像做了妥善的备份珍藏后，就等待着时机让它们成为斧头。比起那一抽屉来，现在更让他纠结的是拿在手里的十来张，都是相对小面额的，每张一两千元。很多次，他想把它们分批次给汪梅，但又怕重新开启了汪梅绵绵无绝期的期待。若给自己用，任何的变化都会被汪梅盯上，诱发新的怀疑。若给爹娘，他们又在乡下用不上。思来想去，只有给小玲比较合适，但无亲无故，又觉得太亏。

小玲从老家兴高采烈地回来了，她母亲的手术很成功且排除了癌变的可能。从她踏进十里香馄饨店的那刻，就迫切地期待着牛小顺出现，因为她在老家找神婆给牛小顺算了卦。神婆给画了符咒，还教了小玲咒语，让贴的时候念。眼瞅着门口，好几次，她都不自禁地把碗里的虾皮和香菜给放多了。等牛小顺一出现，她反倒忘记了放佐料，直接盛了一碗馄饨就端了上去，悄声说，我有治五指山的方子了，回头告诉你。牛小顺心里一暖一乐，坐下用筷子翻着馄饨，看着小玲的背影高声喊，这哪是馄饨呀，白咧咧一碗，顶多算小馅饺子，游泳池的。老板娘走过来看了看，呵斥小玲粗心。小玲把料盒子端出来，拿了个大碗，当着老板娘的面多多地加了料，把牛小顺的馄饨倒进去，乐呵呵地说，在游泳池里游多憋屈呀，给你造个海，游吧。老板娘喜欢小玲和顾客打情骂俏，这是笼络顾客最好的办法，只要她不跟自己的男人来这一套，她就添油加醋地进行鼓励——这海造的，帅哥进去游都够宽敞了，这陪游的虾兵虾将都满海了，这么个游法，我非得折老本不可。好几个人侧目来瞅牛小顺的海碗，有人跟老板娘提意见说，人家小玲姑娘就是比你大方，每次给的虾皮都多，你呀，三个指头捏都嫌多，两个指头捏给咱。老板娘笑着说，你哪只眼看我两个指头捏了，我都是一个指头捏。人们欢笑起来，小玲趁乱跟牛小顺说，九点半我在超市门口等你。

两个人在超市门口碰了面，牛小顺说，搞得跟地下党接头似的。小玲笑着说，你又不舍得给我电话。牛小顺恍然——你说号码我给你打过去，这样咱俩就都有了。两个人存了彼此的号码，牛小顺嬉笑着问，啥方子，不会又是吐唾沫吧？小玲压低嗓子说，我说的是正经的，我们那里有个神婆特别灵，据说很多城里的大官都去找她算卦，破解灾难。我去帮你算了一卦，她张嘴就说，姑娘你这是替别人问的，这人龙行浅滩两年多了，有本事使不出来，被职位比他高的人欺着，泰山压顶，不把山扳倒，此人下场很惨，容易疯了！牛小顺被最后一句话击中，他的确快疯了，很多时候，他感觉到疯是个有边有沿儿的悬崖，自己就站在边边上，只要不管不顾地一跳，疯就来了。她有啥法子？牛小顺急切地问。小玲从兜里掏出个黄纸包说，她给写了个咒符，说贴到床底下办公桌底下都行。牛小顺伸手来拿，小玲攥了手说，不能打开，打开就不灵了，尤其是你自己不能碰它，找时间，我去帮你贴上吧。牛小顺看了看时间，说我现在就去办公室，你过一会儿来，还是上次的办法。

两人进了局长办公室，围着办公桌研究了一会儿，觉得不管是贴在抽屉底下还是板面下都容易被发现，牛小顺开了套间说，贴床底下吧，虽然他只是在那里睡午觉。小玲说，只要是他的床就管用。小玲看着局长午睡的床惊讶地说，睡个午觉要这么大的床呀，能睡好几个人呢。她用屁股在床上颠了颠说，席梦思真舒～服～吓～。小玲拐上弯的话，电波一样接通了牛小顺脑子里那撩拨人的浪笑，那滔天的让人控制不住地想被淹没的浪。他端详着小玲，想象着她变身浪女人的样子，不觉气息急促。他知道此时换作局长，一定立马扑上去哼哧着把小玲给干了，也或许根本干不了，只能跟塞团丝巾似的塞进去逼迫着小玲装高潮。此时，他发现自己强烈地想变成局长，肆无忌惮地把小玲干了，又怕自己摆不平被他干了的女人，被赖上。他努力克制着，期待着小玲主动投怀送抱，并给他一个可以吃饱了抹嘴走人的理由。看小玲跟个孩子似的一味地颠着，就诱导她说，看你这么喜欢这床，局长要是睡你你肯定会答应的。小玲怒眼一瞪，胡说，那么恶心的人睡我我才不干呢。牛小顺说，你，你那意思是可以睡，得分人是吧？

小玲早都看出牛小顺的心思，她也知道自己欠他的早晚要还，她只是不喜欢他拐弯抹角地讨要，希望他给她一个能让她自我欺骗的理由——爱情。小玲说，我爱的和爱我的，就可以来。牛小顺的心里嗖地刮了一阵凉风。爱与被爱，都是女人编制泥潭的材料。他果断地说，我把床垫子掀起来，你贴，用胶带。小玲不起身，只是定定地看着他，他退缩了，她反倒来了勇气——这一刻，她才看透自己——没有爱，她也愿意把自己给他——能和一个政府的人有肌肤之亲，让她觉得光荣，让她觉得平衡——平衡那些她看不上又对她心存幻想的目光在她心里引发的失望——她进城来，虽从没有奢望能嫁到牛小顺这样的人，但她也不会嫁那些用眼来她胸脯上乱挖的民工。那些人，在家里，就能嫁到，何必跑这么远呢。从老板硬把她按倒后，她就知道这城市里还藏着很多老板那样的无赖——谁说是我强迫的你？有谁看见了？想到老板，小玲觉得牛小顺的退缩正是牛小顺的高尚。她秋波荡漾地喊，牛～哥～，你再用上次在我们店里的那种眼神看看我嘛～。牛小顺无法解释自己那天的眼神是为了遮掩放屁，他叹口气，把目光从小玲脸上挪开。他这一叹，让小玲觉到了他欲爱不能的无奈，小玲心里一阵揪疼，这个瞬间，她真的体会到了爱。她也叹口气，低头看见床头缝里有几根颜色不一的长发，捏起来，用指肚搓捻着，琢磨着她们怎能同意了那褪毛猪一样的男人压在身上拱，是因为他也像她的老板一样吗？

就在两个人止步不前的时候，牛小顺想起了那些他藏在宿舍里的卡，他说，一会儿回去，你跟我去趟宿舍，我还有张卡，你拿去给你妈买点补品。小玲心里的爱就势腾空，她抱住他的腰说，谢谢牛哥，为了你对我妈的这份恩情，我愿意什么也不求地跟着你。小玲说着，用嘴来亲他。牛小顺内心里一阵狂喜——吃饱抹嘴走人的理由最终还是出来了，把那些棘手的卡洗得有恩有爱的机会竟然来了！他忍着自己澎湃的欲望，绷着嘴唇，因为要留下一个小玲硬上赶的把柄，也因为遗憾——如果换做是杨青青就好了，尽管她那么烂，他还是想要她，想干她。小玲亲吻着牛小顺毫无回应的嘴唇，意识到了自己的卑微，努力地模仿着影视里男女交欢的喘息，用他喜欢的拐弯的语调唤他。

浊浪滔天。瞬间卷席了牛小顺。种种的羁绊都飞灰湮灭，他忘却了怀里拥着的是馄饨店里他瞧不上眼的服务员，忽略了她头发里的油烟味。她是那个浪笑如潮的女人，是那些哆哆地送上门让局长干了换项目的女人，是传说中被局长干了的同事某某某某某，是让他魂牵梦绕的杨青青，杨青青啊杨青青啊青青青青……从未有过的持久和澎湃，牛小顺浑身舒畅地瘫软下去，心满意足。浊浪随着气息的缓和逐渐退去，他看了看他的替代品，闻到了她头发里馄饨店的气息，他把她的头从胸前推开，招呼她赶紧穿戴。她整理着衣服问，青青是谁？他说，谁也不是，是我怕自己太猛伤着你，提醒自己轻轻的。她感动地抱住他。他应付地亲了亲她。然后，两个人贴了符咒，整理好局长的大床，前后脚回到他的宿舍。他拿出一张两千元的卡给她，再次嘱咐她给她娘买些补品。她再次抱住他。这一次，他们俩，平静有序，从容有度，像闲来无事的人打理新种的菜园子。这一次，她只是她，他也只是他。这于他，格外重要，他第一次享受用居高临下的姿态占有女人——原来可以什么都不用顾及，原来可以放松得能体会到最细微的触觉反应。他像小孩子写字似的，慢悠悠一撇一画地做着没有爱的爱。他第一次知道，没有爱的爱做起来也别有滋味。他甚至想起了汪梅，想起汪梅的时候，他下意识地瞅了眼门锁，他在心里对那个动不动就要求他表现好了或把家里卫生都打扫干净了才能获得上床亲热资格的汪梅说，我还就不怕你了。

那个符咒并没有显现出威力，局长对牛小顺的侮辱谩骂越来越频繁，有一次甚至还借不满意稿子的理由，用卷起的稿纸哐哐地抽打他的头。这样的时刻，他就感觉站在悬崖的边边上，他恨不得拽着局长一跳了之。每次，就在他打算跳的时候，他就会听到瑞瑞的哭喊和他娘那灰鹅一样的嗳气。还有小玲，她那么疼爱他，不厌其烦地搓热了手给他揉肚子，帮他放屁，她还给他洗脚剪指甲。每次，他都在心里朝自己狂喊，牛小顺你要忍住！忍住！忍住！

局长曾在酒桌上说过一句看似笑话的话——谁给他送礼他根本不记得，他只记得谁没给他送。听局长说这句话的时候，牛小顺还处在受宠的阶段，他替局长看了看端午节没到局里表示的那个经理。那个经理脸一红说，早都准备好了，我出差去了，我们副经理要送来，我说不行等我回来，我得亲自拜见王局。明天，明天。

牛小顺不知道这样的场景在他受排挤的日子里曾多次上演过。最近的一次，就发生在牛小顺和小玲贴符咒的次日夜晚。那个夜晚，局长在酒桌上醉眼蒙胧地盯着新世纪工程公司的梁总说那句很像笑话的真话。梁总愣了一下，立马意识到出了问题，他站起身去走廊给他的新任秘书打电话，重新回到座位后，借单独敬酒的理由把局长拉到旁边的沙发上耳语。梁总说，中秋节前我让新聘的秘书去拜会您老大哥，就为了让您看看怎么样，大高个，白白的，黄头发，记得吧，比你我都高一截，与众不同，大哥您要是有意，我找个理由让她再去。我让她带了两张五千的卡孝敬您，这小妮子没耍奸吧？

大高个，两张五千的卡，用一个红包装着。局长印象深刻。他立马热情地拉起梁总的手说，好兄弟，你从来不像某些人，白眼狼……明晚，我请你，带上你的"大洋马"。梁总趴他耳朵上更正说，是大哥您的。

第二天局长一上班就找那个红包，想把它当见面礼给"大洋马"。

当牛小顺被蹲守的警察逮住时，牛小顺发现脑子里既没有瑞瑞的哭声也没有娘的叹息，更没有小玲的柔情，只有一个声音，完了。完了。这两个字像他年少时黑白电视深夜里的宣告——雪花闪闪的宣告。那时的他，关了电视躺倒床上还能在黑黑的夜里看见在雪花中纷飞中的它，他会依依不舍地含着淡淡的恼怒盯着它睡去。夜夜如此。被押送出局长办公室的时候，他才深刻地意识到，反复重现的结束，从来不是结束，只是循环往复的一个节点。真正的结束，是折断式的，悬崖的边边上主动或被动地一跃。牛小顺听见自己的胳膊和手腕上的铐子都发出了类似折断的声音。最剧烈的折断在脑子里，咔咔的。咔咔的。思绪断了又咔咔地接上——咔咔的，奋斗了多年的前途断了，这使他路过办公室时满怀眷恋地瞅了一眼；咔咔的，自由自在生活的日子断了；咔咔的，在人眼里的尊贵优越断了；咔咔的，婚姻就要折断了，瑞瑞对父亲的崇拜折断了，父母的光荣折断了……像一场八级地震，全面折断了。一片断壁残垣的狼藉。伴随而至的耻辱，将铺天盖地，裹尸布一样裹住那些断裂，发酵成丰富人类生活的话材。

折断声过后，牛小顺逐渐平静下来，他意识到这种折断不仅是他自己的，还是局长王良忠的。王良忠落在他手里的两个把柄，即将变成两把利斧砍断那狗日的拥有的一切！牵一发而动全身，必定能引发前进市官场的强震！会折断很多个王良忠！那时，那时，他牛小顺的折断就有了意义，他将成为以身引爆反腐战争的勇士，用一大群贪腐的牛逼人物垫着背，摔死也有摔死的意义和快感。他意识到王良忠可能就在他看不见的暗处正朝他得意地奸笑，他仰起头，昂然向前。他要让王良忠记住他此时此刻的豪迈，成为王良忠漫长牢狱生涯里耐人寻味的一个镜头，一根刺，深深地扎进他的心里，永拔不出。

牛小顺错了，王良忠的确在另一间没开灯的办公室里，他的确笑了，但不是朝着牛小顺笑的。是朝着牛小顺的哥哥熊伟杰笑的——你以为我王良忠是哑巴吃黄连的主吗？我怎么不着你，但让你不痛快我还是能做到的，哈哈。王良忠的两嗓子笑，笑得干巴巴，不爽，一份志在必得的快乐拖延得太久，就像一块出炉太久的面包散失了太多的味道。两年前，他就计划着期盼着这份快乐。大的小的他都设想过。惹牛小顺打架骂人失误受处分甚或发疯跳楼。他就是没想到牛小顺能成小偷。派出所所长李鑫给他电话说，在牛小顺宿舍抓住了一个女的，没审就招了，是牛小顺相好的，牛小顺过一段时间就会送给她一张卡，缴获了一台电脑。王良忠说，这狗日的，敢偷我钱包二奶，给我往死里审，弄他几年解解气。

出乎所有公安干警的意料，牛小顺表现得不但平静还有点牛逼哄哄。他说，我是故意的，这是我检举王良忠犯罪的办法，我很清楚用老百姓那种写个材料按个手印的办法，结果就是石沉大海，还招惹得他对我打击报复。只有用轰轰烈烈的以身触法的方式进行检举，才能引起有关方面的重视。你们别琢磨着用对付普通百姓的那一套对付我，想着也给我弄个屈打成招，我早有防备，我已经把王良忠犯罪的证据拍了照片委托朋友保管着，如果他一周内联系不到我就会发布到网上，我知道那些证据只是把揭痂的小刀，真正的脓包都深藏着，但这年头，最缺的就是这个小刀。引线，砰！

早有人调出了牛小顺的档案，发现他竟然是市局熊科长的弟弟，立马把情报报告给派出所所长。李鑫略一沉思，指示办案警察说，给他把铐子解了，安排两个人守着他。李鑫思索再三，分别给熊伟杰和王良忠打了电话。不一会儿，审问小玲的人和查看牛小顺手机及电脑的人都跑来汇报。李鑫再次电话王良忠说，老兄，他真不是唬人的，确实有证据，有照片，在你办公室里拍的，你赶紧想办法，我这里尽量捂，捂得住捂不住可就看你的了。王良忠仿佛被人兜头浇了一盆冷水，他喘口气说，我不怕，那都是兄弟单位间逢年过节的礼尚往来，不管是哪级领导都明白的事。李鑫提醒他说，弄到网上的时候，领导们还明白吗？！还能明白吗？！

王良忠苦思冥想之后，觉得还是得求熊伟杰帮着捂盖。他一遍遍拨打熊伟杰的电话。熊伟杰到底是有勇有谋的人，他知道当敌人主动而慌乱，就是胜算的时候。他装没听见。他连夜驾车到了奋发区派出所，听所长李鑫讲述了王良忠的报案经过和抓捕过程后，让人把牛小顺带到了会客室。李鑫给哥俩抱来了两床毯子说，你俩都在长沙发上歇歇，好好聊聊。牛小顺低头瞅着手边的毯子，想起这是和哥哥同室而眠的第二个夜晚，抬头看见哥哥脸严厉愤恨得快成刀了，赶紧把目光移到自己的脚尖上。他知道自己原本就离哥哥远，现在更没有资格近了。很多年来，他一直努力向哥看齐，包括受辱骂折磨的两年，他也是因为怕哥瞧不起他而不敢求助。现在，看齐的幻想彻底碎了，他唯一能让哥另眼相看的就是把反腐斗士的角色扮演下去！

熊伟杰回到家的时候，王良忠已经带着他妹妹（熊伟杰老婆的大学好友）在他家等候多时了。熊伟杰先发制人地把王良忠臭骂一通——你对我有意见，你朝我来，来明的，耍这些阴的，你能对起谁？！

熊科长您误会了，我怎么敢跟您玩阴的，你就是给我一百个胆我也不敢，我就是脾气不好，说话好动粗，这您都是知道的呀。

我自己的兄弟我了解，你要是不把他逼急了，他没有同归于尽的这种胆魄。

我确实不对，熊科长我错了，我保准改，您想想法子劝劝咱兄弟，这事只要消停了，我给您当牛做马一辈子。再说，您也知道，这事闹大了，我要是进去了，就我这德行我也当不了刘胡兰，顶多就是个顾顺章。熊伟杰冷笑一声说，就凭你，甲能有多长？你以为你挠别人，别人就没个创可贴？！王良忠大脖颈一紧，打下自己的嘴巴说，绝对不是这意思，我就是怕连累兄弟们。

又一次出乎所有人的意料，牛小顺誓死不肯走出派出所，一副舍身饲虎，把牢底坐穿的大义凛然，搞得那些想让他乖乖回家的人疲惫不堪。王良忠一支接一支地抽烟，躁躁地吸进去，急急地喷出来。怎么办？！熊科长，你说怎么办？！牛小顺就一神经病，要不是看您的脸面，哎，就一标准的神经病嘛！王良忠的烟嗓音在派出所的走廊里游窜。

熊伟杰一介绍客人是牛小顺的局长时，牛小顺的母亲就明白牛小顺出事了，她努力地控制手脚的颤抖，研究着他们的表情猜测着事情的大小。

她不敢问，仿似那事是条毒蛇，一问会把它吵醒咬人，不问它就沉睡着。牛小顺的父母乖乖地被指挥上车，局促不安地僵坐在熊伟杰的车后座上，看着前面两个高贵的脑袋，惶恐不安。平生第一次，熊国荣用酒精泡糟了的眼珠子温顺地凝视起自己的老婆来——她竟然也有筛个不停的时候。他把手伸过去压住她的手。她没有抽回手去，也没有伸着脖子嗳气打嗝，她只是安静地哆嗦着。他决定替她发问，毕竟这个儿子是他的，问多了问少了都能担待。他清下嗓子说，伟杰，你说个痛快话，我和你娘又不能跳车跑了，到底啥事？小顺惹祸了？

熊伟杰轻轻地拍了下方向盘说，刚才在家里没说，怕你们激动，惹得左邻右舍乱传话。王局长（熊伟杰说着伸出左手拍了下王良忠的肩膀），是小顺的顶头上司，我多年的朋友，人脾气急来些，小顺呢从小脑子就不灵透，有时干事就不到位，王局长难免批评他几句，话难免重一些，嗨，这小顺就跟他较上劲了，竟然去偷他的卡，就是购物卡，能到商场里买东西的，人家王局长可不知道是谁干的呀，就让派出所布控抓小偷，把小顺给抓了，一审，才知道他竟然用那些卡养了个女人，馄饨店的小服务员，要判至少判他个两三年的牢狱。王局长看在和我多年朋友的份上，就说把这事私了了，就当个误会，说小顺去他办公室是拿材料加班写稿子。这多好的事，上上下下地都能给他抹画过去。嗨，小顺竟然不答应，赖在派出所里不走，非说要拽着王局长一起坐牢。原本不打算让你们老人跟着生气，没办法只能让你们来劝他。小顺母亲听到她儿子没有生命危险的时候，身子停止了哆嗦，长长地嗳了口气，紧接着又被耻辱和羞愧缠裹得老泪纵横——小顺，她苦熬着的这条命里唯一的安慰和骄傲，竟然如此龌龊如此不堪。她把手从男人的手底下抽出来，孤独地攥着。她坚信是身边这个折磨了她半辈子的男人害了她，也害了小顺——如果不是他这样的种，她的小顺绝对是个令人尊敬的人物，像她每次见他时叮嘱的那样——不贪财不贪色，光明磊落，坦坦荡荡，走到谁跟前谁都能打心眼里高看你一眼。

牛小顺没想到哥哥和局长会把父母搬来。其实，他已做好了妥协的准备，因为在刚才的梦里梦到局长把他送进了精神病院，他被一群大夫和护士包围着，按压着，任凭他怎么哭喊抗争都无济于事，他的任何辩解和愤怒都会引起他们往他血管里注射药水，他朝围观的人求救，却见他们踮着脚尖伸着脖子围成一个大圈乐他，局长和他的同事们，包括杨青青，也在离圈稍远的地方乐呵呵地瞅他，好像他是一个喜剧演员，正在演出令人捧腹的小品。他突然意识到局长他们能让他牛小顺的语言和行为失效，让它们失去正常的表达意义，能让围观者把正义的正常的正确的话语和行为都当作疾病的形式，最终让他作为人也失效。牛小顺突地陷入了上天无路入地无门，叫天天不应叫地地不灵的恐慌和无助，大汗淋漓，浑身瘫软，脑子麻木。没有人能救他，哥也不能。他从噩梦中醒来，后怕万分又庆幸万分——好在那只是一个梦。他打定主意找个台阶从反腐勇士的高台上下来。

就着梦里的恐慌，牛小顺看警察的眼神缓和了，甚至是讨好了，他说，麻烦倒杯水。他把水一饮而尽。倒水的警察用他梦里人的乐呵神情问他，想通了？

牛小顺看见母亲的一瞬间，知道台阶来了。他几乎是愉悦地喊了声娘。他声调里的轻松让他娘觉得他无药可救了——做了如此龌龊不堪的事，违背了她天长日久的教诲，竟然还装得跟没事人一样！竟然还能无羞无耻地喊她娘！她厉声说，别叫我娘！你还有脸叫我娘？！你要是我儿你就乖乖地跟我回去，洗心革面，重新做人！你不走是吧？！你不走，我就撞死在这里！牛小顺慢慢地站起来，盯着他娘身后的王良忠，琢磨着做点啥动作让他记忆深刻。就在这时，只听咚的一声，母亲患关节炎的老膝盖给王良忠跪了下去——王局长呀，感谢您的大恩大德！母亲给王良忠磕了一个头，挪动膝盖，又朝向她的继子磕下去——伟杰，娘谢谢你救了你弟！熊伟杰边扶她边义正词严地呵斥牛小顺——小顺，你不惭愧吗？！让老人因为你下跪！

一个月后，原总务科长因为在购进办公桌椅时收受回扣被免职，牛小顺被委以重任——总务科副科长主持工作。在恭贺声里，牛小顺的肚子鼓胀起来——所有心怀梦想的人都明白——局长用明升暗堵的方法堵住了他往上往上再往上的升迁之路。好在，汪梅是满意的，他的工资奖金都有了大幅度的提高。在宽敞明亮的办公室里，他读着报纸，溜达着网站，暗自哀叹大好前程的改道。不时地，他会想起小玲，想起她离去前留在他宿舍台历上的那句话——牛哥，我没说符咒的事。

一年后，牛小顺发现那个符咒没起作用，好在出现了让他的肚子不用揉搓也能舒畅排泄的新情况——"打虎拍蝇"！当越来越多的"老虎"被打、越来越多的"苍蝇"被拍的时候，整栋大楼的苍蝇们都惶恐了，害怕了，开始努力地粘金粉装蜜蜂。王良忠优雅起来，友好起来，甚至谨小慎微起来。那些逢年过节就到局里搞接头的"地下党"们不见了。妖娆的女人们不见了。他老婆隔三岔五地开始出现了——给他送午饭。他的套间改了门挂上了值班室的牌子。他的办公室经过砌夹墙的办法进行了缩减，经过他亲自测量计算，七遍，确定超出上限 0.01 平方米，牛小顺和局办主任都说 0.01 可以忽略不计。王良忠和蔼可亲地说，我们一定要严格遵守上级的规定，小顺你再辛苦辛苦，把那堵墙上再贴上一层板子，把这个 0.01 去掉。

一天下午，和牛小顺越来越亲近的杨青青到总务科领办公耗材，牛小顺和她谈起局长的变化，杨青青妩媚地一笑说，谁的粗鲁也不是天生的。牛小顺品咂着这句话，发现它很适合模仿造句，比如谁的优雅也不是天生的；谁的肆无忌惮也不是天生的；谁的谨小慎微也不是天生的；谁的腐败也不是天生的；谁的烂也不是天生的；等等。

地狱来信

　　六点的天已经黑得认不出人来了，我坐在地狱通道网吧的门口，透过玻璃往外看着。

　　外面的路灯坏了。我看着匆匆而过的人，并不能看清楚是男人或女人，但我看得见每一个人都要歪头看一眼我的地狱通道网吧的招牌，因为它们是黑暗里唯一的光亮。路灯是昨天深夜我的哥们儿弄坏的，挺费劲，提心吊胆。哥们说，只有这样才能产生广告的效果，黑灯瞎火的，突然看见"地狱通道"闪着蓝光，绝了，是个人就忘不了。我许诺，等赚了钱，请他们撮一顿。

　　没有人来，可我不能关门，我要充分地利用人们难得的侧目凝望，让他们记住这里——有一个开门到深夜的网吧。地狱通道。

　　没有人来，一个也没有。寒冷阻挡了一切。

　　一个人惨淡经营的日子真是无聊透顶，我打开电脑，对自己说，去他妈的电费、上网费、工商管理费，不挣钱还不活了吗？我打算上网先看看有没有信，再找人聊聊天。

　　信箱里还真有一封信。

年轻人：

　　打扰您感到很抱歉，请您无论如何帮忙找一个名字叫潘东昌的男人，他1969年的时候在画院，家住红石桥路113号。他现在的阳间年龄应该是

73岁。如果他还活着，如果您还能找到他，请您告诉他我在找他，对他说："夜三点，月半悬，梧桐树下"，他会相信您的。如果他有计算机的话，请将他的电子信箱地址给我，方法是：写在干净的黄草纸上，在鸡叫前于十字路口烧掉。如果没有，请您无论如何把他叫到您那里等我的信，拜托了，年轻人。善有善报，恶有恶果。神佑您。

李艺娃发自地狱

阳间 2001 年 12 月 1 日零点

不知是哪个哥们儿逗我开心呢。

嘿嘿，年轻人，地狱，还搞出特务接头的暗语，哈哈年轻人你等着吧。我朝着计算机扮了个鬼脸。

我移动光标，打算关闭信箱。突然，这封信里所有的字都放射出柔和的蓝光，光光相连，那些字飘动起来，像是浮在蓝色的水面上，我禁不住拿手去摸屏幕，手指肚麻嗖嗖的。还没见过这样的事呢，难道会是真的？我缩回手来，赶紧扑向电话，想把哥们儿叫来，见见新鲜。我的手刚抓起话筒，所有的字突然发出强烈的蓝光，然后，电脑黑屏了。

我看了一下表，凌晨一点零九分。我放弃了打电话的念头。没有真凭实据，鬼才相信我呢。

整整一夜，我躺在地狱通道网吧的行军床上，被这封信的怪异之处缠绕着。

挨到天亮，我给所有的哥们儿打电话，七个电话，一个回答：别逗了，做梦了吧，你。

难道真是做梦了？我也有点怀疑起自己来，哪有这种事？那个意大利人也只是自己去了趟地狱罢了，他也从没收到过地狱的信呢，而且他那是蒙人的，这谁都知道。可是我整整一夜没睡觉，我怎能是做梦呢？难道会是真的？真的会有地狱？真的能够从地狱里发信？地狱里也有电脑？我被这众多的问题缠绕着。

我给妞子去电话，妞子是电脑高手。我问妞子，现在有没有使信中的字迹产生光，且能够使字迹游动的通信程序。妞子，这个微软中国公司的高手兴奋地说，行啊，你，你这点子不错啊，我可以告诉比尔·盖茨，得了奖金，分你一半。

有了妞子的回答，我决心验证一下。我想起了从奶奶那里听来的所有关于天堂地狱的故事，半信半疑起来。我决定去画院和红石桥路113号一趟。

我锁上地狱通道网吧的门，骑上自行车，边询问边找。半天转下来，有三位老人告诉我，红石桥路在1979年就改名叫幸福路了，画院和艺术学院合并了。现在的画院，就在艺术学院的院里，有一个单独的小院。

幸福路，就离我的地狱通道网吧三站地，那里我熟悉得很，一条步行商业街，不去也罢。我来到艺术学院，找到东北角上的画院，一座三层小楼，静悄悄。我挨个门敲，手指关节痛了，我就用手拍。上上下下，没个人影，静得让人害怕自己的心跳声。听着从远处传来的学生的嬉笑，我突然害起怕来，莫不是真有蒲老先生的狐仙现出这枯竹丛生的三层楼的小院，来迷惑我吧？我跑起来，有急促的脚步追随着我，我知道是自己的，可还是边跑边回头张望。

功夫不负有心人。最后，在艺术学院国画系的办公室里总算是有了一点线索，一位刚给研究生上完课的老画家告诉我，潘东昌是我国著名画家李再的得意弟子，"文化大革命"中被判了刑，1979年释放后，就隐姓埋名了，据说现在画坛上著名的树下先生就是潘东昌。但是，他住在哪，怎么联系，谁也不知道。我问他，知不知道李艺娃这个人，老画家想了半天，说，可能是李再的女儿，记不清楚了。最后老画家说，都是听说的，不确切的。

这里面一定有故事。我对自己说。

如果，我能够找到潘东昌，能够再收到地狱来信，那么我就是发现地狱真正存在的人！这可是万古未解的迷吆！哇噻！够刺激的！说不定，我还能成为世界名人呢！哪怕只成为地狱在人间的联络者也不错，经常跟阎王联系一下，把为非作歹、贪赃枉法的人汇报过去，让小鬼索了他们的小命去！一个个都下地狱，爽啊！哪天把和阎王的通信集合出个集子，还愁没饭吃？！爽啊！

三天，我在苦苦地思索，怎样找到潘东昌，怎样证明地狱来信的真实性。三天，我守在电话前不敢离开半步，因为我在晚报上登载了寻人启事，我许诺用三百元购买有效线索。

三天，一点儿消息没有。信箱里也没有任何信件。我担心时间久了，李艺娃以为我不肯帮忙，我就永远失去了再一次收到地狱来信的机会。12月4日晚，我灵感突发，何不先照李艺娃吩咐的去做呢，收到来信时用摄像机拍下来，全过程，再找妞子过来见证，看这个世界对我的发现还有什么话说。

我上网用潘东昌的名字申请了新的信箱，当屏幕上出现恭喜您申请成功的时候，我马上给远在北京的妞子打电话，我用奄奄一息的声音说，妞子，求你回来看看我吧，我得了艾滋病了，昨天刚查出来的，我就要崩溃了，妞子，我该怎么办啊，我怎么活啊？我嚎啕大哭起来。妞子说，我这忙得手脚都快分不丫了，你别逗了行不，等春节我回家时，一定去看你。妞子到底是妞子，不会轻易上钩的。我说，妞子，你忙我不怪你，我只是不想活了，你知道你在我心里的位置，我对你的信任，只求你，不要对任何人提起我的病，让我死得光荣一些吧。我把电话挂断了，趴在电话上笑得肚子疼。我摸得准妞子的脉搏，妞子会上当的！

一泡小便还没解完，妞子的电话就来了，妞子在电话里哭了。我已经请假了，今天下午三点的火车，到站是明天凌晨一点十二分，你千万不要想不开，一定等我回去。妞子哭得鼻涕都出来了，妞子说，我早都说过，你早晚会作出事来的。我说，妞子，你要信我，我从不瞎作的，是去年的那场车祸，输血输的。

我借来摄像机，调试停当，再找来黄表纸，将 pandongchang@diyutongdao.com 工工整整地写好，等待天黑，等半夜的来临。

妞子是我小时候一起研究生殖结构的朋友，这种交情不是半路上结交的朋友能够比的。尽管在十七岁那年，我们闹过重大矛盾。那年的夏天，妞子突然想起一个问题，妞子说，我四岁的时候，结构就被你研究了，你要负责任。我说，你也研究过我了，你也要负责。妞子说，那我们就彼此负责吧，我们相好吧。我没同意，我对妞子说，没想到你还会耍流氓呢。妞子因为这句话有一年的时间没理我，发愤图强，高二便冲线去了清华。其实，如果当时妞子别用那种命令的口气说那样的话，我还真就会和她相好。当然，真要那样的话，妞子也就不会是今天的妞子了。妞子在大二的时候谈恋爱了，恋爱使她顿时聪明起来，她写信给我说，是我成就了她的学业和幸福。我们和好如初。

十二点半，我来到十字路口，将那张黄表纸烧掉，在上面我还写道，潘东昌已经找到，他是目前中国画界著名的大师，艺名"树下"，他在今夜等您的信。小小的黄表纸，在火焰的跳跃里瞬间化为灰烬，一个旋风卷起了黑色的碎片。

早都听奶奶说过，旋风是鬼魂在人间的脚步。我的皮肤上顿时起了层"小米"。看着突然而起的旋风，我坚信一定能够收到李艺娃的来信。我拔腿向火车站跑去。

妞子一见到我，就紧紧地抱着我哭，我对妞子说，回去再说，别这样，会传染你的。妞子说，我懂，榕树下有个叫黎家明的艾滋病患者，一直在讲这方面的知识，这样不会传染的。

我开门锁的时候，妞子说，你这里怎么这么黑，阴森森的，还地狱通道呢，你就不能搞个不瘆人的名字。

我对妞子全盘端出。我对怒眼圆睁的妞子说，我句句实话，叫你来，一是因为你是电脑高手，可以帮我判断可能出现的问题；二来是让你和我一起见证这伟大的历史时刻，咱俩毕竟是一起研究过结构的朋友。

计算机显示正在接收邮件。我对还想跟我理论的妞子说，来了，来了，别出声。我按下摄像机的开关。妞子紧紧地抓着我的手，其实妞子不抓我的手，我也会抓她的。妞子说，我身上起了一层鸡皮疙瘩。我说，我也是。我撸出胳膊让妞子看了看我抖立着的汗毛，妞子认真地害起怕来，把头靠在我的肩上。我们静静地等待着。

突然有蓝色的光从屏幕的四周发出，向屏幕的当中聚集，如稀释过的纯蓝墨水在流动。妞子不由自主地拿手指摸了摸屏幕，又立马缩了回来。我知道她手指的感觉，我有经验的。我顾不上她了，再次检查了已经在正常运转的摄像机，一切正常。

稀释过的纯蓝墨水一样的光均匀地铺满屏幕，接着便出现了横向颤动的条文，像蓝色的床单被洗衣的女人从两头抻起。横向的条文颤了几颤，便转变成了一行行的文字，同我们平日里看到的文字无任何异样。

东昌哥哥：

　　我终于又可以对你说话了，这是我前世里都不敢奢望的。你的艺名"树下"让我确信那个年轻人是真的找到了你！他找到的是真的你！东昌哥哥，你还好吗？东昌哥哥，我是多么想你，没有一个人，也没有一个鬼魂能够想象出我思念你的程度。分别的这四十二年来，每一时每一刻，我都在想念你。这是我的幸福，也是我自己选择的惩罚。

　　东昌哥哥，我还是先告诉你我是怎么能够发这封信的，以免你怀疑那个好心的年轻人，怀疑艺娃的信。东昌哥哥，千千万万不要有任何怀疑啊，你知道吗，你的艺娃因为给你发这封信，是冒着魂灵永远消失的危险的。因为，你看到的每一个字，都在消耗着我灵魂的能量。

　　是这样的，三年前，地狱里来了一个叫陈大豪的男孩子，他在阳间是一个计算机高手，专门创造计算机病毒，给世界各国都造成了无法估量的损失。他死后来到了地狱，因为犯有骄傲罪、毁坏他人财产罪、恐吓罪，数罪并罚，他应该被打入第十七层地狱。那是一个年青的男孩子，他哭着对阎王说，我不知道还真有地狱，阎王你饶了我吧，我不是故意的，我只是想让别人知道我是世界上最聪明的人，早知道真有地狱存在，打死我也不会那么干的。

　　阎王早就对阳世间不再相信地狱存在的情况有所了解，他很生气，因为不相信地狱的存在，就是不承认阎王的存在。更何况，地狱里早已是鬼多为患，阎王曾想尽一切办法想让阳世间的人得知地狱的信息，一来重振他的威名，二来告知人们不要为了一时的邪念，换取永恒的痛苦。无奈，因为阳世间现在的电磁波过于强烈，地狱的信息用传统的方法发出后，都被电磁波破坏了。

　　阎王对陈大豪说，现在有一个让你做最聪明的鬼的机会，还可以免你下十七层地狱的罪。他命陈大豪研制与阳世间通信的办法。陈大豪只用了两年的时间就证明了他是最聪明能干的鬼，他研制出了把灵魂的磁场信息转化为阳间电信设备能够接收的电磁波，再转化为文字。12月1日那天，我给那个年轻人发的寻找你的信，是第一次成功的试验。对你的思念，让我情愿充当试验品，哪怕我会因此再一次死去。

　　东昌哥哥，我嘱咐那个年轻人对你说"夜三点，月半悬，梧桐树下"，不知道他是否对你说了，东昌哥哥，你还记得吗，1969年11月9日凌晨三点，你来到我家，告知我爸妈惨死的噩耗，你帮我把爸爸的画用油毡纸包好了，埋在院子里的梧桐树下。你和我约好，以后若想拿取爸爸的画，就托人捎信说，"月半悬，梧桐树下"；报平安就说"梧桐树下"。东昌哥哥，你还记得和艺娃的约定吗？我是你已经死去四十二年的艺娃妹妹啊，东昌哥哥，我的爱人，我知道你并没有忘记我，你的艺名让我知道我的东昌哥哥没有忘记我！哥哥，今夜我是多么欣慰，我四十二年来的思念得到了安慰，只是苦了你。

东昌哥哥，你能原谅艺娃给你造成的痛苦吗？哥哥，艺娃一直想请求你的原谅，一直想告诉你，你不要有半点的悔恨，你的艺娃，她是幸福地死去的！她自私地为了自己的幸福死去了，她没有想到这会给你留下一生的伤痛。

我知道你的心是痛苦的，从我死去的那天早晨，我的灵魂看着你抱着我的肉身痛不欲生的时候，我就后悔了。后悔自己的死。东昌哥哥，可是我没有办法再复活，我没有办法告诉你，我是幸福地死去的，你不需要有一星点的悔恨。相反，我还要感谢你，因为那促使我死去的，那让我产生幸福感的是你，我的东昌哥哥。可是我年轻的心是那么自私，我只想着自己了。今天我终于可以对你说这句话了，好在还能够在你活在阳间的时候对你说这句话，尽管已经晚了四十二年。

这句话，在四十二年前的那个早晨，我就对天帝和阎王说过了。东昌哥哥，你一定想知道艺娃离开你之后的历程，就像我时时刻刻都在思念你一样。那就让我尽可能地告诉哥哥吧，只要我灵魂的能量足够用。让我把堵在心口四十二年，不，还要长久的爱告诉你吧。

东昌哥哥，我对你说你不需要有半点悔恨，实在是因为我爱你已经很久了，在我十三岁的时候，我就爱上你了，我没有告诉任何人。直到1964年，我十七岁的时候，你结婚的那一天，被妈妈发现。是的，妈妈是知道这件事情的。东昌哥哥，当我从姥姥家回到我家里，听邻居说爸爸妈妈都去你的新房了，你结婚了！我的脑袋顿时胀大了起来，大得比房子还大！圆滚滚的，沉沉地压在我的脖子上！我不相信这是真的，不，不是真的，东昌哥哥是艺娃的！今生今世！没有人能从艺娃这里带走他。我跑到你的宿舍，可是它已经是你和另外一个女人的新房了！你门上的那个窟窿已经用木板钉上了，并刷上了黑漆，门上贴着血红的喜字。很多的人挤在那里，阳光透过红色的窗户纸在每个人的脸上都涂上幸福的粉红色，一群耍弄计谋的魔鬼！一群幸福的魔鬼！我的心狂跳着，诅咒着每一个脸上有着粉红色的人，我觉得是他们用计谋把我的东昌哥哥夺走了。我挤进人群，一直挤到了你的新床边上，我要找到你的脸，我知道你的脸会告诉我这一切是不是真的。你坐在一把椅子上，你脸上的粉红色比任何人都浓，浓得几乎和你门上的喜字一个颜色了。这时我才知道，你欺骗了我，东昌哥哥，你欺骗了我！我的心在大声地责问你，你难道不记得五年前你背着我去卫生院的那个晚上，我对你说的话了吗，我对你说，长大了要嫁给你。你答应了我，你说，那好啊，你就快快地长吧！妈妈说我发烧烧出胡话来，我生气地哭了起来。你说，艺娃不哭，艺娃不哭，快快地长大就是了。东昌哥哥，你知道吗，从那天晚上开始，长大成为我唯一的目标！快快地长！

我终于长大了，为你长大了，东昌哥哥，你却和别的女人结婚了！

而且是偷偷地，偷偷地结婚了！

你看见了我。你说，艺娃来了，昨天我还问师父艺娃呢，我结婚怎么能没有艺娃参加啊，来，吃糖，来，看看你新嫂嫂。东昌哥哥，你多么残酷，你想让艺娃吃糖，吃你和别的女人的喜糖。你把喜糖放在我的手里，把我的手和你的喜糖一起握在你的手里。你引导我去看你那低垂着头的新娘。艺娃怎么能去看她呢，不，艺娃不会去看她的，艺娃去看你的床，你的床，艺娃熟悉的床，艺娃曾经无数次在上面蹦跳戏闹，躺在那里听你给我讲故事，挠你的痒痒，直到你求饶。可是，你的床上不仅坐着你的新娘，竟然还摆着两个崭新的枕头，两个绣着牡丹花和蝴蝶的黑棉布枕头，并摆在一起，丝毫不知害羞地摆在一起！

第一次我明白了枕头摆在一起的意义和重要。

是那个枕头领走了我的东昌哥哥！

我克制住要把那个枕头给扔掉的念头，跑出了你的新房。

从你的新房里回到家里，想到你竟然欺骗了我，我这一生再也不能够得到你，我觉得自己活着还不如死了，我打算用死来惩罚你。用死来让你永远记得我。我给你写了一张纸条，告诉你，我爱你，我是为你生的，为你长大的，为你死的。妈妈发现了。妈妈不能够说服我，妈妈最后求我为她和爸爸活着，哪怕再活五年，妈妈说，到时候你就能够明白自己对东昌的感情只是亲情，就能够放得下东昌了。妈妈哭着求我说，艺娃，看在我和你爸爸辛辛苦苦养育你的份上，你答应妈妈要活下去，哪怕是五年呢，你给爸妈也给你自己五年的时间总行吧。就这样，我活了下来，或者是命运的安排吧，到1969年11月13日，我真的又活了五年。

可那是怎样的五年啊。妈妈已经很是冷淡你，爸也很少邀请你到家里来了。可是见不到你的一天，在我就是浪费了一天生命！我只得到你家里去，看你和你的妻子，后来还有你的孩子。我心甘情愿地和你的妻子聊天，看她的脸她的手她的衣服，只因为我知道那上面沾有你的气息！我亲吻着你的孩子，我的心却在亲吻着你！这一切，你不知道，你的妻子和孩子不知道，我的爸妈也不知道。妈妈欣慰地以为我已经达到了她希望的目标。

妈妈有一点是对的，这时我已经不再想死了。我对自己说，只要东昌哥哥活着，我就活着。我需要看见你，我的爱人！我知道看不见你，做鬼也是快乐不起来的。

你还记得吗，1966年的春节，我要了你的一个枕头，巧妙地从你妻子手里把它索取了过来。春节那天，我在你家玩到很晚，你和你的妻子留我住下，我故意用受宠的小妹的伎俩，挑剔枕头高了矮了，上面的绣花不好看了。你说，我们的艺娃这么难伺候，所有的枕头尽你挑好了。我挑了你的枕头，不是挑，是愿望实现，东昌哥哥，你知道吗，那一夜我是多么快乐，又是多么酸楚，我的眼泪流了一夜，悄悄地流在你的枕头上。我知道，那个枕头你已经枕了两年，你结婚的那天，就是那个枕头和另一个枕头并排在一起。亲吻着它，就是亲吻着我的东昌哥哥，我的快乐从身体里挤出来，变成泪和你的气息融合，我的爱从肌肤里逆射而出，扑到枕头上和你的气息缠绵。

第二天，我对你和你妻子说，哥哥嫂嫂，我想要这个枕头，枕着它不高不矮很舒服的。对我没有任何设防的你的妻子，很爽快地答应了。

从此，我不再像以前那样频繁地去你家了，我觉得我已经把你带回了身边。夜里，我枕着你的枕头睡觉，做梦，亲吻。白天我和你的枕头说悄悄话。有好几次，我从妈妈的洗衣盆边把枕头抢救出来，我不能让你的气息在水里消失。为避免我不在家的时候妈妈可能会洗它，我离开家的时候，总把它锁在我的橱子里。

东昌哥哥，你的艺娃就是这样默默地爱着你，守着爱带来的煎熬，直到死去。我无怨无悔啊，命运让我死在爱的怀里，我无怨无悔。只是苦了你，我的爱人，都怪艺娃不好，艺娃应该在临死前将自己的心思告诉你的，那样你就会理解艺娃为什么选择死，而且是死在你的怀抱里。那样的话，你可能就会为成全了艺娃感到欣慰，最起码，你不会在自责和愧疚中度过这四十二年了。

东昌哥哥，你一定还记得爸爸的那幅画，给我们全家带来灭顶之灾的那幅画，你带我出逃的那天凌晨三点，我们将爸爸的那幅画埋在了院子里的梧桐树下。你对我说，这幅画是师父的杰作，不能落到别人的手里，艺娃，等这场灾难过去后，你一定要让它重见天日。东昌哥哥，我不知道爸爸的这幅画，是不是还存在着，我禁不住要提起它，是因为我是亲眼看见爸爸做这幅画的，而且我没能救出我的爸爸，以至于让爸妈惨死在诬陷中。东昌哥哥，今天，艺娃告诉你，爸爸是冤枉的，爸爸的那幅画是有模特的，是我老家的一个舅姥爷，他在1964年，也就是你结婚的那年到我家里来玩，他是那么清瘦，衰老，他的皮肤就像一层旧了的布，眼睛里浑浊地储存着七十多年的艰辛、无奈、挣扎、失望和破碎（这是爸爸的原话），爸爸以他为模特。爸爸边画边对我说，这会是一幅让人们思考生命的画。东昌哥哥，爸爸绝对没有诬蔑领袖的意思，我天天守在爸爸的身边，我知道爸爸的所有心思。爸爸说过，他的命是为艺术而生的，是为美而生的。爸爸不关心政治。爸爸是冤枉的！东昌哥哥，在阳世间我没能够替爸爸喊出这句话，我那么自私那么软弱地为自己死了，我作为爸爸的女儿，唯一能够对世人证明爸爸清白的人，就那么自私地为了自己死了，让爸爸在人间的名字一直被冤枉着，这种愧疚和对你的思念伴随着我在地狱里的每一分钟。东昌哥哥，艺娃求你了，求你替艺娃喊出这句话吧，让爸爸的在天之灵得以安慰，让爸爸的名字在阳世间清清白白。

东昌哥哥，你知道吗，那天深夜你偷偷地来告诉我，爸爸妈妈去世的消息，那个遭我拒绝过的王有仁，又诬告我和爸爸一起画了那幅画。天亮就开始揪斗我。你要护送我逃跑，逃到山东莒县你的姨妈家里的时候，东昌哥哥，你知道吗，就是在这样的时候，在父母双亡的悲痛里，在生死未卜的恐惧里，我的心里仍压抑不住地冒出了幸福的泡泡，因为我要和我的东昌哥哥一起逃跑，一起走路，一起吃饭，一起挨饿，一起害怕，一起掉泪！我要和我的东昌哥哥一起了！这个让我幸福的念头支撑着我没有被丧失父母的悲痛击倒。我惭愧啊，东昌哥哥，在那样的时刻，你能冒生命危险保护爸爸的画，而我只是想到自己的爱情。但是我并不后悔，因为在我的心里爸爸的画不能和我对你的爱相等同。我活着的时候是这样，我死了的这四十二年仍然是这样。

随你一起出逃的三天，既是我生命最痛苦的三天又是最快乐最幸福的三天。我终于和你在一起了，东昌哥哥终于是我的了，我能够偎在你胸前，让你的怀抱温暖着我保护着我。

11月12日傍晚，我们终于到了山东莒县，来到一座小山前。你告诉我它的名字叫浮来山，据说是从空中漂浮而来的。一座美如仙境的小山。东昌哥哥，你还记得吗，整个的山上几乎长满了银杏树，金黄色的小扇子一样的树叶漫不经心地飘着，落在地上，悠闲自在。金色的银杏果微微抖动着，像细细诉说的眼睛。傍晚的太阳光陪着它们。我们坐在那棵最大的银杏树下，坐在厚厚的金色的小扇子上，我靠在你的怀里歇息，我闭眼享受着在这美如仙境里的爱，我祈求上苍能够让我永远拥有这份幸福。可是，东昌哥哥，你告诉我，翻过那座山，就到你姨妈家了。这时我才知道，我的幸福只在山的这一面，在这棵大的银杏树下，离开这里，我的幸福就截止了，我就要独自一人在异乡他地，隐姓埋名地承受痛苦和爱的煎熬。我下定决心不让这样的时刻发生，我要永远地在这棵树下，我要在这棵树下得到我的东昌哥哥，得到我的爱，完完全全的爱。让它变成永恒。

我求你在山上陪我一夜，天亮再翻山去姨妈家，你答应了。东昌哥哥，你只懂我对你的依恋，却不懂我的心思，我也不能让你看出我的心思。那天夜里，我是故意地逼你说爱我的，我想在死前亲耳听你说这句话。你拗不过我，你说，艺娃，别逼我吧，为了你我死都可以，只要你好好的。艺娃，你答应我，我不在你身边的时候，你要照顾好自己。我明白一个可以为我死的人是爱我的，可是我就要听到这个字，我不要自己有任何的猜测。我一次次逼你，最后，你终于说出来了。你说，我的爱，我爱你。

东昌哥哥，你不明白啊，你的艺娃，为何在听到这句话时嚎啕大哭。东昌哥哥，艺娃等了九年啊，在你说出这句话的时候，艺娃已经被爱折磨了九年，煎熬了九年。我固执地亲吻你，固执地让你要我。东昌哥哥，现在你知道为什么了吧。

几天来的疲劳使你沉沉地睡去。你枕着艺娃的胳膊睡了。清醒着的艺娃幸福到了极点。我的爱人在我的臂弯里睡着了！我的爱人，我闻着你的体嗅，我吻着你的面颊，我抚摸着你的皮肤，你的肌肉，你的毛发，你是艺娃的了！东昌哥哥，你的艺娃满足而幸福。如果说命运对我是残酷的，可它又在这一刻给了我足够多的补偿。如果说在这一刻前，我的心里一直在控诉这个世界，那么这时我已经在感激它了，毕竟在这世界里有你，并且让艺娃遇到你，拥有你！再多的苦难也值了！死也值了！

我看着面前的世界，看着天空里的星星，我明白了自己的去向。让一切的苦难结束在幸福的顶端！踩着幸福的顶端触摸死亡，本身就是天堂！我用右手从兜里掏出水果刀割开了在你颈下的左手臂，我一点也没觉得痛，一点也没觉得害怕，我感觉到血液流出来，流到我们身下金黄色的小扇子一样的树叶上，渗进土里。我轻轻地亲吻着你，享受着我的幸福我的爱！

我只顾着自己了，我没有对你说出这些本该在四十二年前就应让你知道的心思。我如愿以偿地在极度的幸福里死去。悔恨和思念却报复了我的自私。

东昌哥哥，悔恨在次日早晨就开始了对我的折磨，直到今天。

次日早晨，11月13号，当你睁开眼睛的时候，我的灵魂正慢慢地从我的身体内脱离。一种从未有过的轻松产生了，我慢慢地升腾，像热气从水里出来。最后，我站了起来，轻松地站了起来，站在一边看见自己肉身的嘴唇贴在你的嘴唇上，看见你的眼睛慢慢睁开，你满含爱恋地亲吻我，我快乐地笑起来。直到这时候，我没有半点后悔。可是，你突然发出了这样的呼喊，艺娃，是我害了你啊，艺娃，我不是个人啊，艺娃，我是个畜生啊，艺娃，我害了你啊！

看见你的痛苦，东昌哥哥，我的心碎了，我后悔自己没有把心思告诉你，以至于你的心发出这样与事实不符的悔恨和自责。我在一边大声对你喊，东昌哥哥，你误会了，不是你害了我，是我自己的选择，我是幸福的，你给了我幸福，你给我的是幸福！东昌哥哥，我的爱人，你听我说，别再责备自己，不是这样的，你给我的是幸福啊！

你听不见我的呼喊，我趴到你的耳朵上，你依然听不见。你抱起我向山下跑去，我看见痛苦已将你的脸拧成了苍白色，汗珠和眼泪在你的脸上流淌着。你抱着我的肉身，疯狂地跑，你边跑边说，艺娃，不会死的，艺娃不会死的，艺娃，我不允许你死，不允许你死！

你抱着我跑进山下的人家，撞开柴门，跪倒在地上，求他们救我。没有人听见你的呼救，那家的屋子里正传出撕心裂肺的哭声和孩子的啼哭。我试图再回到自己的肉体里去，可是那原本属于我的骨肉，已经像钢铁一样阻挡我进入。我多么希望能再活上一分钟，能亲自告诉你，我是幸福的，有你的爱，我的生命已是完美！死在你的怀抱里，就是死在幸福的顶端！远比翻过浮来山让生命延续上几十年要幸福得多！就在我徒劳地一次次被自己的肉身碰撞、弹回的时候，我发现身边多了一个女人，问她是谁，她说，自己是这家的女主人，刚刚生了儿子，但她为儿子流的血太多了。她拽着我到屋里看她的儿子。她说，你看他多俊呀。里屋的床边，一个二十几岁的男人在抱着她的肉身大哭，一个老汉紧紧地抱着刚出生的用破棉袄包裹着的婴儿，接生婆在一边擦眼泪。她伸手去摸她的孩子，她的儿子用力睁开眼睛看了我们一眼，孩子哭了起来。女人受不了了，我们又一同来到院子里。一同看着跪在地上的你。我对女人说，我死得和她一样值得。

接生婆出来了，看见了你，她惊讶得嘴巴老半天没有合上，她摸了摸我的鼻子说，人已经没气了，都凉了，走吧，这家刚遭着丧事呢。你抱起我，重新往山上走去。你的腿跟跟跄跄。我紧紧地跟在你身边，我想我或许能够在你的梦里把那句话告诉你。可是，我的东昌哥哥呀，这时阴间的使者来了，他把我和那个女人带领到半空中。

天帝和阎王在那里对人间进行查看，因为几年来大量的冤魂涌向阴间，引起了他们的振动。我和那个女人跪在他们的面前，等待发落。天帝对那个女人说，我刚才已经看见你把自己的生命让给了你的儿子，你过一会儿随我去天堂吧。天帝把目光盯在我的脸上说，你轻易地放弃生命，已经犯了自杀之罪，本该立刻把你打入地狱的，但是今天我准许你对我和阎君说明原因。我对天帝和阎王详细诉说了父母的灾难，我的爱情，我死亡的原因。我恳求他们让我再回去，回去对你说那句话。

天帝说，阳间没有后悔的药，阴间没有回头的路。我看在你对爱情如此执着专一的份上，加上目前阳间的特殊情况，我赦免你犯下的轻生之罪和淫邪之罪，准许你随我进入天堂，去和你的父母相会。

能去天堂！能够见到我的父母！我喜极而泣。

天帝说，不要哭了，在进入天堂的门前，天使会送你一碗忘忧汤，喝过之后，你的痛苦和忧愁都会忘却的，你再也不会因为痛苦流泪了。我对天帝请求，在东昌哥哥的阳寿结束的时候，请准许他来天堂和我相会。天帝不肯答应。天帝说，他将属于阎君管理。东昌哥哥，无论我怎么请求，天帝都不肯答应。东昌哥哥，你知道吗，我的心再一次碎了，我怎么能让你因为我下到地狱里去？我不能让你孤独地去地狱受罪！既然天帝不肯宽恕你，他对我的宽恕就没有了意义。我要和你在一起，哪怕是入地狱。

我请求天帝让我去地狱等你。天帝说，一边是永恒的幸福，一边是永恒的痛苦，你要三思。我对他说，我不后悔。天帝看了一眼阎王，阎王说，至今还没有人主动放弃天堂的，你想入地狱，但你违背了天帝，我也不会马上随你的心愿，我将罚你孤独地待在你的坟墓中，看你的肉身腐烂，让孤独和痛苦咬你的心，七年。

我身边的女人这时也怯怯地请求天帝，她请求天帝能让她看见孩子的成长。天帝微笑了。天帝说，给你三年的时间，这三年你也待在你的坟墓中吧，这样你能看见你的儿子，看见他学会说话和走路，三年后，天使来引渡你。

就这样，我和那个女人谢别了天帝和阎王。我重新奔向你。我看见你呆呆地抱着我的肉身久久地坐在那棵银杏树下。你的脸上已没有了眼泪，只有悔恨和绝望。你就这样抱着我坐了一天一夜。

十四日早晨。你将我轻轻地放在地上，开始用手为我挖坟。不一会儿，血就从你的手指里流出来。我跪下来吮吸你的手指，抚摸你的脸颊，哭着求你——别这样，别让你的手指流血，别糟蹋你爱抚过我的手指，它们已不仅仅是你自己的了，它们也是我艺娃的，它们痛，艺娃就痛！

那个女人来了，她后面跟着为她出殡的许多人。有人递一把铁锹给你，你拒绝了，你坚持用你鲜血淋淋的双手来埋葬你的艺娃。以至于为那个女人出完殡的人，都围在你周围，陪着你流泪。挖好我的坟，你给围在四周的人们跪下了，你说，好心的人们，我即将埋葬的是我已经没了父母的妹妹，我带她来投亲，还没到，她就死了，她只有我一个亲人，而我又离她两千里，我恳求你们让我把妹妹埋在这里，她喜欢这里，恳求你们帮忙照应着她，只要我死不了，日后定当厚报。

东昌哥哥，你说过的话，这四十二年来我不曾忘记半个字，但我的记忆也只到这里了，当你将我的肉体放进坟墓里的时候，我那违抗过天帝，受到阎王诅咒的灵魂，便再也不能离开墓底的土了，我的灵魂紧紧地被吸在土粒上，我眼睁睁地看着你一把把地埋葬我……绝望顿时充满了我的心，我真的要和我的东昌哥哥分别了，我再也见不到他了！直到他阳寿结束，直到我能够在地狱里找到他！

真正的分别了。从此，我再也没有你的消息。七年，我孤独地待在我的坟墓里，对你的思念和悔恨火一样烧灼着我的灵魂，但同时我又幸福着，因为那土粒中有你的血，有你的气息！我的被你爱过的肉身是腐烂了，可是那些气息都融合到了土粒中。

开始的时候，我尤其难过，我在坟墓里大声地哭喊。呼唤你的名字，诉说我对你的思念和悔恨。我的哭喊声惊扰了我的邻居，那个得到天帝恩准的女人。她是多么幸福啊，她的灵魂是能够在夜间自由出入她的坟墓的。好心的她总是在回到坟墓后和我谈天，尽管外出已经使得她极度疲劳，她还是坚持和我说话。她告诉我她儿子每一天的成长，告诉我，外面的树发芽了，结果了，凋零了，告诉我她的丈夫在她的坟墓上添土了，也在我的上面添土了，我和她的坟墓上面长满了荠菜花，我的上面还有一株野菊花……我们还共同分担着眼看着肉体腐烂的恐惧。蚯蚓快乐地咬我的脸，吃我的肝肺，一点点的，把我的皮肤肌肉血管都吃掉，只留下我的骨头。我每翻个身都会让骨头发出吱吱的声音，不翻身又被自己的骨头硌得慌。

第三年的一天，她回来后一改往日的幸福，焦躁地辗转反侧起来。我问她原因，原来是她的丈夫又娶妻了。那一段时间里，她几乎不再出去了，也没有心情和我说话。她难过，可是我比她更难过啊，我的灵魂不能走出坟墓半步，我不知道我的东昌哥哥是死是活，不知道我的爱人的安危，不知道爱人的心是不是仍在受悔恨的煎熬，不知道那帮把爸妈置于死地的人对我的爱人怎么了？不久后的一天，她突然高兴地告诉我，她丈夫新娶的妻对她的儿子很好，还和她丈夫一起给我们的坟上加了土。她说，终于可以放心走了。次日，她就被天使带走了。我求她对我的父母问好，并说明我违抗天帝放弃和他们相聚的原因。我知道我的父母会原谅我的。

　　七年终于过去了。一天，翻身的时候，我惊喜地发现自己可以脱离墓底土粒的吸附了，我站起来，走出坟墓。我又看见了那棵树。东昌哥哥，七年后，我再一次看见了那棵树，那座山，我在此守候了七年的那座山。金黄的银杏树叶和七年前一样飘着，落着。我依然在此。只是没有了你，我的东昌哥哥。我重获自由的灵魂，向着家乡的方向奔去，我要找到你，不管是两千里还是两万里。可就在我的腿刚刚抬起的时候，我发现了站在我身后的地狱使者。他伸手向我抛出一个绳套，正套在我的脖子上，他拽着我先是向西疾飞，然后来到一座悬崖边上，纵身向一个黑暗狭窄的漏斗样的深渊飞快地坠去。任凭我发出怎样的恐惧和恳求，他都不闻不问，直到我的脚落在潮湿阴冷的地面，他才开口和我说话。

　　我被重新带到了阎王的面前。我那时的心里怀着怎样的恐惧啊，我活着的时候就听姥姥讲过，犯了我这种罪的人，是要在私密处锁上巨大的锁，流血不止，疼痛不止的。最让我恐惧的是，从使者的嘴里我知道自杀的人要被变成一种无叶的树，浑身流淌着肮脏的黏液，刀片从四面八方切割在身上。我不怕疼痛，我只怕如果我被变成树，我的东昌哥哥怎么能认出我啊，我怎样才能够和我的爱人相见，对他说我一直爱他，我是幸福着死去的！

　　跪在阎王面前，我才知道我的恐惧是多么多余，地狱里所有的人都已经知道我是被天帝赦免了罪过的人，所有的灵魂都用羡慕和尊敬的眼神看着我。阎王对我说，你是已经被赦免的人，这里本不属于你，但你执意要来，从今天起，我给你足够的颜料，你就在这里帮我美化我的宫殿吧。从此，我就成为阎王宫殿里唯一的画师，负责在阎王起居的所有房间里画盛开的鲜花，游动的金鱼，画人世间四季的美景。东昌哥哥，你知道我画的最多的是什么吗？是浮来山的银杏树，金黄色的小小的扇形的叶子飘落着，漫山遍野。

　　我一直坚信我们会重逢的，我仍然能够看见我的东昌哥哥，继续我们的爱情，即使你被裁判在第十八层地狱，我也会跟你在一起！我兢兢业业地画着阎王阴暗的宫殿墙壁，揣摩着他的心理，讨好着他。我只希望他会因为我的良好表现能在你来到的那一天减轻你的惩罚，让我们永远在一起。但是就在二十年前，我的坚信动摇了，因为全球各地的阎王、冥王召开了会议，共同商定并修改了传统的接纳灵魂的方法——充分利用阳间越来越发达的电磁波对一些灵魂进行消解，既对那些犯了小罪恶的灵魂不再引渡到地狱里进行惩罚，就地进行分解消失。地狱里采取计划接收，只对那些罪大恶极的灵魂进行接收并进行惩罚。同时对地狱里的成员进行减员——对生前罪恶不大的灵魂，进行变异，变成蛆虫和水蛭倒在肮脏的冥河里，用来咬啮那些罪大恶极的灵魂，以此减轻地狱越来越严重的空间紧张问题和全球各地地狱地盘之争引发的战争问题。

　　东昌哥哥，当我知道这一信息的时候，我正在脚手架上画美若仙境的浮来山，画金色的银杏树。我一下子就晕厥了过去。从那一天起，至今已经二十年了，无时无刻我不被永远不能再相见的恐惧折磨着，对你的思念和自责也就比以往任何时候都强烈。

　　许多在阎王身边工作的地狱使者都劝慰我，他们说，我是被天帝赦免了罪过的灵魂，不再属于那些将被变异的灵魂行列。可是，只有我自己的心里清楚，我被变异的可能性仍然是很大的，因为我拒绝了阎王的求爱，我担心他会报复我，毕竟在地狱里，他是独一无二的王。我不知道阎王怎么会爱上我，是因为我在他的墙壁上的画，还是因为我在地狱里是唯一曾是被天帝选中入天堂的人，使得我具有了被阎王爱恋的资格，抑或是别的原因，总之阎王不止一次地向我示爱。他为了表达他对我的重视，甚至采纳了我对他已经穿着了几千年的服装进行改革的建议，穿起了中山服。可是，我怎么能够不拒绝他呢，我的心里只有我的东昌哥哥呀！他为了我正承受着悔恨对心的咬噬，或许还有思念的痛苦，我怎么能够背叛给予了我幸福并用双手将我埋葬的爱人！

　　我胆战心惊地度着每一秒钟，我想尽一切办法讨好那些去阳间执行公务的使者，希望能有你的消息，哪怕知道你被就地消解，那样，我就可以死心塌地地接受变异的厄运。我讨好主审的判官，希望他能从那些被审判者的嘴里打听出你的消息。但是没有任何结果。近二十年来到地狱里来的人都不认识你，那些执行引领任务的使者说，阳间的电磁波密度越来越大，对他们的影响都很严重，他们只能是几个使者一起维护着地狱要接收的灵魂，才能把他带到地狱。执行一次公务，使者的能量就要受到很大的损耗，所以他们根本无法去盘查那些就地消解的灵魂姓甚名谁。

我在恐慌和思念中度日如年。但我仍存着一点希望，你毕竟今年才73岁啊，如果没出什么意外的话，应该还是个精精神神的人呢。我坚持等待着，希望哪一天能够感动阎王，令他的使者帮我实现愿望，哪怕是帮我捎一句话给你，告诉你，你的艺娃从十三岁就爱你，一直在爱你。告诉你，不要内疚，你从没有给过艺娃伤害，你只给了她完满的爱情和幸福。

终于，陈大豪来了，使得艺娃终于能说出心里话，我知足了。此时，我的心可以轻松了。

东昌哥哥，我还有许许多多的话要对你说，可是陈大豪已经提醒我好几次了，我的能量快消耗光了。不知道这封信发下来，我是不是还能有足够的强力和磁场来保持我灵魂的形状，或许我就因此永远消失了。永远消失，在今天，在我亲口对哥哥诉说完自己五十年的爱，告诉了哥哥艺娃是幸福着死去之后，我已经不再害怕，不再难过了。

东昌哥哥，从今天开始，答应艺娃一定要快乐地活着，不要再想着树下的痛楚了，要想就想——在树下，你给了艺娃富足得令她无怨无悔地死去的爱。这爱，生生世世。这死，幸福无比。

东昌哥哥，尽管艺娃有万万个不情愿，但也必须和你说再见了。再见，我永恒的爱。

妞子早已经泣不成声了，我的喉头也涨得疼痛难忍。我俩谁都没有说话，只是依旧看着屏幕，看着那些淡蓝色的诉说，看着这阴阳阻隔不断的爱情。

屏幕上的字迹越来越模糊，没有像第一封信那样落上时间和名字。我和妞子都认为艺娃肯定是耗尽了她的所有能量。妞子擦了擦眼泪对我说，看你办的好事，潘东昌在哪里？艺娃怎么办？要是艺娃的这封信到不了潘东昌手里，我这辈子都不会原谅你！做鬼都不会原谅你，下地狱也不会原谅你！

我没能够像开始想象得那么兴奋，证明地狱存在的刺激已消失在艺娃的爱情里。我知道妞子不说，我也会把潘东昌找到，只要他还活在这个世界上。

　　约莫过了一个小时，屏幕上的字动了起来，慢慢地扩散开来，蓝色逐渐淡下去，向着屏幕的四周淡下去，突然，强烈的蓝光一闪，黑屏了。

　　我急忙转向摄像机，按下回放键，还好，效果不错。这时妞子提醒我，最好做两手准备，万一摄像机里的字也会消失掉怎么办？你能去背给潘东昌听吗？妞子掏出她的随身听递给我说，我来念一遍，录下来吧。

　　这个晚上，妞子几乎就把自己当成了李艺娃，妞子念着，哭着。哭着，念着。

　　妞子到底是妞子。不出妞子所料，就在妞子将信念完不到十分钟，摄像机里的字也消失了。

　　妞子说，我的声音是不会消失的，除非我也是鬼。

　　妞子在临上火车的时候，递我一个信封，说，去电视台吧。

　　妞子留给我的是两千块钱。我拿着妞子的钱直奔电视台。我在电视台7频道"艺术天地"栏目里登了寻人启事。

　　一个星期过去了，没有一点消息。妞子每天都来电话询问，还再三叮嘱我，找不到潘东昌先生，得不到潘东昌的许可，李艺娃的地狱来信就不能透露出去，毕竟这两个不幸的人已经不起任何舆论的折磨了，尤其是潘东昌，如果他的妻儿在四十二年之后，得知已被历史埋藏起来的背叛，她们是否能够原谅他？世人是否能够一如既往地尊敬他？他那颗苍老的倍受折磨的心，经不起任何的误读了。况且，这仅仅是两颗真心相爱的灵魂之间的事，你，我妞子，抑或是谁都没有权利对此指手划脚，你知道吗？

　　七天以来，我守候在地狱通道网吧，确切地说是把自己反锁在里面，一为耐心地等电话，再者以此管住自己的嘴。我知道，我的从没有担任过保守秘密任务的嘴巴，只要见到我的那群哥们，就会得意忘形。

　　第八天的早晨，我决定按照信中所提到的地址去一趟山东莒县，李艺娃的墓在那里，肯定会有线索的，即使没有结果，到了她的墓前，也算是仁至义尽了，对妞子也算有个交代。

　　转了两次火车，两次汽车，一次三轮车，一次摩托车，我终于到了山东莒县浮来山。

开摩托车的小伙子接过我递给他的二十元钱后，热情地给我介绍起他的家乡来。他说，你别看这山不大，据说是有来头的，听老人说，原先这里是一片汪洋大海，里面有一只神龟带领子孙日夜兴风作浪，上天知道后，派二郎神背了这座山来，将神龟和他的子孙压在了地下，土地爷就把一棵棵的银杏树种在神龟的背上，所以，这里的银杏树才会长到几千年，地底下，有神龟在供着水呢。凡人看不见背山的二郎神，就只看见山是漂浮来的，就叫浮来山了。你来得不是时候，秋天来最好看，浮来山就像是金子堆起来的一样，这时候树的枝叶都枯了，没看头儿。

我对他说，我不是来看景的，我来找一个坟墓，四十二年前，一个外地的女人死在这里，她的哥哥用双手将她埋在浮来山的一棵银杏树下。你听说过吗，知道坟墓在哪吗？

小伙子说，刚听说过有一个大学生因为交不起学费在山顶的树上吊死了，还没听说过这事呢，你在这等着，我去那边村里找个上了年纪的问问，免得花冤枉力气。

我说，反正山不大，我慢慢找吧。小伙子笑着用下巴颏指了指远处，我这才看到一座座土馒头一样的坟墓依树而立，没有墓碑，只是在坟顶用块土坷垃压着张草纸。

约半个小时后，小伙子回来了，说找到了了解这事的人，他重新带上我在山下的小路上，和他的摩托车一起蹦蹦跳跳。到了村里的一户人家门前，他进去，不一会儿叫出来个六十岁左右的老妇人。老妇人用警觉的目光看着我问，你是她什么人？你怎么会来找她呢？你是来迁坟的吗？听着她一连串的问题，我已经猜到她就是艺娃信里提到的那个女人了。一个好心的女人。

我是不能对一个照料李艺娃坟墓的好心人撒谎的，我把收到地狱来信一事向老妇人做了说明。我希望她能够告诉我有关潘东昌的消息，让我把李艺娃的来信交给他，完成这个特殊的任务。

老妇人在听了李艺娃信中有关她自己的几句话时，突然老泪纵横，她喃喃地说，这么说来她是满意我的了，她进天堂了，我一定要告诉孩子他爹，她进天堂了，她满意我，她不再惦记他们爷俩，我们也就不再要牵挂她了。

老妇人说，怪不得祖先都说，善有善报，恶有恶报，不是不报，时候未到。潘老弟的好终于要得回报了，感天动地呀，妹妹从阴间来信了不是，谁有这福分，只有那大恩大德的人才有呢。我没有告诉她，潘东昌和李艺娃的真正关系。老人说到这里突然停住了，脸上露出些许失落来，我猜想她可能在心里埋怨那个远在天堂的人没有给她来封信，亲自表达对她的满意。

老妇人领我到屋子里，从枕头底下找出一个信封交给我说，这是我儿子的地址，儿子知道潘老弟在哪里。儿子说潘老弟几乎把所有的钱都捐给我们村的学校了，自己清苦着呢。

我接过信封一看，顿时后悔莫及，信封上的地址正是我曾去询问过的艺术学院。

我问，老人家你儿子也认识潘先生啊？

是他的徒弟呢！我儿子是画家。

潘先生回来过吗？

可怜的人，想回来，听儿子说，一直想回来，瘫了，来不了呢，儿子就拍照片带给他，拍浮来山，拍坟墓，拍我和他爹，拍学校，惦记吆。

老妇人领我去看李艺娃的坟墓。半山腰上，锥形的一堆旧土，顶端像所有的坟墓一样压着张草纸，黄黄的草纸如同一顶麦秸编的帽子。粗大的凋零了树叶的银杏树像一把伞架。五六米远的右侧，另一堆黄土同样戴了麦秸编址的草帽静静地立着。想必是那个进天堂的女人的墓了。四十二年前，这两个同一天死亡的女人在这里相伴三年，每天她们都在地下相互私语，相互安慰。如今，这里只剩下她们被蚯蚓啃嗜得干干净净的白骨了。这些对于那已在天堂和地狱里的灵魂来说，只是一个曾经的家罢了。对于活着的人来说，这里却是永远的伤心地。我决定立即返回。

一下火车，我给妞子打电话。我说，妞子，有新进展了，等回头详细告诉你吧，啊，啊，等我的消息吧，嘿，没说的，没看咱是谁，要不李艺娃会选中我啊，没问题，没问题，妞子让我上刀山，我决不下火海。妞子你的手机怎么不清楚啊。正开着车呢。那你小心点啊，拜拜。

艺术学院油画系办公室里，杜浮用怀疑的目光死死地盯着我。你老实说，你找他有什么企图？你怎么知道树下先生就是他？

我能有什么企图，我只是收到了他在地狱里的情人来信罢了！我在心里气哼哼，可我知道不能对这个他这么说，只告诉他，我受人之托告诉潘东昌先生一件四十多年前的事，有关他老师和他女儿的，很重要。最后，他终于半信半疑地答应带我去见潘东昌。

坐在杜浮那酷似变形金刚的摩托车上，十二月的风顿时变得像刀子一样锋利。我伏在杜浮的背上，紧闭着眼皮以保护我的眼珠子。我不停地提醒他，慢着点，慢着点。车速没有丝毫的改变，后来我明白了，杜浮是故意的，或许是不想让我记住去潘东昌家的路吧。

车停在一个农家小院的门前，杜浮打开大门，里面马上传出一个男人的苍老的声音。是浮儿吗？

杜浮边应声，边带我往里走。院子里没有任何的花草树木，清一色的水泥地面。推开房门，我看见了潘东昌先生的背影，轮椅上的背影，看见了他稀薄的花白头发。他正在一个巨大的画架前画着。杜浮朝我使了个别出声的眼色，可是我已经看见了画布上金黄的银杏树，扇形的叶片在傍晚的阳光里悠闲地飘落着，树下一个少女幽怨地站立着。金色的叶片已经落满了她的全身。一个穿着银杏树叶的幽怨女人。我知道我找见的是真的潘东昌了。我禁不住"哇"了一声，潘东昌的画笔突然停下了，但并没有回过头来，只是停住了画笔。杜浮赶紧解释说，我给您带来了朋友，他受人之托告诉你有关四十二年前的事情，他一再请求，我就带他来了。杜浮边说边推动轮椅。我看见了一张离尘世很远又曾被尘世的痛苦浸泡过的脸，一双眼睛里浑浊地储满了艰辛、无奈、挣扎、失望和破碎。老人用这样的眼睛看着我。

我掏出妞子的随身听，对老人说，是一封信，录音，你看……我将眼睛看向杜浮，老人明白了我的意思，温和地对杜浮说，浮儿，你忙去吧，让这个孩子陪我说说话。

杜浮看了看我说，两个小时后，我来带你回去。

杜浮的摩托车声消失后，老人笑了笑说，你受谁人的嘱托，现在很少有人知道我了，我从监狱里出来后，就几乎没再和人联系过了。

我说，我说出来您老人家千万别害怕，或许您会不相信我，我也不太相信自己呢，可是很怪的，我的确是收到了一封给您的信，我录下来了，不管怎样您听听吧，是她的信。我边说边指了指画布上穿着银杏树叶的女孩。

老人苦苦地笑了一下说，孩子，人死是不能复活的，不要和老人开玩笑。

我说，老人家，不是玩笑，李艺娃的确从地狱给你来信了，发到了我的电子信箱里，你听听就知道了。老人惊讶地瞪大眼睛盯着我。我将耳机塞子放在老人的耳朵里，按下了播放键。

不一会，老人的嘴角哆嗦起来，眼泪流过他薄薄的松弛的面颊，漫过老年斑，进到嘴里。老人在他和爱人的世界里了，那是老人和李艺娃的，妞子说得对。

我起身悄悄地来到院子里，抬头看看天，想李艺娃如果灵魂还在，她这时候该会露出笑容了。

约莫着老人已经听完，我回到屋里，看见老人还是那个姿势，只是手指不再紧张，它们温柔地抚摸着妞子的随身听。

我走过去，轻轻喊他。我说，老人家，老人家，您千万别太难过啊。

老人睁开了眼睛，转动轮椅，面向着他的画说，艺娃，怪不得我近些日子老是梦见你，我怎么让你等了那么久，艺娃。

老人家，老人家，你别太难过啊。我觉得您该高兴才是，李艺娃费这么大的劲给您发信，就是为了让您快乐起来呢。

老人听了我的话，把眼睛转向我说，对不起，孩子，给你添麻烦了，我和艺娃都万分感谢你。前些年，特别是从监狱里出来的那段时间，我是为师父活着的，师父含冤而死，我有义务活着，为他申冤，把他的画业继续下去。后来我觉得该死了，可还是在这恹恹地活着，这是天意啊，上天是让我等艺娃的信呢。

老人转动轮椅，走到墙角，从一个陶罐里掏出了厚厚的一叠钱，递向我说，孩子，拿着吧，算我和艺娃的一点谢意，拿着吧，别客气，它们对我没有用处了。

老人又说，孩子，这个送给我吧，我再听听。你请回吧，请回吧，谢谢了，谢谢了。

我原打算等杜浮回来，可是老人已下了逐客令，又担心杜浮会将老人的钱要回去，我赶紧告别，走出门来，摸了摸口袋里沉甸甸的钱，能有多少呢，一万，还是两万？我不由自主地想起李艺娃信里的那句话，善有善报，恶有恶果。

一直走到进城的大路上，我招手拦住的士，强压着想数钱的愿望。我想好了，到了地狱网吧，先数钱，一张一张地数。反反复复地数。那该是怎样地一个爽！然后给妞子打电话，再请哥们撮一顿。不管怎么说，这事也有点他们的功劳，说不定他们不敲碎路灯，就没这回事呢。我一定要告诉他们，这些日子以来我的奇遇。

妞子的手机没人接。

再打，也没人接。这个妞子，该听好戏的时候就掉链子。可别怪我没及时通报哦。

我和哥们围坐在万年青酒家的豪华单间里，他们兴奋地望着我和丰盛的菜肴。老实交代，这几天去哪里作案了，怎么突然就发财了？

我站起来，清清嗓，抬起双手，做出一个威严的手势说，今天，我要让你们惊讶得掉眼珠子！我，地狱通道网吧吧主，在12月1日凌晨收到了一封地狱来信，信的内容是让我帮忙找一个人，我就回了封信，后来真就又来了一封信，四十二年前的一对恋人，女的死了，在找男的呢。我，啊，地狱通道网吧吧主，是个仁至义尽之人，我完成了这一史无前例的任务，所以呢，得回报三万元，知道吗，什么叫善有善报，恶有恶报！

还没喝呢，就说醉话了，听他瞎扯，来喝酒，去哪里当鸭了吧，哥们儿，告诉你，没钱，咱也要爱惜身体，可不能干那事。

你们不信是不是，就知道你们不会信，我准备了证人的，来来，给妞子打电话。

妞子是谁？就她给你的钱吧？

别胡说，妞子就是我那个在清华的女同学，你们还记得吧，到咱宿舍来过，留着小子头。

电话还是没人接。

喝酒，来，喝酒，今晚，早晚我要让你们为我掉一回眼珠子！

看看新闻，服务员，帮帮忙调调电视，不唱歌，唱什么歌，看看新闻。整天看见新闻比看见老婆还亲的康抗一手端酒杯一手指点着。

坐下，一晚上不看新闻，能让你尿床？我一抬手把康抗放在唇边的那杯酒倒进他的嘴里。康抗的嘴巴张着，眼珠子瞪得老大，酒进到他嘴里又转身流了出来。我以为他又出怪相，便取笑他，还真尿啊，你。康抗指着屏幕，啊，啊，惊得说不出话来。

我望向电视，看见了自己的大幅肖像画！主持人正义愤填膺地用手指着我的鼻子说，大家一定要看清楚了，画上的这个人，在五小时以前，采用了卑鄙的手段，从我国著名油画家树下先生那里抢走了三万元钱，可怜的老人惨死在地上，手里紧紧地握着他敲诈勒索的证据，一个随身听，里面还荒唐地编造了一个关于地狱来信的故事，以此对老人进行恐吓和精神折磨。从现场看，老人似乎在生前同歹徒进行了一番搏斗。树下先生的徒弟杜浮先生，画出了犯罪嫌疑人的头像，请广大市民，提供线索。早日使犯罪嫌疑人归案，也好使尊敬的死未瞑目的树下先生的灵魂早日得到安息。我们回顾一下，已经有多少位杰出的人物惨死在卑鄙歹徒的卑鄙之下，如戴厚英……

我的头里如同一下子钻进去万只黄蜂。怎么会这样呢？怎么会这样呢？不，必须马上找到妞子，妞子能够证明我的清白，必须找到妞子！

哥们都瞪圆了眼珠子看着我，几个人一起掏手机递给我，我接过一个，可是我的手早已抖得不能够按键了。好不容易按下妞子的手机，终于通了，我长出一口气。

喂，妞子，妞子，我这出大麻烦了，妞子你说话啊，我快没命了，你别开玩笑好不好，

你是谁？一个男人的声音，啊，天哪，妞子搞什么鬼！

我是妞子的好朋友，我有急事找她，赶紧叫她接电话。我吼起来。

妞子已在三个小时前的一场车祸中丧生，我们正在找她的家人，请帮忙联系。

天哪，妞子。

潘东昌死了。

妞子死了。

我很可能也要死了。

我的哥们还在守候，期望能再有地狱的来信。

如果您也收到过地狱来信，请到公安局为我作证，只要我能够活着，定当厚报。

红领巾

　　Q妈觉得小Q的笑比以往更光亮，更甜蜜了些。凭着对儿子的了解，她知道小Q肯定在学校里有了好事情。孩子们一到家长止步线，就像惊了的小羊群，四散开，奔向家长。Q妈等小Q挤到跟前，就发现好事情在他的脖子上——系上了红领巾。Q妈惊呼一声——哦，小Q成少先队员了！小Q颇矜持地晃了下身子，抿着嘴笑了一下，眼睛斜斜旁边的人。Q妈说，来来来，宝贝，咱们到校门口拍张照片留作纪念，今天，可是我家小Q第一次戴红领巾呢！

　　拍什么呀，老师不让围在学校门口，要求见到家长就马上离开！小Q扯住妈妈的衣襟阻止着。不要紧，来吧，咱们又不到线里面，就站在线外面，远一点拍，老师看不见的。在Q妈的坚持下，小Q不情愿地在Q妈的手机里留下了他戴着红领巾撅着嘴的样子。两个人坐进车里，Q妈看着手机说，哎呀，背光，黑乎乎的，不清楚。她看看照片，再回头看看后座上的真人——戴上红领巾不觉得特骄傲吗？小Q说，有什么可骄傲的呀，原来说表现最好的孩子才有资格戴，还以为是真的呢。Q妈笑着说，都戴在脖子上了，还不是真的？小Q用下巴颏蹭蹭红领巾，翻眼瞅下妈妈的脸，把自己的小脸扭向车窗说，全班五十六个人都戴上了，连SS都戴上了。SS是他们班里最调皮捣蛋的一个，不是今天撞伤这个就是明天打哭那个，上课时不是弄动静就是用唾沫在桌子上乱画。还喜欢不声不响拿走同学的东西。Q妈说，红领巾和红领巾的意思是不一样的，有的是肯定他的表现，有的是鼓励他上进。小 Q 固执地气嘟嘟地说，就一样，就一样。

几天后，Q 妈发现放学的小 Q 伸着脖子，表情紧张。Q 妈问，扭脖子了？小 Q 并不作答，只是催着妈妈赶紧上车。进了车，小 Q 说，妈妈，你赶紧帮我把红领巾解下来。Q 妈说，自己解，你又不是不会。小 Q 说，就要妈妈解，我不敢。Q 妈笑起来，又不是蛇，有啥不敢的？她解下红领巾扔到小 Q 的书包上，问出什么事了，怎么怕起红领巾来了？

小 Q 说，妈妈你知不知道红领巾是红旗的一角？Q 妈说，知道呀。小 Q 惋惜地说，哎，那得浪费多少红旗呀！Q 妈笑笑说，红领巾是红旗的一角，是说它代表着红旗的一角，不是从红旗上裁下来的，一块红布能做成大的红旗，也能做成很多小的红领巾，不浪费呀。Q 妈从后视镜里看着儿子似懂非懂的表情，努力想合适的比喻，没等她开口，小 Q 又问，妈妈你知道红领巾和红旗都是烈士的鲜血染成的吗？Q 妈说，知道呀，我像你这么大的时候就知道了。小 Q 叹口气，若有所思。Q 妈问，有什么问题吗？有问题一定要和妈妈交流呀，咱们可是拉过勾的呀。小 Q 说，我不敢说，说了怕老师和妈妈批评。

妈妈向小 Q 保证，绝对不批评小 Q。

那你也保证不告诉老师。

保证。

妈妈，我不想戴红领巾了。

为什么呀？

因为它是烈士的鲜血染成的，多吓人呀！我害怕。小 Q 说着把书包往远处推了推。

Q 妈从后视镜里看着儿子的举动，想起小 Q 三岁半时和血有关的一件事。那年夏天的一个早晨，Q 妈发现一只腔大腰圆的蚊子拖着红红的肚子，飞都飞不起来了，而小 Q 挠着胳膊腿上的五六个包说——妈妈，蚊子咬我了。Q 妈恨恨地把蚊子拍死，愧疚地伸着两个手掌对小 Q 说，该死的蚊子竟然喝了你这么多血。小 Q 哇的一声大哭起来，边哭边戳着胳膊上的疙瘩哀求说——妈妈，妈妈，你赶紧帮我挖个洞，把血给我填回来，我不想死！我不想死！

Q 妈觉得必须立马解决儿子的恐慌，她把车停到路边，对小 Q 说，这个问题和红旗的一角差不多，不是说你戴的红领巾是用烈士的鲜血染的，它只是个象征，只是个比喻，你不用害怕的。

那什么是象征呀？什么是比喻呀？

Q妈反复捏着自己的鼻翼，这是她被难住时惯常的动作。象征嘛，象征嘛，比方说玫瑰花象征着爱情，可它并不是真的爱情。

那什么是真的爱情？

爱情嘛，爱情嘛。Q妈对自己引出来的麻烦后悔不迭。爱情嘛，不是你们小孩子需要懂的，等你上大学时就会懂了。

哼，不说我也知道，我们班袁媛媛给王小林写的字条就是爱情。你别问我写的什么，我和张帅都答应给王小林保密。

Q妈惊讶的表情让小Q很是害怕，妈妈你是要骂我吗？Q妈赶紧放松了自己的眼皮和嘴巴，假装笑笑说，怎么会呢？小Q又没错。她进一步诱骗小Q——我们俩是好朋友，好朋友都是无话不谈的，你告诉我字条上写的什么呀？

小Q哼一声说，我才不会上你的当呢，我是不会当告密者的。

Q妈思索了三秒钟后，还是决定诱导她的儿子当告密者，她对于一年级小孩子的心理真是太想了解了。随着小Q的成长，她已经越来越感受到斗智斗勇的必要。斗智斗勇，必须知己知彼呀。Q妈说，你和妈妈说不是告密，咱俩是一伙的。看小Q还没有降服的表情，又追加一句，妈妈可以给你买个面包吃。小Q扭头看看路边的蛋糕店，趴到前座的空当处讨价还价——我想吃小蛋糕！那种带奶油的！

不行，只能吃面包。

为什么呀？

说过多少遍了，还要重复吗？那些奶油大都是人造奶油，吃进去对你的身体有害。

我不信，是妈妈说谎，如果是真的，那警察叔叔为什么不把他们抓起来？

警察叔叔不知道呗。

那里就有警察叔叔，妈妈你去告诉他们呀。

Q妈看看不远处的交警说，那是管交通的，不管食品安全，我要去找他就等于说我在乱停车你赶紧来罚我钱吧。小Q嗤嗤地乐起来说，我就要奶油蛋糕。Q妈妥协地竖起食指，就这一次！小Q哆哆地说，妈妈真好。Q妈叹口气说，哎，只有给你吃垃圾的时候你才觉得妈妈好。赶紧告诉妈妈袁媛媛那纸条上写的啥？

我一看见你心就怦怦跳，我爱上你了，你爱我吗？

Q妈的心一阵怦怦跳——我的天呀，竟然还懂得怦怦跳。

小Q看着妈妈木呆呆的表情，意识到他的奶油小蛋糕可能会泡汤，焦急地问，妈妈你到底说话算不算数？！

Q妈赶紧领着小Q买了个小火炬形状的蛋糕，小Q伸着长长的舌头，用舌尖一点点一点点地撩舔白火焰说，妈妈，你还没说什么是象征和比喻呢。

进车里说。Q妈快速地翻动着脑子里可用来恰当使用的词。就是，嗯，就是用一种常见的事情或东西，指代另一种。

什么是指代呀，就是纸做的袋子吗？

哎呀，我的天，小Q你不要给妈妈出难题好吧？小Q也意识到自己又犯了和几天前同样的错误。那是和妈妈一起路过一栋特别漂亮的大楼时，他问妈妈这是哪里？妈妈说，省作协。小Q颇惊讶地问，就是全省做鞋子的都集中在这大楼里？

这么说吧，你还记得在你上幼儿园的时候，妈妈不是经常出差吗，你晚上想妈妈的时候，都喜欢干什么呀？

抱着妈妈的枕巾呀。

对呀，妈妈的枕巾就代表着妈妈，象征着妈妈，指代着妈妈，就比喻着妈妈呀。但它是妈妈吗？不是！哈，这回你懂了吧？

小Q嘎嘣嘎嘣地咬着火炬托，恍然大悟地说，妈妈是说红领巾不是烈士的鲜血染成的？那老师为什么说是烈士的鲜血染成的呢？

它是烈士的鲜血染成的，但它不是真的烈士的鲜血染成的，你懂吗？它就是代表着烈士鲜血染成的意思，你懂吧？就像妈妈那枕巾呀，怎么又把问题转回去了。

我想妈妈的时候抱妈妈的枕巾，是因为那枕巾上有妈妈的味道，那红领巾上也有烈士鲜血的味道了？

Q妈一时语塞，不知道该如何说服儿子，想到反正小孩子会很快忘掉不愉快的事情，或者晚上和家人聊聊，说不定就会有令小Q满意的答案。Q妈赶紧岔开话题。

晚饭时，小Q的表现令爷爷奶奶爸爸妈妈都特别满意，他主动地关了电视，拿起了筷子。并告诉大家，我老师说了，吃饭的时候看电视不利于身体健康。以往他都是盯着电视里的动画片，瞪着眼张着嘴，一股把电视当奶油蛋糕的架势。只有当爷爷或者妈妈的筷子碰到他嘴唇时，他才含住饭菜，象征性地嚼几下，囫囵吞枣地咽下去。奶奶常常看着他的样子，担忧地说，这时候给他塞上狗屎他肯定也能咽下去。一家人想了很多办法给他改这个毛病——关了电视，他就不饿；开着电视他就入迷地不知道自己吃。总是爷爷先不忍心，用喂小鸟的方式开始喂他。

饭后，小Q还坚持不看电视，说因为老师要求只能在周末看。奶奶瞅眼墙上的钟表高兴地说，那可太好了，天天这个点都是你霸着电视，弄得奶奶都得看第二天中午的重播，没法睡午觉。奶奶说着把她喜欢的电视剧调了出来。小Q说，奶奶，以后除了周末，这个时间的电视就都归你了。在大人的夸赞声里小Q走进了自己的房间，找出他的变形金刚，扭来扭去。三分钟不到，他那打算做听话的好孩子的念头就被客厅里的声音扭捏得坐卧不安。他提着变形金刚，装着口渴的样子，摇晃着从卧室出来朝厨房走去，眼睛斜着电视说，我得喝口水去。爸爸感叹说，这一上学，真不一样啊，觉得突然长大了，懂事了，以往都是坐那里喊——我要喝水，现在知道自己去找水喝了。奶奶的目光从电视画面上扯下来，翻过老花镜的上沿盯住自己的儿子说，就你，现在就被他糊弄了，我看过几年你怎么对付他。爸爸用眼珠子指指厨房，小声地问着自己的妈，你那意思是他不是真的想喝水？奶奶笑着指了指电视。小Q喝了口水，提着变形金刚以更慢的速度晃悠回来。爸爸说，儿子你要是想看电视，就过来和我们一起看。小Q摇摇头，瞅眼电视，走回去，嘭的一声把房门关上。妈妈骄傲地朝着奶奶翻了下眼皮。一分钟不到，小Q又打开门自言自语说，想撒尿了。奶奶胜利地看着她的儿媳，喊小Q，过来看电视吧，看一会儿不要紧，不是看你的动画片，不算。在厕所里听电视的小Q，抓住了奶奶最后的一句话，他对脑子里的老师说，我又不是看动画片，不算。他从厕所里出来，装着若无其事地问，奶奶你刚才说什么？奶奶笑着说，我说让你过来陪我看一会儿电视，解解馋。小 Q 腼腆地走到妈妈身边挨着坐下说，那我就陪着奶奶看一会儿吧。小 Q 的目光一和电视正面接触，就啪地被吸住了。四个大人彼此交换了下眼神，也都把精神集中到电视上。

　　一场残酷的国共之战正在进行，共产党那个足智多谋又年轻帅气的团长带领着仅存的十一二个战士被众多的国民党官兵包抄着，只剩五颗子弹了，团长在手心里攥了攥，把其中的三颗交给他最信任的连长说，你带领兄弟们进玉米地，我去把他们引开。团长和连长紧紧地拥抱在一起，彼此用拳头在对方的后背上捶了一下。小 Q 嗯嗯地哭出了声，又怕大人笑话，不好意思地看看周围。好在，妈妈也哭了。妈妈用胳膊圈住他，颇骄傲地说，这种生死相别的悲壮小 Q 竟然能体会到。在妈妈的理解下鼓励下，小 Q 的眼泪流得恣意汪洋。连长松开团长说，兄弟们不能没有你。团长说，我是团长，你要服从命令。连长没有服从命令，他飞快地猫着腰朝玉米地相反的方向跑去，用他仅有的三颗子弹闹出的动静和忽隐忽现的身影吸引着国民党士兵，子弹像密集的斜飞的雨一样射向他。慢镜头——击穿他——血液从他晃动的身体里往外弹射，弹跳，在空中荡漾，飞扬。临倒下前，他满怀牵挂地看了一眼玉米地。玉米地里，众多的国民党士兵从外围砍伐着，眼看就要砍到团长他们跟前了，在这千钧一发的关头，突然枪声响起，国民党士兵纷纷倒地，有一个身手敏捷的端了机枪回转身不停地突突。特写镜头——一颗子弹打中他的脑门，血液从额头流下来，他缓慢地扭了头，哀求地看着小 Q 一家，仿佛在说——救救我吧，救救我吧！然后跪倒，倒地，胳膊在地上颤了颤，死去。小 Q 抱住妈妈，哇哇地哭起来。奶奶催促说，赶紧弄卧室去，别看了，哎呀，忘了咱眼窝子浅了。爷爷说，现在电视都太血腥了。爸爸来牵小 Q 的手，问小 Q 害怕了？嘿，还男子汉呢，儿子，来，我告诉你，男人就得英勇善战，敢打敢拼，不怕杀头，不怕牺牲，就是死了，还能当烈士，知道吗？小 Q 扭打着晃开了爸爸的手，把脸伏在妈妈的身上，抽噎。妈妈朝爸爸瞪着眼，斥责他，都刺激成这样了，你还烈，烈，烈什么士呀你！爸爸生气地说，都是你惯惯惯，惯得跟个小姑娘似的。奶奶和爷爷原本一直本着儿子儿媳管教孩子时自己要装聋作哑的原则，此时也忍不住了。奶奶帮着儿子说，不能太惯了，说怎么就怎么，想怎么就怎么哪能行？！爷爷看奶奶跑题了，就纠正说，遇到这种情况就得从爱国主义方面教育，原来就是有那么一段时间，天天打仗，天天死很多人，直到把国民党打到台湾去了，才过上了安稳太平的日子，得让小孩子知道珍惜眼下的生活。

妈妈把小 Q 领到卧室里，关上门说，现在就咱俩了，让妈妈猜猜你为什么哭好吧？是因为连长牺牲了对吗？小 Q 擦着眼睛不说话。Q 妈说，战争就是很残酷的，就是要死很多很多的人，因为有很多个像连长那样的烈士才有了战争的胜利，才有了现在的幸福生活啊，刚才爷爷说的你都听见了吗？等你放假的时候，妈妈带你去北京天安门广场，那里有一块人民英雄纪念碑，你可以去看看那上面的浮雕和碑文。小 Q 摇摇头说，我不想看，那里埋着全国的烈士吗？Q 妈说，不是，全国的烈士埋在全国很多个烈士陵园里，那里的纪念碑就是个象征。象征，今天下午咱们不是讨论过了么。

小 Q 说，那连长埋在哪里？说着刚刚干了的眼睛又水汪汪的了。

应该埋在他牺牲的地方了。

那些国民党士兵埋在哪里？

应该也埋在他们牺牲的地方吧。

他们埋在一起吗？

当然不会，打仗的两方是彼此的敌人，哪能埋一块呀。

连长是烈士吗？

当然了。

那个国民党呢？

嗯，嗯，国民党呀，哎，你来给儿子讲讲。Q 妈喊起来。Q 爸得意地走进来，说关键时候还得找爸爸吧？儿子，我告诉你，男人就得坚强勇敢，电视里演的都比真正的战争好看多了，真正的，那连长说不定就四分五裂了。

小 Q 问，什么是连长就四分五裂呀？

Q 爸说，炸飞了，胳膊跑到那里，腿飞到那里。不等爸爸说完，小 Q 就捂着眼把头往身后的被子里塞。Q 妈看眼关着的卧室门，厉声对 Q 爸说，你有病呀，非得往孩子脑子里塞些残酷的东西呀？！你这是教育他勇敢吗，你这是虐待！出去！出去！

我虐待，我不会教育，你行，你来，什么都是你自己对，那你还让我进来干啥？

Q妈被Q爸气得脑子里只剩一个字——滚！Q爸瞪起眼挑衅地说，你，再，说，一，遍！

在这千钧一发的时候，小Q的头从被子里出来说，爸爸，妈妈让你进来给我讲讲那个死了的国民党是不是烈士。

他嘛，他嘛，嗯，我先给你讲讲什么样的人是烈士吧。烈士，就是为正义而战，而牺牲的人。像日本鬼子侵略中国时，在咱们国家欺负咱中国人，把小孩用刺刀挑着玩，把人肚子给豁开……

啊？！小Q捂住了耳朵。

你就不能别讲那些过于血腥的？！Q妈踢了Q爸一脚。

Q爸继续说，小日本欺负咱们8年，光在南京就杀死了30万人，儿子你知道30万有多少吧？你们每天早晨学校不都集合做操嘛，你们全校集合起来还不大到3000人，30万就是100多个学校的孩子集合到一起那么多。

全死了？！小Q瞪着大眼睛问。

全死了。

他们流血了吗？

当然。

那得流多少血？！

一人的血大约有一脸盆那么多，30万人，就30万脸盆那么多吧。

30万脸盆，就是我们100个学校的学生每个人端一脸盆血那么多？小Q颤着手小脸煞白地做着端脸盆的动作，仿似他手里真端着一脸盆血。

别讲那么血腥，他长大了自己会看的，你没看他脸都发白了吗。Q妈提醒着。

Q爸说，日本鬼子可恨不可恨？

可恨！

可恨的人要不要把他们消灭掉？

要！

好，消灭日本鬼子这样的欺负咱们中国人的人，是不是英雄？

是！

在消灭敌人时受伤死去的人就是烈士。懂了吧？

懂了！

在没有战争的年代，烈士就是那些为了挽救国家财产和他人的生命而牺牲的人，牺牲就是死了，这你知道对吧，像抢险救灾，地震呀，洪水呀，很多解放军战士去抢险，帮助老百姓时死了，他们就是烈士。懂了吧？

懂了。

嗯，小Q真聪明。

爸爸，是谁把日本鬼子消灭了的？

共产党和国民党呀，再加上全国人民的帮助。

共产党和国民党现在在哪里呀？我能看见吗？

能啊，我，妈妈，爷爷，奶奶，我们都是共产党啊。

你们？！你们就是共产党呀？！小Q的语气和脸色一起失望。

还，还你们就是共产党呀？！Q爸胡啦一下小Q的头说，看你这腔调，好像我们都是冒牌的似的。小Q拿起他的变形金刚说，最起码，我觉得爸爸不像共产党，变形金刚才像共产党。

嗨嗨嗨，我咋就不像了？

那天，爸爸和我开车去超市，眼看着一个叔叔骑摩托车摔倒了，都昏了。我让爸爸去救那个叔叔，爸爸说，不能管闲事，怕人家赖着咱。变形金刚要是在，他肯定会救那个叔叔，连长要是在，他也肯定会去救那个叔叔。

Q爸趁小Q低头扭变形金刚小腿的时候，朝老婆拉了拉嘴角。Q妈叹口气说，感觉到困难了吧？你这不才被难住一回嘛，我经常被难住，不知道该怎么教育，按照正确的教育吧，怕吃亏上当，按照歪的教育吧，怕学坏。

Q爸已经为自己非共产党员的行为想出了辩护词，他说，儿子，你刚才批评的对，但是爸爸其实当时内心里还有别的想法，你知道吗？

什么想法？赶紧交代！小Q把变形金刚的胳膊拧起来，指着爸爸。

就是那个，摔倒的人，是不能轻易动他的，因为可能会有骨头断裂了，一动，骨头可能就插到肉里了，插到内脏里了，或者让他的脑子出血出得更多了，反而会害了他。你别看你老爸我，啊，要是有敌人入侵我们国家，我也会立马冲上去消灭他们的。Q 爸攥起拳头，让小 Q 捏他的肱二头肌。Q 妈用鼻子笑笑问，儿子捏着肌肉了吗？小 Q 说，没有，都是肥肉，就那么一点点硬的。Q 爸笑着松了拳头。Q 妈想起那一个又一个让她窝火的夜晚，想起那一遍又一遍的誓言——我保证再也不喝了，谁叫我也不去了，谁请我也不去了，谁的面子我也不给了……想起它们的有效期就到次日晚饭前，鄙夷地对 Q 爸说，演，演！也不反思反思自己的言行，不说别的，就喝酒这一条，什么时候说话算数过？要真起了战争，就你这样的，不用严刑拷打，用酒精往鼻子那里一熏，就当叛徒了。

不诋毁我你就心里不爽对吧？我不咋地，你呢，你自己像吗？真是！Q 爸恼了。我在儿子眼里的形象都是你天天这么破坏的。Q 妈伸了脖子，想列举更多他的劣迹，又怕惹得他说出自己不够共产党的劣迹，正思想斗争的时候，小 Q 出来灭火了。小 Q 说，国民党在台湾怎么能消灭日本鬼子呀？

Q 爸和 Q 妈用鼻息向对方不屑了一下，一起撤下架势，应对小 Q。

他们为什么去台湾呀？

被共产党打跑的。Q 妈抢先说，就跟电视演的那样，他们打了四年，最终共产党把国民党打到了台湾。

爸爸不是说共产党和国民党一起消灭的日本鬼子么，那他们不就都是英雄吗，英雄和英雄为什么还打仗呀？

这问题问爸爸。

Q 爸说，这个问题不属于你这个年龄关心的范围，等你长大了，学历史的时候，老师会教你，那时候你就会懂了。

我就想现在懂，你们不是说，要勤学好问吗。

好好好，问问问。怎么跟你说呢，哎呀，真不好说，打个比方吧，有坏蛋流氓无赖强盗挥舞着刀枪去冲击你们学校，要砍死老师同学，你们学校里每个人是不是都会团结起来对付坏蛋？

嗯。

那坏蛋就相当于日本鬼子，等消灭了日本鬼子，嗯，等消灭了日本鬼子，你们发现你们，不是你们，是校长吧，两个校长，管理学校的办法，理念，不一样，一个想这样，一个想那样，谁也不听谁的，就打架，嗯，有的学生喜欢这个校长，有的喜欢那个校长，嗯，校长指挥着拥护自己的学生和对方干架，大家就打呀打呀，其中一个校长的拥护者多，这个校长指挥的办法也多，就把另一个校长和拥护他的学生们赶到最靠边的一座小楼里去了，大概就这意思吧。Q爸看眼Q妈问这样解释行吗？Q妈白他一眼说，不知道，估计要是回答考试题的话肯定不及格。

小Q说，他们为什么非得打死人呀，他们为什么不好好沟通交流呢？

估计是沟通交流不了才打的。Q爸应付着打算起身出去。

小Q说，爸，你不是共产党嘛，你去告诉他们交流真的很重要。今天课间的时候，一班的邵帅把我们班的辛然撞到墙上，把头磕起一个大包来，辛然就哭啊哭啊，都快哭死了。我们班的冯康博不是辛然的表哥嘛，他就去打一班的邵帅，我想起妈妈说什么时候都要注意沟通交流，我就去说他们了，他们就听了我的话，沟通交流了。

你怎么让他们交流的？结果呢？Q爸很欣慰地瞅着儿子。

小Q说，就是问邵帅因为什么撞的辛然，他说特别想上厕所，就往厕所跑，结果就把辛然给撞了，他都快尿裤子了，就来不及给她道歉。后来，邵帅给辛然道歉了，辛然也原谅他了。如果辛然的头磕出问题了，需要上医院就让邵帅的爸妈给出钱。

嗨，臭小子还挺有办法的嘛。

这有什么呀，上次李乐伟从后面猛地抱我，把我的头也摔墙上了，那包比辛然的还大，气得我们班主任要把李乐伟的小组长给撤了。我妈妈就说让我跟李乐伟去沟通交流，看他为什么摔我。他说他是为了逗我玩，我一想平时他对我也挺好的，有时候带了水果还分给我吃，我就相信他原谅他了，我们就和好了，他又给我吃了三瓣橘子。我就和班主任说他不是故意的，不要撤他的小组长，因为他的小组长是好不容易才当上的。班主任一开始就说过，当班干部的，谁表现不好，被撤掉以后就怎也不能当了。他妈妈听李乐伟说了以后，很感动，就给我妈妈打电话道歉，夸我，还说如果需要上医院就他们家拿钱。

Q妈用脚踹踹Q爸说，知道什么是言传身教了吧？

你头上的包消下去了吗？磕着头可不是小事，我怎么不知道这事？Q爸心疼地去摸小Q的头。小Q摇头甩开他的手说，早都消下去了。

Q妈说，你除了知道酒杯在哪里，还知道什么呀？

Q爸瞪眼老婆，催促小Q说，赶紧洗刷睡觉，晚了就没时间讲故事了。

小Q终于在听着《查理和他的巧克力工厂》时，带着微笑睡着了。Q爸对Q妈说，以后把睡前讲故事这习惯改掉，养成一挨枕头就能睡的好习惯。非得念得人口干舌燥的，才能睡。

Q妈看着小Q笑眯眯的睡样说，你才念了几回？哼，过几年你想念他还不听了呢，让你念，那是给你机会让你体验当爹的幸福，别身在福中不知福。

你今天干吗当着老头儿老太太的面那么凶巴巴，你平时在他们面前不是挺能装的吗？

我什么时候凶巴巴了？我装啥了？

就什么烈，烈，烈什么士呀？！你看你那样儿，要不老太太也不会轻易发话，别瞪眼，我是为你好，提醒你别破坏了好儿媳的形象。

这个，一会儿回咱们屋再说。

两口子站起来打算关灯离开，小Q突然睁了眼问，爸爸还没回答我那个国民党是不是烈士？

Q爸看眼Q妈，俯下身对小Q说，你没睡着？

睡着了，又醒了。爸爸你还没回答我问题呢。

Q爸说，赶紧睡，明天睡醒了再说。

不，我就要现在知道。妈妈说过，今天的问题不能放到明天解决。

好好好，躺下，躺下。那个国民党嘛，嗯，嗯，在国民党眼里是烈士。

国民党的眼和共产党的眼不一样吗？他在共产党眼里算吗？小Q问。

不是眼不一样，是判断标准不一样，哎呀，也不是标准不一样，是，是立场不一样，在共产党眼里当然不是。

那那个连长呢？

连长当然是呀。

在国民党和共产党眼里都是烈士吗？

在共产党眼里是，在国民党眼里不是。

为什么呀？

因为他们两派打仗，连长是被国民党打死的，那个国民党是被共产党打死的。哎呀，怎么说呢，就是每个人都会为自己认同的信念而战，为自己拥护的党派而战，他死了也只被那些和他有共同信念的人认为是英雄是烈士，在别人眼里可能就不是了，这下你明白了吧？Q爸为自己的反应能力深感骄傲。

爸爸不是说国民党和共产党都是英雄都是烈士吗？

那，那是，那是说抗日战争时期，那是打坏人的时候，啊呀，你这个小孩怎么问个没完没了，赶紧睡觉。

爸爸的意思是说日本鬼子是坏人国民党不是坏人吗？

啊呀，这孩子，怎么这么难缠呀，赶紧睡觉。

好好好，最后一个问题，最后一个，爸爸，我们的红领巾是谁的鲜血染成的？

烈士的鲜血呀，我不但知道这，我还知道这个鲜血呀是指人的动脉血，静脉血颜色要深得多，像大枣那种颜色，你知道吧？

爸爸，我是说是哪个烈士的鲜血染成的？是国民党的还是共产党的，还是他们混到一起的鲜血染成的？

共产党的吧，应该是共产党的吧。Q爸瞅着Q妈，希望得到支援。

Q爸彻底烦了，你这孩子还睡不睡觉了？！说好的最后一个问题最后一个问题，没完没了。他拿起手机去了厕所。

小Q的眼泪流出来了，哆嗦着嘴唇试图装睡。Q妈说，爸爸不知道今天下午咱们的谈话，他以为你乱想来着，妈妈理解小Q，妈妈和小Q交流。小Q是个爱动脑筋的好孩子，思考的问题几乎都把爸爸妈妈难住了，爸爸妈妈要去查资料，才能得到正确的答案。或者，等有机会妈妈带你去台湾，你自己去找答案好不好？

好。

那是不是可以睡了呀？

嗯。

Q妈赶紧关掉灯走到隔壁自己的卧室里。等Q爸从厕所出来，跟他说了下午小Q不想戴红领巾的想法。Q爸瞅着手机里的网络小说应付说，小屁孩，明早保准就忘了。

他要忘不了呢？

忘不了就忘不了，还能咋着？多大点儿事。Q爸说着对着他的手机露出了开心的笑容，凑近Q妈说，你看这段说得好玩吧。Q妈不耐烦地把他推远，手机比你老婆孩子还重要，你和手机过去吧。Q爸不服气地说，别自己一屁股屎没擦，就拿卫生纸撵着给别人擦腚，你不也天天抱着手机吗？

我那是跟你学。在你眼里我和儿子算啥，你儿子算个没劲的新闻，瞟两眼拉倒，我就更惨了，顶多算个废弃的手机套。Q爸不好意思看下去了，两个人闷闷地翻着久未翻看的书，呕着气，手机在床头柜上像两块品质优良的大烟膏诱惑着两个吸食成瘾的人。熬到十点半，两个人闷着气打着哈欠，合上书倒下。

轻薄的睡眠中，Q妈听见小Q发出挣扎的嗯嗯之声，仿佛被谁勒住了脖子，她一骨碌爬起来，伸耳朵听了听，确定无疑是小Q的动静，她推把Q爸就往儿子屋里跑。Q爸从梦里醒来愣怔中看见老婆跑，顾不上思考就跟着跑，两人跑到小Q卧室，打开灯，只见小Q满脸惊恐地撕扯着睡衣的领子，好像那里有一条毒蛇。Q妈扑上去抱住小Q说，宝贝不害怕，宝贝不害怕，爸爸妈妈都在呢。小Q闭着眼惊恐地喊，妈妈快帮我，妈妈快帮我！

妈妈在帮呢，小Q告诉妈妈怎么了？你需要妈妈帮你做什么？

妈妈，妈妈，连长，连长的胳膊，妈妈，妈妈，连长的胳膊，连长的血，连长的血往我红领巾上跑，妈妈，快，快，把血赶跑，快把血赶跑！妈妈，红领巾，红领巾，快帮我拽下来，快！

赶跑了，赶跑了，红领巾拽下来了，扔了，扔了，爸爸已经扔得很远了。Q妈抖着声说个不停，边说边比画。小Q听了，松了抓领口的手，睁开眼木呆呆地看着妈妈。Q妈和Q爸不约而同地舒了口气。Q妈说，儿子你做噩梦了，没事了，你看看，根本没有连长，小Q是在自己的卧室里，坐在床上呀。小Q嗯了一声，突然又眼神直直地盯着前面，手指着半空，恐惧不已地说，妈妈，妈妈，你快看，连长，连长的血又跑来了，往我红领巾上跑，妈妈！妈妈！

Q妈抱起小Q说，咱不在这屋睡了，咱们去妈妈屋里睡，妈妈抱着小Q，谁也不敢来打扰小Q。坐到爸妈的床上时，小Q才真正从噩梦里清醒过来，喝了几口水，在爸爸妈妈当中躺下说，妈妈我怕睡觉。Q妈说，电视里演的都是假的，不是真的，那个连长是演员演的，你知道拍电视怎么拍吧，就是用塑料袋子装了看起来像血的红颜料，塞在演员叔叔的衣服了里，用假子弹一打，塑料袋子破了，红颜色就跑出来了，导演说，停。那个连长叔叔就从地上爬起来，不但没死，还一点伤都没有呢。小Q沉思一下说，可爸爸说真的比电视里还可怕。Q妈说，真的发生时爸爸还没出生呢，爷爷奶奶才和你这么大呢，早都成历史了，你害怕啥？小Q点点头，闭上眼睛。Q妈侧身轻轻地拍着小Q的屁股，往他的身体里输送着呵护的信号，心却已疼得碎了，泪流个不停。

　　Q爸完全被儿子的样子吓住了，他只觉得自己全身都紧绷绷的，不知道如何应对噩梦里的儿子，那个神情惊恐得让他完全陌生的孩子。他乖乖地跟在老婆身后，看着老婆手忙脚乱地比画，仿佛真有一个让儿子和她惊恐的残碎的躯体在他们面前舞动。等儿子睡沉，他对Q妈说，小Q那样子真吓人。Q妈擦擦眼泪不满地说，你不是不当回事吗！你以为孩子跟大人一样粗糙？何况小Q从小就善良敏感得不行，你忘了他一岁时听小蝌蚪找妈妈的故事了吗，听哭了，两个月以后，我和别人说这事时，刚说了小蝌蚪三个字他就又哇哇大哭，从那到五岁他什么故事都不能听，一听到分别的迷路的被欺负的什么的就难过得哭。教育孩子坚强我不反对，但你得根据他的承受能力来，有的孩子还以杀死小动物为乐呢，你儿子看见小蚂蚁在晕头转向地跑就会为它找不到家难过得掉泪，你又不是不知道，今晚上还可着劲地血腥着吓他。Q爸连连认错，担忧地说，那要是儿子真不想戴红领巾了怎么办？Q妈叹口气说，但愿明早他醒了就忘了。实在不想戴也没办法，反正不能逼他。

　　第二天早晨，小Q醒来，整个人比平日里蔫了些。吃过早饭，小Q戴上小黄帽，背上书包，催促着妈妈赶紧去开车。Q妈看眼他的脖子，趁他转身的工夫拿了红领巾塞进衣兜里。到了学校附近，Q妈停下车问，戴上红领巾吧，不戴会不会被老师批评呀？小Q坚决地摇摇头。Q妈无奈地把手从衣兜里抽出来，叮嘱说，如果老师批评你，你就跟老师说对不起，忘记戴了。小Q没有回答，往队伍里走去。Q妈紧跟了几步，走到家长止步线那里站住看着儿子的背影。在小Q他们的"1"字队伍旁边，三三两两地站着臂戴袖章的执勤老师和学生，从止步线一直到教学楼。就在小Q的小身影刚拐进学校大门的时候，只听一个值勤生高声喊——抓住一个没戴红领巾的！Q妈循声看去，发现被抓的是小Q。她掏出红领巾想跑过去，一个身高几乎和她一样高的学生拽住她说，阿姨，请问您是几年级几班的家长？Q妈看眼她手里的小本和笔，想起家长会上班主任曾一再叮嘱家长们不要跨过止步线，不要给孩子送东西——会扣班级的分数，影响先进班级的评比。她意识到暴露身份会给儿子惹麻烦，红着脸挣脱了学生的手，跑到马路对面正对着学校的位置引颈遥望。此时，小Q正被一个老师和四五个大孩子围着，他们对他说着什么，有人在本子上记着什么，小Q一副傻呆呆的样子。直到小Q身边的孩子们散去，小Q重新走进"1"字队伍里。Q妈看着儿子的两条瘦弱的小胳膊在肥大的黑色校服里轮番着抬起，落下。Q妈知道他在忙活着对付眼泪。

　　Q妈坐立不宁地挨到了下午放学的时间，早早地站在止步线前。因为学校紧邻马路，为了孩子们的安全，学校门口用拴着小彩旗的绳子拦截起来，学生们在学校里排好两路纵队，走到校门口后分开，顺着红砖镂空的墙根各自到达南北止步线。小Q他们班从教学楼里出来，Q妈就趴在菱形的镂空上寻着儿子的小脸。黑压压的小队伍，黄色的小帽下，所有的小脸蛋并没有明显的差别。等他们一二一地走到眼前，Q妈看清儿子的表情时，不由心里一揪。这一瞬间，她意识到委屈跟桶水一样，把她的小Q浸泡了一天。小Q扯住她衣袖，努力包裹了一天的委屈就决了口子。Q妈默默地领着他到车里，抽了面巾纸给他，安慰说，不用难过，不就是没戴红领巾么，又不是干了坏事，老师怪你，妈妈不怪。小Q流着泪点点头，把探出鼻孔的鼻涕吸回去说，曹老师说让你给她打电话。

　　曹老师在电话里说，我本来打算提名让你儿子当班长来着，他平时表现很乖，也比别的孩子懂事，别的孩子遇事只想到一，你儿子还能想到二，有点组织能力。这下可好，今天他竟然没戴红领巾，给班里减了三分，他是第一个给班里减分的孩子，现在都讲民主，孩子们要投票选举的，估计悬了。其实，每天学校里都有孩子忘戴红领巾的，以后记住就行，可你儿子说他不是忘了，是他不愿意戴，说因为是烈士的鲜血染成的。大队辅导员为这找我谈话了，怕是你们这当家长的思想有问题影响了孩子。Q妈赶紧辩解说，请曹老师放心，我们一家子都是共产党员，思想绝对没有问题的，亲戚中也从没有练法轮功信邪教的，请您和大队辅导员放心，小Q他，从小怕血，他一听说红领巾是烈士的鲜血染成的，就产生了恐慌心理，没有别的意思。曹老师说，那我就放心了，既然你是党员，那你就好好给小Q讲讲，讲讲红领巾象征的神圣意义。我吧，说实在的很难顾上单独关照哪个孩子，一年级新生是最难管理的，有不会解扣子的，有尿裤子的，五六十个孩子搞得我焦头烂额。Q妈说，让您费心了，请您放心，我一定好好给小Q解释。曹老师叮嘱说，一定让他坚持戴红领巾，一次扣三分呢，影响期末的集体荣誉。

Q妈挂了电话跟小Q说，曹老师没责怪你，就是叮嘱妈妈给你讲讲红领巾的神圣意义。

什么是神圣呀？

神圣么，就是伟大而圣洁的意思吧。

什么是伟大而圣洁呀？

Q妈硬着头皮接招——伟大嘛，大，你懂吧？伟大就是特别特别大，特别特别重要；洁，就是干净，洁净，这个你也懂对吧，圣洁就是特别特别干净，洁净，没有污浊在上面。红领巾就代表着这样的意思，所以呢，每个能戴上它的小朋友都应该感到骄傲感到光荣。小Q这回懂了吧？喜欢戴红领巾了吧？小Q说，为什么红领巾代表着这样的意思？Q妈说，因为它象征着烈士的鲜血，象征着祖国红旗的一角啊。小Q失望地说，那不就是说它是烈士的鲜血染成的吗，我不戴。Q妈说，就因为它是革命烈士的鲜血染成的才有伟大而圣洁的含义，每一个爱国的小朋友都喜欢戴它，都会骄傲自豪地带着它，小Q难道不是个热爱祖国的好孩子？！

是。

是，就要戴着它。

我不想戴。

你不想戴就是不爱国。Q妈的语气硬起来。

我爱国，妈妈，我爱国，但我不想戴红领巾。小Q的眼泪流到了腮帮子上。Q妈觉得自己过分了，她不知道爱不爱国这个定义对儿子意味着什么，竟然能让他吓得流泪。她想起小Q更小一点的时候，她管理小Q最有效的办法就是说——你不好好表现妈妈就不要你了。这样的时候，小Q就会用此时的语调急切地哭着表白——小Q表现好，妈妈，小Q表现好，妈妈别不要小Q。

你不戴红领巾就会给你们班减分，一次减三分，老是这样你们班到期末评不上先进班级，你觉得你能对住全班同学和老师吗？

对不住。

那就戴。

小Q的眼泪在眼窝里打旋。Q妈说，不是妈妈狠心，你愿意每天早晨都被执勤的老师和学生抓住，给班级减分吗？小Q摇摇头，泪珠子在晃动时跃出眼角，在他的脸上乱跑。

夜晚，等小Q睡了，Q妈跟Q爸汇报了白天的事。Q爸不解地说，我不记得小时候戴红领巾有这样的障碍呀？Q妈说，别看我，我也没有，那意思说得跟我遗传似的。我小时候虽然没有觉得红领巾多么神圣，还是很喜欢戴的。因为我们家是中农出身，贫下中农的孩子都戴上红领巾了，就我和我姐戴不上，一看到别人脖子上的红领巾我就眼馋得不行，用现在的话说叫羡慕嫉妒恨，还怕。怕啥？你在城市里没有这种记忆？怕因为自己脖子上没有红领巾让别人知道你出身没有别人好。红领巾，在我们当年的眼里是决定着一个人以及他背后的家族荣辱的。有则荣，没则辱。我做梦都想戴上红领巾。因为这，我总是把自己新买的橡皮铅笔，趁同学看不见的时候，扔到学校操场上，然后装作突然发现的样子捡起来上交给老师。去五保户家打扫卫生，我都抢着清理茅屎坑，故意把屎弄到手上……终于，在上四年级的时候，我戴上了红领巾。你不知道我有多么高兴，放了学，我蹦蹦跳跳地飞回家，还转了一个大弯，转到我们生产队大人放工时候常走的路上。我可是个视红领巾如宝的人，每晚把红领巾用水打湿，一道一道地折叠好，压在枕头底下，第二天板板整整地戴上，那结打的那叫一个周正，标准的下窄上宽的梯形。什么呀，蹦蹦跳跳地飞回家，才不是病句呢，那是一种心里非常真实的感觉，一蹦，身子就飞一下，红领巾在脖子上也飞一下，再一跳，身子又飞一下，红领巾也再飞一下。从那以后，一遇到美事我就做这样的梦，当然不是戴红领巾了，就是身体在蹦跳间就处于飞的状态，飞不动了，再蹦一下，又飞出去了。你不知道飞的感觉有多美吧？

Q爸饶有趣味地听着，回想着自己戴红领巾的岁月。他说，跟红领巾有关的事，我就记得一件，不是我上二年级就是三年级的时候，有一天，也是这样的季节，我和陈顺、郭乾、王小利我们四个放了学去王小利家做作业，走到老槐树底那里，有一只小羊跟上我们了，我们停它就停，我们走它也走。赶也赶不走，一直跟到王小利家门口。那小羊头上还没长出角来，刚刚开始冒鼓鼓包，很可爱。我们四个人都特别喜欢它。我们就带着它在王小利家玩了一下午，爬树从树上摘树叶子喂它。该走了，不知道该把小羊怎么办了。谁也不舍得把小羊放走，也怕别人说我们偷了人家的小羊。后来，王小利想出一个办法，把小羊拴到隔壁的胡同道里，那个胡同道是他家和邻居两家院墙的空当，两头都堵死了。我们就爬墙把小羊放进去，怕它乱跑弄出动静被人发现，就想拴住它。找了半天没找到绳子，我们四个就解了红领巾系一块当绳子拴着小羊。回到家，都撒谎说红领巾丢了。每天一放学，我们就从路边上拔了草采了树叶子，跑回去喂它。三天后，当我们再爬墙进胡同道里的时候，发现小羊死了。

怎么死的？

估计是因为它挣来挣去，红领巾那扣勒得太紧了，勒死了吧。

Q妈说，你们还怪狠呢，早知道你身上有血案就不跟你了。

Q爸笑笑说，今年夏天我们小学同学聚会又说起这事，大家都说都怪那时候红领巾的质量太好了，要是放到现在，一挣就断了，这血案也不会发生了。

Q妈哼下鼻子说，一听就知道你们这帮同学没有一个是顾家顾孩子的，现在的红领巾质量是不好了，几乎没有纯棉的了，都是腈纶化纤的，戴不上两回就成缕了，电熨斗都熨不开，但要当凶器，比你们当年的更结实。我可告诉你呀，你这光辉历史不准跟儿子嘚吧啊，曹老师刚强调了要给他讲红领巾的神圣意义。

Q爸说，知道，不过这事也有积极的意义，我从那时候就懂得了，有时候喜欢和爱把握不好分寸就是种伤害，所以长大以后我对自己喜欢的爱的，都采取顺其自然的态度，从来不去强求强迫什么。这是不是就是佛家说的，破执？

Q妈恍然大悟地瞪了眼，酸酸地说，敢情你和吴霄分手的根本原因在这里呀。

瞎联系，儿子就随你，一个问题，东联系一下西联系一下，就变成好多问题出来，让人头疼。

Q妈说，随我，可比你思想好多了。

两人对着小Q横看竖看，研究他睡眠的表情。小Q安详地闭着眼睛，小嘴巴微张着，舌尖抵着上牙堂，呼吸均匀，没有半点在噩梦里的迹象。两个人意见一致，才睡去。

次日一早，又对着小Q的脸研究一番，基本确定他睡眠良好后，两口子放下心来。小Q刷牙的时候，Q爸悄声跟Q妈说，昨晚他没做噩梦吧，小孩子转脸就忘，不能太惯着他。今天我送他，他鉴于我的威严应该会乖乖戴上红领巾的。小Q对Q爸送他上学的举动有些不解，下车时再次问，老爸为什么你送我，你不怕迟到了？Q爸拉住他，从兜里掏出红领巾套到小Q的脖子上。小Q扭了扭身子说，不想戴。Q爸说，你是男子汉吧？男子汉就应该把必须做的事做好，而不是由着自己的性子来。老爸我不喜欢上班，我不也把班上得好好的嘛。小Q说，我也是，我最喜欢玩电脑游戏，不也一星期才玩十分钟吗？红领巾和你说的这些事不一样。

Q爸胡乱给红领巾系了扣，瞪眼问，一样不一样都必须戴，利害关系昨天你妈已经跟你说明白了。你想天天被抓？Q爸指指不远处执勤的同学。小Q停止了扭打身子，乖乖地说了声老爸再见，就进了"1"字队伍。Q爸从镂空里看着儿子顺利地进了学校，顺利地进了教学楼，他掏出手机给老婆汇报，放心吧，一切顺利，我硬给他套上，他也就小屁股撅哒撅哒地走了，我一直看着他进了教学楼。

Q妈下午接小Q的时候，发现他脖子上仍然戴着红领巾，不由得大舒一口气。日子，又恢复到戴红领巾前的样子。一进车，小Q就把小黄帽和红领巾揪下来塞书包里头，开始喊饿。妈妈，饿死了！有时，Q妈从包里拿出块糖或面包啥的，小Q就会心满意足地吃起来，如果忘记了，小Q就会一直喊着饿死了回到家。

一周后的晚上，小Q睡后，Q妈帮小Q洗红领巾时，发现红领巾的两个角上布满了密密麻麻的黑色小洞眼。Q妈揣摩了一会儿，得出结论——铅笔戳的。拿给Q爸看，Q爸也认为是铅笔戳的。两个人一起掂量着要不要给小Q把问题指出来。Q妈说，要不装没看见算了，我怕再提，又会引起他戴红领巾的反感来，要是再任性不戴了可咋办？Q爸说，我觉得需要谈，咱们要是不提醒他，要是哪一天被老师抓到了，又会因为不珍惜红领巾被批评咋办？万一大队辅导员再由此怀疑咱们教育有问题，咋办？两害相权取其轻嘛。

小Q你过来，解释一下为什么红领巾上有很多小黑洞呀？Q爸在早晨小Q洗刷完要去厕所大便时，下了命令。小Q乖乖地站在他面前，瞅着自己的大母脚趾。Q妈说，小Q，爸爸没有批评你的意思，就是问问你，为什么用铅笔扎红领巾？

扎着玩。

红领巾是用来扎着玩的吗？它是……Q爸的是字刚出口，就被Q妈从背后拽了个趔趄，回头看，老婆在挤左眼。他翻下白眼，到餐厅去了。Q妈接过教育的责任问，你不是有很多玩具吗，为什么要扎着玩？

玩具，老师又不让带到学校里去。王梁硕昨天带了他的圆币和王小林玩，被大队辅导员抓住了，在操场上罚站一节课，没收圆币，还被扣了分呢。

上课时间玩？

不是，课间。

圆币，就是你那种带着小漫画的圆纸板吗？

对呀。

没有危险呀，为什么处罚他们？

只要是玩具就不准带到学校，这是规定。

那你们课间都干什么呀？

课间的要求是，不准打闹，不准跑跳，不准大声喧哗，轻声慢语靠右行，养浩然之气，正民族之风。

Q妈想问儿子，他是否明白什么是浩然之气和民族之风，又怕孩子反问，把自己难住了。就问，跑跑跳跳也不行吗？

不行。

那你们课间都干吗？

我们就坐着啊，和同学说话啊。

为什么跑跑跳跳也不行呢？

因为容易摔着。

用铅笔扎红领巾是上课扎的还是课间扎的？就你自己这样，还是很多同学都这样？

嗯，嗯，课间，很多同学都这样。

Q妈松口气说，虽然法不责众，那也不能扎，妈妈不是告诉你了吗，红领巾是很神圣的，每个人都应该为能戴着它感到骄傲自豪，要爱惜它。再说了，如果哪天被老师发现了，再受批评怎么办？

小Q说，什么是法不责众？

Q妈说，就是说大家都犯同样的错误时，就不容易受到惩罚。比如，比如，哎呀，以后再讲。

奶奶在餐厅问Q爸，那娘俩干吗呢，不赶紧吃饭，一会儿又得吭喝堵车迟到了。

Q爸说，教育小Q呢，把红领巾用铅笔扎了很多眼，教育教育他，让他知道红领巾的神圣意义。

奶奶哼下鼻子说，自己都不信的事非逼着孩子信，红领巾神圣，我咋就没见你们当它神圣过？都绺成绳子了，也没见你俩谁帮他熨熨。现在不止家长，连老师也不当回事了，你们看看现在学生那红领巾戴的，有的都脏得顶得上抹布了，我当年教的孩子，都是要求孩子到家后取下来，压到枕头底下，皱了的，让父母用茶缸子倒上热水熨开。大人得给孩子做榜样，言传身教。

Q爸在脑子里看着自己勒在小羊脖子上的红领巾，跟曾是优秀小学教师的母亲说，年代不一样了，红领巾质量也不一样了，别说茶缸子倒上热水了，Q妈说用电熨斗都熨不开。

奶奶不服气地说，她熨过？我没看见。

小Q一出门就打了一连串的喷嚏。Q妈仰头看看天，又跑回去给小Q找防PM2.5的口罩戴上。小Q的鼻涕在口罩后面流成了小河，把口罩推到额头上，捏得满手心都是鼻涕。Q爸催促说，赶紧吧，来不及了。Q妈把车钥匙递给他说，和我们一起走吧，你开得快。

Q爸在早高峰的马路上见缝插针，Q妈在后排座上忙活小Q的鼻涕，说，儿子，你知道妈妈为什么从你四岁就给你报英语班吗，就是因为你是过敏体质，学好英语，长大后到发达国家去工作生活，就不用再受这种罪了。王阿姨家的大哥哥记得吧，他也和你一样有过敏性鼻炎，他说一到美国就好了，回来就不停地发烧，咳嗽喷嚏，眼痒得睁不开。

小Q说，我才不去国外呢。

为什么呀？去先进发达的国家，环境优美，空气清新，也不再过敏了，多好呀。Q妈说完，又叮嘱老公，别忘了抽空去给他买喷鼻子的，准备着，万一厉害了，夜里憋得没法睡觉。哎呀，就怕这秋冬季。

Q爸说，我中午再去买个空气净化器。

Q妈说，学校里呢，路上呢，你也按上空气净化器？

小Q说，我不去国外，因为我爱国。

Q妈笑着胡噜一下他的头，小样儿，你知道怎么爱国？Q妈朝着Q爸的后脑勺说，微信上有句话说得可好玩呢，说爱国就移民到别的国家，给别的国家添乱去，哈哈。

小Q抽搭着鼻涕说，妈妈，我觉得他们说得不对。我爱妈妈，就不想和妈妈分开，妈妈出差我都抱着妈妈枕巾。我爱国，当然也不会和国分开了，对吧？

Q妈抱抱小Q说，人家说闺女是妈妈的小棉袄，我怎么觉得我儿子是我的羽绒服呢。

Q爸从后视镜里看着妻儿说，小Q你那根本不是爱妈，你是恋妈，恋母情结。

Q妈说，你有本事让他恋父啊，小Q你等哪天爸爸出差的时候，抱着他的枕巾睡觉。

小Q说，我才不抱呢，一股臭味。

到了学校附近，Q妈给小Q戴上一条崭新的红领巾，叮嘱说，不准再扎眼呀。

小Q皱着眉头撅着嘴瞅着新红领巾说，我想戴旧的。

旧的哪还像红领巾呀，绺得跟绳子似的了。Q爸厉声说。

看着小Q进了校门，Q妈叹息着说，孩子真大了，有自己的想法了，说着说着就在前面给你挖上坑，等你往里跳。

Q爸说，我觉得老太太说了一句很有道理的话，自己都不信的非逼着孩子信是不管用的，还不如告诉他，再不愿戴红领巾，再在红领巾上乱扎眼，就扣他的零用钱。

你这是拜金教育。

那怎么办？扣他玩电脑游戏的时间？

他已经够乖了，一周才玩一次，一次就那可怜巴巴的十分钟。

扣他周末看电视的时间怎么样？

咱俩今天没事的时候都再想想吧。

下午两点左右，就在Ｑ妈正和办公室里的三个同事商量对付小Ｑ的计谋时，班主任曹老师的电话来了，Ｑ妈看见手机来电显示为曹老师的瞬间，心慌头晕，手脚发麻，一个声音在对自己嘀咕——小Ｑ出事了！她颤着声问，曹老师小Ｑ咋了？

小Ｑ肚子疼，你来接他去医院看看吧。

Ｑ妈飞车赶到学校。小Ｑ已经背着书包在曹老师的搀扶下等在了校门口。Ｑ妈问，这是咋了？小Ｑ说，肚子疼，想吐。话音刚落，只见小Ｑ脖子一伸，中午在小饭桌吃的饭菜就稀里哗啦地涌了出来。Ｑ妈慌张地翻包找面巾纸，曹老师也从口袋里摸出两张，两个人的纸巾加在一起，勉强擦干净了小Ｑ的脸，Ｑ妈看着他的衣服和鞋子上的呕吐物，不知所措。曹老师说，红领巾上也沾了不少呢，干脆用红领巾擦擦吧。Ｑ妈解了小Ｑ脖子上的红领巾，伸着胳膊扭着头抖了抖，看看上面的折对曹老师说，这化纤的就是不如纯棉的，这才戴了半天就皱得扯不开了。Ｑ妈蹲下身用红领巾擦着小Ｑ的衣服鞋子，最后略一迟疑，用红领巾把地上的脏物划拉到一起，勉强捧起来，跑到远处的垃圾桶那里扔掉。曹老师从门卫那里端了一盆水出来对她说，我给你冲冲手。待Ｑ妈的手洗干净，曹老师把剩下的水泼在地面的残余物上，那些在小Ｑ肚子里捣过乱的汤汤汁汁渣渣块块就四散而开，随着水的流动做短暂漂泊。小Ｑ呆呆地看着这一切。

进了车，Ｑ妈问，肚子疼得厉害吗？

小Ｑ答非所问地说，妈妈你不是说红领巾是很神圣的么，为什么用它擦脏粑粑，还把它扔了呀？

Ｑ妈一时语塞，过了好几秒钟才说，那不是情急之下嘛。

情急之下神圣就变身了？小Ｑ想着动漫里的镜头。

哎呀，你这个小孩，妈妈怎么跟你说呢，它只是代表着，象征着嘛，哎呀，这问题以后再说，你先告诉我疼得厉害吗？能自己走吗？用不用妈妈背你？

　　小Q和妈妈到了儿科门诊。坐诊的大夫恰恰是小Q喜欢的王爷爷。小Q高兴地喊了声王爷爷好。王爷爷笑眯眯地看着Q妈问，看着挺欢实呀，哪里不舒服？Q妈说，今天一大早就打喷嚏流鼻涕，估计是鼻炎又犯了，下午老师打电话说肚子疼，刚刚还吐了。王爷爷让小Q躺到诊断床上，在他肚子上按来按去，问他疼不疼。小Q说，不疼。王爷爷说，没大事，估计是没吃好，或喝了凉风，回家装个热水袋捂捂肚子就好了。小Q说，不用捂，早就不疼了，从妈妈把红领巾从我脖子上扯下来的时候就不疼了。Q妈皱了眉头。王爷爷却兴奋起来，小Q能不能跟我说说到底是怎么回事呀？小Q说，我不愿戴红领巾，妈妈非让戴，红领巾勒着脖子，喘气不舒服就肚子疼恶心。Q妈说，瞎扯吧，红领巾戴在校服领子外面，松松垮垮地，怎么能勒着？王爷爷笑着夸小Q，小Q真棒，从小就特别会表述，很多小朋友都不如小Q呢，光会说爷爷我难受。小Q咯咯地笑起来。王爷爷说，小Q到门口等着妈妈，爷爷批评批评她。等小Q出去，王大夫说，你得注意了，孩子有点轻微抑郁，他不愿干的事自己又反抗不了，时间一长，就会表现在躯体上，这是情绪抑郁的躯体化症状。

　　哦?！这么点小孩子就抑郁啊，那可怎么办？

　　别强迫他，把他心里不愿干的或不喜欢的事给引导开。

　　Q妈哭着脸说，王主任，您是儿科专家，您有什么好办法吗？

　　王主任说，办法我已经说了，要不你带孩子去心理科看看。

　　Q妈领着小Q走到心理科附近，犹豫再三还是打消了进去的念头。她和心理科的赵大夫很熟悉，她知道她本人就有一大兜子的心理问题，无论是在家庭关系方面还是教育子女方面，她的理论所起的作用都微乎其微。她请了假，把小Q送回家，让小Q看他热衷的动画片。看着小Q面对着《果宝特工》，两眼笑眯眯嘴巴微张的塞上狗屎都尝不出来的痴迷样子，她暗自思忖是什么样的人在制作动画，会是和儿子一样的害怕血害怕伤害的人吗，那些用虚幻的虚假的画面盛载人类的情感争斗，乒乒乓乓中，最可怕的壮烈也只是由水果变成果汁，那伴随着血腥语言的画面也仅是一只水果的四分五裂。是他们的救赎还是躲避甚或麻醉？

Q妈给小Q灌了热水袋让他捂着肚子，当着爷爷奶奶的面给班主任请假——大夫让观察观察，明天周五，给小Q请一天假。也算是给爷爷奶奶有了交代。又发微信给老公让他推掉应酬按点回家商量对策。晚上，小Q睡后，两个人大眼瞪小眼地瞅着，谁也想不出好办法。Q爸一连串地问，那可怎么办？总不能搞特殊就他不戴吧？人家学校会允许吗？要是硬逼着他，逼出问题来咋办？Q妈说，你能不能用陈述句说话？我这愁得头发都白了，你没有答案不说还添加问题。Q爸看着她的白头发说，真是白了很多了，我帮你揪揪吧。Q妈说，不揪，它们就是我对这个家庭付出的记录本，再说了，这么多了，都揪掉了不得秃顶呀，白毛也是毛，留着吧。Q爸说，你染染多好呀，我们办公室的女同志都在用一种植物染发，说还加上鸡蛋蜂蜜红茶咖啡的，我觉得说是植物的是可信的，要是化学的，加上蛋白质会变性的。Q妈听着Q爸的话，突然面带喜色地说，有了！有了！说着就打开了电脑。Q爸问，有方法了？Q妈说，对对对，我要亲自给儿子染一条红领巾，要让他参与到其中来，他亲眼看见了就不会胡思乱想了，就会喜欢戴了，那抑郁就会烟消云散了，对吧？Q爸说，真是好主意，就不知道能不能染出和红领巾相同的颜色来。

不试怎么知道？Q妈在网上搜着关于染布的方法，看着那些热衷制作手工的人写下的博客。Q爸在一边密切地配合着，记下染布步骤和材料以及注意事项。Q妈说，明天咱俩都请假，共同努力，共同折腾。你要是参与，折腾得再厉害爷爷奶奶也不会认为是我瞎折腾。Q爸说，放心，我们一起努力。

第二天，Q爸Q妈都请了假，一大早带上小Q就往中药材市场跑，照着Q爸纸条上的记录，买了红藤、茜草、姜黄和明矾，又到批发市场买了两米白苎布。小Q问，妈妈你要干什么呀？Q妈故作神秘地对小Q说，爸爸妈妈要做一项实验，你有没有兴趣参加呀？小Q郑重点点头，用同伙的眼神看了看爸爸。爸爸说，咱们三个一起努力，看能不能用这些中药染出红色的布来，爸爸妈妈想用自己染的红布给小Q做一条与众不同的红领巾，喜不喜欢？

喜欢！快点回家染啊！小Q充满了期待。三个人回到家，照着Q妈下载的染布步骤说明进行。第一步，精炼——用肥皂水浸泡胚布15分钟，搓洗后，用清水冲洗干净。小Q负责看时间，他每隔一会儿就跑到客厅用小手指着墙上的钟表默数，然后回到卫生间报告。Q爸负责准备第二步上浆的材料——豆浆，由于要求黄豆量为布重的一半，没有秤，Q爸把白布和黄豆掂来掂去，又让小Q掂让爷爷奶奶掂。爷爷奶奶虽然觉得儿子儿媳是在瞎折腾，但因为牵扯到小Q也只能由着他们。好不容易确定了豆子的重量，又因为加八倍水的要求，群策群力。最后还是奶奶想出了可行的办法——弄出相当于七倍的黄豆另装在一个塑料袋子里，和原来的一起让Q爸提着，又在他另一只手里挂了空塑料袋，用水壶往里倒水，在感觉水和黄豆的重量相等时叫停。不想塑料袋子在Q爸打算喊停的时候先从底端破了，大半袋子水倒在木地板上。一向对地板疼惜有加的爷爷奶奶立马手忙脚乱。本就兴致盎然的小Q乐得蹦上沙发，喊爷爷加油！奶奶加油！

等浆过的白布在多次煮沸过滤的苏木水里熬足了时间后，已到了晚上小Q上床的时间了。小Q说，妈妈你染的根本不是红领巾，是怪物的脸。

怎么呢？Q妈瞅着紫红的布不肯立马承认失败。

怪物的脸才是这种颜色呢。小Q说，都发紫。

Q妈说，我觉得加上点黄色就会变成红领巾的颜色。

小Q说，妈妈真是不懂艺术呀，红色是三原色，没有颜色可以调出来的。

Q妈说，也许干了颜色就变了。

第二天一大早小Q就到阳台看布，并向全家人宣布了妈妈染布的失败。小Q骄傲地对Q爸说，我妈连三原色都不知道呢。Q妈说，嗨，有了，小Q你绘画班的王老师肯定有办法。

在王老师的指导下，小Q带路到画材商店买来了大红的丙烯颜料。娘俩在白布上画出了红领巾。等缝制好了，把红领巾套到小Q的脖子时，小Q说，这不像红领巾，像卡纸做的，老师一眼就能看出来。Q妈说，看出来她也不能说这不是红领巾。小Q扯下红领巾说，不戴假的。Q妈瞪了眼呵斥说，真的不戴假的也不戴，你想怎么着？！小Q呜呜地哭了起来。有你这样的孩子吗？戴个红领巾都戴出这么多事来！Q妈的情绪失控了。小Q哇哇大哭。

Q爸喘了一会粗气，把Q妈拉到卫生间关了门说，我有个两全其美的办法，但又怕你生气。

Q妈说，啥办法？赶紧说呀，两全其美的我生啥气？

用魔术变一条。Q爸说完就把眼神挪向了水龙头。

Q妈用鼻子冷笑了几声说，目的不纯吧？

我都是为儿子好，别扯那些没用的。Q爸的眼珠子直视着Q妈。

Q妈一屁股坐在马桶上，捂着脸哆嗦起来。从两年前的深夜，魔术这两个字就成了一把烧红的烙铁，在她的心脏旁边两公分的地方晃悠，只要这两字从Q爸的嘴里出来，或者他的脸色眼神因为这两个字发生了变化，不管是阴沉的抑郁的还是阳光的兴奋的，都能给烙铁发上力，吱地按在她的心上——疼得她哆嗦，恼得她冒烟，恨得她牙根痒痒。她没见过那个变魔术的女人，女人只在手机里用普普通通的四个字——你睡了吗——铸成这把哆哆的骚骚的红烙铁，把小Q家两年前的生活烫得焦糊冒烟。Q妈擦擦眼泪说，我不想让儿子这么小就被欺骗。

Q爸瞪了眼问，怎么是欺骗呢？那也是艺术，是种方法，简单有效。

欺骗当然是最简单最有效的，一旦真相显露，怎么跟他解释？他怎么承受被欺骗的感觉？Q妈回味着自己发现男人不忠的那段时间，她打定主意要让他跟那个变魔术的女人过过日子，她知道只有这个办法才能修正自己在男人心里的折扣。小Q的姥姥姥爷大姨小姨都劝她忍耐，都劝她装作没什么——你又没抓住人家什么把柄。那时，她能做的就是一遍遍问劝她的人——我含了一嘴狗屎，咽不下去，你们又不让我吐出来，你们知道这是什么感觉吗？

哼，这世间欺骗的事多着呢，我们天天看的听的经历的，哪件是完完全全清楚真实的？要想让孩子活得身心健康，就得培养他的耐受力。你人为地把他养在真空里，等哪天面对世界时不得给崩溃了。再说，你那种可劲打扮遮掩的方法本身不就是欺骗吗？

Q妈叹口气说，随你吧。只要你不是找借口。

Q爸说，我找什么借口？我两年前就跟你说了，什么事都没有。

骗！骗骗骗！你知道吧，最让人受不了的不是欺骗，而是骗子在装高尚装无辜！

不和你瞎扯。Q爸说，再给小Q请两天假，后天就圣诞节了，就借这个机会。

让她今天就来，为什么非得后天呀？

Q爸冷冷地哼了哼鼻子。

圣诞节这天一大早，小Q和Q妈还在被窝里，就响起了咚咚的敲门声，Q爸慌张着从卫生间里跑出去开门。Q妈听见那娇嗲嗲的声音问，孩子起床了吗？Q爸没有回答，而是大声喊——小Q，你看谁来了！小Q看着走进卧室的圣诞老人惊讶地愣在床上，刚穿了一只袖子的毛衣跟大围巾似的堆在脖子上。圣诞老人粗着声音说，你就是小Q同学吧？小Q呆呆地点点头。圣诞老人说，鉴于你是个纯洁善良的好孩子，所以被选中获得圣诞老人的礼物。Q妈盯着圣诞老人，帮小Q穿上另一只毛衣袖子，装作轻松地拢了拢头发，试图在不经意间就能从那白胡子白眉毛的遮掩下，寻出女人真正的面容来。圣诞老人瞟她一眼，问小Q，你想要什么礼物呀？

奶油小蛋糕！小Q叫起来。

哦，奶油小蛋糕，我来找找看，哦，在这里，圣诞老人是不会让好孩子失望的。是不是还想要自动铅笔？小Q的头点得跟小鸡啄米一样。

红领巾，红领巾，儿子，圣诞老人的红领巾肯定是与众不同的。Q爸提醒小Q。

红领巾？哦，圣诞老人没有带。

小Q说，我和妈妈画了一条，就是太硬了，像卡纸做的。

嗯，圣诞老人用魔术把它变软好不好？

好！小Q和父母还有闻声走进来的爷爷奶奶一起目不转睛地盯着圣诞老人的手。那是一双手掌宽大手指修长的手，它们把硬撅撅的红领巾团在掌心里，小心翼翼，像捧了团火，慢慢地，贝壳一样合上。小Q嘟嘟着小嘴按照圣诞老人的要求往大贝壳上吹了口带唾沫星的气，然后爸爸妈妈爷爷奶奶也都按要求吹了气。圣诞老人说，有了我们大家齐心协力的合作，红领巾正在发生质变，变变变。魔术师短促有力地吹了口气，打开了手掌。

空空如也。

一家人对着那两个白皙宽大的手掌啧啧称奇。魔术师说，小Q想知道红领巾去哪里了吗？它就在你的脖子上呀！

一家人又对着小Q的脖子称赞不已。

喜欢吗？

喜欢！小 Q 摸着胸前的红领巾问，其他的小朋友有吗？圣诞老人说，只有最幸运最乖的孩子有，这是个秘密。小 Q 的脸上顿时溢满了幸运而傲娇的神情。

圣诞老人背上大袜子，跟小 Q 一家告别。小 Q 赤着脚追到客厅恋恋不舍地喊——会变魔术的圣诞老人，我还能见到您吗？

能，一定能！

腊月往事

　　浮来村的秦三婶知道自己又被"摁虎子"①摁住了，她的胳膊腿全跟死了一样样的，只有脑子是清楚的，想喊喊不出，想动动不了，一口被摁在胸膛里的气上不来下不去，让她有种立马断气的憋闷和恐慌。她知道如果自己能把电灯拽开就能把"摁虎子"照跑了，可使尽力气依然动不了分毫。电灯绳就在离右手不足一扎的地方，她甚至都能清楚地看见白尼龙绳末端缀着的红塑料帽，小指甲盖那么大，在绿布条系成的疙瘩里跟个小花骨朵似的，鲜艳艳的；能看见绿布条的尾巴上拴着的小白塑料瓶和它里面装着的沙子。

　　电灯装在横梁下，灯绳原就在横梁靠南墙的一端垂着，秦三叔没生病前，每天夜里都是他关灯，那时的秦三婶已经躺在被窝里了。吧嗒一声，秦三叔拽灭了电灯的同时把自己的嘴巴打开——他在黑暗中摸索着到床的另一头躺下，白天的事大大小小地和老婆絮叨一遍。有时困了，头挨着枕头人就迷糊，另一头的秦三婶就拿脚踹他说，怎么了？屁也不放一个？
　　两年前的腊月十三，秦三叔因为肺癌撇下她走了。从此后没人帮她拽电灯绳了。她常常是在被窝里躺了半天才发现电灯没关，不得已，只能从

① 摁虎子：山东农村传说中的一种动物，喜欢听人夜间胸闷气短时的呻吟声，常趴伏于人胸口致人憋闷。

被窝里爬出来去拽灯绳，好不容易暖了些的被窝又凉了，原本的困意也散了，习惯性伸出去的凉脚够不到秦三叔，只得缩回来蜷得更紧些，心也又紧又疼地想起老汉子来——洗衣做饭地伺候了你一辈子，实指望老来做个伴，有个病有个恙的时候端碗饭，夜里睡不着的时候叨唠叨唠，没良心的却急里忙慌地走在了前边，连个电灯绳也不帮拽了。这样的夜晚，秦三婶的眼就跟老咸菜缸上的洞似的，不停地往外渗咸涩的水。很久后，她才想出用小瓶子拴了灯绳放枕头边的办法。

秦三婶拽不了灯绳，就把希望寄托到她的十五只母鸡和一只叫"吕布"的公鸡身上。她知道"摁虎子"怕动静。只要吕布扯着脖子喔喔喔地一叫唤，或者母鸡们的咯咯哒，都能把它吓跑——该鸡叫了，都能看清灯绳了，怎么也有四五点了，吕布赶紧打鸣呀，赶紧把"摁虎子"赶跑呀。

秦三婶的鸡窝就在她的窗子底下，模样几乎和她的房子一样，都是正中一门，门两边各有一个四四方方的窗子，隔远了看就像她房子的模型。鸡们并不了解秦三婶的求助，正挤作一团，热乎乎地睡大觉。

秦三叔活着的时候，鸡养在猪圈里——三叔在猪圈的东西墙上挖了几个洞，把几根不成材的木棍插进去，就隔出小二层来，扔张破席上去，鸡们就睡在上面，把蛋生在上面。三婶都不记得他用什么法子让那些鸡懂得在天黑前踩着花猪的脊梁振翅飞上去。反正，那懒得"横草不拿竖"的老汉子有时候也能鼓捣些她干不了的事。那些母鸡，养了一年半多点，三叔的身子骨就出了纰漏，越来越弱，住了三个月的院，依次花完了三婶藏在棉鞋窝里的钱，存折上的钱，卖猪的钱，卖两只母羊的钱。每花光一样钱后，三叔就发一通脾气，拔一回针管子。闺女儿子每人摊派的两万块钱也花光后，三叔瘦得只剩下皮和骨头了。瘦得头皮上面都长不住头发，身上长不住汗毛了。三婶帮三叔擦身子时，知道自己的老汉子没救了——身上枯得连根毛都长不住了，咋能有本事长肉长精神？在三叔再次气喘吁吁地骂她败家娘们时，三婶把三叔抱到三轮车里拉回了家。回到家后，三婶隔四五天就在趁鸡吃食的时候抓住一只，宰了，给三叔炖汤喝。三婶每次宰鸡手都哆嗦，心也哆嗦，她嘴里跟即将归西的鸡念叨——你得知道我也是万不得已，要不是老汉子病了，需要补，我哪舍得杀你呀，可怜你给我下了一年的蛋，哎，人讲究个贡献，我估摸着鸡也得讲究个贡献，你补了老汉子的身子，也算是做贡献了，应该会有好报有好托生的……等她捏着鸡嘴倒提着鸡腿，看着鸡血从溜儿变成滴的时候，鸡就在她的忏悔和祝愿里死了，按到脸盆里，一壶滚开的水浇上去，大大小小的鸡毛就像三叔打了化疗的头发，一捋一把。秦三叔喝完了最后一只鸡的鸡汤后，艰难困苦地咽了气。为他做尽了贡献的猪圈后来被三婶当成了茅房，等来年养鸡的时候，她亲手在睡觉的窗子底下盖了鸡窝——这样，鸡们有什么动静，她都能及时听到。

秦三婶虽然不识字，但脑子好使，秦三叔从年轻时候给她讲过的古书古戏她几乎都记得。秦三叔活着时，老两口之间最大的一个乐趣就是回想那些戏里的人物干了哪些事打了哪些仗。秦三叔死后，那些英雄豪杰都只能闷闷地活在三婶的孤独里。来年的七八月，秦三婶新养的鸡们初长成的时候，那只红铜色的小公鸡雄赳赳气昂昂地在她面前转悠，她突然想起了帅气威武、自命不凡的吕布。她对那只小公鸡说，你看看你，能得跟吕布似的。从小公鸡被用了古戏里的人物命名后，秦三婶的鸡尤其是母鸡逐渐都有了古代名女人的名字。比如那只白母鸡，不但能干——几乎天天下蛋，很少歇窝，而且在鸡群里有着头领的作用——常常是三婶的召唤刚出口它就带着鸡群跑过来，三婶觉得她的忠心和能耐堪比穆桂英了，就叫她桂英；那只芦花母鸡，腚大，能吃，也能下蛋，能叫唤，三婶叫她杨排风；那只瘦瘦弱弱的小白鸡，一年四季都喜欢蹲着瞌睡，冬天蹲太阳底夏天蹲树荫凉，你唤她，她也是先慢条斯理地睁了眼，歪着头娇媚地瞅上你两眼后才站起来，三婶就叫它林黛玉；那只经常被吕布追得飞上墙头飞上猪圈房顶却始终不肯让吕布踩上脊背的黄母鸡叫王宝钏；那只常常尾随在公鸡身后的，叫崔莹莹；那只逮着谁都拧一口的叫王熙凤……

等所有的鸡都有了名字后，秦三婶的日子有了明显的变化，老咸菜缸的洞眼因为时间和鸡的存在得到了修补。尤其是白天的生活有了更大的发展——如同电影由默片到了有声的初期——声音是配上去的，解说和配音都由秦三婶一个人完成。在她的解说中，她和鸡的生活都有了穿越的快乐，都有了古今的关联——比如，当吕布满院子追着王宝钏跑时，秦三婶常常先是采取看热闹的心态，等看到王宝钏飞上了墙头屋顶时，秦三婶就拿根树枝子追着吕布抽打，逼它罢休——你以为你是薛平贵呀你？你难道不知道她是王宝钏？独守寒窑十八年，她都没失了身，她能随便让你就屁吡了？教训完了吕布，等王宝钏从墙头或屋顶上下来，秦三婶常心疼地抓把麦粒给它开小灶，边看着它吃边做它的思想工作——你说说你，你也不看都什么社会了，思想还那么不开化。新社会啦，离婚改嫁都不算啥了！你以为男人和女人一样呀，他薛平贵征西，一去十八年音信杳无，你一个王侯千金小姐在那寒窑为他苦守，靠挖野菜度日，够对得起他吧，他呢？还不是在西凉国娶了代战公主，生儿育女当国王嘛！好不容易回来了还拿腔作调地装外人调戏你，试探你。哎，也不能怪你，谁让你没生在新社会呢……

　　顺子媳妇和秦三婶就是因为鸡熟络了感情的。顺子媳妇，用浮来村里的说法是个二茬货，先前的男人赶集时被一辆车轧死了。她虽然长得人高马大，脸面上也耐看，但二茬的女人跟下市的白菜一样贱，没资格挑拣地嫁给了顺子。顺子也是二茬，先前的老婆把顺子当多种动物使唤——在地里当驴，在家里当哈巴狗，在床上当猛虎，在她和妯娌们吵架的时候当狼狗，在回娘家时当会盛装舞步的骏马。而她自己只有一个角色——当顺子的女皇。顺子除了能在地里当好驴之外，其他的都不合格。四年过去后，当顺子他娘和嫂子们骂她是好吃懒做的骡子时，她疯狗一样朝着她们狂扑一阵后，倚在家门口对看热闹的人扯着脖子吆喝了一通让顺子抄起铁锹朝她抢去的话——谁都知道这男人咋着才能把种儿种女人肚子里，虽然说是个简单的事，就劈劈腿撅撅腚，可他也得有管用的家伙什呀，我又不是母鸡，让公鸡对着腚眼子吡进去个屁就行……后来，顺子媳妇来了。顺子曾心满意足地跟秦三婶说，三婶，你说我这是啥命？前边那个拿我当仆人，这个拿我当皇上老子。顺子媳妇自己都说不清楚到底是哪里得罪了妯娌们，反正过门没半年，就闹得不可开交。原来，顺子前妻也和妯娌闹，但都是她单打独斗，顺子蹲角落里抽闷烟。到顺子媳妇这里，顺子冲在了老婆前面。这一下就扩大了战争规模，他娘他哥都上阵了。和顺子娘以及顺子哥嫂关系亲近些的，都有意避着和顺子媳妇交往。顺子媳妇因此格外孤独郁闷，偶尔听到秦三婶跟鸡说得热闹，就凑上来听，帮三婶干点搬搬抬抬的活。两个人也不用专门挑故事，哪只鸡凑巧闹事就顺着它的名字穿越到那个年代，进入到那个女人或波澜或壮阔或凄楚或壮烈的生命里。

就在秦三婶觉得快要被"摁虎子"摁死的时候，秦三叔来了，他坐在床沿上推推她说，别忘了今天的事啊。秦三婶觉得一团黑乎乎的东西从她胸膛上噌地蹿走了，她长喘一口气，心慌慌地蹦着醒过来，拽了灯绳。床沿上没有秦三叔，但秦三婶知道他在，只是阴阳相隔看不见影说不上话罢了。她叹口气披衣倚在墙上跟秦三叔絮叨——你这大半夜地不睡觉，来回地蹿蹬个啥劲呀，你知道我被"摁虎子"摁住了？回来救我？哎，咱们这辈人，儿女是靠不上了，也只能是两个老疙瘩头相互依靠。你可好，撇我一个。自从你走了，这"摁虎子"就隔三岔五地来折腾我，它也知道欺负我这没依靠的。昨天遇着大雷子他老婆，说大雷子死了半个月了，死得那个难啊，说骨头都被癌虫子钻糠了，疼得大雷子一天到晚嗷嗷地叫，躺床上哀求别人给他瓶敌敌畏。谁敢呀？给了就得坐牢。生生地叫唤了八九个月才咽气。大雷子他老婆鼻涕一把泪一把的，说她胆小夜里不敢睡，整夜整夜地抱着个手电筒子坐着……哎，我听人家说，吃安眠药死最好了，睡着了也就死过去了，那吃耗子药的不把肠子疼断了，人咽不了气……老汉子，你说，人活一辈子图个啥呢？黑暗中，阴阳相隔的秦三叔给不了她答案，她转而问自己——哎，人活一辈子图个啥呢？

吕布嘹亮快乐地叫起来，鸡窝里有了纷乱的动静。倚着墙打盹的秦三婶缓缓地睁了眼，对吕布叨唠，你倒是无忧无虑地叫得欢实。她穿着衣服，夜里的恐慌憋闷和厌世的情绪被吕布嘹亮的歌唱赶跑了，她想起给儿女和孙子唱过的歌谣——鸡叫了，狗咬了，小孩起来喂饱了，惹得鸡狗鹅鸭跳，逗得爷爷胡子翘，喜得奶奶弯眉毛。她哼唱着，儿子秦宝贵闺女秦宝珍和孙子秦浩的身影都在脑海里了，三婶嗔怪他们说，这一个个的都不知道想娘了，这都多长时间了，也不给我个电话。浩浩也不知道想奶奶？你们年轻，不知道牵挂的滋味——牵挂，就是那一颗心八下里牵，一根肚肠八下里挂，生疼生疼的。

三婶絮叨着打开房门，见又是那灰不拉几干查查的雾，赶紧戴上围巾，用围巾捂住鼻子和大半个脸。她闺女宝珍曾在电话里给她讲过——可不是雾，是霾，雾是小水粒，没毒，人在雾里待久了，头发身上会潮乎乎的；这种干查查的是霾，是 PM，有毒，吸肚子里容易长癌。埋，屁挨亩。秦三婶心疼闺女的电话费，听不懂也不问，她知道凡跟屁相关的肯定不是什么好玩意儿，何况还是能把人埋起来的屁。秦三婶吸吸鼻子，空气里确实有屁味儿，她小声骂起来——操他个娘，这都是什么人非把空气弄得跟屁似的，让人喘气都喘不痛快。看天阴沉着，又怀疑地说，天放的屁？那又是什么人让天消化不良，放臭屁？这些人难道都是石头缝里蹦出来的——没爹没娘没子孙？

鸡们听到秦三婶的动静兴奋起来，纷纷挤到鸡窝门口咕咕咯咯地和三婶打招呼。三婶把鸡窝门打开，吕布一马当先，冲到院当中张开翅膀，腾空而起，飞行了大约两三米后落到地上抖了抖金红的羽冠，朝着三婶气宇轩昂地走来。三婶笑眯眯地瞅着它，夸赞说，你看看你能得跟飞机似的。三婶从东屋墙上揪下一个玉米棒子，剥把黄灿灿的粒子撒到吕布的跟前，再剥了撒给桂英她们。王宝钏冲出来，脚丫子踩到了垄沟口的冰，摔了个屁墩，三婶心疼地进东屋抓了把麦子丢给它说，哎呀，什么是那天寒地冻呀，这地冻得杠杠的，我这五根指头的踩上去都不实落，何况你这三根半的。三婶看着低头啄食的鸡们，用下巴磕点着数，一二三四五……十五只，怎么少一只呢？三婶到鸡窝门口蹲下，伸手进去摸索了一遍，在西南角摸到了黛玉，三婶抓着它的两个翅跟把它揪出来，用手按按它的腔——两指宽的蛋裆。三婶欣喜地抓把麦粒放她嘴下说，别尖馋，赶紧吃，先垫垫。随后，秦三婶到锅屋里烧水烫了玉米面和麦麸皮，又切了一大把萝卜缨子拌进去，算是鸡们正式的早餐。

喂完鸡，三婶把头晚剩下的稀饭热开，端了碗，坐在饭桌前吸吸溜溜地喝着，眼神散漫地从饭桌上那盘咸菜疙瘩条扫到对面的墙上，心里琢磨着要不要在小年时大扫除——秦三叔活着时，每逢腊月二十三这天，都会在竹竿上绑了笤帚，把一年积存的灰尘和蜘蛛网都清扫干净。儿子宝贵一家在外躲计划生育肯定不回来过年了，闺女宝珍按风俗要回婆婆家过年，就一个老疙瘩头能扫出啥兴致来？

　　三婶，你帮我看看这两只鸡哪只甜欢人儿，我姑家的表弟媳妇生了，我得送只给她坐月子。顺子媳妇一手抓着一只鸡，用膝盖顶开门进来。三婶呼噜噜喝完粥，把顺子家的母鸡按在地上，右手的食指中指和无名指并到一块，往母鸡的屁股上摁摁，教顺子媳妇说，你看着点，鸡腔上这两边都有块骨头，摁摁，如果骨头中间只能摁下去一个手指，这叫屎裆；两指以上叫蛋裆，你这两只都快下蛋了。这鸡下蛋跟女人生孩子一样，都先得开骨缝。顺子媳妇蹲下身学着三婶的样子，在母鸡腔上按了又按，喜滋滋地说，真甜欢人儿呢，我原来养的母鸡都是从十月就茬翎换毛，第二年春上才下蛋呢。从听了你的话，才上心喂了没俩月呢。三婶说，牲畜和人都一样，你善待它，它也懂得善待你。顺子媳妇为难地说，都不舍得送了，说好要送人家老母鸡呢。三婶说，杀下蛋的鸡可是作孽。

　　顺子媳妇又欢喜又纠结地刚离开，秦三叔的弟媳妇秦四婶进到院里喊——三嫂，在哪屋呀？秦三婶推门出来迎她——锅屋里呢，刚烧了鸡吃的人吃的，还算有点热乎味，这天老爷纯粹想冻煞人，水桶放屋里都冻成大疙瘩蛋了。四婶说，我来问问你，去立林村几点走，咱们好一块儿，让宝海送送咱。三婶一听恍然大悟——哎呀，你不来我都忘这事了，怪不得你三哥半夜里回家来，推推我说别忘了今天那事，我还一直琢磨着今天有啥事呢？四婶笑着说，一个娘养的就是近，三哥还惦记着他妹妹家的喜事呢，宝海他爹也是从好几天前就嘟囔着要多给点，我说妯娌们之间要给就一样，谁厚谁薄的不好。三婶问，那得给多少呢？四婶说，我问老大老二家了，都说听你的。三婶说，你们这是选个矬子当排头兵，我让你三哥缀拉得饥荒还没还完。哎，太少了也拿不出手，一百少吧？四婶说，可不少，俺家宝海结婚她家才给了五十，你家宝贵结得早，估计她也就给了二十吧？三婶说，到哪朝说哪朝的话，啥时候也得讲究个随行就市，前些年的钱实诚，现在这钱毛得都血光了。

　　立林村距离浮来村有二十多里路，秦三婶和她的三个妯娌连人带盛喜点心的篮子挤在宝海的大三轮车上，顶了两床破被挡风。四个苍白的头在颠颠簸簸里不时地磕磕碰碰，约莫半个小时后就到了她们的小姑子秦七凤家。人已差不多冻僵了，但好久不见的远亲近戚见了面心里不自觉就暖了，又逢着喜事，脸上在进门的一刹那都急速地开出硬撅撅的笑容，像经了霜冻的残菊。三间堂屋里已挤满了人，见三婶她们进门都站起身欢喜地打招呼。秦三婶从秦三叔病倒后就再也没照过镜子，起初是怕秦三叔看见自己的病容藏了镜子，后来就根本想不起照镜子这回事——洗完脸，拿手搓搓就顶了别人涂脂抹粉的程序。她压根没想到此时——一屋子亲人，个个都成了她的镜子——人老起来真快，几年的工夫呀，一个个就跟秋后的玉米秸似的了。她意识到自己比别人更不堪，不由得拿手拢着头发。

让秦三婶纳闷的是七凤脸上反倒没有鲜活的喜色，整个人呆呆的。秦三婶瞅着七凤去街上抱干柴的时候跟出来问，这明天就当婆婆了咋看着不高兴呀？儿媳妇家那边又出苟苟娄子了？七凤憋了一冬的惊恐和委屈在兄弟姐妹跟前本就一阵阵地翻浪头，哪搁得住同病相怜的嫂子这么一问，顿时泪流满面，又意识到不能出声，整个人憋得跟寒风里的枯树一样。秦三婶赶紧扶住她问，怎么转眼抖成筛子了，出啥事了？七凤的眼珠子像两团泡在冰水里的泥蛋子，昏昏的对着她——三嫂，你知道我为啥慌慌地张罗着给大双娶亲吧，他爹没几天了，种麦子时总说腿酸拉不动犁，种完麦子就开始拉血，尿血，上医院查，癌都长满肚子了，他死活不去住院，怕自己跟三哥似的把家掏空了还逃不掉一死，说留着钱把大双的婚事办了，也算帮我卸个包袱……听七凤这么一哭诉，登时，旧伤新痛都集结到心上，秦三婶眼前的干柴明晃晃地抖了起来。七凤拿棉袄袖子擦了擦眼泪恳求说，三嫂你是个明白利索人，又办过喜事，有经验，今天你务必得留下来帮我撑明天的场儿。秦三婶用手掌把脸上的眼泪抹散，说你放心就是了，别说你是亲妹妹，就是乡里乡亲到这时候也不能眼看着你往地上掉呀。小双知道吗？七凤摇摇头说，除了你我谁也没说，他爹不让说，好歹让大家都欢欢喜喜地过个年，再说小双没找着工作又考了研究生，要知道了，那书咋能念到心里去？

秦三婶回到屋里再看七凤的男人，果然比别人憔悴消瘦，面皮上也黄蜡些。三婶知道他很快也会和秦三叔一样一天天瘦下去，直到光剩下皮和骨头——皮也会瘦，从石磨煎饼那么厚，瘦到跟地里陈年的地膜一样干涩枯薄；骨头也会瘦，从锄把瘦成镰把。秦三婶想起那眼瞅着亲人一点点被癌唔吧吮吸到干枯的滋味，心里堵眼里酸，赶紧走到院子里，站在西屋门口平息情绪。西屋里，研究生林小双正和五六个小青年嬉笑着掰手腕，身后的墙上依着好几根缠了鞭炮的竹竿——他们的任务是在新媳妇的车到村口时依定好的顺序放鞭炮。秦三婶隔玻璃看眼他们蓬蓬勃勃的样子，脑子里就有了古戏里好汉们相聚一起切磋武艺的形象。她自言自语地说，什么是那一辈一辈，才几年的工夫，都成大人了，嗨，人活着，图啥？不就图个一辈强似一辈嘛。小双他们纷纷起身招呼秦三婶。秦三婶看着留平头的小伙子问你不是芦街表姐家的伟强吗？怎么没见你奶奶来？伟强说，我二婶家的弟弟得了癌，我奶奶去帮忙了。啊？！你那弟才几岁呀，怎么得这么重的病？！伟强说，癌才不管你几岁呢。秦三婶刚刚升腾起来的心情又低沉下去，心里憋闷，走出院子，到干柴堆后兀自地替表姐难过——哎，眼看着儿孙受罪，那心不跟碳烤刀子插一样啊……

　　晚饭后，七凤家的客人除了秦三婶外都走了。秦三婶是寡妇娘们，婚礼上的一切物件都该避着她的手。她只管动嘴指挥七凤从村里挑来的家人都全活活的四个媳妇——把次日新媳妇过门时用的火盆、上床时踩的糕、扬天棚撒天地的栗子枣、新人吃的宽心面和溏心鸡蛋准备好，给四人分了工，叮嘱了她们每个环节该说的吉利话——

　　接嫁过门的，要注意帮着拽拽新媳妇的衣服，别让火盆里的火烧了衣服。等新媳妇跨火盆时要说——新媳妇踏进门，红红火火一辈人；

　　端床前糕的，要说——上床踩着糕，芝麻开花节节高；

　　撒栗子枣的，要说——栗子枣，早立子，来年抱个胖小子；

　　喂新人吃宽心面的，要先问心宽不宽？等他们回答说宽，再说——吃了宽心面，夫妻心里都净般；

　　喂溏心鸡蛋的，一定让他们大口咬，一下咬出蛋黄来，再问，生不生？

　　四个媳妇大都第一次当差，嘻嘻哈哈地重复着，不是这个漏词就是那个说颠倒了，等熟记了，要离开时，秦三婶又想起该安排她们家大点的孩子负责戳窗上的彩纸，让孩子们边戳边喊——戳窗户棂，戳窗户棂，一年一窝小儿童；让小点的孩子到新床上滚床。一个媳妇说，一年一窝，不得让计划生育罚煞；另个说，计划生育不罚，也养不起；这个说，又不是老母猪，生那么多干啥；那个说，这年头能生的也愁，不能生的也愁，我表妹结婚三年了，愣是怀不上，光为生孩子就花了十几万了，听说现在医院里就治不生孩子的最赚钱，人都排着长队，海海的。秦三婶一看话头被扯远了，赶紧说，就是吉利话，祝福新人有一年生一窝的能力，至于生几个国家说了算，你们都忙了一天了，赶紧回家歇着，明儿一早过来。

送走了四个媳妇，七凤说，我得用石头把大锅盖子压住，别让猫把锅里的鸡鱼给啃了。一个鸡字，让秦三婶打了个寒战——毁了，忘了让你四嫂她们帮忙把鸡窝门堵上了。七凤说，要不让大双给宝海打个电话？俩人瞅眼墙上的表，十一点快半了，知道人都在梦里，搅扰不得。七凤安慰三婶说，鸡都爱挤堆儿，冻不着。三婶说，我怕黄鼠狼子。七凤说，这年头很少见了，哪能那么巧，它就知道你家没人。秦三婶想想，缓了面色说，最近几年还真少见了，你还记得前些年光咱村里就好几家子被黄鼠狼子袭魔得发神经吧？正说着，就听外面响起了唰唰的动静，出门来看，那空中跟安了没罩棚的弹棉花机似的，撕棉扯絮地飞着雪。七凤舒口气说，三嫂睡吧，下雪了，贼也不敢出门，要不，顺着脚印就追到他家门口。

大双媳妇顺顺利利地过了门。雪天路滑，七凤本想让小双骑摩托送秦三婶回去，又担心不安全。秦三婶执意自己步行，七凤更不放心。正左右为难，邻居说村头的私人小公交还开着。回到村口，顺子他五叔家的二儿子旭升，耍杂技一样扭打着自行车把迎头过来，看见秦三婶，他左右倒着脚，点着地，更夸张地扭，笑嘻嘻地问——三大娘，你去立林喝喜酒这么早就回来了？秦三婶笑着说，回来了，什么是那现代化呀，过去要用脚丫子挪扎小一天的路，半个来小时就回来了。秦三婶想起旭升和大双同龄，就问，旭升，你啥时候请你三大娘喝喜酒呀？旭升敛了笑说，我才不干那傻事呢，为了让你喝喜酒我找个女人管自己一辈子。一句话噎得秦三婶脑子和眼珠子都忘了转，等反过劲来旭升已走远，三婶朝着他的背影说，嗨，这孩子，这是讲的哪门子理呀？！旭升的自行车朝着春妮家门口闲逛的两只公鸡扭过去，吓得它们腾到半人高的空中乱扇翅膀。秦三婶看了，心思一下回笼到她的鸡身上，赶紧扶着身边的墙、树、柴草垛，加快了脚步。

秦三婶边开院门边召唤她旳鸡，吕布唻——，桂英唻——。出乎意料，院子里静得连个鸡爪印都没有，只有厚厚的雪平平整整地铺陈着，像床还没敷上被面还没经针缝纫的棉胎。三婶诧异地再唤，可除了她鞋底挤雪的声音外，没有任何声响。秦三婶奔到鸡窝前，蹲下身，慌慌地伸手进去摸了一圈，里面除了几坨冻鸡屎什么也没有。三婶的心脏快速地踢蹬起来，差点把她踢倒——完了！完了！鸡全丢了！她瞥见屋门开着，瞬间又生出了希望——它们在屋里，它们到屋里找她去了。她奔向屋子——桂英唻，吕布唻——。屋子里和鸡窝一样安静。秦三婶不甘心地唤着，趴床底下唤。趴粮缸旮旯里唤。到茅房里唤。到锅屋里唤。不一会的工夫，院子里那床洁净平整的棉胎就千疮百孔了。秦三婶给自己和她的鸡寻着希望——肯定是饿着急了，让吕布领着跑出去觅食了——她抓起平日里修理吕布的树枝子，到街上，挨个旮旯儿敲，挨个角落落找，挨家挨户地寻——看见一只大红公鸡领着一群母鸡了吗……

顺子媳妇扶着秦三婶寻遍了大半个村，村北头青松他爸确切地告诉她——你那鸡肯定是被偷了，昨晚丢鸡的，我至少听说有三家了，我猜着是内外勾结的有团伙的贼干的——你家，乐乐奶奶家，俺表大娘家，都是孤寡老人，没有内奸的话，能那么巧？我半夜里听见汽车响了，早拉走了！别找了，滑滑擦擦的，别鸡没找着，人摔坏了。秦三婶硬给自己和鸡挂在前方的希望破了。任何破了的希望对她都是波涛汹涌的老咸菜缸——秦三婶瞬间被按在了里面，吞咽着灌进嘴的又苦又涩的咸水，伸了脖子抓紧了手边的救命稻草。顺子媳妇吓得拍打着她的后背叫起来——三婶，三婶，想开呀，鸡丢了再养啊，鸡丢了再养啊！青松他爸帮顺子媳妇扶住秦三婶说，到家里坐坐，歇歇。秦三婶缓过一口气来，定定神说，没事，就一口气噎住了，喘顺当就好了。

秦三婶回到家，宝珍的电话就来了。宝珍听秦三婶气喘吁吁的，问，怎么听着动静不大对呀？这大半天的干啥去了？我都打好几遍了。秦三婶说，没事，扫雪了。宝珍哦了声，继续说——我给你汇了三百块钱，你办办年，给你买了个羽绒服，今天刚寄出去。嗯，我哥给你寄钱了吗？哼，不说我也猜得到，我哥就这样，平时想不着孝顺也就罢了，这过年了，也不表示表示呀？！秦三婶说，我在家里不缺吃不缺穿的，你又给我寄钱咋？紧紧手，你将来用钱的地方多着呢。秦三婶想起上次宝珍回来，坐饭桌边上给她比画——我就这么说吧，我缝上嘴，堵上屁眼，不吃不喝不拉不尿，奋斗半年的钱刚够买饭桌子这么点地方。宝珍突然喜滋滋地说，娘，告诉你个好事啊。秦三婶淹在咸菜缸底的心冲着上面的光亮猛地一蹿——怀上了？秦宝珍不耐烦了——又来了又来了，这世间好事多着来，就你这两耳不闻窗外事的人才捡着最小的事惦记。秦三婶的心沉下去，生气地说——不听你娘的话，早晚得后悔，这生孩子可是天下头等大事，你都三十三了。秦宝珍急咧咧打断她——哎呀，说说说，你以为我不想生呀？可我总得先奋斗出个住的地方吧？孩子又不能放气球里飘着。你那老母鸡孵小鸡不也得先有个鸡窝啊。一提到鸡，秦三婶的嗓子眼缩成了个实心疙瘩，暖瓶塞似的把说话喘气的通道给堵住了。秦宝珍哪里知道她娘的痛苦，只顾自己嘚吧——你不了解城市里的情况，光知道催催催，嗨，还是告诉你好事吧，今年老板真发加班费，干七八天就赶上一个月的，我决定不休班了。

　　等秦宝珍扣了电话，秦三婶嗓子眼里的那个瓶塞还没能拔出来，气喘不顺溜，到床沿边上脸朝外侧身躺下——这曾是一年多来秦三婶最惬意的休息姿势——她一手枕在头下，一手偶尔地拢着苍白的头发，看着地上的鸡——它们有的进来瞅个一眼半眼转身出去的；有的像是专门陪她似的蹲在门口那块太阳地里；有的闲庭踱步，跟才子佳人逛花园一样；有四处啄啄刨刨觅食的，连她的鞋都要叨上几嘴；也有淘气不长眼，进来拉屎的——这样的时候，秦三婶就会骂那只鸡的娘——瞎你娘的狗眼，拉屎不看地方。秦三婶盯着地上的鸡屎，骂着那只鸡的娘时，也就对那只鸡的身体做完了一次诊断——干屎，没毛病；薄屎，发白——要长病了，就像人淌肚子；薄屎，发绿——最不好的，要闹鸡瘟了。诊断完了，秦三婶就给患病的鸡当大夫，她把大蒜捣成泥兑上红糖水给鸡灌下去——轻的，一次就好；重的，也只需三四次。当地上没有了来来往往的鸡时，秦三婶的眼前空旷荒凉寂寞得成了寒风里的坟地——那风吹枯草的飘摇，那风掠坟头的寒凉，那因为一场死突然罩下来的孤独无依，让她哽咽不止。她哭着责备那个狠心的死老汉子——平时没事的时候你来回瞎蹿蹬，这时候咋不回来帮我看护着鸡？你咋不回来看看我呀？难不成等着我去找你去……

腊月往事 137

秦三婶哭着翻身朝里，却看见未叠起的被子上有一根铁管子，擀面杖那么粗长。秦三婶端详着它，琢磨着它从哪里来的？不记得家里有过这东西呀？片刻后，秦三婶明白了铁管子的来源——是那些贼留下的，是那些贼用来对付她的。这个想法惊得秦三婶一骨碌爬起来，看见那床盖了四十年的牡丹花都沧桑了的被子上，还有一道道铁管子抽打后的凹坑——哎呀，你们这是想砸杀我？！秦三婶站起身，掂了掂手里的铁管子，死里逃生的惊吓在她孤枯的筋脉里冰凉地游窜，惊得浑身披上了一层小米。她质问着那些贼——做人哪能这么过分？没听那古人说——盗亦有道嘛，你们就不知道跟人家燕子李三学学？跟鼓上蚤时迁学学？就没听过那古书古戏？都识文解字的，就不看看那《水浒》？

秦三婶病恹恹孤单单地在两瓶子药的陪伴下，在别人家风风火火忙碌着置办年货的热闹里，挨着冰冷凄凉的日子。她每天都坚持怔怔着出一次门——去村卫生室要安定片，那里的大夫小陆每天只肯给她两片，用白纸包着，跟个没了血色的指甲盖子似的。秦三婶每天攥着这个苍白的指甲回到家把它和前几天的放在一起。自从没了吕布，"摁虎子"的胆子大了许多，来得比以前更勤了，摁的劲道也比以前大了。秦三婶并不害怕被摁死——摁死了，还赚个睡死了的好名声。她是担心别的，从桂英它们不见了那天她就添了新毛病——嗓子眼里有个东西总堵在那里，堵得她恨不得拿手指去抠——等它堵得咽不下去饭的时候，她不想连累别人，更不想像大雷子那样惨叫上大半年才断气。她听人家说，五六十片安定用酒泡开，喝下去就能确保死彻底了。

挨到了除夕，天还没点亮模样，就有稀稀拉拉的鞭炮传来，秦三婶的心咯噔一颤，意识到那些鞭炮是人家接"上天言好事，回宅降吉祥"的灶君老爷回家的，而她因为生病在小年那天已经怠慢了灶君。以往，秦三婶都会在小年夜给灶君老爷供上好酒好菜，上上香，虔诚地三叩九拜，再烧上大摞的纸钱，给上天言事的灶君送行，恳求他到天上多美言，多带吉祥护佑回来。每年的除夕，也都是天不亮的时辰，他们就打开大门，在门两侧点上洁净的豆秸火，点响鞭炮，隆重地接灶君回家。秦三婶想到秦三叔的绝症，想到吕布桂英它们，心底里就对灶君有了埋怨——年年求您保佑，大大小小的节令从不敢怠慢了您，又没有离谱的要求，就求个一家老小健康康平安安，咋就这么难呢？照这样下去，敬着您又有啥意思？转念想到在外奔波的儿女孙子，吓得赶紧起身，开了门，烧了豆秸，接灶君老爷回家。她往灶台边上的香炉里点了三炷香，烧了纸钱，跪下请灶君原谅——您是神，别怪罪俺这凡人百姓，刚就是句气话，小年那天，头晕得起不了床，没能好好送您，您别怪罪，今年也没买鞭炮，您也别生气，您大人大量，一定要保佑着宝贵一家和宝珍一家都平安安健康康。

挨过了春节。挨过了乍暖还寒的春分。挨过了给秦三叔扫墓祭坟的清明。挨到了谷雨。谷雨这天，天阴得跟块旧抹布似的，秦三婶瞅瞅天，想起祖宗的话——谷雨前后，点瓜种豆。她鼓励着病弱的自己——总不能躺床上等死呀，只要还有口气呼哒着就得干点啥。刚把鞋子趿拉上，就听见顺子媳妇的大嗓门——三婶，三婶，有卖鸡苗的了，我给你领来了。秦三婶三两步走出来，顺着声音望过去，果见大门外一辆大三轮子载着个圆圆的大笸箩，一个五十来岁的酱红脸膛男人已经揭开了笸箩上的罩布，那柔弱的娇嗔的胆怯的唧唧声如同千百只渴求的小手在牵拽她，她嘴里朝顺子媳妇说——还养啊，再养就该把老命养没了，脑子里却在琢磨该拿什么东西去迎接她的鸡娃娃们。顺子媳妇朝男人解释说，我三婶年前养的鸡全被偷了，大病了一场。秦三婶一时找不到合适的东西，就端了簸箕出来，数百只毛茸茸的小鸡挤在一起，远看像一朵硕大的黄丝线菊在风里颤着，颤得人心里痒痒的熨帖帖的；近了，看见那一双双溜溜圆的小眼睛了，看见那剥皮新柳条一样的小腿和小爪了，心里那痒痒的熨帖都随着它们小身子的颤动分散开成了审慎的挑剔——秦三婶端详着它们，看了头看身子，看了身子再看腔，她用裂着血口子的老槐树枝一样的手指指点着——这个黑乎乎的，这个脊梁骨上带杠杠的，这个黄乎乎的，这个红呼呼带白点的……男人看秦三婶相中的鸡苗并不都是个大体壮的，就抓出几个他认为好的说，大娘，我给你挑几个。秦三婶笑笑说，这养鸡也讲究个缘分，你挑的再好，我看不中。秦三婶挑了二十只，又帮顺子媳妇挑了十五只。等男人走远了，顺子媳妇说，这卖鸡的挺实在的，他挑的鸡都挺壮实。秦三婶笑着说，别看他是卖鸡的，他还真不如我这老嬷嬷懂，我给你挑的这十五只鸡里，能保证有十只以上是母鸡。顺子媳妇惊讶地瞪了眼问，这么小的鸡咋能看出公母来？秦三婶指着她的鸡说，看，这团团头团团身子的，长大了差不多都是公鸡，这种漫长身子漫长脸的，长大了基本上都是母鸡。真的呀？三婶你再说一遍，我记牢点。秦三婶说，跟人一样，小子们虎头虎脑的好，小丫头窈窈窕窕的漂亮。

　　秦三婶三个多月来的沉寂凄凉和孤独一下子被二十只小鸡挤碎了，她的日子又有了配音电影的架势——只要空闲，她就会眼瞅着她的小鸡，说个不停——看哪个吃得多，她就欢喜得给它改物种——哎呀，你哪是只小鸡呀，分明就是头小猪嘛；哪一个先啄了啄同伴，先扑棱棱了下翅膀，她就欢喜得叫它小能能——原来你是个小能能呀，是个小调皮呀；哪个病了，怕冷了，她就用布包一下鸡屁股，放在怀里暖着，用她自制的灌药器（氯霉素眼药水的小空瓶嘴上套了一小截自行车的气门芯）给它灌红糖蒜水，用剪刀剪掉屁股上沾黏在一起的毛，用温水清洗它拉稀的屁眼。阴冷的夜晚里，她把它们放在脚底下，给它们盖上被子，在纸箱子上挖出洞给它们通气。半夜里，睡梦中，伸腿够到纸箱子，够到二十个天天见长的生命，她的心安稳踏实得连"摁虎子"都不敢轻易来欺负了。秦三叔也很少来家了。秦三婶在梦里也知道，那是因为自己身子骨硬朗了，不易招惹魂灵的原因，但她嘴里还是习惯性地埋怨偶尔来家的他——咋不来回蹿蹬了？你也忙？你能忙些啥呢？七凤男人死了这事你能不知道？也不回来说一声，七凤看我身子弱让人瞒着我，过了五七才来说。七凤把她家的狗送给咱了，说能帮着看家护院。七凤跟小双去了，说是给一个老师家带孩子……

　　七凤家的狗，黑子，浑身黑得几乎没杂毛，脸面却不讨人喜，尖嘴猴腮，一双瘪杏仁似的小褐眼，靠鼻梁的眼角下却各有一个浅浅的棕点。秦三婶说，人的痣长在那里，就是滴泪痣，命苦。你长哪儿不好，偏长那里。

　　日头，一天天毒起来；黑子一天天和秦三婶以及她的鸡亲近起来；小鸡，一天天长大了，不能再和她同床同屋了，到了该引导它们到鸡圈里上宿的年龄。秦三婶清理了鸡圈里桂英它们留下的粪便，往里面撒了石灰，在傍晚时分把它们一只只送进去，用石头把门板倚好。夜晚，秦三婶的觉又开始睡得警醒，梦里都竖着耳朵，生怕招了贼。早晨，看着它们一个个欢快地窜出来，在院子里撒野，拉屎，吃食，秦三婶压抑不住地想给它们起上名字——个个有名有姓，才能让它们知道她在批评谁夸奖谁呼唤谁。她琢磨着这次不能再用古戏里的人物取名了，那些名字太尊贵，她的鸡担不起——原来养鸡和养小孩一样，都忌讳大名字。好些天过去了，秦三婶也没琢磨出合适的名字来。

　　大暑的这天中午，秦三婶正汗津津喜滋滋地看着一只昂头挺胸悠然踱步的小公鸡——看你还真有点吕布的模样，你要表现好了，我就留着你当种鸡，让你过皇上一样的日子，这群母鸡尽着你踩，不比皇上还自在？给你起个啥名呢？皇上？名太大了，狗蛋？狗剩？石头？坷垃？总觉得不大得劲。就在这时，宝珍的电话来了——烦死了，公司里老板刚找我谈了话，要提拔我当部门经理，嗨，这节骨眼上竟然怀上了孩子！秦三婶的心如同窜上天的礼花，顿时绽放——苍天眷顾啊！宝珍，你要是敢不留着这孩子，你以后就别叫我娘！宝珍蔫蔫地说，不留吧怕以后怀不上；留吧，一生孩子这提升的机会就丢了，孩子一出生就跟着我们受辛苦。秦三婶赶紧给闺女鼓气——你放心，我养了二十只鸡，刚才我数了数，有十六只是母鸡，等你生的时候，还愁没鸡蛋喂孩子？宝珍说，为了吃不花钱的鸡蛋我半月二十天地就得跑七八百里路，光路费得花多少？秦三婶说，不管咋着，孩子得留着，实在不行送回家来我给你养。宝珍哼下鼻子说，我这当娘的奋斗了十几年终于熬成了城里人，我再把孩子弄回农村去，让她重蹈我的路？

　　等宝珍挂了电话，秦三婶乐呵呵地跟啄她脚趾头的小黄母鸡说，宝珍怀孕了，你们可得好好给我出力呀，给你起个啥名好呢——你生了蛋给我卖钱，就等于给我生钱，嗯，像银行，要不叫你银行？不行，太大了；再小点，提款机？也怪厉害的。小红公鸡悠闲地走过来，秦三婶转移了注意力，笑着对它说，谁要是不知道什么是踱方步，就让他来看看你，你叫个啥名好呢？正琢磨，电话又响了，秦三婶一听是宝珍的声，心晃悠了两下——宝珍你要是敢改主意，你这辈子就不是我闺女！宝珍说，你就把心放肚子里吧，我就是想告诉你，赶紧地把你那些鸡杀了，卖了也行。

　　这为哪出？好好的干啥要把鸡杀了卖了？

　　哎呀，你不知道现在在闹禽流感吗？电视里网络上报纸上天天都在讲，哎哟，赶紧把有线电视费交上。

花那个钱咋，我又不大看。

赶紧处理鸡啊，禽流感，很厉害，已经死了好几十人了。昨天报道的，上海一个大夫从市场里卖活鸡的地方走了一趟就得了病，死了。你别不听劝，这可不是闹着玩的。

你放心吧，我有办法，我给鸡喂大蒜水，就不得那些瘟病。

全国那么多科学家那么多大夫都治不了的事，你那几瓣大蒜就管住了？你能不能别让我担心呀？

好好好，你放心，我保准马上处理。

秦三婶放下电话，在心里跟闺女犟——上海离这里远着呢，那病毒就那么大能耐？能满天飞？能那么不长眼，也和贼似的专欺负孤寡老人？她决定去村卫生室找大夫小罗再打听打听——我闺女来电话，非让我把鸡杀了，说鸡传染人得病。人得了病怨到鸡身上，没怨错吧？

小罗说的比宝珍说的还吓人——鸡，最好是先别养了，有的地方，全杀光了，挖大窖子，扔里面，浇上汽油烧，一分钱不给。那人得了禽流感的，死不了也得落下残疾。咋能残疾？大量的用激素，那关节呀，股骨头呀，就坏了，打不了弯，僵得跟机器人似的，一天到晚难受，不就残疾了嘛。你问国家管不管？管，当然管，但那病毒又不是人，犯了错抓起来关监牢就行的。那病毒，看不见，摸不着，治的办法就是能想出来也得有个过程。现在有些药也能治，就是道高一尺魔高一丈，病毒一看人有办法治它了，就变身。等再想出办法来，它再变。

秦三婶说，哎呀，那病毒怎么就那么大能耐？能得跟孙悟空似的？转而又舒口气说，只要国家管就不怕，是吧？说不定等办法出来了那病毒还没跑到咱这里来呢。她突然想到用药名给她的鸡起名最好了，就跟人戴上护身符似的。

小罗，你告诉我治病毒的都有哪些药名？

小罗哧哧笑起来，三婶你要当大夫？

秦三婶说，我给鸡都起上药名，不待能避避那病毒的？

小罗呵呵着说，三婶真有你的，我捡那药效厉害的告诉你啊——金刚烷胺，专门抗病毒的。

金刚完安，就是说金刚一到，病毒就完了，就天下平安？

小罗笑得眼角皱纹挤成堆堆。

秦三婶说，你别笑话我这不识字的老嬷嬷，那金刚两个字是不是古书里那护佑唐僧西天取经的八大金刚那俩字？

是那俩字。

是就行，就有法力。妖魔鬼怪都斗得过，病毒斗不过？唐僧取经好几万里路都能保护得好好的，从上海到咱这里才千多里，保护不好？！

小罗又告诉三婶十多种药名，三婶哪里听得懂记得住，只记住了万古霉素——小罗说，因为没发现细菌能反抗得了它，所以叫万古霉素。秦三婶说，这个听得懂，就是细菌祖祖辈辈倒霉的意思呗。秦三婶又问小罗，你知道八大金刚都叫啥名来？小罗说，八大金刚就八大金刚呗，还有别的名？秦三婶回想着当年听秦三叔讲书的情景说，有，有，我光记得有除灾金刚，别的想不起来了。秦三婶往家走的路上，见谁问谁八大金刚的名，老老少少的，问了不下七八个，没人知道。这并不影响秦三婶的命名工作顺利进行，她早已有了好主意——把她最心爱的母鸡，从金刚一开始叫到金刚八。酷似吕布的那只公鸡取名孙悟空，其他三只分别叫孙行者，行者孙和孙猴子。剩下的母鸡，一只叫万古霉素，一只叫金箍棒。还差两个名，秦三婶的脑子在听过的古书古戏里转悠，想来想去，还是决定让它俩分别取用猪八戒和沙和尚的铁耙、铁铲，好跟金箍棒辈分相等。

鸡们有了名字，秦三婶就开始了训鸡的工作——抓了麦子在手里，让鸡们分别上前来手心里啄食，她抚摸着它们的后背，一遍遍告诉它的名。几遍之后，她把手指攥起来，尝试着叫那只鸡，只要鸡一伸脖来啄，她就把手心敞开。如此这般，反反复复。一周的时间，孙悟空和金刚一金刚二金刚七万古霉素都对秦三婶的呼唤有了明确的回应，其他的虽还是听了谁的名都乱往前跑，但毕竟意识到那是一种呼唤，一种称呼了。秦三婶想起小孩受了惊吓时，原地站住叫几遍名字，魂灵就跑不了——她决定多叫鸡的名字。她跟鸡说，我多叫，你们就多答应，有名就有魂灵在，只要魂灵抖擞着，谁也索不了咱的命去。

秦三婶家门口的院墙和前面秦海家的屋后墙之间有一个宽三四米长

五六米的死胡同，秦三婶让顺子帮忙把过道用木头树枝子三合板玉米秸混合着封了起来，安上了小门，又找铁匠焊了一个宽两扎，长七八扎的铁笼子。在门口那棵老槐树边上给黑子搭了个小窝棚。一切就绪后，秦三婶把她的八大金刚和孙悟空等圈养起来——白天，它们在胡同里吃喝拉撒奔跑散步打闹打盹。孙悟空它们已经有了初长成的姿态，偶尔会伸着脖子发出吱吱的不太连贯不太响亮的开嗓练习。晚上鸡就进到铁笼子里，由着秦三婶把它们拖进家门口的过道里。黑子的工作岗位也从老槐树底下转到院子里。拖完鸡笼子，秦三婶就打上肥皂洗手洗脸洗鼻孔，洗两三遍。她觉得这种种办法加起来，对付那禽流感病毒，足够保险了。

秦三婶没想到这保险会在一个雨夜断了链条。那是中秋节后的一天，秦三婶在地里忙了一整天才种完了二分地的麦子——她一个人刨地，一个人整垄，一个人撒麦种，一个人撒肥，一个人耙地。傍晚回到家，累得饭也吃不下，倒在床上昏睡过去。一觉醒来，已是夜里九点多了，听见下雨，出门来看，发现雨大得跟瓢浇似的，秦三婶赶忙穿了秦三叔的胶皮雨衣，戴了斗笠，去门外拖鸡笼子。把一半鸡笼拖进门口的时候，秦三婶脚下一擦，仰面摔倒了。等她醒来以后，发现自己的两条腿夹着鸡笼子，两侧腿肚上都蹭出血来，腰疼得不敢动，喊了几嗓子，也没有人应。雨溜子啪啪地打在外面那半截鸡笼子上，鸡们拼命地往秦三婶这头挤着。三婶想脱下雨衣给那半截鸡笼子蒙上，无奈一动就疼得要命，只得把手边能够到的一条尼龙袋子扔过去挡着雨，把装着麦麸子的麻袋拖到头底下垫着，给她的鸡守夜。秦三婶警醒着，疼痛着，气恼着，委屈着。想来想去，谁也埋怨不上，只能拿病毒出气，她骂着病毒那为非作歹不得好死的娘——瞎狗眼的，非弄出些私孩子病毒出来祸害人，咋就不让人安安生生地过日子呢……

第二天早晨，秦三婶从梦盹里醒来，看着蓝莹莹的天，红红火火的日头，叹口气跟孙悟空等絮叨——嗨，啥脏了都得洗，这天让雨洗了一夜，这个干净这个亮铮呀，日头都洗得红彤彤的，你们是没见过我小时候那天，天天这么干净这么蓝。那时候，我就常常看着天想，要是能有跟天一样好看的布就好了——做了衣服穿身上得俊成个啥样呀？她边说边尝试着蜷蜷腿，动动腰，发现好多了。秦三婶慢慢站起来，拄了柴火耙子，去喊顺子媳妇来帮她把鸡笼子拖回鸡圈撒开鸡，然后去卫生室找小罗大夫。小罗大夫给她贴了膏药，嘱咐她不等腰好利索了千万不能再干使劲抻拉的活了。秦三婶心里愁着晚上拖鸡笼子的事，郁郁闷闷地往家走，突然一个骑摩托车的人扭头看看她，走过了又倒回车来问，您是宝贵家大娘吧？秦三婶说，是呀，宝贵让你找我？

大娘，你认不出我来了？我就是宝贵的初中同学，牛兴啊，人家都叫我牛头的那个，经常去你家喝粥的那个。

秦三婶和牛兴唠了会儿家常，当牛兴得知秦三婶养鸡遇到的困难时，他想起自己的战友在卖一种号称日本进口的鸡笼子，完全能够解决秦三婶的问题，就如此这般地跟秦三婶描述了一番。秦三婶一听，腰疼立减了三分——小日本鬼子这么聪明？他们也成天丢鸡？还是人家知道咱成天丢鸡？家丑不能外扬，可不能让小日本鬼子知道咱现在那青年不学好。牛兴说，大娘，咱管不了那么多，咱管好咱的鸡就行，三百五一个，你要是要呢，我这就去帮你拉一个来。秦三婶在脑子里扒拉着枕头和裤兜里的钱卷卷——枕头里两张整的，一张五十的，三张十块的，加起来是二百八，裤子兜里三张十块的一张五块的两张一块的，加起来是三十七。秦三婶说，钱不大够，差四五十呢。牛兴一端摩托的打火器说，我帮你出五十。秦三婶说，那哪行，要不等鸡下了蛋我先尽你吃。牛兴笑笑说，不用，我也不能白喝了你家那么多粥。

半个小时的工夫，牛兴就和一个小伙子用大三轮子拉着日本造的鸡笼子来了。秦三婶围着它左左右右地看了又看——只见它足有半张床那么大，通体银光闪闪，那气派不亚于古戏里千岁爷居住的银銮殿。不锈钢条足足有壮实的麦秆那么粗，且匀和和的一般粗细，根根之间正好隔着两横指宽，斜坡的顶，向下折叠的门，小巧精致的弹簧锁，不高不矮相对细密的横挡板。秦三婶满意地伸手按按横挡板，替她的鸡感受了一下——嘿，这鸡住得比人都强。牛兴又拿出四个马蹄样的铁叉子套住鸡笼的四个角砸进地里去。秦三婶欢喜地说，这回可保险了！

夜晚，秦三婶拿手电照着，看八大金刚孙悟空它们松宽宽地在精美牢固的鸡笼子里打盹，忍不住跟它们聊——舒坦了吧，不用挤堆堆了，凉快了吧？明天我再给你们盖上遮蓬，冬天再把棚子两边围上塑料布，保准你们雨淋不着雪打不着贼偷不着，无忧无虑地过幸福生活。秦三婶说着，想到人家说的小康生活标准——吃不愁穿不愁，家里住着小洋楼，散散步，遛遛弯，一天到晚乐呵呵。她唤唤孙悟空再唤唤金刚说，知道你们都小康了吗？！比人都强，我还没康上呢！

这个夜晚，秦三婶在门口的过道里呼扇着蒲扇，心里凉爽爽舒坦坦地坐到了深夜——为终于有了两全其美的办法高兴着。临进屋睡觉前她仰头瞅瞅天上那密匝匝的一河星星，想起那每年要在银河上鹊桥相会一回的织女，在心里可怜她——那天上养不得孩儿养不得鸡狗鹅鸭，一个女人家能活得有意思吗，跟坐监牢有啥区别？这晚，秦三婶睡得很沉，睡梦里织女养了一大群鸡，一条狗，篱笆都镶嵌着银光闪闪的星星，两个扎着小鬏鬏的孩子围着她蹦蹦跳跳，织女隔着明晃晃的银河朝她笑，问她那么结实好看的鸡笼子从哪里买的。

农历十月初七这天早晨，一个难得的好天，太阳红得跟个大烘柿似的，薄溜溜地往地上铺了层柿红的光。秦三婶站在栅栏外看着鸡们红灿灿地吃得头不抬眼不睁，欢喜地说——好吃吧，玉米面麦麸子再加上豆饼，能不好吃吗？不但好吃，营养还丰富呢，看你们一个个这吃相，没一个像人家黛玉，那才是千金小姐，那吃相才叫一个文雅……正说着，听见有脚步声，回头看，顺子媳妇已经站到了她身后。秦三婶说，你看了吗，搪瓷盆那里，脸朝这的那只黄母鸡这一两天内就能下蛋了，我把它们下蛋的窝都准备好了。话音刚落，金刚一就水饱饭足地抬起了头，看看栅栏外厚待它的主人，先踱了踱步下了下食儿，清出嗓子给主人传递即将生产"人生"第一枚蛋的信息——她挺起小胸脯，颤起小脖子，又羞又骄地唱起果果果的三字歌，每唱三四遍就轻轻地抖抖金黄色的翅膀，那姿态仿佛一个将后宫三千宠爱集于一身的女子在众人面前用肩膀牵拽柔软丝滑的斗篷。秦三婶欢喜地瞅着她跟顺子媳妇说，你看看，你看看，杨玉环也就这样吧。顺子媳妇四下看看，低声说，刚刚公安才从宝光家里走了，来挶窝子了。

宝光是秦三叔二哥家的四儿，去西班牙打工已经五年了，家里只有媳妇李月彩和两个孩子。秦三婶把注意力从金刚一身上转到顺子媳妇脸上，收了笑容问，又没闹超生，公安捂的啥窝子？顺子媳妇说，不是捂计划生育窝子，是捂鸡窝，宝光家早都成鸡窝了！顺子媳妇看秦三婶一脸雾水，靠前一步说，去年就都传着说李月彩当鸡了，这十里八乡的骚爷们都快把她家门槛踏断了。秦三婶想象着宝光家的门槛，叹口气说，好好的编派鸡咋？鸡不咬人不害人，下蛋给人吃，最后那身肉也给人下锅，编派鸡咋？！顺子媳妇第一次觉得和秦三婶拉不到一个道上，但一肚子的热闹又平静不下来，就接着说她的——三婶，你知道李月彩怎么朝公安吆喝吧，把一胡同的人都听乐了——噢，来捂我的窝子呀？来来来，床上俩儿，我搂着儿睡犯法了？回去问问你娘，她要是说你小时候她搂着你睡是犯法的，我今天就让你拷了去！我还明白地告诉你，别说你捂不着我，你就是捂着我我也没罪——我既不偷又不抢，就是缺男人缺得心里痒痒，找人挠挠心就犯法了？秦三婶叹口气说，社会发展了，不是那立贞节牌坊的年代了，就别指望有王宝钏。顺子媳妇愤愤不平地说，她不当王宝钏不要紧，但总得给宝光留脸呀，得给她儿留脸给秦家门里留脸吧？三婶你没听见那些老娘们怎么说，她们说她根本就不是心痒痒，是逼痒痒。等她儿长大了找老婆，人家一打听，说婆婆是个破货，还能愿意？顺子媳妇停顿了一会儿，看三婶不接话茬，想起三婶是李月彩的亲姊子，就安慰地补充一句说，其实这年头偷汉子当破鞋也算不了啥了，但人家表面上都悄没声的，就她傻得跟公安吆喝。金刚一早已停止了它果果果的三字歌，趴到了主人为它用压扁的麦秆垫成的窝里，红着脸默默地生产。等蛋一滑出，它就跳出来咯咯哒咯咯哒地跟主人报功。秦三婶一听见这让人喜乐的三字歌，早忘了李月彩给老秦家丢的脸面，忘了乱生私孩子祸害人的禽流感病毒，打开栅栏门到鸡窝里拿起热乎乎的蛋，疼惜地用手掌擦擦上面的血迹说，咯咯哒，个个大，你能耐，你甜欢人，我知道。

　　逐渐的，另七个金刚和铁铲、铁耙、万古霉素都开裆下蛋了，秦三婶每天能捡十来个蛋。那些温热的椭圆的蛋是秦三婶椭圆温热的快乐和满足，是她的提款机和银行。自从十一月初五那天，秦三婶第一次拷了五十个鸡蛋到县城赶集卖了三十五块钱至今，金刚它们已经为她贡献了一百零三块钱，还不包括看顺子他娘的三十个蛋、看后街表姑的三十六个蛋。顺子媳妇毕竟是年轻人，见多识广，她嘱咐秦三婶在县城的集上把价钱咬得死死的——三婶，那些有钱人不怕花钱，就怕花冤枉钱，就你家那鸡蛋可是难找的纯正的笨鸡蛋。

　　眼看又进了腊月，宝贵的小舅子路开通开着摩托车给秦三婶送来一条杂种黄狗，尖尖的耳朵，尖尖的脸盘子，土狗的身子，长毛狗的大尾巴，更与众不同的是那张嘴——地包天，下牙床上的两颗虎牙套在上嘴唇外面，一副似喜非喜的神情。路开通在小黑的狂吼中把黄狗拽进院子，拴到锅屋窗前的小枣树上说，我姐夫说去年腊月你那鸡全丢了，今年让我给你弄条狗看家。秦三婶心里热乎起来，在心里骂儿子——还知道有个娘，还知道惦记你娘啊，仨俩月的不给我个信儿。秦三婶心里热，嘴里的气就格外白格外多些，热腾腾雾蒙蒙地问路开通，你姐有动静了吗？路开通说，说上次流产把输卵管堵了，受老鼻子罪也没通开。秦三婶叹口气，托路开通给儿子儿媳带话——心急吃不得热地瓜，孩子要看缘分，缘分到了才来。又说，我有狗了，这狗你还是带回去看家。路开通说，我老婆早养烦了，扔了好几回又都跑回去，你不要就卖给狗贩子。路开通走了，秦三婶端详着博山乐了——嗨，人家说养孩子随自己，养狗也随？你随路开通哪里不好呀，单随他地包天。你真以为地包天当大官呀？

　　博山三天三夜不吃不喝，除了偶尔地站起身围着小枣树转转圈之外，大部分时间都是无精打采地趴在自己的前爪上。第四天，秦三婶心疼了，她专门去买了一袋牛奶给它，苦口婆心地开导它——博山呀，现在早不是那衷心不侍二主的年头了，你得跟得上形势，得转变观念，你这么不吃不喝的咋行呀，我知道你是有情有义的孩子，来，喝点，喝点——。就是讲究忠孝仁义也得讲个方法，你看看人家关公关云长，他也侍过二主，为啥仍能留下千古的美名？就是坦荡荡磊落落地讲下君子协定——旦得知刘备的下落，他就离开曹营去投奔。咱俩也弄个君子协定——你好好吃喝好好给我看护鸡，我也绝不亏待你，等过了年你还和我亲近不起来，我就再把你还给路开通。博山哼唧了一会儿，思忖地看看秦三婶，站起身呱唧呱唧地喝完了牛奶。秦三婶的眼里顿时一片模糊——谁说畜生不懂人事，那都是不懂畜生的人说的。她抹掉眼泪，用菜汤泡了煎饼给博山吃饱，牵着它去见小黑。

小黑和博山相互闻了闻对方屁股上的气味，就摇着尾巴相互舔起来。秦三婶高兴地夸奖它俩——嗨，你俩还真就臭味相投上了。说着，看了看博山被小黑嗅过的地方，恍然大悟——看来生物都讲究这个，异性相吸，同性相斥，这鸡窝里要是飞进来个公鸡，母鸡都围着转，公鸡就炸了毛地嗲。你俩男女搭配干活不累，是好事，可有一件，不能乱搞男女关系——为啥？为后代着想——你俩要配一堆，生出那孩儿来能受人待见？孩子不受人待见，当父母的心里能安生了？博山和小黑哪管得了秦三婶优生优育的理论，早亲做一团。秦三婶想起李月彩朝公安吆喝的话，拽拽博山说，没出息的样，心痒痒就是不守妇道的理由啦？哪里痒也得痒得有章法合规矩。她把博山从老槐树上解下来，拴到对面栅栏门的门鼻上，让它俩拼了命地亲近也有一扎宽的银河横在眼前。

有了博山的加入，秦三婶的觉睡得更安稳了，加上每天早晨她都用滚开的水冲一碗鸡蛋花喝——腮帮子一天天的丰盈起来。洗脸时，手心里都有了饱满的感觉。秦三婶每每洗完脸，搓着脸时就在心里跟秦三叔叨唠——你要是活着，我一早一碗蛋花滋养着你，保准把你养得白白胖胖富富态态的。你是不知道，一想到你活了一辈子，临死瘦得皮包骨头，我就心里难受。秦三叔早已经不大到秦三婶的梦里了，偶尔地来一回，老两口说了啥秦三婶也记不大清楚。秦三婶打算要把对秦三叔说的话积攒到腊月二十九上坟的这天一块说——说说宝珍三十三了终于怀了孩子；说说八大金刚它们如何甜欢人；说说有情有义的博山，博山和小黑像两个把门大将军一样守着她的鸡圈；说说小日本造的鸡笼子；说说那鸡蛋已经不用跑城里去赶集了，有两户人家主动提出开车来家里买；说说她给鸡取的名，真就管用了，禽流感闹那么凶，家里的鸡个个活泼泼健康康的；主要说说宝贵媳妇身上有根管子不通，让秦三叔打听打听那相熟的，能不能求求送子娘娘赶紧让儿媳妇通开管子，再怀个孩子——男孩最好，女孩也不嫌弃。让秦三叔求人时大方点——托人办事就得成千上万地花，估计成千上万都是少的，顺子说现在那当官的都论亿贪了。你也不知道那亿到底是多少吧，顺子说结巴着数万，万万万万万。阴间的钱毛，当官的不得要得更多呀，你别小气了，打听打听，要是送子娘娘那里也兴送礼，你就多送，使劲送，成亿地送，别心疼，花完了，就摇摇你那摇钱树，抖抖你那聚宝盆，不就又有了吗……

腊月十四这天晚上，睡梦中的秦三婶突然被博山和小黑的叫声惊醒了，她慌慌地披了棉袄跑出来，到院子里就听见鸡翅膀扑打扑打的声音，秦三婶手忙脚乱地抓了铁锹准备和贼大干一场。月光下，遮蓬里，日本造的鸡笼子依旧银光闪闪，鸡们惶惶地挤作一团，博山和小黑邀功地晃着尾巴。秦三婶知道那贼不是人，是黄鼠狼子。她回屋拿了手电出来，果见万古霉素伸着脖子趴在横档上。秦三婶打开鸡笼门，把万古霉素拿出来，发现它几乎没流血，脖子上一边一个黄豆大的窟窿眼——哎，这是一嘴咬住气象头儿，活活憋死的。该死的黄鼠狼子，比人还会咬！哎，都怪我，咋就没想到黄鼠狼子会缩骨术呢？！咋就没想到晚上把博山和小黑放开呢？！秦三婶无限懊悔地把博山和小黑解开，关进鸡圈里——怕它俩乱搞男女关系的念头被眼下安全这头等大事挤到了十万八千里外。她把万古霉素带回屋里，放到眼能看见的地方，惋惜着，心疼着，遗憾着，爱怜着——哎，可怜你是最卖力待我的，你下的蛋个最大，皮最红，都怪我没照看好你，托生去吧，记着求求那管事的，让你下辈子别再托生成鸡了。秦三婶警醒着警醒着还是在后半夜打了梦盹——醒来时，赶紧竖耳朵听外面的动静。没有异常，才又闭了眼琢磨怎么修整鸡棚防黄鼠狼。把遮蓬上上门？大门小门的，一层层的太麻烦；把那银光闪闪的钢条上围上毡布或者麻袋——黑乎乎的，不通气，不知道会不会招来那会变身的病毒……想着想着，秦三婶进入了另一个梦盹——秦三叔回来了，还没等秦三婶跟他诉苦，就说，渔网。秦三婶从梦里醒来，渔网两个字音还在耳朵里转悠，她笑着说，死老汉子，有时也怪有门道的。她到茅房堆放杂物的角落里找出了用细尼龙丝编织的旧渔网。这渔网是秦三叔三年前捡破烂时的收获。秦三婶打着手电，把绿色的渔网左折右叠地围到了鸡的银鸾殿上。在绿色尼龙网的点缀下，银色的鸡笼有了另种神态。秦三婶端详着，想起电视里曾见过的景象，跟里面挤堆堆的鸡说，披上这绿纱，跟外国宫殿里那胖娘们似的了，穿得拖拉搭挂。再瞅瞅渔网交错层叠的网眼，跟她的敌人说——别再惦记了，估计你那缩骨术再厉害也钻不过这层层的眼儿，万一卡住了，让狗咬死了，可别怪罪我。

万无一失了。有了博山和小黑的巡逻看护，有了防黄鼠狼的曳地长裙，万无一失了。

在万无一失的安慰下，秦三婶对过年的热情高涨起来，她把万古霉素用开水褪了毛，清理了内脏，把它折叠匕首一样的翅膀从脖子下面伸进嘴里，翅尖从嘴里交叉着伸到两侧嘴角外，腿从后面翘起，两只爪反按在自己的脊背上——这样的万古霉素，不但有了柔术的媚态，还有了含翅微笑的表情。秦三婶边给万古霉素做造型，边和它说——能成为神仙的一盘菜，也是你的大造化。秦三婶把定好型的万古霉素放进锅里煮熟——万古霉素那米白的，毛孔明显的身子，就变成沙黄色的，紧致细腻地泛着油光，笑眯眯地被秦三婶用篮子挂在东屋的北山墙上。秦三婶喝着万古霉素的汤，期待着腊月二十三小年这天——用万古霉素好好地给灶王爷送行，弥补去年的怠慢，让他老人家高高兴兴地上天去言好事，回宅来降吉祥。

三天后的早晨，秦三婶起了床，看看灰冷的天，用围巾捂住嘴巴跟老天爷说，我就知道你要变脸，夜后响，八大金刚它们怎么也不肯进鸡笼上宿，我就知道了。她拢着头发去拴狗开鸡笼。

博山不见了！小黑不见了！

八大金刚不见了！金箍棒不见了！铁铲不见了！铁耙不见了！

孙悟空、孙行者、行者孙、孙猴子统统不见了！

那银光闪闪的那批了绿纱长裙的外国老娘们一样富态气派的鸡笼子不见了！

只有那罩着废旧塑料布的遮蓬还在，在风里像秦三婶一样苍老一样哆嗦晃动。做梦吗？！又被"摁虎了"摁住了？！"摁虎子"摁住的时候，就这样——什么都看得清楚楚的，什么都听得真切切的——就像那根电灯绳——就在眼前，就拽不着，就动不了，就这样胸闷气短……

三婶，三婶，你家的狗也没了？东邻张海滨老婆隔着她家门口的矮墙喊她——我家狗没了，肯定是药死的，这有半截火腿肠呢。

不是梦！是贼！是连鸡带狗都偷去的贼！是连鸡笼子都偷的贼！愤恨。

冤屈。绝望。像久焖的芥末窜进她的鼻子窜进她的眼窜进她的脑子，秦三婶双腿跟抽了筋一样软下去——咋就不给我这老嬷嬷留点活头儿啊？！咋就不给我这老嬷嬷留点活头儿啊？！

张海滨老婆跑过来，把秦三婶扶起来，指着地上那两截拇指长的火腿肠说，一个办法，药死的。等看到秦三婶的鸡笼子没了时，她恍然大悟地说，哎呀，我家可是跟你遭的殃，这贼肯定是为了偷鸡，怕狗叫。

有了上次的经验，秦三婶不再抱有任何幻想。她昏沉沉地回到屋里，嗓子眼里消失了一段时间的瓶塞子又堵了上来。她从抽屉里翻找出九个月以前积攒起来的那些大指甲盖子，二十五个，包着五十片安定，能帮她避免过于痛苦的煎熬。她把它们放到枕头底下，把秦三叔的半瓶酒也压到枕头下。她知道自己为了宝珍宝贵必须得把那口气继续呼哒下去。实在呼哒不动了，就谁也不连累。家里又荒凉得让人寒战了。秦三婶躺到床上，努力呼哒胸口那口气。天偏晌的时候，顺子媳妇给秦三婶端来一碗水饺，看秦三婶勉强吃了七八个，说，三婶，要不我陪你去派出所吧，就是抓不住贼，那戴大盖帽的往咱们这家里来转悠转悠，那小偷不也心慌么。看秦三婶恹恹着叹气，顺子媳妇劝道，原来穆桂英它们在的时候，你给我讲了那么多女英雄的故事，咱虽不能跟人家比，但也不能尽着人家欺负。秦三婶点点头，找出去年腊月丢鸡时拿的心脏药，吃上，拢了拢头发，和顺子媳妇去镇上的派出所。

走到李月彩家门口，李月彩七岁的小儿子看见了，兴冲冲地喊三奶奶好，娘娘好。李月彩在扫院子，抬头问，干啥去？顺子媳妇说跟三婶上派出所报案去，不能让贼白欺负了。李月彩把扫把倚墙放下说，上派出所啊，那里人我比你熟，我陪三婶去。三婶想起她两个月前刚犯在公安手里，就说你照顾孩子，你嫂陪我去就行。李月彩推了电动自行车说，三婶，就你这丢鸡丢狗的事，要没熟人，没人管，我有熟人。

秦三婶跨在李月彩风驰电掣的电动车上，转眼的工夫就让寒风刺得僵僵的，等到了派出所嘴已经冻绞瞥了，话也说不顺溜了。好在李月彩嘴头利索，嘟吧嘟吧地就替三婶讲了个清清楚楚。一个看起来三十出头的公安，眨巴着眼听完了，弹弹手里的烟灰说，行，我知道了。李月彩说，赶紧给俺三婶找鸡去。公安冷笑着说，赶紧给你三婶找鸡去，我这正事还忙不过来呢。李月彩咽口唾沫说，你们老李呢。公安说，老李上厕所了。李月彩领着秦三婶到院子里，等老李。老李从厕所里出来，看见李月彩哈哈两声，靠近她说了句啥。李月彩嬉笑着说，回家挠你娘腚去。李月彩把事跟他重说了一遍，顺带告了刚才那公安一状。老李说，他说的没错，真顾不上，一进腊月就忙得焦头烂额，钟家村一个八十三岁的老嬷嬷前天晚上家里进了贼，把老嬷嬷给强奸了，今早一根绳子吊死了。我这刚从那回来。

天呀，天呀。秦三婶惊得直唤天。李月彩说，哪个坑天害理的，祸害老嬷嬷干啥？老李看看秦三婶说，大娘，你可别想不开，好死不如赖活着。李月彩说，逮空赶紧给俺三婶破案去。老李领着她俩进到屋里，拿出一叠纸说，我给你备个案吧，咱都是熟人，我也不诓你，这种事还真不好弄，上哪抓去？就是抓住了，顶多关几天，放出来照作。

出了派出所的院门，李月彩骑跨着电动车等三婶坐好——三婶，公安都没办法的事，你就权当破财免灾吧，别把身子郁闷坏了，宝贵哥和宝珍妹妹都不在跟前，没人照顾你。三婶叹口气说，哎，可怜钟家村那老嬷嬷，可怜煞人啊，八十三了呀，让人作践了，到阴间也没脸面呐。李月彩说，三婶，你自己一个人晚上一定把屋门从里边锁上，别说丢鸡，就是整个院子都丢了，你也别出门。秦三婶说，我自己有办法治那些不学好的。

秦三婶回到家，拿了一个瓢一个搪瓷缸子，开始了她惩治歹人的计划——炸面人。

炸面人，是祖上传下来的方法——攒七家油，七家面，七家谷秸——把面捏成面人，于深夜的十字路口架起锅，把油用谷秸烧开，用新饭帚蘸沸油往面人上撒，边撒边唤仇人的名——面人会浑身起泡——那仇人就会心烦意乱，意乱神迷，浑身长水泡；若是那彻骨的仇恨，就将面人丢进锅里炸——那仇家就会得莫名的病死去（若油稀缺，也可以用水代替）。这法子秦三婶曾于四十年前用过——那是个一年到头锅里见不到油花的年代，秦三婶的娘家给了她一瓶子花生油。平日里，秦三婶只用它干两件事——一是用筷子蘸着往两岁的宝贵嘴里抹几下——宝贵营养不良，害了鸡眼病，到晚上就成了眍眼瞎；再就是在摊煎饼时倒一点，油鏊子——好让煎饼能顺利地揭下来。如此宝贵的油瓶子却在一次摊煎饼时怎么也找不到了。秦三婶心疼得三夜没睡着。秦三叔想起来就骂她败家娘们。秦三婶怀疑东邻张海滨他奶奶——只有她一个人见过油瓶。秦三婶四处宣传着说她要炸面人，去她家攒面，攒水，攒谷秸时，看她神色慌慌的，讪讪的。秦三婶边接她的水边说——毛主席说了，人不犯我我不犯人，人若犯我我必犯人。再说了，得饶人处且饶人，只要那贼把我家油瓶子送回去，我最多也就让她长几个水泡。当天晚上，就听柴门吱啦一响，油瓶子回来了。秦三婶把攒来的面熬了粥。

攒油攒面，看似简单，其实至关重要——是一个打听、查寻、观察嫌疑人的过程。只有把仇人找准了，法力才准才大。秦三婶把全村在心里划了划片，好使她的查寻能覆盖整个村子。每到一片，见谁和谁聊。每个听见她遭遇的人都满怀同情和支持，都答应说要是听到动静就去告诉她。秦三婶走到村西头秦三叔的堂弟秦孝正家附近，遇见了秦孝正的二儿秦宝剑。宝剑平日在城里打工，只在逢年过节时回来，隔老远就客气地问，三大娘你忙活啥？秦三婶如此这般地说了一遍。秦宝剑说，我给你拿面拿油去，这滑滑擦擦的，你能少走就少走几步。秦三婶说，不浪费咱自家的东西，我到别人家攒去，万一正巧攒到贼头上，也让他知道我要炸他。秦宝剑说，这又不是吃不上的年头儿，我多给你些面油，你把那面人捏得大点，炸得焖凄些。秦三婶跟着秦宝剑进了院子，秦宝剑提了油桶出来往三婶的缸子里倒，秦三婶说，少点，少点。秦三婶看着秦宝剑头上的白发感叹——这才几天的小青年，也有了白头发了，看来在外边不容易。秦宝剑嘿嘿笑笑说，在人家地盘上端人家饭碗看人家眼色能容易吗，跟过去给地主老财当长工没大区别，区别就是原来那地主老财克扣工钱，跑了和尚跑不了庙；现在，那庙就跟着和尚跑。遇到这种人，累死累活干一年，该拿钱回家过年时，屌毛也见不着一根。

秦三婶把攒来的油、面和谷秸，回到家放到灶台上，等街坊的信儿，等胆战心惊的贼来跟她服软。至于怎么个软法，秦三婶也只能猜测着想——最好是他们能把鸡笼子和鸡狗都给她送回来；如果他们已经把它们都卖了，把钱给她扔进家里来；就是扔个纸条进来认个错，说以后再也不敢了，也行。

秦三婶充满希望地竖着耳朵枯等了一夜。夜里响声不少，但凭着六十多年的经验，知道那动静都是狼吼一样的风，吼出来的。大早起来，秦三婶还是给自己留着些许希望——她先在院子里仔仔细细地寻看了几遍，没见那钱卷纸条啥的。又出门来，也没见到鸡笼更没见到她的八大金刚、孙悟空、博山它们。秦三婶站在鸡圈门口，在心里给她的鸡狗祈祷——但愿那贼没虐待你们，但愿把你们卖到那好人家去；就是丧天良的非要了你们的命，也但愿没让你们受罪。念叨完了，回屋又习惯性地拔煤球炉的风门，打算烧水给鸡烫食。看着那烫鸡食的铁皮桶一时就泪眼婆娑了，擦着泪把桶提到茅房堆杂物的角落里。

日头偏西了，秦三婶肚子里咕咕噜噜地响个不停，那尾音听起来特别像小黑跟她撒娇时的哼哼，三婶那老咸菜缸的洞眼又渗出来水来，煞得鼻子眼的酸疼。肚子的动静越来越大，秦三婶都能明显得感觉到肠子跟豆虫一样在拱拱身子，她拿了张煎饼就着水嚼。顺子媳妇红着眼进来，见了秦三婶就呜呜哭着褪了裤子——三婶，三婶，你看看我长毛了吗？秦三婶问，这咋了？咋了？顺子媳妇急咧咧地说，三婶你说你到底看见我长毛了吗？！秦三婶说，长了，长了，黑乎乎一大片呢。顺子媳妇提上裤子说，那几个逼碴子硬说我是白虎精，妨她们，说俺婆婆那胃癌是我妨出来的。秦三婶心里咯噔一下，嘴里的煎饼就成了团泥巴，吐到手心里攥着问，你婆婆胃癌了？啥时候的事？

今上午，我听说，赶紧跑医院去，想就着机会和了好，没想到让骂出来了，呜呜……

秦三婶说，人家瞎说，你自己不能瞎信，别把自己挤兑得脑子出毛病。你想想，俺家你三叔是谁妨的？等我去医院看你婆婆时，我说说她。你三叔住院那会儿，人家医生就说了，现在这病多的是，说怪污染呢。你嫁过来没几年，你是不知道原来咱这里是个啥模样——就说西边那条河吧，现在又浑又臭，还长满了青苔，飘满了塑料袋子啥的。我嫁过来那会儿啥样你知道吧——那河水清得掉把钥匙进去根本不用摸，伸手就能拿出来，水清得跟没有似的；渴了，捧起来就喝，都不带拉肚子的。现在别说这河水，压水井里的水都咸不拉几骚不拉几的，连空气都带着屁味。顺子媳妇平息了啜泣说，咱这里还是好的呢，我表妹那村里，工厂里把有毒的废水偷灌到地底下，那水浇花花死，浇庄稼庄稼死。

正说着，就听大门口有人喊三大娘。顺子媳妇生怕来人看见她红鼻子红眼的，就朝三婶指了指她家的大衣橱，躲到了后面。

旭升进了屋门，看秦三婶手里拿着煎饼——三大娘，你就干啃煎饼呀，这是吃的哪顿饭？秦三婶说，早晨饭，坐吧。旭升坐到杌子上，抖着右腿说，三大娘，你知道吧，你家那鸡可难吃了，忒肥了，鸡汤里那油都糊嘴，只能啃啃鸡腿，其他的都倒了。秦三婶心里一阵电闪雷鸣，张着嘴哆嗦了好一会儿才把话哆嗦出来——你偷了你三大娘的鸡？！

旭升停了右腿，说，三大娘，你可别误会，不是我偷的，是秦宝剑和秦大海，他俩抬不动了，让我帮忙。

秦宝剑和秦大海？！哪个秦宝剑和秦大海？秦三婶不相信地问。

咱村里不就一个秦宝剑一个秦大海么，三大娘你快老糊涂了。旭升抖起两条腿，嬉笑着。

秦三婶摇摇头说，我不信，秦宝剑和秦大海能浑到偷他三大娘？！他家里也有孤寡老人，能知不道那老嬷嬷老头的，养的不单单是鸡呀狗呀，还是个伴儿吗？！

旭升说，嗨呀，偷起来谁还管三大娘五大娘，管伴儿不伴儿的，得劲偷谁就偷谁呗。你不信你去问问李春秋，他也参加了。三大娘，我，就是他们抬不动了，打电话叫我来帮了帮忙，我跟你坦白了，算将功补过了吧？你炸人的时候，别再炸我呀。旭升说着站了起来看看秦三婶阴沉的脸说，其实你炸也没事，现在没人信这个了，就我妈非让我来跟你说声。

秦三婶说，你要是什么都跟我说，我就不炸你。

旭升笑笑说，说话算数啊，你问吧，有问必答。

秦三婶说，你们咋着把我那鸡狗弄去的？把它们都咋着了？

旭升说，能咋着？就拿药一拌粮食火腿肠什么的，鸡狗的一吃就死过去，可容易了，跟捡树叶子似的，捡起来就是。原来卖死的，不值钱。今年秦宝剑从城里弄来了一种高级药，鸡狗的闻闻就软成了泥，灌点水下去，就能再活过来。当晚上吃一只，剩下的，天不亮就拉到城里卖了。三大娘，我可是就得了他们两盒烟，吃了一条鸡腿，你可得说话算数，别炸我，我走了。

秦三婶追着问，上年你也帮忙了？

旭升说，不是我说你，三大娘，都怪你把那鸡喂得忒肥了，他们两麻袋背不动才叫我的。

上年你们用铁管子把我的被子都抽上炕，是想砸杀我？

嗨，三大娘你也得理解人，翻了半晚上一毛钱没翻出来，能不气得慌吗？！

秦三婶叹口气说，旭升，你别急着走，三大娘给你讲个古时候那事，你等见着秦宝剑和秦大海你也讲给他们听听——曹操有好几个儿，其中一个是要人品有人品要学问有学问，很多人都喜欢他。另一个怕他跟自己争位子，就找借口把他关屋里说，你要是走到窗子边能做出一首诗来我就不杀你。这人就做了一首七步诗，这诗是这么说的——煮豆燃豆萁，豆在釜中泣，本是同根生，相煎何太急。另一个听了羞愧得淌了大汗，不得不把他放了。

旭升站起身，呵呵笑着说，三大娘你还怪幽默哎，走了。

顺子媳妇从橱子后面出来，神情激愤地说——畜生！畜生！畜生！三婶你快炸煞这些畜生！知不道远近、知不道好歹、知不道香臭的畜生！三婶，快，我帮你捏面人，你不是说我手巧吗，我帮你捏，捏旭升，捏秦宝剑，捏秦大海，我还要捏那几个背后里造我谣的逼荏子。

秦三婶说，哎，坏，坏到连亲人都不放过，真就坏到根了，也说明坏的人太多了，哪能捏得过来呀。

那也炸煞一个算一个。

哎，他无情咱不能无义，我本来也没打算炸煞谁，就想吓唬吓唬，最多扫他两饭帚，让他难受难受。

三婶，你那意思不炸了？！我拿那几个造谣的逼荏子没办法了？！我不活了，我活不下去了，我要死她们家门口去，我要光腚死那里，让全村的人都知道我不是白虎精，我不妨害人，呜呜呜……

坐下！秦三婶对情绪激愤的顺子媳妇呵斥说，出息了！快四十的人了，因为别人嚼几句舌头就不活了?！人人都跟你似的，地球上那人不早死绝种了?！人，有了沟坎就得想法子迈过去，老人不是常说嘛，没有过不去的沟沟坎坎。

那咋着才能过去？嘴长人家身上呀。顺子媳妇坐下，抹着泪，无助地瞅着秦三婶。

秦三婶心里一疼，换了柔暖的语调说，你和我，都是历经过大悲大痛的人，想想那亲人撒手的时候，不也觉得过不下去吗，熬一熬，挨一挨，不也就过来了吗。你别管别人说啥，都和顺子有疼有热的，把家里的坡里的活干好，小日子过兴隆了，她们那舌头根子想嚼也打不了弯了。这人活一世，要是见困难就哆嗦，那也就只有被困难吓死的份儿。要是大沟大坎过不去，人家还同情，要是被坷垃头绊倒，摔煞了，不成笑话了吗。看看那些个在古书古戏里留下名姓的英雄，不管男的女的，哪个不是经了千难万难的，他们要是在第一难上就吓得后退了……秦三婶说着说着，直起腰杆——哎，我这说你呢，倒把自己给也说醒醒了，还啥事也不怕了呢，好好活。秦三婶拢拢头发，起身去锅屋里端了油和面进来。

顺子媳妇问，还炸？

秦三婶笑着说，炸，炸麻花吃。你吃过我炸的麻花吗？最是香甜不过了。

正　午

1

　　退休欢送会结束了，梁鑫在年轻的大夫护士们高声询问吃什么需要帮忙买点什么的喧闹里开始默默地收拾她的衣橱。她把饭盒、洗漱用品和换洗衣裳一一塞进塑料袋子里。最后，她的手指落在一摞白大褂上，长袖的、短袖的，胸前的医院名称线绣的、印刷的。它们都干干净净齐齐整整地待在她的眼前，等待她的发落。都是陪伴过她多年的。按理说，该带它们一起离开，可是带回家又能把它们咋样？让它们像孤苦的被遗忘的人一样蜷缩在角落？还是拿它们当打扫卫生的罩衣？都是不愿意的方式。可是，除了这两种方式，还有其他的吗？总不能在家里孤独一人穿着它吧？就是穿着它，又能咋样？还有病人吗？还有手术吗？还有信任吗？还有快乐吗？……梁鑫抚摸着她的白大褂哆嗦了嘴巴。

　　曾经多少次，她盼望着退休，尤其是儿子小的时候，孩子爸刚走的头几年，她一个人担着儿子的世界，一个人顶着儿了的天，顶着妇产科重大手术组的工作——从手术台转到灶台，从科室转到超市，从工作报告转到儿子的检讨，从手术缝合线转到毛线……电动陀螺一样转着，转到深夜，才敢关了开关，四肢酸软疲乏无力地倒在床上——不管是卧室里的床还是值班室的床，她都禁不住对自己感叹——什么时候能退休啊？

　　真的退休了，才发觉它不再是年轻时羡慕渴望的事情了。它不再是轻松清闲的代名词。它只是一场终结。一场疼痛。是一个人自小发奋努力积累的知识和经验被有效利用的终结。一场证明你生命不再年轻旺盛的终结。一场几十年生活轨迹的终结。一场在人群中把生命散长成和无数人息息相关的角色的终结。是被挖根的疼痛。被移栽到角落的疼痛。被割断丝丝缕缕枝枝叶叶的疼痛。梁鑫痛得连眉毛眼睛手指都跟着嘴巴哆嗦了，连她为了退休欢送会新染的黑色短发也哆嗦了。它们用哆嗦的姿势演示着一个五十五岁女人的一场大终结。

在门把发出吱吱扭扭的动静时，梁鑫对她的白大褂做出了另一种处理决定——把它们继续留在衣橱里。它们干净整洁，每一次的清洗都是先经了洗衣粉再经肥皂最后经了消毒液的，它们应该会被一个或几个身材和她相当的大夫或实习生穿在身上吧。梁鑫习惯地锁上衣橱门，回头看见她的接班人新任妇产科主任赵梅站在门口。赵梅看见梁鑫哭了，赶紧轻轻地把门关上，隔着五六米就伸出了手臂，抱住正在经受一场终结和疼痛的梁鑫，泣不成声："舍不得你走。"梁鑫控制了自己的情绪，拍着赵梅的背说："不许这样，不就是个退休嘛，又不是见不着了。好了好了，你看你刚才当着全科人的面把我夸得跟烈士一样高尚，让我脸红。"赵梅鼻涕眼泪地笑起来："什么呀，怎么跟烈士扯一块了，我就是实事求是地总结您的工作和为人，也借此教育一下那些年轻人，告诉他们像您这样才算个好大夫，也让他们知道成为好大夫的人，在离场的时候会得到怎样的尊重和评价。"

"哪有你说得那么好，我做过的那些缺德事别人不知道你可是知道的呀，就说那个中午吧。"梁鑫的目光看向窗子。窗子还是二十年前的窗子。二十年前的那个中午，妇产科所有的窗子为了迎接医院评级而经过了修整，叶绿色的油漆和姜黄色的玻璃腻子一起用浓烈的气味宣示着它们的存在，使得她一进妇产科就顺着气味发现了科里的变化。

"您这人是不是有自虐情结啊？那怎么能算是我们的错呢？要错也只能是病人的错，她错在不该违反政策；她若没错那就是国家的错，不该制定那样的法律；国家若没错，那就是地球的错，它不该长那么小，它要是大出几倍来，那政策就不会有，那个中午就不会存在，对不对？不许您再提了，退休了就该把所有和工作相关的事都忘个一干二净，调养好身体等着当奶奶。"赵梅毫不犹豫地把梁鑫的回忆以宽解的方式打断了，她不愿意看她再次陷入二十年前的那个中午里，因为那个中午不单是梁鑫的也是她赵梅的。那样的中午那样的上午那样的下午那样的晚上，本来是她们工作的一部分，要是都像梁鑫一样动不动就翻出来晾晒，动不动就与德行灵魂挂上钩，那她们——大多数的基层医院妇产科大夫不都得活成神经病嘛。"伟伟那女朋友咋样了？他结婚的时候早告诉我，我好帮着你忙活忙活。"赵梅把话题转到梁鑫儿子身上。

"唉，肯定还是藕断丝连的，当着我的面不再提了，晚上也不出去了，可我知道他们没断利索。能断得了吗？两个人一个单位，低头不见抬头见的。"梁鑫眼前浮现出儿子一大早接电话时的样子，那是一个让她又爱怜又恼火的样子——睡眼惺忪地笑着，手挠着头皮，嘴里重复地"嗯嗯"着，偶尔地用眼角扫扫餐桌旁的母亲。目光和母亲相接的时候，他的惺忪就惊觉地退去一层，他的快乐和愉悦就在他清亮了一些的脸上打个趔趄。"吃饭了，吃饭了。"梁鑫不耐烦地催促着，她已经猜到是那个女孩子打来的，但又不好发火。"妈催我吃饭了，拜拜。"梁鑫盯着儿子洗刷的背影，琢磨着那个没有定语的称呼——妈，而不是"我妈"，那就是默许电话另一端的人和他共有这个妈。"不行！门儿都没有！"梁鑫在心里对儿子和让儿子惺忪快乐的女孩子说。"我叫你起床都叫了二十多年了也没换你个笑脸出来，每天早晨你都冤屈得跟地主家的长工似的，怎么人家把你搅和醒了你就乐得屁颠屁颠的？"梁鑫禁不住醋醋地多说了两句，这可是近期少有的表现。王梁伟满嘴泡沫地扭头看看她，眼珠子活泼泼地扭了扭，然后快速地嚓嚓几下，潦草地对付了几下他的门牙，用一大口水把嘴里的泡沫以喷射的形态清理出来。"那牙不是自己的啊？这么糊弄。"梁鑫禁不住又多说了一句。王梁伟再重复一次喷射，对着镜子龇着牙说："放心吧，你儿子的牙天生丽质着呢。"这样的对话已经接近往常了。母子俩都感觉到了，都在心里松了口气。

为了那个女孩子梁鑫已经和儿子冷战了三个月。她总盼望着自己冷冰冰的苦、冷冰冰的痛能促使儿子冷静思考他那荒唐的爱情。如果那仅仅是荒唐的爱情，梁鑫也不会火急攻心地和儿子吵翻，严重的是她儿子要把他的荒唐进行到底——他带回了女孩子，跟一直反对的母亲要祝福——婚姻的祝福！梁鑫彻底崩溃了："除非我死了！我死了也不会让你俩给我装殓！

我宁愿抛尸野外也不稀罕那份便宜！"梁鑫看见女孩子的脸在她的鄙视里变得紫红，咬着牙跟着她一起哆嗦。片刻后，等女孩子把眼里的一汪水哆嗦出眼眶颤巍巍成行时，起身跑走了。她儿子的脸则是白的，像小时候拿着不及格的试卷站在她面前时一样惨白。只是那时的惨白是用恐惧打底，警觉而讨好地看着母亲，只要母亲的脸色稍一缓和就警报解除就平安无事就阳光灿烂。现在的惨白却是用愤怒屈辱压榨出来的，是让胳膊和拳头都充满了压抑的力量的，让牙齿嘚嘚碰撞的，是需要大打出手的，是需要一番砍杀才能平息的。这砍杀却只能在胸腔里进行。只能在胸腔里进行。在母子二人的胸腔里同时进行。这样同步的愤怒砍杀曾经有过一次了，那是十三年前面对着酒后驾车把他俩都深爱的人撞死的凶手在法庭上一副无所谓的嘴脸时产生的。那时，她紧紧地拥抱着儿子，用自己的愤怒保护着他幼小的愤怒；那时，她将自己肝肠寸断的疼痛做成罩子护着儿子初生牛犊的愤怒和屈辱；那时，她和儿子那么近，近到两颗心都能感受到对方的震颤。十三年后。十三年后，梁鑫在儿子惨白色的愤怒和屈辱里，首先瘫软下去——十三年的劳累委屈隐忍和失望一起裹挟了她，让她跌入一个湍急的漩涡，呜呜咽咽地求救——向着她已经远离了十三年的丈夫："儿子恨上我了，儿子竟然恨上我了，你说怎么办啊？我一个人熬了十三年了，我累了，累了……"王梁伟的愤怒和屈辱被母亲的呜咽浇灭了，他从没见母亲这么无助衰老过，他松弛了的胳膊和手指微颤着酸麻，他用它们朝母亲移过去，在快挨近的时候才尴尬地悬停下来——他表达不了亲近也无法原谅母亲刚才的行为。他本想让母亲在女友的清纯乖巧感召下消除敌意，本想让母亲因生米煮成熟饭的理由妥协下去。

"这种事急不得，年轻人都是这样，你越反对，他们就越来劲儿，你就惺着他们，反正伟伟是男孩，也不怕耽搁三年两载的，时间一长新鲜劲没了，自然就能听进长辈的意见了。"赵梅对梁鑫说："别逼紧了，万一出点小岔子，你还不心疼死呀"。梁鑫说："你说得对，我这几个月虽不拿正眼瞅他，可哪顿饭他少吃一口我这心里都揪着。"

2

王梁伟看了看楼头垃圾桶旁边的纸箱子，不由得皱起眉头。纸箱子是他昨晚七点放在那里的，里面还有一大摞报纸，按说早该被怪爷爷捡走了。"怎么还在这里呢？"他嘀咕着，把纸箱子往垃圾桶后面踢了踢，走两步回头看看又觉不保险，就把纸箱子抱到斜对面小卖店门口放下，买了两盒傅小雪爱吃的饼干，对店老板李忠说："李叔，放你门口个纸箱子，看见怪爷爷的时候，麻烦您帮我扔垃圾桶那里。"李叔说："你怪爷爷可是有几天没来了。""几天没来了？！"王梁伟问。李忠抬眼看看王梁伟说："上班？""上班去，李叔你说怪爷爷不会是病了吧？"李忠咂巴一下嘴说："还真说不准，那么大年纪了，过那样的日子，这样吧，我批货的时候，拐到三里庄那里帮你看一眼，等你下班回来告诉你。""那谢谢您了！""谢啥，这小区里就你最照顾李叔的生意。"

在这个小区长期生活的人都知道怪爷爷的脾气——给的东西死活不要，要就给钱——从破旧的塑料袋里给你数蜷蜷曲曲的毛票。慢慢地，人们就摸上了他的脾气，打算帮他的人就把废品扔垃圾桶边上。

怪爷爷是王梁伟在二十年前向母亲描述被救经过时给老人起的称呼——怪爷爷。那个罗锅着腰沉默不语的黑瘦的爷爷，那个曾屡屡被母亲拿来吓唬他的人——再不听话不好好学认字就把你送给那个专门捡垃圾卖小孩的罗锅腰！

那时，王梁伟最常做的梦就是——被捡垃圾的罗锅腰死死地攥住手腕子，拉着走，无论他怎么哀求怎么呼喊都没人救他……那个让幼小的王梁伟在黑夜里在梦中备受折磨的人，那个让他在白天隔老远就躲避的人，却在他五岁的寒夜里，在他人生的第一场绝望中拯救了他。那时，小小的他真正地感受到了绝望——在越来越黑的夜晚，在魔鬼一样吼叫的寒风把他嘶哑无力的哭喊一次次吹散的时候，在他意识到妈妈讲过的死就要来了——再也看不见爸妈了，只能一动也动不了地被虫子把浑身的肉咬干净、只剩下骨头，像妈妈医院里的标本一模一样的骨头……就在他觉得虫子已经开始咬他的时候，他突然听见了救星的声音："谁家的孩儿在嚷？在哪儿？再应一声！应一声啊，让我听准你在哪儿？"

王梁伟到班组点完卯就到遗容整理科给傅小雪送饼干。傅小雪已经穿上了叶绿色的工作服，戴好了手套口罩准备工作了，看他人魂分离的样子就怯怯地问："是不是早晨那电话惹着你妈了？"王梁伟拢拢精神说："没，我妈又不知道是你打的，她倒是开始理我了。""那你怎么神不守舍的？""我们小区里小卖店的李叔说好几天没看见怪爷爷了，我担心呢。"傅小雪拿胳膊肘捣捣他说："别担心了，只要我没看见他，就证明怪爷爷没事。"一句话说得王梁伟云开雾散，他笑笑说："那我上班去了。"

3

梁鑫在主任值班室挨到了下午上班的时间，把自己在这个医院的经历回想了个遍——分配报到、转科、定岗、从实习医生到医师到主治医师到副主任医师到主任医师再到科主任，她可谓一步一个脚印，步步都没有出错，大大小小的手术经了上万台，一次差错都没有，这于一个外科大夫来说该是骄傲的。男孩女孩经了她手来到人间的也有万余了，都……哦，除了那个孩子……那个孩子，那个生命力顽强的孩子，没有人知道这些年来他给她的心理折磨……赵梅说得对，退休了，就什么都不要想了！或许不再看见这些窗子，远离那间手术室就能忘了那个中午。

和赵梅说好了不要送——她受不了任何形式的刺激。"你们都照常上班，就像平时一样，权当我下中午班。"梁鑫提着从值班室更衣橱里清理出的东西，悄悄地穿过妇产科长长的夹杂着婴儿稚嫩啼哭和孕妇阵痛呻吟的走廊，她特别想走得像平时一样。可当她踏出值班室的门时，她觉得自己的两只脚都是肿的，踩出的每一步都疼，从脚心疼到胸膛里，疼到鼻子和眼里。她懂自己的疼痛。结束的疼痛。告别的疼痛。一步一个句号。一步一声告别。向她曾经的努力。她曾经的酸甜苦辣。她曾经的骄傲和辉煌。她曾经的一去不复返的岁月。

走到小区楼头的时候，梁鑫突然意识到那些一去不复返的岁月竟然都在她的嘴边拥挤着，像渴望出去玩的孩子，往门口挣着，抢着。她意识到自己强烈的讲述愿望的时候，意识到了自己的孤独——讲给谁听？她看着自己家的窗户胆怯了，叹息着坐下去。像她平日里急匆匆上班途中或下班的疲劳里望见的老太太一样——坐在台阶上。原来她们并不是单纯地喜欢扎堆扯舌头，她们也和她一样害怕孤独，渴望诉说。诉说那些只有诉说着才属于自己的曾经岁月。暑天大中午的太阳里，孤独的老太太们都缩在自己孤独的房间里，没有人来和梁鑫扯开话头儿，没有一声问候能帮她牵拽出自己的过往。她汗水淋漓地坐着，第一次认真地看她生活了近二十年的环境，看楼顶的形状，看花草树木的种类，看小卖店的招牌。那个招牌的旁边竟然有一个葡萄糖注射液的箱子，不用近看她就知道它是盛500毫升5%葡萄糖的，因为上面的字是红色的，10%的是绿色的，五六年了，一直都是这样的。她知道那个箱子可能就是昨晚儿子扔掉的那个，只是它应该被怪爷爷和那个孩子捡走了。想到这里，梁鑫才想起有段时间没听见那刺耳的铁轮声了。那被安装在一张桌面大小的木板上，常年驮着那个孩子和废品的轮子发出的声音——六个直径不足十厘米的小铁轮步调不一地在水泥地上快速转动碾压的声音，响亮，刺耳，又被地面反射、回荡、繁衍，进到常人耳朵里就不仅仅是六个轮子的动静，而是成片的成阵的动静。进到梁鑫的耳朵里，已是成面的。一面声音的墙——朝着梁鑫倒塌的墙；一面声音的网——朝着她铺天而降的网。捕捉她。包绕她。挤压她。让她烦闷。憋闷。郁闷。呼吸不畅。血流黏滞。她注意过那六个轮子的颜色，和手术刀一样，银亮的，也和手术刀一样能在人心上划出血口子，划出疼痛和怜悯。在很多善良的女人心上——她曾看见过很多次——那些当了母亲和奶奶的女人，在怪爷爷捡拾垃圾的时候对着孩子指指点点，给他擦常年不息的口水，把孩子举高了看孩子下垂斜视的眼睛，将着孩子枯瘦蜷缩的手脚哀叹怜惜，把自家孩子替换下来的衣服费力地穿在孩子的身上……这样的时候，那个孩子就是张贴在众目睽睽之下的捉凶布告——让她匆匆低头而过。

4

梁鑫只近距离地接触过一次那个孩子。那是在二十年前的冬夜，在儿子失而复得的惊喜中。那时，已是晚上十点左右的时间，她踏着在白天的阳光里融化、被踩污又被夜晚冷冻成冰碴的雪泥，走向家门——她的身心已经破碎、冰冷、灰暗得如脚下的冰碴了，所有的力气、热量和希望都在呼唤和奔跑中散尽了。她回来只是机械地遵照好心人的叮嘱——家里要有人在，万一孩子被好心人送回去呢？她能做的就是抓着这个缥缈的万一，踉跄着哭求："苍天保佑啊！苍天保佑我的孩子平安回家！求您把我孩子命中的一切灾难都替换到我身上……"在她家的屋檐下，她的手电照见了苍老陌生、头发板结的流浪汉。他坐在地上，歪着头打盹，肮脏破旧的棉大衣在手电的照射下散出废铁的光芒。她看着他，想到这可能就是儿子未来的样子，顿觉肝肠寸断，哽咽不已。男人醒来，有些愣怔地看看她，揭开了棉大衣——她的丢失了六个小时的儿子趴在那里熟睡着！

她浑身酸软地跪下去！

跪向那个以流浪汉的形象帮助她的苍天！

跪向那个送还儿子的神！

跪向自己的天——那个失而复得的、欢喜起来搂在怀里心肝宝贝、气恼起来恨不得揍得扁扁的孩子！他竟然撑着她的天！没有他，她的天就塌得一干二净，压得她像濒死的人喘息挣扎……骤然，她通畅淋漓地号啕起来，通畅淋漓地往她的天的屁股上摔着巴掌，通畅淋漓地呵斥、责备、欣喜、激动！

不知啥时邻居已帮她打开了家门，拉开了电灯。灯光照出了一片长方形的光亮，把男人的粗糙邋遢破败脏乱呈现出来。她的情绪开始从高位回落，她听见男人说："他掉三里庄南边的地窖子里了。"这时，她才发现他的怀里还有一个孩子，一个小小的孩子，用布兜在胸前，发着病猫一样的哭啼。她职业性地把手伸向孩子。男人拨开她的手，掩上棉大衣，站起来，罗锅着腰身，用皲裂了的黑手指轻轻地隔衣拍打着，转身而去。走出她家电灯照射的光亮，走向她几分钟前曾万念俱灰跟跄而过的黑暗小道。她认出他就是经常在医院门口捡垃圾的那个流浪汉。她想起她还没来得向他道谢，她追上去说："谢谢您救了我儿子，改天我一定登门拜谢。"男人闷闷地说："用不着。"男人还咕哝了一句话，被迎面吹来的风刮散了，梁鑫没有听清楚。

深夜和丈夫谈这惊喜的一幕时，她发现一时找不到合适的称谓来称呼恩人。她说："他要走的时候我才认出他来，就是常在这周围捡垃圾的那个。"丈夫问："哪一个？"她想说就是那个锅腰子，又觉得此时拿了残疾当称谓是极不尊重的，就说："常用来吓唬儿子的那个。""哦，他呀！"丈夫和她一样不敢也不忍再说那不敬的称号。"我要跟着你们去看怪爷爷，我不害怕怪爷爷了。"迷迷瞪瞪的儿子沙哑着小嗓子说。她重复着儿子发明的称谓："怪爷爷。"

"我要去和怪爷爷家的小弟弟玩，他叫结实，怪爷爷说小弟弟长得不结实，叫叫就结实了。"

"哦？怪爷爷还说啥了？"

"我不让怪爷爷领着，因为妈妈说怪爷爷是卖小孩的坏人。怪爷爷说，他不卖小孩，他捡小孩，捡了送回家，结实就是怪爷爷捡的，但怪爷爷找不到结实的家，妈妈，你知道吗，怪爷爷说，结实就是在妈妈医院门口的垃圾箱里捡的呢！妈妈，你们医院为什么把小朋友扔到垃圾箱里啊？怪爷爷说，是缺德的人干的。妈妈，什么是缺德啊？"

如同一把锥子从背后扎过来，梁鑫一下又疼又惊地坐直了身子。那个中午，那个她以为已经混迹到所有中午里的被模糊遗忘的中午鲜鲜活活地跳跃出来——那个传言——被卫生员小唐连同垃圾一起倒进垃圾箱的孩子被捡垃圾的捡走了——竟然是真的！！！天啊，竟然是真的！那个孩子竟然活了下来！这怎么可能？！一个脑子里被注射了二十毫升无水乙醇的新生儿竟然能活下来？！

她的心抖起来。她听见了那句被寒风吹散的话——少干点缺德事就行了！

一定是这样的话，一定是，他一定知道他的孩子是她给残害的！她抖着声音问迷迷瞪瞪的儿子："你告诉怪爷爷妈妈是医院里的了？"儿子说："对呀，我告诉怪爷爷我妈妈是医院妇产科本领最大的大夫。"

第二天，梁鑫没有兑现亲自登门拜谢的诺言，她买了一箱酒两兜子奶粉让丈夫和儿子去表示感谢。她害怕见到那个孩子，害怕见到抚养着那个孩子的人。她越想越觉得头天晚上怪爷爷嘴里闷闷的"不用了"不是一般的客套，而是推辞，甚或是一种鄙视的宣言——我不稀罕你们这种人的感谢。丈夫的自行车最终前面坐着儿子后面驮着东西回来了，她看见后心脏突突地跳起来，怯声问丈夫："不肯收吗？"丈夫说："没找到，问了很多人，没人能说清楚住哪，有说住天桥底的，有说住三里庄的，还有说住废品收购站的，都找了，没找到。"她松口气说："那就改天遇到再谢吧。"

一周后，她再次看见了怪爷爷。他依旧穿着那件破烂大衣，头上用一个枣红色的女式脖套捂着耳朵，板结的头发像不规整的瓦片一样支棱着。他弯着本来就弯了的腰认真地扒拉着垃圾箱，她朝他走了两步，想到他弯曲的腰身下悬挂着那个孩子，想到此情此景此招此式正是半年前他发现那个孩子的翻版，她止住脚步转回身，逃一样离去。这之后的半年内，有一次她和儿子一起遇见了怪爷爷。她匆匆塞了一百元钱让儿子去给怪爷爷，她则走到不远处用眼角看着。她瞥见他用肮脏不堪的黑手指抚摸了儿子的头和脸蛋，瞥见儿子把钱塞到他手里，他又塞进儿子的口袋里。回家后，她命令儿子坐着———一动不许动！她烧了热水，扎扎实实地把儿子的头和脸蛋用香皂揉搓了三遍。揉搓完后，心里轻松地想道："这样也好，省得熟络了跟粘眼珠子上一样折磨人。"从此，她打消了道谢的念头，只有她的儿子在执拗地坚持着孩童的亲近———他攒家里的废品："这是我送给我怪爷爷和结实弟弟的礼物，你们谁也不许动。"

5

今天的第一场送别是一个和王梁伟同龄的小伙子，庄永峰，车祸，大半个脸血肉模糊，是傅小雪花了整整二十个小时才基本恢复了他的模样。照片上的他是英俊的，飒爽的，眉眼间透着一股乐天的豪迈。棺中，他西服革履地睡着。他的父亲他的爷爷奶奶和他新婚不久的妻，被人架扶着，呜呜咽咽地低泣，因为他的母亲瞪大了眼睛看管着他们："谁也不许惊着我儿，别打扰他睡觉，你们都忘了他最烦睡觉的时候别人吵他吗！"

王梁伟和他的五个同事肃穆地分立在棺的两侧，他们都是和他一样的个头一样的英俊挺拔，他们的身姿和动作都像童话故事里守护国王的侍卫。他们的工作就是陪在逝者的身旁，像守护国王一样守护着逝者在人世间的最后一场睡眠，守护他以睡眠的形式向亲人向世界所做的告别。然后，他们轻轻地帮他合上透明的棺，轻轻地把他抬起，轻轻地移，慢慢地走，让人世的天看他最后一眼，让他最后沐浴在爹娘疼惜娇宠的目光里，让他最后牵拽着恩爱欢情的妻走一程……他们把脚下的每一步都整齐划一地高抬轻落，让他在世间波折一生伤残病痛的躯体不再受一点颠簸，让他的至亲体会到世人对他的尊敬和呵护，让他平凡普通的生命像王一样庄严而肃美地走向去往永恒的门。

这份工作是王梁伟自己主动上门争取来的，送别仪仗队是王梁伟组建起来的，一切都是因了和傅小雪的邂逅。那是在两年前王梁伟大学毕业后应聘回家的路上。那个傍晚，本没什么特别的，依旧是夏季灰蒙蒙闷热的时分，没有风，天地间仿似凝成了一锅浅灰的馊米粥。王梁伟觉得自己像把勺子一样在馊米粥里划动着。不，应该是每个人都这样划动着。他们从他的身边划过，把馊米粥的闷热和他们身上的汗酸腋臭口腐气搅和成漫散浓稠的微浪荡出去。王梁伟用苦等一下午的回报（真是对不起，我们经理今天回不来了，您先拿份公司简介回去看看吧）——花花绿绿的硬得能切豆腐的纸张使劲扇着风，朝公交站牌走去。就在距离站牌七八十米的老柳树后面，一个女子尖利的急赤白赖的声音让一锅馊米粥冒出了沸腾的激扬的泡泡——死是可耻的吗？！是可耻的吗？！我就问死是不是可耻的？！不是，不是可耻的，那我的工作怎么就可耻了？！不可耻，不可耻怎么就丢你们的脸了？！真是岂有此理！

真是岂有此理！

岂有此理！！

岂有此理！！！

傅小雪扣掉电话，双手挥舞着，拨拉着，一下比一下幅度大，像焦急奔跑的孩子突然被错综的枝条挡住了去路。待她抬头，她的质问气恼和圆睁的眼睛就正对了探头窥视的王梁伟。"有什么好看的？！看看看，看什么看！"傅小雪顿时变成了一只蛮横的红棕色斗鸡，冲着王梁伟伸着脖子抖着毛发啄上来。

王梁伟慌慌地摆动双手："别误会，别误会，我只是觉得您刚才的问题问得特别好，才忍不住要看看是哪个了不起的哲学家在讲话。"

傅小雪扑哧一下散尽了她脖子里、眼里的气恼和蛮横，撇嘴一笑，指着自己说："专门祀奉死亡的哲学家傅小雪。"王梁伟伸出手说："崇拜哲学家的王梁伟。"傅小雪说："我们不跟人握手的，应该说是人家都不愿跟我们这种人握手的。"王梁伟拉起她的手摇晃两下，松开说："那是因为他们不懂得死是什么。"

王梁伟是懂得的，从十二岁就懂得了。傅小雪盯着王梁伟的眼睛，琢磨着他话里的意思。没有去过她工作之地的人是无法真正理解它的。她是见惯了的。深深了解了的。她伸出手，抓起他的手说："交个朋友吧，有人说朋友是我们自己找到的亲人。"

两个人都想绕开死——这个最不适宜用来做初次聊天的话题，他们认真地绕着——天气，温室效应，空气质量，PM2.5，面前的河水，他们小时候这个城市的样子……报纸上刊登的距离他俩两个街口的凶杀，他们身后不远处小吃摊散来的劣质油的气味……他们俩东一榔头西一棒子地聊着，竟发现每一榔头每一棒子都蹭着死亡的边角，都戳着生命的痛处。既然绕不开，就干脆谈吧。

"你的工作具体是干什么的？"王梁伟问。

"遗体整容师。"

"专业就是学这个的吗？"

"专业是化妆，我喜欢给人化妆，在人们的脸上呈现已经逝去的青春或还未到来的衰老，多神奇呀，多有成就感啊，我幻想着成为著名的化妆师，给巨星大腕化妆……等毕业后找工作四处碰壁了才知道理想和现实差着十万八千里，最后就凑合着到殡仪馆先干着，毕竟也是化妆嘛，不至于在实现目标前丢了业务。等干了这个活，干久了，我发现自己是真正喜欢这个职业了——当我面对逝者的面孔，轻轻地为他们擦拭掉一生的痛苦、疲惫和尘缘，让他们重新焕发本来曾属于他们的美时，尤其是他们的家人因此而向我表示感谢的时候，我就特别快乐。但我爸妈不同意我干这个，一开始他们不知道，现在知道了就联合了七大姑八大姨来轰炸我。他们认为我的一生都会因为这个工作打折扣——比如找对象吧，本来能找个公务员的，干这个最多找个给公务员当服务员的。我妈一见面就瞅着我的手嘟囔——一双天天摆弄死人的手，哪个男人乐意让你碰啊……哎呀，我脑子都快被他们折磨成马蜂窝了。"

"或许让他们看看你的工作，看见别人对你的认可和感谢就会改变你爸妈的想法呢，你们的工作让外人看吗？"

"让他们改变？除非太阳从北边升起来。你想看吗？"

"嗯……我……"

"推荐你看个电影吧，《入殓师》，我自己看了好多遍。"

王梁伟没有想到《入殓师》把他再次带到了傅小雪的面前："帮忙把我介绍给你们领导吧，我想到这里来工作。""为什么呀？"傅小雪瞪起的眼睛还是第一面时的样子，只是那脖子是缩的，像被人从后脖颈处揪住了。"为了和你一样，温柔而敬畏地对待生命。"王梁伟嘴上说。王梁伟的心里说："为了更多的人不再像我爸那样吧。"傅小雪不会知道、梁鑫也不会知道王梁伟是哭着看《入殓师》的，是和他的老爸一起看的，和他分别了十一年的老爸。

最后一面的老爸一直是王梁伟不敢回想而又最清晰难忘的——老爸的脸被描画得像唱戏的人，面粉一样青白的脸，猩红的嘴唇和胭脂红的面颊——那不再是他幽默慈爱的老爸——那只是个陌生的反串演员。他不转眼珠地盯着那个可笑的、一眼就认出他是个男人而他却非要女里女气的人，直到别人来拉他走时，他看见了老爸右手背上的血迹，未被完全罩住的血衣，那被撞断的右臂——只是被应付性地塞到了袖子里，它长出袖子一大截……他才想起那应该是他的老爸。老爸被挪到一辆带小轮子的车上，叔叔和大爷推着老爸去焚烧间，四个小轮子疼痛似的吱扭着，老爸露在袖外的那截胳膊颤巍着，老爸的头颤巍着——好像在跟大家摇头辩解——不该是这样的，不该是这样的。十二岁的他还不能体会一个失去儿子的母亲的悲痛，当奶奶看似冷静地向他询问老爸最后的情景时，他如实地说了。没想到，奶奶听后竟哭得背过气去——儿呀，儿呀，你怎么能不像你了呀，你让娘以后怎么找你啊，娘怎么才能认出你来啊……从奶奶一次次的哭死里，王梁伟隐约觉得死对于奶奶来说并不是最可怕的——她认为所有的亲人都能在另一个世界里再聚到一起；可怕的是人死得不像自己——亲人找不到了，认不出了。

当庄永峰的悼念仪式结束时，王梁伟和他的同事们在他低沉的口令下缓慢地抬棺上肩。呜咽突然挣断了约束，如洪撞开了闸，发出凄厉澎湃的嚎哭。这样的时刻，王梁伟都会一遍遍在心里对肩上的人说："请记住这些声音，到时候即使亲人的容颜变了，凭着声音也能彼此寻见。"那个母亲挣脱两边人的拖拽朝王梁伟扑上来，王梁伟下意识地抓紧棺木的底边，防止在她的摇晃中掉落。在众人的拖拽和哭喊中，那个母亲费力地把嘴凑到王梁伟的耳边叮咛："小伙子轻点儿啊，我儿烦睡觉的时候别人闹他。"

世间的事情就是这样怪，有时候他们一天送走的人都是寿终正寝的，有时候送走的又都是违逆了生死常规的。比如，这个中午。第二场送别是一个外地来此游玩的三十七岁的男子，在睡梦中突发心梗。总共十一二人的送葬队伍。他十岁左右的儿子被母亲的悲痛和绝望吓坏了——那个母亲一次次疯狂地撞向棺木，歇斯底里地质问无法给她回答的丈夫："你让我和儿子怎么活下去啊？！你让我和儿子怎么活下去？！"男孩先是随着其他的亲属去扯拉母亲，后来就默默地蹲缩到人们身后的花圈下。

王梁伟的喉头骤然间被一股疼痛顶住了，他伸伸脖子，扯了扯领带。他的同伴诧异地用眼角扫着他——雷打不动可是他定的规矩。他的目光无法从孩子的脸上移开，他懂孩子只能以蹲缩来呈现来承受的恐惧、痛苦、无措和梦幻。这将是他往后日子里反复噩梦的母本——伸手不见五指的夜里，独自漂在海上，没有稳靠的物体可以抓扶，看不见任何人，但能清楚地听见亲人的哭泣在四周的水里荡漾，母亲绝望的呼喊和质问掀起巨大的浪头哐哐地落下去，跳起来。黑暗浩荡。绝望浩荡。恐惧浩荡。悲痛浩荡。天地间一片浩浩荡荡。几欲吞噬他的浩荡啊，最后总会让他浑身透湿地醒在深夜的床上，用枕巾胡乱地擦拭着他变形的稚嫩岁月……王梁伟怕这个梦、深陷这个梦达五年之久。此刻，他怕那个蹲缩在花圈下蹲缩在浩浩荡荡的悲痛和无措里的男孩重复他的梦。他朝着他走去，擦过痛苦的人群，用男孩的姿势蹲缩下去——他捧住男孩的脸告诉他："妈妈是一时不能接受这个现实才这样的，她会好起来的，没有老爸的日子虽然会很辛苦会少很多乐趣，但并不可怕，你看我，我就是在和你差不多大的时候没了老爸的，我和妈妈一起撑过来了，你看我是不是也长得又壮又帅！"男孩先是怔怔地看着他，片刻之后使劲地点起头来。王梁伟拍拍他的面颊说："起来，咱们男子汉要比妈妈坚强，去照顾妈妈好吗？"

以往，傅小雪和王梁伟在下班后都绝口不谈工作，他们俩常常是一人一个耳塞，往嘴里塞着饼干（根据当地的风俗——葬礼只在上午十点到下午三点之间举行，所以他们几乎没有正常午餐的钟点，大都在下班后吃点饼干充饥，待到晚饭才正餐一顿），用眼神随音乐起伏舞蹈。在一人听一人看的时候，看的人从对方的眼神里已懂得曲子是哪一首，行进到了哪一段落。在傅小雪的教唆下，王梁伟已用她发明的方法吃饼干——头三块要干净利落地进肚充饥，从第四块开始就要把饼干掰成小块，先粘到上牙堂，然后用舌头蘸着唾沫一点一点地泡软，再一点一点地挠下来。傅小雪说："这样吃饼干才更有生命的质感，舌头活着，味觉活着，饼干也活着。"

今天不同。傅小雪一而再地把饼干塞到左边的牙床上，咬出喳喳的声响："太可惜了，那么帅，他爸握着我的手都哭了，一个劲地谢我让他恢复了模样，说不敢想他如果还是车祸时那样子今天这送别会是啥样。"王梁伟朝她竖起拇指晃晃，用舌尖挠着上牙堂上的饼干在心里对傅小雪说："我今天也安慰了一个男孩，但愿他能记得我对他说的话，能身心健康地长大。"

6

李忠慌慌地把三轮车停在店门口，开了门摸起电话，挠挠头又放下。该打给谁呢？民政局？殡仪馆？王梁伟？他扯了毛巾擦擦脖子，对着电话摇摇头，又跑出来往店里搬货。待三轮车空出来后，他重新锁了店门，骑上三轮打算去医院找梁鑫。找梁鑫好像也不是太合适，但不能管合不合适了，毕竟是王梁伟让他去打探他怪爷爷情况的。蹬了几下，却意外地发现坐在斜对面台阶上的人就是梁鑫。

"梁主任？怎么会是你？我正打算找你呢！你儿子今天早晨让我帮忙去看看他怪爷爷，这不，我批完货后就拐弯去了，你猜怎么着？死了！"

"什么？！你说什么？！"梁鑫像个往外渗浆的口袋被从天而降的一股力量提溜起来。

"梁主任，你说咋办？快为难死我了，你说我要是直接告诉你家伟伟吧，又怕这事就这么推给他了，不告诉他吧又是他让我去看的。我刚才去了三里庄居委会，可人家说怪爷爷是哪里人根本不清楚，没法管，让我想辙儿。你说，咱们充其量就是平日里可怜他，到头来总不能给他当孝子贤孙送葬呀。梁主任，你说咋办？找他的亲属？你知道他是哪里人吧？"

"先看看去，先看看去！"梁鑫说着掏出手机打电话给医院急救科。李忠把她的塑料袋子放到三轮车里说："梁主任你上来坐好，我拉你过去，能快些。"三轮车慌慌张张地躲闪着行人，穿过繁华的街道拐进干净整洁的居民小区，在一栋大楼的阴影里出现了几户散落的老住宅，李忠刹住车指指两间坍塌了西北角的泥坯老房说："到了。"梁鑫随他的指点看看房顶上刺漏着的残木狐疑地问："这里？"李忠说："你快去看看吧，那孩子不懂他爷爷已经死了，还扒嘴给他喂饭呢。"梁鑫的心一阵哆嗦，回头看看来的路说："救护车进不来，麻烦你到路口等等我同事吧。"李忠应声而去，梁鑫定定气息，向那两间破败的小屋走去。

　　踏过那早已朽烂断裂的门槛，梁鑫被一股浓烈的屎尿味顶得屏了呼吸，用面巾纸捂了口鼻才看见怪爷爷侧脸朝下趴在地上，他的腰身看起来比平时倒是舒展了些。梁鑫蹲下身，几只受到惊扰的苍蝇哄地起飞逃离了。已经没有鼻息和脉搏了。已经僵硬了。已经没有救治的可能了。梁鑫一霎间觉得无措而遗憾。她使劲攥攥无回天之力的手，想到该判断一下怪爷爷的死亡原因，伸手想撩起他额上板结的头发看看脸颊上的血迹来源，却看见他未闭严的眼睛似在盯着她，心慌地把手缩回来。垂下目光却看见他的唇间塞满了馒头渣，想起李忠的话——那孩子不懂他爷爷死了，还扒嘴喂饭呢——那个孩子！那个孩子！梁鑫转了头寻找那个孩子。她身后的纸箱板上，一团破被旁边，那个孩子正努力擎着头流着口水用斜向右上方的眼珠哆嗦着看她。梁鑫慌慌地站起身后退两步，孩子的目光够不到她了，他放松了眼珠咕哝说："爷—爷—不—呲—饭—"

　　梁鑫看着地上这残、死的一小一老，仿如两把生锈的斧头剁着她："我这是做的啥孽啊？！对不起，真是对不起啊！"梁鑫从没想到她会以这样的方式给老人和孩子道歉；没想到她的抱歉和痛悔能宵出她重重遮掩了二十年的帐幔，以她浑浊的五十五岁的悲咽和泪水载动着传达。

　　那个孩子努力地朝她爬来，那个贫苦一生伛偻着死去的老人在她的泪光里蠕动起来，活起来。梁鑫倒退着对他们说："对不起，对不起。"残损的门槛卡住了梁鑫的脚后跟，正走到她身后的李忠急忙扶住她侧走两步，给抬着担架的急救人员让出路说："梁主任，别难过了，你和伟伟对他们已经够好了，咱们小区里人人都夸你娘俩呢，二十年前的一点恩情，一直挂心里，平日里伟伟也是见着他怪爷爷和结实，净给他们塞吃的喝的，我见过好多次的，已经很难得了。"梁鑫低下眼，不敢接李忠的赞美，只得遮掩说："哪是一点呀，救命之恩呢。"李忠继续安慰说："不就是把掉菜窖子的孩子送回家了嘛，要说救命，你才是很多人的救星啊，前些天我老伴赶五里堡集，一个卖鸡蛋的还打听你呢，说她儿媳妇生孩子大出血，要不是你医术高明，一家人早哗啦了。"急救科庞大夫走过来打断了李忠的话朝梁鑫摇着头说："梁主任，没必要拉医院了，我们回去了。"他看看梁鑫的红眼睛问："你家亲戚？"李忠抢先代她回答："啥也不是，就二十年前你们梁主任的儿子走丢了老头帮忙给送回来了。"庞大夫说："这呀，还是联系家属吧。"

李忠和梁鑫一起进到屋子里翻找，希望能找到他的身份证或能提供他户籍亲属的东西。翻了半天，只在孩子身下的纸箱缝里找到了一个塑料袋，里面是一摞参差不齐的纸币，李忠数了数说："二百七，这够干啥的？最便宜的骨灰盒也买不起。梁主任，你说下一步咋着？"梁鑫想想说："我给我儿子打电话吧，他，他一个同学在殡仪馆工作，嗯，要不你就忙去吧。"李忠说："哪能呢，我陪着你，看你家伟伟面子上，我也得给他怪爷爷帮个人场。你说，嗯，你说，要不要给老头弄件送老的衣裳？"一句话提醒了梁鑫："要，要，去哪买呢？"李忠说："前头街上卖花圈的那里就有，我拉你去。"梁鑫摸出钱包拿了钱递给李忠说："我身上就这七百，不够你先帮忙给垫上，回头我还你。我还是在这儿等着吧，红鼻子红眼的出去让人笑话。"李忠说："也是，熟人遇见了，免不了问三问四的。"

7

王梁伟和傅小雪在三里庄的大街口遇见了李忠和花圈店的张老板。李忠看王梁伟眼红红的，安慰他说："你和你妈对你怪爷爷已经够好了，你妈刚才都哭了，你就别招惹她了。"王梁伟点着头，眼泪又流下来。李忠问："你打算怎么办？你妈说你有同学在殡仪馆工作，你没问问这种情况该哪一级组织管？"王梁伟怔了一下，和傅小雪对视了一眼说："我刚才在电话里和我妈商量了，由我来操办怪爷爷的葬礼，过一会儿殡仪馆的车就来。"哎呀，伟伟，李叔真没看错你，你还真就是个有情有义的好孩子呢！"李忠抖抖手里的黑袋子说："你妈已经给你怪爷爷买了送老衣服了，里外三层全套的，张老板也是好人，就收了个成本价，还来搭手帮忙给你怪爷爷穿衣服。"张老板看眼傅小雪手里的箱子说："老头是个好人呐，有点钱就给那孩子买好吃的，我原来就跟老头说过好几回，让他把那孩子扔了算了。一说这，老头就瞪眼问我扔哪去？我就告诉他，扔荒郊野外你不舍得，扔市政府门口总行吧？老头是真不舍的啊，生怕政府不心疼他孙子。有一回还跟我急眼了，一句话抢白得我半天没喘动气——要扔就扔你孙子！嗨，生气了，半个多月不理我，我上赶着给他废品都不要了。"张老板说到这里，呵呵笑了起来。李忠说："张老板，这么说起来，你和老头儿很熟啊，知道他哪里人吗？"张老板说："这个还真不知道，我原来也问过，没问出来。一看那人也是个脑子不灵光的，估摸着前半辈子的事早被他忘光了。其实他就今年春上才住到这里来，原来四处打游击，还是我发现这有空房子的。"李忠接话说："受了一辈子罪，一辈子的事都忘光了才好。"张老板说："不为人最好。"说着，他再盯一眼傅小雪的箱子问："姑娘，你这提的啥？"傅小雪说："化妆箱，给怪爷爷化妆用的。"张老板呵呵一笑，语气油滑地说："有美女化妆，也不亏老头儿为人一场了。"

梁鑫早已坐等在胡同口的大楼阴影里，浑身汗湿地用右手拇指按揉着左手腕上的列缺穴，这是中医科大夫告诉她的自救方法——要是感觉胸闷头晕，就使劲按揉列缺穴，几分钟后症状就会缓解。看见儿子他们过来，不等他们招呼就站起身往回走，为的是不和傅小雪照面。三个月前，傅小雪咬唇含泪哆嗦不止的样子还历历在目，当中没有任何的铺垫两个人就这么见了，梁鑫觉得自己的眼睛无法透出合适的眼神来对她。傅小雪看见梁鑫的同时也低了头，走到王梁伟身后去。王梁伟倒是小跑起来，赶上他母亲，趁机悄悄哀求："妈，我想用我的工资给怪爷爷安排个像样的葬礼，这样，我就觉得对得起怪爷爷了。要不，我这辈子都过不安生。"梁鑫起初想阻止他，毕竟人死如灯灭，搞那些仪式不过是给活人看的，怪爷爷又没有亲属可看……听到后半句就改了主意——她可是知道心里不安生的滋味，转了眼睛往远处看了瞬间，调回目光盯着儿子，眼里顿时汹涌起来，心疼儿子竟然这样心重，就觉得纵然是花上万八块钱能买儿子一个心安也值了。

她擦擦泪说："你那点钱留着吧，你尽管好好送你怪爷爷走，钱由妈来出。"王梁伟说："要不少钱呢，哪能花妈的钱。"说着从兜里掏出面巾纸展开想帮母亲擦泪，梁鑫接过来自己擦说："别争了，你那点钱留着吧，会个朋友见个同学的，你总不能老回家来跟我伸手吧，何况你怪爷爷二十年前救了我儿子，这份情我也该还他。"

几个人进到院子里，到了房门口不约而同地都站住了。王梁伟是心里难受，眼珠上本就蒙了泪，加上屋子里光线暗，一下看不清，不由得站住了。李忠是等着看张老板的指示。傅小雪一直低头跟在王梁伟身后，他停她就停。梁鑫跟着他们走了几步又觉心里发紧，就不打算进屋了。屋子里的结实早已把自己挣扎起来，靠墙歪坐着，他认出了王梁伟，鼓着脖子筋朝他喊："哥—哥—爷—爷—不—咝—饭—"王梁伟听结实一喊，眼里的泪就滚了下来，哭出了声。李忠连忙拍他的后背制止他。张老板抬起手挥了一下说："不能哭的，人一哭，这牵牵挂挂的心思就让老头儿走不利索。你们先在外边等着吧，我先和老李给他把衣服穿上，你们再给他鼓捣化妆。"李忠和张老板进屋蹲下身，张老板指挥着让李忠先拿出贴身穿的白衬褂。李忠抽抽鼻子说："这么臭，不会是老头儿拉裤子了吧？"张老板经验丰富地说："他这种猝死的，十有八九都要拉裤子。"李忠问："要擦擦吗？"张老板嘿嘿一笑说："你还真把自己当他孝子贤孙了，套上就行，火一烧，啥都没了。"两个人扯拉着正要套的瞬间，王梁伟走过来拽了他俩手里的衣服说："哪能这样！"张老板和李忠讪讪地站起身走出来。王梁伟吩咐傅小雪："找盆找毛巾，咱们给怪爷爷洗干净。"傅小雪忙放下手里的化妆盒四处寻找。李忠看张老板满脸不自在，赶紧对他说："你忙去吧，还有生意呢。"张老板看眼王梁伟，对李忠说："唉，老头儿有福啊。"

傅小雪在屋角寻到了一个小铝锅，在房门口找见了一个橘红色的破了沿儿的塑料盆，却四处找不见水管。李忠说领她去前面大楼里端水，走到院门口，他的手机响了，接了电话满面难色地去跟梁鑫说："梁主任，我老婆说在自由市场还没回来，让我去幼儿园接外孙去。"梁鑫接了他手里的盆说："那你赶紧去吧。"李忠说："不好意思啊，你看这忙才帮了不到一半。"梁鑫说："这已经就够麻烦你了。"李忠骑上三轮车就走。王梁伟走出来对傅小雪说："找不到香皂和洗发液，你去买点吧。"一句话提醒了梁鑫，赶紧喊住李忠，把自己的塑料袋子拿下来交给儿子说："这里边啥都有。"

梁鑫和傅小雪去端水，两人一前一后尴尬地走着，后背都僵僵的。梁鑫走在前面，跟大楼传达室的人说了几句，就进了门找到卫生间。傅小雪跟上来，等水满了，她抢先端起盆说："阿姨，我端这个吧。"说完，泼泼洒洒地慌张着走出去。梁鑫端起小锅，叹着气，瞅着她的背影跟出来。

王梁伟在屋子里寻了些报纸，搓软了，给怪爷爷清理粪便。擦着擦着，就想起二十年前——等他拉着怪爷爷的手爬出菜窖子，抱住怪爷爷的腿，知道那已经开始咬他的死被赶跑了的时候，他突然就管不住自己的屁眼和小鸡鸡了，它们一齐敞开了口。怪爷爷拉他走，裤裆里热乎乎的屎橛和尿让他羞愧地扭捏着。"怎么了？腿麻了？"怪爷爷问着，他嘴里呼出的气吹着王梁伟的额头。

"我想拉臭臭。"

"那就拉呗，蹲下，爷爷给你挡着风。"

"拉完了。"

"拉完了？拉裤啦？干的？稀的？找点啥给你擦呢？"怪爷爷用脚四下寻摸能给他擦屁股的东西，话被风吹得晃晃悠悠的。

"干的，爷爷，我拉的是干的，屎橛橛。"

"那好，那好，到这背风的地方爷爷给你抖搂抖搂就完了。"怪爷爷帮他褪下裤子，摸出他的屎橛橛，往远处一扔说："嘿，一个热地瓜，嘿，一个热窝头。"王梁伟被逗得咯咯笑起来。

"还有吗？没有赶紧提上裤子。"

"裤子凉，爷爷。"

"还好，这小鸡子就一股水，尿了一个裤腿，你要尿两个，爷爷就没办法喽。"怪爷爷摸摸王梁伟的裤腿，扯下脖子上的一团布塞进他的裤子里说："爷爷这围脖可吸水了。"

王梁伟回想着，不觉呜咽起来，后悔怪爷爷活着的时候没能多照顾他。结实似乎明白了什么，他颤抖抖地缩着，跟着王梁伟哭起来。傅小雪和梁鑫端了水进来，王梁伟摇摇头，把眼里的泪晃掉，扎煞着两只手对傅小雪说："先倒点水我冲冲手。"又扭头对梁鑫说："妈，你先到外面阴凉里歇着吧，这里有我和小雪。"梁鑫看看盖在怪爷爷私处的一个脏手巾说："我给你当帮手，让小傅出去吧，女孩子家不方便。"王梁伟说："没事，我注意着呢。"说着，擦了手抱了结实，吆喝着傅小雪拿了纸箱子放到院里稀拉的树荫下："一会儿屋子里的水该把结实的床给泡了。"梁鑫跟到院里问儿子："还带着结实去殡仪馆吗？"王梁伟沉思一下说："应该去吧。"傅小雪附和说："去吧，总该有亲人的。"梁鑫说："那我借个轮椅来。"

一切都收拾好了，怪爷爷衣着齐整地躺在纸箱子搭成的床上，散发着香皂和洗发香波的香味，长至脖子的头发滑顺地垂着，额上摔破的地方被傅小雪用粉底盖住了，稀拉的胡子和馒头渣都不见了，对襟立领的藏蓝褂子，里面衬着雪白的立领衬衫，眼睛已经合上了，虽然嘴依旧微张着，但看起来已极似一个艺术家在小憩。王梁伟推了结实进去说："结实，好好看看爷爷。"结实看看说："爷—爷—俊—"梁鑫听了结实的话跟进去看着说："结实知道好歹呢。"王梁伟没接母亲的话，他嘱咐结实说："结实，好好看看爷爷，记住爷爷的样子。"结实说："记—住—了—"

当王梁伟办理好死亡证明等各种手续后，看着同事们用一个黄色的裹尸袋装了怪爷爷的身体往外面抬时，王梁伟接到了馆长的电话："刚开完会，我们决定你怪爷爷的费用由馆里负担，全体员工都在等着送老人家，一定让老人家走好。"王梁伟连声道谢，挂了电话，把话转给梁鑫。梁鑫说："那我就不跟着去了，错过了吃药的点了，估计血压高上来了，头晕。"王梁伟本来希望母亲能去，希望母亲能对他的工作有所感受，听母亲说不舒服，就嘱咐母亲打的回家。

梁鑫远远地跟在后面，看着怪爷爷那用一个黄色的袋子裹了一生的结束，心里感叹生命真正的结束竟是如此的简单、决绝、不可逆转。由死想到生。想到八十多年前的怪爷爷也曾是一个啼哭的婴儿，也曾被他的母亲疼惜地揽在怀里，他的母亲也曾怀着让儿子幸福平安的愿望……她回想着那些曾经了她的双手降临人间的生命："你们都生活得还好吗？我是看你们第一眼的人，也是第一个祝福你们的人，在你们的啼哭声中，我总是在心里默默地祝福你们健康平安地成长，幸福快乐地生活。总是这样。哦，除了那个中午。那个中午，我的心里没有祝福。那个中午，我只是个凶手。"梁鑫警觉地长吸口气，瞪起眼看着四周，熙熙攘攘，人来人往，并没有人注意她，更没有人知道她心里的那个中午。

8

王梁伟、傅小雪和结实搭乘的出租车一进殡仪馆的大门，他们就发现了不同于以往的热闹，当出租车的门打开，王梁伟就看见馆长的手指朝着他指来，馆长跟前的队伍里那些扛着摄像机端着照相机的人随着馆长的指头涌过来——

你就是王梁伟吗？听你们馆长介绍说你原打算自己来操办拾荒老人的葬礼，请问你为什么会做这样的决定？

您觉得一个正规的葬礼对拾荒老人来说有什么意义吗？促使您这样做的动机是什么？

听说您是大学毕业主动来殡仪馆工作的，谈谈您选择这项职业的初衷好吗？

请介绍一下你和拾荒老人的过往好吗？

哎呀，里面有个残疾人呢，是不是就是拾荒老人收养的那个孩子？

听你们馆长说你亲手给死者清理粪便，清洗遗体，给了死者最后的呵护和尊严，请谈谈您的感受好吗？

……

七嘴八舌。纷纷扰扰。

王梁伟手足无措地低垂着头，不理不顾地拨拉开身边的人去后备厢取下轮椅，傅小雪赶紧伸手帮忙。王梁伟使劲挖了一眼傅小雪。傅小雪红了脸嘟囔说："馆长电话里问情况，我就说了一下。"王梁伟抱出结实放到轮椅上，推着他往馆长跟前走来。纷纷扰扰的问题依然不依不饶地环绕着他。馆长走上前来，对人群说："我们小王同志是个真正的好青年，做好事从不愿张扬，我先给他做做思想工作。"他把王梁伟拉到办公室解释说："没提前和你打招呼，是媒体的要求，他们说要记录真实的画面，我是这样想的，不管是你还是咱们馆里都在做好事，做好事就应该让它引发出好的社会影响，转化出好的社会效益。"馆长看王梁伟依然阴云密布，就皱了眉头加重了低音说："现在梅村那里又新开了一家殡仪馆，不想点辙儿咱们以后吃饭都成问题，你懂吧？！何况咱们又不是搞虚假那一套。"王梁伟擦擦汗，抬眼看看馆长说："我，我觉得这跟演戏似的，借死去的人炒作不合适，不尊重。"馆长拍拍他的肩膀语重心长地说："小伙子，你还年轻，以后你会明白我这番苦心的。你抓紧准备，葬礼后好好回答记者们的提问，我已经给民政局和市团委打过电话了，我要把你捧成青年标兵、先进人物，把你塑造成这个行业的楷模。让你的形象成为我们馆在市场竞争中的软实力。""馆长，这使不得，使不得，我，我无功不受禄。"王梁伟局促地用双手从头顶往下抹汗。馆长摇摇扇子说："人生如戏啊，该登台的时候就要登台，该谢幕的时候就得谢幕。"

怪爷爷的葬礼在低沉的乐声里开始了，馆长亲自主持。在摄像机和照相机的注目下，馆长的声音颤抖着："我们的宗旨就是让人最后的一程走得有尊严，走得庄严！当我们得知这位靠拾荒度日的老人无怨无悔地抚养了一个被遗弃的残疾孩子二十年之后，我们真的是被震惊了，我们的良心被震惊了，我们怎么能让这样的好人走得凄惨孤独呢？！我们怎么能让品德优良、刚参加工作不久的员工因为费用问题完不成他报恩的心愿呢？！因此，就有了今天的这场特殊葬礼，有了一此一时一此一刻！"馆长的手指指向王梁伟和怪爷爷，闪光灯跟着闪烁起来。王梁伟伫立在怪爷爷的身旁，用眼角的余光看着被强光瞬间扫描的怪爷爷，他知道怪爷爷肯定是不自在的。他自己也不自在，周身都紧绷绷的。他在心里跟怪爷爷辩解着："怪爷爷，馆长说了，可以通过媒体帮结实找到他的父母，在找不到之前，我们这里会成立一个学雷锋小组，负责照顾结实弟弟，这样您就可以放心了。"

葬礼结束后，馆长把记者们请到会议室，让王梁伟仔细认真地回答了所有的提问，馆长又把成立雷锋小组、王梁伟和傅小雪担任小组长负责照顾结实的决定向媒体做了讲述，引得一片闪烁，又就引发出的枝枝杈杈的问题进行了答问……直到太阳西下，残阳如血，傅小雪推着结实在花园里走得两腿酸麻，听结实不厌其烦地嘟囔——花花花，听得浑身起鸡皮疙瘩的时候才结束。傅小雪看见王梁伟过来，撒开轮椅的手把，一屁股坐到石凳上说："我实在受不了了，他不停地嘟囔，又说不清楚，不搭理他吧他又着急得乱喊，我实在受不了了。"王梁伟推起轮椅笑笑说："这一会儿你就受不了了，馆长还让你当雷锋小组长照顾结实呢。"傅小雪跳起来说："上帝啊，杀了我吧。"王梁伟说："别废话了，帮忙收拾宿舍去，馆长说了，给结实单独一间屋，每晚由一个男的陪护，你们女的负责白天的。"傅小雪问："男的谁是组长？"王梁伟说："当然是我了。"傅小雪揽住他的腰把头歪在他的肩膀上说："馆长真是英明啊，让咱俩当组长，他这不是明摆着给咱当红娘吗。"王梁伟歪头用耳朵蹭下傅小雪的额说："咱俩的红娘是哲学。"傅小雪呵呵一笑说："馆长的真正英明在于避免了你背上结实这个大包袱，怪爷爷能送走，可结实怎么送得走啊，你心那么软，软来软去就软成了你自己的事。这下好了，成公事了。"王梁伟叹口气说："你就是我肚子里的那条蛔虫。"结实听了嘟囔说："姐—姐—蛔—从—"王梁伟哈哈乐起来，傅小雪学着结实的口音报复说："结—实—蛔—从—"结实兴奋起来，反复嘟囔："姐—姐—蛔—从—"傅小雪捂了耳朵求饶："结实你饶了我吧，求你饶了我吧。"

9

好像是自己刚刚生下的孩子，却不记得自己的阵痛和生产过程，梁鑫狐疑地盯着趴在她胸口吮奶的婴儿，红红的脸蛋，红红的小身子，孩子的营养很好，胖嘟嘟的，头囟处只有一指甲盖那么一点没闭合，她抚摸着他黏湿的胎发，突然就闻见了呛鼻子的酒精味，她蓦然想起这个孩子不是她的，是那个女人的，她慌慌地推开孩子，想找东西把孩子盖起来，藏起来……四周却空无一物，她唯恐别人误认为孩子是她的，只得仓皇逃开……突然，她听见儿子在喊妈，她才想起儿子已经二十五岁了，她松口气，想到刚才仅仅是场梦，她忙不迭地答应着迎上去，看见久别的儿子风尘仆仆疲惫劳顿的样子，她心疼地抱住他，责备说："知道离了老妈的日子不好过了吧！"儿子无语地在她的怀里抖着，抖一下就瘦掉一圈肉，她恐慌起来——儿子，你这是咋了？！低头看时，儿子已变成了结实。痉挛的，斜视的，蜷缩的，瘦弱不堪的结实，在喊她"妈——""不，不，不，我不是你妈，你妈在九里山，你妈在九里山！"梁鑫挣扎着醒来，看看窗户，橘红的阳光把客厅西边的窗玻璃照得跟玛瑙一样，她觉得这次应该是真正地醒了，又怕仍在梦里，赶紧起身倒了杯水，疲乏地坐回沙发上。九里山。九里山。她在心里对九里山的那个女人说："你知道吗，你的儿子还活着……他刚刚在我的梦里，你梦见过他么？噢，你并不知道他的存在，为了安慰你，我对你说生的是个闺女……"

楼道里的动静针一样刺挠着梁鑫的神经。又有了脚步声，她踮脚到猫眼前看着，心里依然不知道当她恐慌的事情真正到来时，她该不该开门或者说她有能力坚持不开门吗？她好几次想给儿子打电话，想问问事情进行得怎么样了，可又怕儿子把她担忧的问题问出来。这也是她不肯去参加葬礼的真正原因——她怕那个孩子落到她的手里，成为她的累赘。哪怕是暂时的，她觉得自己也无法承受。

电话响了，梁鑫头皮发麻地抓起话筒，听儿子的讲述，把"坚决不能带结实回家"的话在嗓子眼里用唾沫涮洗着，时刻准备着把它强硬地吐出来。她没想到儿子的话越来越中听，等到雷锋小组的字眼出现时，已如温热的泉水流进她的耳朵把她发麻的头皮泡得酥酥的；流进她的喉咙，把那句用唾沫涮洗得苍白、坚硬又黏糊的话给滑溜溜利索索地冲进了肚子。她整个人顿时通畅起来，脆生生地说："这个世界还是好人多啊，你怪爷爷在天之灵也该放心了，这样就太好了，以后妈妈多做些好吃的，你带给结实改善生活。"王梁伟干咳几声说："就是，嗯，这样一来，媒体就会把我登出来，妈的同事朋友可能就会知道我的工作，让妈难堪。"梁鑫沉默地在心里掂量着，等儿子喂了两声后说："没事，可能这是个缘分，你干这个工作或许就是为了今天你怪爷爷和结实能有这么个结局，以后再说以后的。"

晚上王梁伟值夜班照顾结实，梁鑫独自一人也没动力鼓捣饭菜，凑合着吃了一点剩饭。第二天早晨，她按照惯例起床准备上班，在脚趾头够到拖鞋的瞬间想到已经没有班可上了，她叹着气倒下去，随手从床头的小书架上抽出一本杂志来打发时间，竟然是她最喜欢的《中国妇产科临床医学》，她举着它不知如何对待——扔下？捧读？她的眼泪先于她的决定出来了。仿佛帮她找一个解决两难的借口，它落下来罩在她的脸上，帷幔一样遮住她的失落、她一生事业结束的疼痛、被移栽角落的不适、无法说出口的郁闷。她任凭泪滑向耳窝，在那里悄然集结……哭得头有些晕了，梁鑫用枕巾角擦拭着耳朵，就在这时，她的手机急咧咧地发出救护车的叫声，来自科室的——她让儿子专门设置的不同于其他来电的铃声，为的是能一下就听得见辨得清。刚刚窝在心里悲在眼里的一切骤然退隐，登时，她被弹射进妇产科主任的角色里，抓起电话，急吼吼地问："什么情况？"

电话那端传来赵梅呵呵的笑声："我的老主任啊，啥情况也没有，这会子不忙，跟你聊聊天，看你在家里怎么个自在法？赶紧让伟伟把铃声给改了，要不这一打电话就惊着你。"梁鑫清了清鼻子说："咋个自在法，等你十年以后就知道了，不过你到时候肯定比我情况好，你还有点爱好，我这一辈子除了业务啥都没往心里放过，突然间闲下来，搞得人五脊六兽的，无所事事又坐立不安，跟掉了魂似的。"赵梅说："出去旅旅游吧，放松放松。"不等梁鑫搭话又呵呵乐起来："你又不舍得银子。"梁鑫笑笑说："是不舍得啊，伟伟都这个年龄了，眼看着人生大事马上就要来了，本来这孤儿寡母的就没攒下几个大钱。""要不，你干脆去私人医院干得了，像你这身份、这手艺，月薪怎么不也得上万。"赵梅把几天来憋在心口的建议说了出来，早在半年前就有人跟她打听梁鑫退休后的打算。梁鑫叹出的气把话筒吹得呜呜作响，赵梅听着似是妥协的意思，接着鼓动："咱科里这几年退的那些大都在外面干呢，听说个个腰包都鼓鼓的。"梁鑫说："我春节的时候就打听了，咱这市里的私人医院几乎清一色的唯利是图，没病的一定要给看出病来，小病的一定要看出大病来，每人每月必须完成创收任务才能发工资。你想想，这大夫要是和创收挂上钩，那还是大夫吗？那是屠夫！这种缺德事咱能干吗？！"后一句的语气已经像交班会上的训斥了，赵梅赶紧附和说："这么乱呀？我还真不清楚，那可干不得。唉，说点高兴的，你看报纸了么？伟伟成名人了，整版呢。"梁鑫说："那算啥名人啊，都是他领导闹的。你可别和别人说我和伟伟的关系啊。"赵梅说："这还要你叮嘱我呀，你的心思我咋能不了解。我，我琢磨着那个孩子不会是那个中午的那个吧？"赵梅不由自主地压低了声音。

"就一是一那一个一中一午一的。"梁鑫低着嗓拖音说着，抬眼去看窗子，二十年前的窗子，那女人死命盯着的窗子。好在，好在是在家里，梁鑫放松了背上的肌肉。

"怎么可能？怎么可能啊？！这从医学上解释不过去呀！再说了，他又不是头一个，那么多都没出过差错。确定吗？谁也没法确定，对吗？"赵梅试图引导着梁鑫做出对两个人来说都能心安理得的答案。

"确定，二十年前伟伟走丢的那个晚上我就知道了，那老头儿告诉我儿子的。"梁鑫摸了摸胳膊，随着那个中午那个夜晚的重新回归，她周身的毛孔都跟灌进了冷风一样鼓胀起来。

"哎呀，你每次提起来我都忙不迭地劝你，总觉得你太心重了，哪知道还有这么大块石头压你心上啊……好在伟伟单位揽过去了，又报道了，他们不能说不管就不管的，什么事一成公的就好办得多。"赵梅把声音压低再压低，说："你肯定当时没用针头搅和搅和，早知这样，还不如塞水桶里呢。"

梁鑫说："哎呀，快别再说那些了。"

10

很快，一周就过去了。这一周里，梁鑫尽量不去探问儿子关于结实的情况，她只是努力把菜做得可口些，烂一些。她猜测结实的咀嚼能力和胃肠道功能都不会很好。王梁伟也很享受母亲对自己的全面放松，不该他值班时也在外面和傅小雪待到半夜三更才回家。第二天一大早提着母亲准备的多层饭盒，去跟傅小雪和结实分享。

这天晚饭，傅小雪吃着吃着突然抽泣起来。王梁伟赶紧问她："怎么了？"傅小雪说："没啥，就觉得这菜烧得这么烂竟然也挺好吃的，不怕以后老了没牙的日子了。"王梁伟说："没说实话，到底为啥？"一句话说得傅小雪扔下筷子抱住他哭起来："你妈真是太好了，她太善良了，这辈子又那么不容易，我想如果因为我让她和你生分了，伤心了，多对不住她啊……我们会分手吗？会吗？亲爱的会吗？呜呜呜——"王梁伟拍着她后背安慰说："慢慢来，啊，慢慢来，你想我妈对结实都能这样，能对咱狠到哪里去呀？慢慢来，说不定哪一分钟我妈就突然金口一开的。不会分的，放心吧，不会分的。"傅小雪抽打着鼻涕说："我不是怕你妈，我是怕自己，原来没觉得你妈好的时候，憋着劲儿地跟她抢你，现在我觉得自己在作孽呢。"王梁伟也被傅小雪弄得鼻塞了，一时说不出话来。傅小雪被他的情绪一催化，又哭出声来。谁也没想到结实说话了："丢—屎—了—抱—啧—哭—"两人一听笑得鼻涕泡都出来了，赶紧松开对方，擦了鼻涕眼泪来对付结实。傅小雪说："结实，给你找个媳妇让你也抱着哭，也丢死一回，好不好？"结实说："不—好—，我—要—爷—爷—"一句话说得两个人赶紧挖空心思地给他讲故事说笑话。

第八天上午，馆长欣喜地告诉王梁伟："结实的父母找来了！这回肯定是真的，当年的时间地点都跟你提供的一样。"王梁伟和傅小雪高兴地击掌相庆。馆长饶有滋味地看着他俩说："看来我这雷锋小组没白成立啊。"傅小雪红了脸，走了出去。王梁伟推着结实，和馆长一起走着。他对结实说："结实，你马上就能看见自己的爸爸妈妈了。"结实说："看—见—爷—爷—爷—爷—"馆长看看结实对王梁伟说："这几天把你累得不轻吧？"王梁伟说："还好，好在不是整辈子看他，也不知怪爷爷怎么熬过来的，吃喝拉撒全得伺候着，高不高兴地都嘟噜个没完。"馆长长舒一口气说："你怪爷爷好人呐，还好，他父母来了，咱们就解脱了。一刻钟以前，我刚接了个电话，局里的，破格录取你为正式职工，你现在服我了吧？该登台时就得登台！"王梁伟一下子愣住了："真的吗？！"他推轮椅的胳膊突然力道十足，几乎是跑起来，心里恨不得能立刻把这个好消息告诉傅小雪。"别激动，还有好消息呢，你没觉得这一周比平时忙了不止一倍？"馆长得意地瞅着王梁伟的眼睛。王梁伟嘿嘿乐着说："领导英明，领导英明。"馆长笑着说："这还要感谢你怪爷爷，感谢结实呢。"

一进馆长办公室，王梁伟就看见一对五十岁左右的打扮极其朴素的夫妻朝着他和结实奔过来，女人蹲下身抱着结实看了片刻就嚎哭起来："我可怜的儿啊，我可怜的儿啊……"男人也跪倒地上呜咽着。结实被他们吓得挣扎着哭起爷爷来。馆长和王梁伟赶紧劝解。待两人情绪平息了一些，王梁伟审视地看着男人问："大叔，能讲讲当年是怎么回事吧？"男人用粗糙的手掌抹了把脸说："要说谁家也不舍得扔儿子，可他当时病得太厉害了，大夫说没救了，我们那里有个规矩——人不成年死了不能入祖坟，又因为当时还欠着医院里的钱还不起，就，就干脆走了……不曾想，走半路上就听两个骑自行车的人说，市医院门口扔的死孩子其实还有气，被一个捡垃圾的老头捡走了。当时就犹豫了一下，想着会不会是自己的孩儿来着。没想到二十年后，看到报纸了，邻里都说看着孩子长得像他舅，我和他妈就动了心，就想有一口气也不能让孩子在外面游荡着呀。"男人说到最后，把目光看向馆长。馆长连连点头。王梁伟看看结实，再盯着女人看，心想："像舅舅必然也像妈妈。"女人看王梁伟盯着她，扑通一下给王梁伟跪了下去说："差点忘了谢谢这好孩子，谢谢你照顾我儿。"王梁伟赶紧扶起女人："阿姨，你确定是吗？不会认错吧？"女人抚摸着结实的头发说："这又不是金山银山，不是自己的孩子哪能心甘情愿地弄回家去受累呀，你看看他耳朵上这粮仓，这记号我记得清清楚楚的，我们那里说里藏米外藏面，刚生下来时谁不说他是个有福的……"女人又哽咽了。王梁伟和馆长都伸头来看结实的耳朵，果真在左耳的外沿上有一个麻坑。王梁伟大舒了一口气。

11

  结实被亲生父母接走的消息让梁鑫大吃一惊。怎么可能？那个女人怎么可能知道她的孩子还活着？！"他父母长什么样？"梁鑫问儿子，想起自己也只看过男人在妇产科手术室的门口抱头而坐的侧影，又改口："他妈长什么样？"王梁伟皱皱眉头说："还真不好描述，就一普通妇女，大脸盘子，嗯，双眼皮，五十来岁，眼角和嘴角都有点往下耷拉。"梁鑫在脑子里回想着女人二十年前的样子。二十年前，女人的样子其实也只是一个疯狂挣扎得眉眼都变了形的影像，一组疯狂哀求试图逃离的快进镜头。二十年了，虽从未忘记过，但也记不清五官的具体模样。梁鑫无法把儿子的描述和女人对号，就问："问了是哪里了的吗？"王梁伟说："问了，西山镇的。你觉得有什么不对吗？"

  梁鑫在心里嘀咕着："九里山倒也属于西山镇。"

  "哪个村的问了吗？"

  "那倒没有，不过结实他爸有身份证，我们那里给复印了一份，还留了他家的电话。"

  "哦，说当年怎么个情况了吗？"

  "说了，但当年什么情况除了怪爷爷谁也不知道呀，我和我们领导只是觉得听起来很可信。"王梁伟把结实爸的话复述了一遍。

  当年的情况，当年的情况啊……梁鑫的气息暗暗地抖着，她在心里对儿子说："妈知道啊，妈知道。"当听到说因为病重无钱交治疗费的细节时，梁鑫脱口而出："不对！"王梁伟向母亲探探身子问："怎么不对？"梁鑫赶紧找措辞："嗯，我只是觉得呀，一般情况下，诊断孩子不治的时候大夫护士和家属都在跟前，他父母怎么能说走就走了？"王梁伟如梦方醒地看着母亲说："对呀，妈，结实不就是被你们医院扔的吗，你打听打听不就知道了吗。"梁鑫拿起果盘里的桃子用力掰着说："这桃是硬的，离核的，你最喜欢吃的。"她掰开桃，把红色的一半递给王梁伟，脑子里已有了应对："你以为医院是个家庭呀——哪个孩子哪年哪天出生、啥时得了重病都记得清清楚楚；医院，每天光在里面住院的就几百人，病重、抢救、死亡都是常事，谁能记得二十年前呀。刚才妈说的只是一般情况，偷跑赖账的也不是没有。"

"就是，妈，绝对是真的，你没见结实他爸妈见了结实那样子，哭得跟什么似的。"王梁伟把半个桃核壳以投掷的姿势扔进竹编的小垃圾桶里。梁鑫瞪眼瞅着儿子鼓胀的腮帮子："细嚼慢咽！细嚼慢咽，都说多少回了，那么潦草地吃下去，能消化好吗？"王梁伟笑笑说："照你那要求来，多娘们儿呀，男人要狼吞虎咽。"梁鑫把即将成型的笑绷在半道上，抢白儿子："你长四个爪了吗？浑身长毛了吗？长虎狼的胃了吗？是人就得细嚼慢咽，既品了味儿也有利于健康。"王梁伟呵呵笑起来："妈，你知道还有比你吃东西更仔细的吗，傅小雪！"他竖起右手食指兴奋地晃了一下，继续说："人家吃饼干都是掰成小块黏在上牙堂上，用舌头一点点往下挠！她说那样吃才有生命的质感。我刚开始学的时候，挠得我直恶心。"王梁伟眼看着母亲的五官在他的话语里逐渐充气放大，不由得把目光移到她脖子上，瞅了瞅那气体的入口处说："不就提提这个人吗，你别过敏啊，我向全中国人民保证，没有你的同意我和傅小雪就坚决不会洞房花烛的，我俩就一尼姑，一和尚，一辈子。"后三个字是王梁伟站起来走向卧室时，嘀咕出来的。

梁鑫把浑身警惕着屏住的气用鼻孔喷在儿子的要挟上："哼，还一辈子呢，你们要能熥过三年我就服了。"她抠出桃核用指甲掐着，靠在沙发上琢磨结实被认一事。思来想去，最后得出结论——误认只是在她这个知情者眼里的误认，对那父母来说，必定是确认的才能把一个残障的孩子、一个终生的拖累认回家。有人疼就是结实的福气啊。梁鑫拍拍自己的大腿，胸腔里积聚了多日的担忧豁然飘散。

12

时间在别人那里嗖嗖地过去了四个月。梁鑫也过了四个月。只是她的四个月要比别人的长出许多。这天中午，她在三里庄的菜市场上遇到赵梅，当时她正弯腰在菜农的篮子前仔细端详哪根黄瓜的把儿能看出横断面是偏白还是偏绿——偏绿的口感要好得多，赵梅从后面认出了她，刚一招呼就抱怨时间快得"忒不像话"了："转眼都穿上毛衣了，再一转眼就要过年了，这一年眼看着就要泡汤了，总说去看你总也抽不出点空，你去科里找我们玩啊。"赵梅说着，快速地拿了几个黄瓜过秤交钱。梁鑫说："我知道你们忙，去也是白耽误你们工夫。"说着，拿了一根赵梅已交完钱的黄瓜掰断了把儿，看看，哑哑，说："你以后记得买绿芯的，那种好吃。"赵梅点着头说："我得赶紧走了，老家的表嫂又来住院了，我这还得给她做饭，忙死我了。"梁鑫说："你赶紧忙去，我再逛逛。"菜农在她身后不屑地跟同行说："我就最不愿意卖东西给这种老太太，看着穿的人五人六的，挑老半天买不了星星点点的。"梁鑫没听见，她望着赵梅的背影在心里跟她聊天："你们的日子都是嗖嗖地飞着过，我的是用脚后跟挪扭着过……"走着，走着，她对黄瓜把儿已没了兴趣，干脆往家走去。到了楼头上，寒意尖锐的过道风吹过来，她放了手里的菜篮子，扣外套扣子。李忠在小商店里看见了她，突然想起了前些天两个女人在他店前说的闲话，忙出来招呼她："梁主任，买菜去了？过来坐会儿吧。"梁鑫说："正巧要买酱油。"待梁鑫进了小商店，李忠眨巴了几下眼，皱了眉头说："有句话琢磨了好几天了，也不知道该不该说。"梁鑫笑起来："啥事让你这么为难？老邻老居的，有啥不能说呀？医院那边有事要帮忙？"李忠说："是关于结实的，前几天有两个女的在我店前闲聊，一个说她在省城读书的孩子逛街的时候见到一个叫花子特别像结实，破衣烂衫的，脚上都流着脓，惨得很，还拍了照片给他妈发了来看。"梁鑫阴了脸嗫嚅着："怎么会呢？结实被他父母认领了呀。"李忠说："就怕是假的冒领了去赚钱的。"一句话把梁鑫内心里那块自我安慰的遮布揭了去，又恼又愧的一张脸霎时就黑云密集。李忠直直身子，赶紧打哈哈："怪我多嘴，怪我多嘴。也，也可能是他父母太穷了，弄他出去赚点钱。你也别惦记了，毕竟他跟咱们谁都没关系。"梁鑫苦笑一下说："是呀。"梁鑫觉得李忠的眼珠子跟两棵夏天的老榆树一样罩着她——往她身上簌簌地落毛毛虫，她一时又想不出抖擞掉它们的说辞，遂匆忙地付了酱油钱往家走。进家坐在沙发上，才明白不但一身的毛毛虫仍旧抖不掉，已经消失了近半年的那成面的声音之墙、之网，也出来了，重新挤压她。笼罩她。捕捉她。她躺下去，按揉着列缺、内关和膻中穴，希望能把那面墙戳上洞撕破口，让胸膛亮堂起来，通畅起来。几分钟后，梁鑫发现其实让她胸闷气阻的还有另一个声音，它蛇一样缠绕她勒索她："你能眼睁睁地看那个孩子被人利用受人折磨吗？！"

如果那真是结实……如果当年如赵梅所言……如果殡仪馆的雷锋小组不再管这事……如果成了自己和儿子一辈子的包袱……梁鑫口含了速效救心丸，在心里掰持、撕扯一个个水蛭一样吸附上来的如果。突然有一个清爽利落晶莹透亮的让她精神一振——如果那孩子不是结实——如果结实仍在误认了他的父母家里过着有疼有爱的日子！她决定把事情告诉儿子，让他验证："伟伟，今天小卖店里的李叔说有人在省城见到了长得像结实的人，你们不是留着他爸的身份证和电话吗，联系联系看看，我担心呢。"

"结实去省城？那就是他家里人带他去看病呗。"

"说是在乞讨呢。"梁鑫把细节咽了下去。

"啊，我赶紧找馆长去。"王梁伟跑到馆长办公室把母亲的话说了一遍。馆长边翻找抽屉边说："我可以给你，我也不阻拦你，但这个事情对咱们单位来说已经谢幕了，上次那个雷锋小组的人除了你和傅小雪没有不抱怨的，再办也不可能了。说实在的咱们也确实没义务抚养他。"王梁伟愣愣神，咽口唾沫说："我明白。"馆长把身份证和电话号码递给王梁伟，把电话往他跟前推推说："你可得想好了，一旦是真的，你去寻了他回来，你和你妈可就背上了一个大包袱。"王梁伟把十指扣在一起，让它们接连发出了小摔炮的动静，反复三次，他松开手指，开始按电话。他在心里祈祷："结实在家活得好好的，活得好好的。"

您拨打的号码是空号。一个彬彬有礼的声音，飞镖一样剿进王梁伟祈愿的泡泡上，他禁不住哆嗦了一下。

馆长皱着眉头抽口烟，指着身份证问他："要查吗？"

王梁伟点点头。馆长拨了一串号码出去，让公安局的朋友帮忙。很快电话打回来说："身份证是假的。"馆长站起身说："要假我给你假，要车给你车，费用由馆里报销，也算是我们的一点弥补吧。"王梁伟转身往汽车房跑去，馆长跟出来叮嘱他："悄悄地，记得注意影响，千万别让媒体知道。"

王梁伟带着车先找李忠问了情况，又让李忠带着找到那女人家看了手机里的照片，打通了她孩子的电话问明白了见到结实的地点。李忠一再叮嘱他说："报纸上报道过，这些坏人都有团伙，你可不能单枪匹马去，别救不了结实你自己再遭人家报复。"一句话提醒了王梁伟，他联系了两个练过跆拳道的同学，让他们跟他一起去趟省城。

王梁伟和他的同学高清、赵强加上司机老薛一路上设想了很多可能出现的场面，各抒己见，把各种应对的方法都想到了。大出他们意料的是：当王梁伟确认了结实的时候，当结实哆嗦着喊哥哥的时候，四周并没有一个敌人出来和他们战斗。高清和赵强护在结实左右两侧，攥拳瞪眼地准备着迎接扑上来的敌人——狠狠地教训他们，痛快淋漓地揍扁他们。王梁伟扯下结实胸前写着"可怜可怜我吧"的纸板，抱了结实上车，结实那变形的手指却死死地抓着他的铁皮小桶，里面有寥寥几元钱。王梁伟试图让他松手扔了，结实哭起来："爸—爸—打—打—打—"王梁伟只得任其抓着。高清和赵强为这场平淡无险的解救充满了遗憾，司机老薛说："敌人还是有的，我在车里看得清楚，在西北方向距离结实十米左右的地方不是有个卖气球的女人吗，王梁伟蹲下身跟结实说话的时候，她噌地就站起身来，然后对身边一个八九岁的孩子嘀咕了几句，那孩子看了你们一眼就跑了，估计是报信去了。"

13

下午三点半，梁鑫惦记着王梁伟的验证结果，打他手机问情况怎么样？王梁伟接电话的时候正往省城赶着，怕实话实说让母亲担心，就含糊地说："没事，忙着呢，晚上回去跟你细说。"梁鑫咂摸着儿子的话，一颗悬了半日的心稳稳地落地了，突然就有了张罗晚饭的兴致，她做了近期最为丰盛的一顿晚餐——儿子最喜欢的西红柿炒鸡蛋、辣炒腐竹、红烧肉和她喜欢的醋熘山药，想想又削了一个苹果切成片，在盘子里摆成波纹状，撒上白糖——这是儿子小时候最喜欢的吃法——那时的儿子常常为先吃哪一片发愁，为把好看的波纹吃掉而伤感。弄完苹果又切了半截火腿，依旧是切成薄片，依旧摆出波纹状，不同的是苹果的波纹像朵盛开的淡黄色的丝线菊，而火腿的波纹相互交叉叠压，如一把沙粒掉进水里散出的。一切准备停当，梁鑫拿出了半年前儿子带傅小雪回家时剩下的半瓶红酒，倒了两杯，等待着。

当梁鑫打开家门，看见高清用端一锅热汤的姿势把结实端在她眼前的瞬间，她盛开如花的心情骤然遭了霜打，她枯萎地待在那里，死死地盯着那一直枯萎蜷缩的孩子。刹那间，她想起他曾红润鲜嫩地在她手上，她也是用这样端的姿势待他——那是下意识的，是接生了几千个婴儿形成的习惯，是端给那个刚刚经历了剧痛和创伤的母亲看的，是给那个母亲的礼物……刹那间，她意识到了这个动作的错误，她赶紧缩回来，眼一闭就松了自己的手，让他滑进那承接了他母亲的血液、羊水的红塑料垃圾桶里。

"这怎么了？"她听见自己的声音像墙脚跟随风打旋的叶子。

"妈，一切都跟李叔猜的一样，我和高清、赵强到省城把他救回来了。"王梁伟说着，从她身边挤过，张罗着让高清把结实放沙发上："放这，放这。"

"别！别！先洗澡！"梁鑫回笼了精神，赶紧搬了椅子放到卫生间，让高清把结实放椅子上等着，自己赶忙往浴缸里放热水。王梁伟看见一桌子的菜，捏了两三片火腿塞嘴里，笑着跟结实说："结实，你知道吗，我妈做了一桌子菜欢迎你呢！"结实歪靠在高清的大腿上嘟囔着喊："妈——"正背对着他试水温的梁鑫猝不及防地被蛇一口咬住了后背，她恐慌地僵在那里。高清看看王梁伟的嘴说："火腿？给我来点。"赵强对高清说："你扶住了，我拿去。"王梁伟说："你们好生扶着结实，我去把盘子端过来。"梁鑫在孩子们的说笑里，缓了神，松了后背："哎呀，一堆不知道讲卫生的臭小子，都多大的人了还不洗手就吃东西。"她打了肥皂洗干净手，制止了王梁伟试图捏火腿的动作，接过盘子，分别往四个人的嘴里塞了些，然后嘱咐王梁伟说："给他多泡泡，洗彻底了。"出来放下盘子，回卫生间把结实所有的衣服卷了塞进垃圾袋子里，对王梁伟："你也可以糊弄我，但我告诉你，跟他一床睡的是你。"王梁伟啊了一声，正往食管里走的火腿渣被啊字顶住，悬浮在半空。赵强拿了结实脏黑皴裂的手挠着王梁伟的手背，笑着替他说："我不嫌王梁伟脏。"结实学着说："我—不—散—王—梁—伟—张—"高清和赵强哈哈大笑起来，王梁伟趴到马桶上吐了嘴里的火腿，到卧室里问正翻找衣橱的梁鑫："妈，我小时候你给我理发的推子还有吧？剪子也行，我得把他的头发连根清，里面肯定藏了不少的虱子。"梁鑫从柜子里拿出了一个塑料包，解去上面的布条，打开，里面是一个有油渍的布包，再打开拿出了推子。王梁伟拿在手里攥攥说："哎呀，一点也没锈呀，妈真仔细。"梁鑫说："你爸给你买的东西就剩它了。"王梁伟咽口唾沫，沉默了片刻，问："剃头有啥窍门吗？"梁鑫说："贴着头皮推，皮松的地方把皮绷紧了再推，你要实在不行就喊我。"

梁鑫把王梁伟上高中时的衣服找了出来，拿着它们坐在沙发上，听着卫生间里手忙脚乱嘻哈趣闹的动静，想象着那个刚刚喊了妈的残障的孩子被清洗修整的情景，忧虑着他的明天，忧虑着她和儿子的明天。内心里却总觉得他那一个拖音的妈字，像隐在雾里的一条蛇，翘着清晰的蛇头扑头扑脸地追咬她——

妈～～～～～～

～～～～～～～妈

妈～～～～～～

梁鑫抱紧双臂，把后背抵在沙发上，心里对追咬她的那条小蛇说："或许应该给你找到真正的妈。"她想起那个女人疯狂的哀求："求求你让我的孩子活下来，求求你让我的孩子活下来，你想怎么着都行，只要你让他活下来……"

你知道吗？你的孩子竟然真的活下来了，他已经活了二十年了，我不知道该不该让你和他相认——把一个残障的孩子送还给你，这对你来说该是怎样的打击和负担啊？！可他就在这个世界上，在那孤苦地活着……不让他活在你跟前，对他来说又是多么残酷！他已经流浪了二十年，他流浪着，就如同一个法官审判着我……有没有既不让你受打击又能让孩子感受母爱的办法啊？

14

　　一夜未眠的梁鑫漫不经心地准备着早餐，豆汁沫不停地假沸着，在锅沿上、外壁上残雪一样堆积，她心不在焉地用勺子把它们刮回锅里，等它们再度沸出的时候，再手忙脚乱地搅和一阵。就在这时，门铃响了。梁鑫关了火去开门，是小卖店的李忠。李忠说："梁主任，我从窗子里看你忙活着做饭了，过来看看，昨天还顺利吧？"梁鑫说："顺利，几个孩子说到那儿找到就抱车上了，倒没出岔子。"李忠瞅瞅在沙发上睡觉的王梁伟说："哎呀，我真是佩服你娘俩啊，好人呐，梁主任，好人一定有好报，你和伟伟的福在后头呢。"梁鑫应付地笑笑说："不求那个，就求个心安吧。"李忠说："你打算怎么办啊？"梁鑫叹口气说："不瞒你说，我想了一夜也没想出个好办法来，过一会儿等伟伟醒了，先让他去买个轮椅来，其他的，唉，慢慢想办法吧。"李忠嗯了嗯说："就说个闲话啊，昨晚我和我山西的表妹打电话闲聊，问她忙啥，她说在家帮政府看孩子呢，看残疾孩子，人家每月给她五百块钱。我当时就想到结实，这倒是个好法子，可就是得花钱，你和他无亲无故的，总不能每月为他破费上那么多吧？再说了，这也不是一个月两个月的事呀。你没让伟伟打听打听，那福利院什么的，能送进去吧？"李忠的话像一束光在梁鑫幽暗烦闷的心里扫了扫，一个两全其美的办法在她脑海里蹦了出来。

　　吃过早饭，梁鑫收拾了一番自己，嘱咐王梁伟看好结实，她就打了出租车直奔西山镇的九里山。来到村头，见一排小商店、修车行、小药铺都已开张了，两个六七十岁左右的老太太在围着两个一两岁的孩子逗弄着，一个稍稍年轻一些的扛着一把铁锹在旁边搭话。梁鑫的心扑扑地跳着，她早已想好引导他人话语的台词。她先是热情地叫了两声大姐，简单地介绍了一下自己后说："我想打听打听你们这村里有没有家里得闲的姐妹，我想聘个人帮忙照顾孩子，不用去城里，就在自己家里就行。"扛铁锹的盯了她两眼说："看孩子，一天到晚累死个人。"白发的指指同伴说："我们这几个都得看孙子孙女，谁还能顾上啊。""那有没有不用看孙子孙女的？"梁鑫引导着她，又怕她们帮她找来一大堆，赶紧缩小范围说："五十来岁的。"

白发的想了想对扛铁锹的说:"五十来岁的,不知道你表姐愿意看吧?"扛铁锹的问梁鑫:"多大的孩子?累人不?你能出多少钱?"梁鑫说:"二十了,孩子行动不大方便,吃饭解手需要别人帮忙,其他的倒没什么。钱嘛,只要是能对孩子好,和我对眼的,多点倒也无所谓。"扛铁锹的展了眉说:"你等着,我去给你问问。"梁鑫怕找来的人不对,再不好找借口回绝就麻烦了,就紧走两步跟上去说:"我跟你一块吧,顺便也看看家里情况。"扛铁锹的女人说:"对,对。"梁鑫问:"你这表姐叫什么名字?""杜月梅"梁鑫心里一凉,赶紧挖空心思地想理由:"你表姐家收拾得干净利索吗?"扛铁锹的说:"嗨,农村人到哪里找干净利索去?扛铁耙的,咋都规整不利索。""你表姐怎么不用看孙子孙女?""她呀,俩儿子都刚结婚,还没将出崽来。"梁鑫说:"大姐,麻烦你再帮我想想别人吧,你表姐不行,我得长期寄养这个孩子。""哦,照你这么说,只有找朱士秋家,他家没儿,今辈子都没的孙子看。""这家女的叫啥名?""王凤英。"

王凤英!梁鑫的心脏突突地跳起来。

"王凤英,这么好听的名儿,你们这里叫这名的挺多吧?"

"就她自己叫,也就咱们这个年纪的还觉得这名好听,现在的年轻人都觉得这种名土得掉渣。"

"她人咋样?"

"人是再好不过的人,可惜就没好命,没生出儿来,在俺农村里,谁要是生不出儿来,一辈子都矮一截。别看我们吆吆喝喝地说看孩子累死个人,其实心里乐呵着呢,人嘛,活着不就图个一辈儿一辈儿嘛。"

梁鑫说:"到现在了,这重男轻女的观念还这么重啊?"

扛铁锹的说:"它就是到三百年后,人不还得一辈辈儿过嘛,人活得没下一辈儿有啥奔头,有啥意思?"

梁鑫说:"女孩也一样。"

扛铁锹的女人哼哼鼻子,不服气地说:"那是你们城里人的想法,你家是个啥孩呀?"

梁鑫说:"我家是儿子。"

扛铁锹的女人再哼下鼻子说:"怪不得你话说得那么轻巧。"

话不投机,两个人不再交谈。走到一座老旧的院子前,扛铁锹的站住说："丑话说头里，我把你带来了，我就得跟你说实话，这王凤英人好得没的说，她家朱士秋可是个酒鬼，一天到晚醉醺醺的，这个事你自己掂量。"

"王凤英，快出来迎接客人，我可是给你带来个财神爷。"扛铁锹的女人扯着脖子吆喝起来。

王凤英。那三个被写在手术记录上的伴随着一张疯狂扭曲的脸折磨了梁鑫二十年的名字，此刻让她战栗起来。她攥紧手指在她家天井中间止住脚步，等待着她的出现。

王凤英应声而出。

二十年后的王凤英是陌生的。平静的。木讷的。朴素的。干净的。利落的。衰老的。花白了头发的。甚至是羞涩的。她看眼梁鑫，有些无措地搓了下自己的大腿对扛铁锹的女人说："她五婶子，赶紧让人家坐啊。"她五婶子笑着说："糊涂人办糊涂事，到你家了，坐不坐不得听你的。"

王凤英赶紧把两人让到屋里坐下，她五婶子把怎么遇到梁鑫怎么领来，用功臣的口吻向王凤英叙说着。梁鑫默默地看着王凤英，在心里跟她说："我是来给你送还儿子的，求你千万应了吧。"她五婶子说完经过，又让梁鑫具体说说情况，提提要求。梁鑫把早已打好的腹稿说了出来："这孩子命苦，听人说生下来就身体不好，当时医院里说治不活了，那亲爹娘就撒手走了，不曾想那孩子又死里逃生了，我家的亲戚，老两口没孩子，就抱养了，前些日子，俩老人说走就前后脚地走了，撇下那么一个孩子，身体又不好，我也照顾不了，就琢磨找个好人家寄养着，我们每个月出生活费和护理费。"

"行啊，反正我也没什么事，两闺女都出嫁了，跟前也没孩子，能给那可怜的孩子帮帮忙也是好事。"王凤英抻下袖子，热切切地扫了一眼梁鑫。

她五婶子白了王凤英一眼说："多少钱还没说，你就行行的了。"

王凤英笑笑说："多点少点的呗，让人家凭良心给，这年头又不缺吃的，就是添个碗的事。"

梁鑫说："生活费七百护理费八百，加起来一千五，你看行吧？"

王凤英惊喜地看眼她五婶子说："行啊。"

她五婶子脸上登时露出又神气又嫉妒的笑来。

梁鑫拿出四千五百元钱递给王凤英说："你数数，这是三个月的，以后我也是三个月三个月地和你结账，如果你没意见，明天正好是周日我就把孩子送过来了。”

王凤英握着厚厚的一摞钱，如在梦里。这是她一生来拿过的最多的钱。她的手微微抖起来，指头捏到钱想数的瞬间又慌张地攥起来，看眼门口跟她五婶子说："别跟他爹说这么多，他知道了又该可着劲地霍霍。"她说着又担心自己的话给梁鑫不好的印象，赶紧补救："他爹吧，人是个好人，就是爱喝几口，又没多少酒量，一喝就醉。你放心，我保证不让他难为孩子。"

梁鑫站起身告辞。王凤英和她五婶子一直送着。直到送到公交站，看她上了车才挥手作别。

坐上公交车的梁鑫大舒一口气，瘫软如泥。一口压在心头二十年的气，终于可以一叹了之；一条僵了二十年的脊柱终于可以一松而憩。

15

傅小雪接连三天没看见王梁伟，而且也没收到他的电话和短信，那气就不打一处来——有被男友忽视了委屈出来的；有担忧他的安全心焦出来的；有害怕他向梁鑫投降恐慌出来的……几股气像癫狂了的蛇一样在她的心里游窜着，恨不得立马把王梁伟揪在眼前进行审问。但她深知王梁伟的脾气——看似温和好性，甚至有些面浅耳软，但内心里有股拧劲儿的，再加上梁鑫的反对，使得她在恋爱关系上就必须得拿捏着几分，故迟迟不敢由着性子粘他、搅扰他。但到了第三天还没动静，她坐不住了，班也没心思上，调了休，一大早就握着个手机纠结。不停地给自己制订五分钟计划——过五分钟还不来电话就坚决打过去；再五分钟没有短信就不客气了……很多个五分钟过去了，傅小雪难得休息的这个早晨被切成了厚度五分的碎片，零落一地，毛毛刺刺地扎着她的脚心。同屋的小丽恨铁不成钢地看着她："大小姐，我求求你别晃了，晃得我都头晕了，早就跟你说过在爱情里讲面子、搞策略都没用，就一招——人前人后黏缠着他，他妈一看你把自己当成他儿的标签了，也就没斗志了。你可倒好，哪天把王梁伟给策略到别人怀里去了，我看你上哪去找后悔药去。"傅小雪说："你就别乌鸦嘴了，他都三天没理我了。""别是跑他前女友那里去了吧？你现在又不和他那个，他得多饿呀，饿得难受了，剩饭照样觉得香。"一句话说得傅小雪毛骨悚然，她斗志昂扬地说："他敢那样，我就敢给他化妆！"她的手指饿鸡啄米似的在手机上按起来。

王梁伟正和梁鑫、结实在赶往九里山的出租车上。梁鑫经了昨晚和儿子的一番深谈，心里堆满了欣慰和歉疚，她没想到把事情的原本跟儿子讲了后，儿子竟然丝毫没有埋怨她，而是流着泪跟她说："只要妈活得心安踏实，就是妈一分钱没有我也高兴。"但梁鑫自己是愧疚的——那毕竟是她工资的一整半啊，那毕竟是计划中用来帮儿子还房贷的一部分啊。由钱想到人，想到早亡的丈夫，想到缺失了父爱的儿子，想到因了那个中午而时常惴惴不安的二十年……梁鑫心情复杂地靠在儿子的肩上假寐，任凭思绪乱纷纷地远兜近转。王梁伟见母亲歪在自己身上睡着了，在电话刚一响起的时候，就慌慌地按掉了，立马设了静音，发短信告诉傅小雪秘密："结实出事了，那爹妈是假的，我这几天都在忙这事。馆长怕媒体，不让说，你自己知道就行了。我妈知道结实的亲爹娘在哪，正往他家赶，回来再联系。"傅小雪做梦也没想到会有这事，胸膛里所有的蛇顿时吃了强效镇静药回洞安眠，那柔肠又万般地扭动起来："宝贝，这事会给你和妈带来危险吗？人家愿意接受结实这样的孩子吗？他家远吗？我想陪着你一起去。"王梁伟回："不算远，就在西山镇的九里山，打的半个多小时就能到，我们已经在路上了。不用担心，那家并不知道实情，名义上是我妈每个月拿钱给他家，寄养。"

九里山！傅小雪的心咯噔一下。

"九里山谁家呀？说不定我认识呢，我有亲戚在那里。"傅小雪咬唇按着字母。

"男的叫朱什么，我妈睡了不好问。只记得女的叫王凤英。"

王凤英！傅小雪的心脏和人都跟着这三个字蹦起来。怎么可能？！怎么可能？！世间竟有这么巧的事情！王凤英！王凤英！那个让她魂牵梦绕的女人；那个让她爱恨交加的女人；那个可怜可悲的女人；那个逆来顺受的女人；那个因为没能生出儿子时常被醉酒的男人用拳头鞋底敲来打去的女人啊！竟然是结实的亲娘！这究竟是怎么一回事呀？！难道她这样悲惨的晚年里还要为一个残疾的傻子端屎倒尿么？！不能！！！她傅小雪不允许别人这么待她！谁也不行！就是一万个王梁伟他妈也不行！！！傅小雪人僵在小丽面前，内心里翻江倒海，激烈从她下唇的小伤口里钻出来，鲜红灿烂。小丽看她的样子赶紧劝她："叫我说，怎么着你也不能自虐啊，不就是撒撒娇低低身价追回来的事嘛。"一句话解了傅小雪的穴道，她抓了外套朝外跑去。

16

在扛铁锹的女人宣传下，九里山的人全都知道了朱士秋家从天上掉下来一个大馅饼。第二天一早，兄弟姐妹、七大姑八大姨、三叔六舅、大侄子小侄女的就聚了一院子。有来凑热闹看馅饼啥模样的；有来看门道希望再牵出个馅饼来的；有希望和梁鑫一家搭关系帮忙进城找个活的；也有怕朱士秋两口子上当受骗来帮忙察言观色长心眼的……朱士秋两个已经出嫁的闺女也领着女婿回来等着审时度势、盘查审问，生怕是骗子用几千元钱做诱饵把她们娘家当成处理残次品的垃圾场。

就在人们喊喊喳喳说说闹闹的纷乱里，王梁伟和梁鑫推着结实登场了。银亮的轮椅把透过萧条的梧桐树枝洒下来的晨光反射到朱士秋家的猪圈门上，一个在那里掰树枝玩的孩子发现了，用树枝去划拉那个光圈，两头粉底黑花的半大猪从门板的裂缝里伸了嘴巴子咳咳地来啃孩子的树枝。人们先都是瞅着结实一顿猛看，紧接着都忙活起脑子和嘴皮来。王凤英和扛铁锹的女人迎上来和梁鑫招呼。王凤英试探着捏了一下结实膝盖上那纤弱苍白紧缩的手指说："这孩子怎么这么瘦啊。"梁鑫说："他胃肠功能不是很好。"说着把手里的大袋子递给王凤英说："这里面是孩子的换洗衣服。"王凤英的大闺女婿蒋斌在他媳妇的怂恿下，端了一杯茶给梁鑫说："阿姨，你赶紧坐下，我觉得咱还是最好签个合同，你再给我们留下个身份证复印件，万一有个啥事咱们好说。"梁鑫说："行。"扭身嘱咐王梁伟跟着蒋斌到屋子里写合同。正在这时，就听有人说："我怎么看这个孩子长得像朱士秋啊。"梁鑫的脸腾地红起来。"不会是老朱在外面偷生的吧？哈哈。"好几个人笑起来。有苍老的女人声音说："这就叫缘分，俗话说得好，不是一家人不进一家门。"朱士秋早晨起来就喝了一茶碗散装白酒，虽在王凤英再三地劝阻哀求下比平时少喝了一碗，但也已有了酒意，听人说那残障的孩子长得像他，就用布满血丝的眼珠子斜了那人一眼说："别看我老朱没儿，我也不稀罕这样的，不给钱谁养这样的啊？！"梁鑫顺着声音看到了朱士秋，她的担忧和恐惧在脑子里嗡嗡作响："天啊，要出乱子了！"

"真是像啊，越看越像。"

"真是呀，简直大样扒小样。"

"三哥，不会真是你儿吧？"

有人趴在朱士秋的耳朵上嘀咕了一阵，朱士秋眼球上的血丝逐渐地膨胀渗漏了，以至于整个眼珠子泡在了血水里，他瞅瞅梁鑫又看了看西墙根跟下的铁锹，再盯着结实死死地看起来。

"看那女的脸红了，心里八成有鬼，不会是当年从医院偷了老朱家儿子养出毛病了，又给送回来了吧？"

"还真有可能，三嫂被抓去的时候都快生了。"

"这种事还真有，管家屯我四姨家超生的那个丫头就是送城里人了，养到六岁得病瘫了，两口子谁也不想管，把孩子往我四姨家门口一放走人了，我四姨家想送回去，早找不到人影了，找人打听，听说离婚了，都藏到别的城市去了。"

在人们纷纷的话语里，早已僵了两个人。王凤英和梁鑫。

王凤英盯着梁鑫呆呆地站着，半天憋出来一句话："你到底是谁？"

"我是二十年前给你引产的大夫。"梁鑫看再也无法掩藏、遮蔽、逃遁，只得如实回答。

伴随着这句话，那个中午霹雳一样从天上斜劈下来——

那！

个！

中！

午！

二十年前的那个中午嘭地插在了两个白发的女人当中，四目相对，浑身颤抖，默默无语，却都在心里在眼里把那个中午重新过了一遍——

王凤英：那个中午，电闪雷鸣，好像老天都可怜我了，老天都不舍得我的孩子丧命，我哭着求你啊，求你放了我，让我从窗子里逃出去，我的孩子再有半个月就该生了呀！

梁鑫：那个中午我走在上班的路上就觉得异常，突然天就黑了，我一路跑着，感觉头顶上跟顶了床霉湿的被子一样，刚进妇产科就听见你在哭闹，我换了工作服戴了口罩进去时，你突然低了声求我放了你。我说有人把守着你根本走不了。你指着窗子说——你转转身装看不见，我就能从那里逃出去。那一刻我是动了心的，我也是个女人，知道怀胎十月的苦。可赵梅提醒了我，上边领导刚发了命令，我们要是放走了你，从院长到我和赵梅都得被开除……你知道吗，我这二十年，心里头一直顶着那床霉湿的被子，没有一天是真正亮堂的。

王凤英：我看求你不管用，我就求我的孩子别出来，人家不让你活命啊，别出来，在娘的肚子里，咋着都还有娘的皮肉护着你啊！可是，你们给我打了针，硬逼着我的孩子出来！他在我肚子里死命地连踢带踹，我知道他害怕呀！

梁鑫：原来我们处理过的那些都是月份比较小的孩子，大部分还不会啼哭，就是月份偏大的也不会发出多大的动静，最多病猫一样哇一声半声的，但你的孩子会嘹亮地哭，怕你听了那哭声一辈子忘不掉，我才改用打酒精的办法，好让他跟你分离的时候绵软得没有动静。

王凤英：真没想到，你竟然让我的孩子活了下来！

梁鑫：让他活成这样，都是我做的孽啊！每一次看见他，我都自责得好几天睡不安稳。

一道二十年后的霹雳斜劈下来，打断了那个中午的回放——朱士秋抡着一把被土地摩擦得有着手术刀的色泽和锋利的铁锹朝着梁鑫劈来。梁鑫身后眼明手快的人把她拽了个趔趄才躲过了一劫。王梁伟一看朱士秋朝着母亲撒野了，他冲上去一手抓住朱士秋的铁锹一把揪住他的衣领，对峙起来。有人上来劝架，刚把两人分开，朱士秋习惯性地脱了鞋子朝着王凤英扑过去。他把她扑倒在地，像往常一样没头没脑地抽打起来，嘴里咒骂着："你个熊娘们儿，你个没用的东西，我打死你这个招惹是非的丧门星。"人们纷纷来拉朱士秋，有责骂他乱打人的，也有批评他瞎闹的。朱士秋一张脸突然遭了众人的戳骂，心里更加恼火，趁拉扯的人松手的瞬间又扑上去发泄他的怨恨和委屈："打死你个熊娘们，你不会生儿就不会生吧，到了了你还弄个这样的回来，这日子咋着个过啊！"人们纷纷劝着把他拉起来。

结实吓得瑟缩着嚎哭起来。

就在乱成一团的时候，谁也没有注意到傅小雪出现了，她用积攒了五六年的怨恨和愤怒朝着刚刚抬起脸的朱士秋抽了一巴掌。朱士秋被打蒙了。稍一缓神，看清是个不认识的女孩子后，他朝着梁鑫扯直脖子，鼓了青筋骂起来："这是哪来的有人生没人教的王八犊子鳖羔子，竟然敢打我，看我不打死你个私孩子！"众人拉扯着他的胳膊，他使劲晃了晃身子，没挣脱开，便朝着傅小雪骂起来："谁家的私孩子在这里撒野啊，给我滚出去！再不滚看我不打死你！"

王梁伟和梁鑫看清了是傅小雪后，都吃惊地过来拉她，傅小雪拨拉开他们的手说："别管，这是我和朱士秋的事。"傅小雪把脸往朱士秋眼前一伸说："你要打就赶紧的，如果打不死我，我今后就是拼死也不会再让你动她一根汗毛！"傅小雪手指着坐地上抹泪的一身泥土的王凤英，看眼诧异万分的人们，把目光盯回到朱士秋的脸上说："你不是不知道我是谁家的私孩子，谁生的王八犊子、鳖羔子吗，我现在告诉你，我就是你朱士秋生的王八犊子、鳖羔子！"人们一阵骚动，王凤英的几个亲妯娌已经明白了眼前的人是谁，朝着王凤英的两个闺女耳语起来。"你这个不配做父亲不配做丈夫的男人，你也不问问你自己有何脸面活着，有何脸面撒野，有何理由打骂老婆?！怎么，我说错了吗，你瞪什么眼？狗猫的生了崽还知道护着呢，你可好，硬是把亲生的孩子扔掉！你就为了要儿子对吗？以往你打她说因为她没给你生儿，事实证明你打错了，你儿子在你跟前了，你还打她，你凭啥？你多么愚蠢，连生男生女的道理你都不懂，你自己种下豆子非怨地里长出了西瓜，你真是岂有此理！岂有此理！"王梁伟看着傅小雪如同抖擞了毛发的斗鸡一样，想起自己和她结识时她也是这样的质问和神态，不觉得露出了笑容。王凤英的两个女儿凑过来紧紧抱住傅小雪的胳膊哭起来。傅小雪的头在两个姐姐脑袋的加持下依然高昂着要一吐为快："朱士秋，你是不是还怀疑我是假的？我告诉你吧，就你这种爹请着别人来认也没人愿意，我五六年来常到这周围转悠，在你撒野耍酒疯的时候不止一次地想教训你！要不是因为怕我养父母难过，我早就挑明了关系来收拾你了！你也不用耍赖，我亲眼看见你打我娘就有两回！"

以往，傅小雪在想起王凤英的时候，都在心里问自己——如果有一天相认了，张嘴叫一个二十多年没联系过没亲近过的女人，怎么张得开口？她没想到自己竟然就这样自然而然地叫了。叫了，心就真真地疼起来。王凤英又喜又愧地抱了三闺女的腿哭起来。傅小雪手指着朱士秋哭着质问："人生就那么点道理你怎么就不懂啊？！就那么几个亲人你怎么就不知道珍惜啊？！我娘哪里对不住你啊？别说她给你生了儿子，就是没生，她也没错啊！你自己倒是个男的，你有比女人骄傲的地方吗？你有比女人让人敬佩的活法吗？"朱士秋的眼珠子逐渐后退，眼皮耷拉下去，他低下了头。两边的胳膊见状都松开了。他擦着脸走到西墙根蹲下，把头低到两条腿之间。硝烟散去，婶子大娘们围上来，傅小雪跪下身和王凤英拥抱着哭作一团。

梁鑫看再无危险也松了口气，她看眼正红着眼睛注目傅小雪的儿子，心里对他说："儿子，妈不阻拦你了，或许这就是天意，让你帮妈承担罪孽的后果，你和小雪以后好好孝敬王凤英和朱士秋吧，好好照看结实。"三四个女人过来拉她到门外休息。有女人脱下自己的套袖铺到石头上给她隔凉，另一个女人也解了自己的围脖铺上去说："套袖就两层布太薄了。"梁鑫连声感谢，怎么也不肯坐。她们见她不坐就忙活着回家去搬凳子。梁鑫盛情难却，只得赶紧坐下。又来了三个中年妇女，有性格开朗的就和梁鑫聊起来："梁大夫，怪不得我看你面熟，我去你们那里看过病。"

"得挂专家号呢，一个星期才两个半天，有时候跑好几趟才能看上。"有人说。

这时有人嘿嘿乐起来："咱这几个谁都和她面熟，谁那地方没被她扒拉过？捅饬过？"

"放屁也不捡着好听的放。"有人责备刚刚说话的人。

那人不服气地说："我说错了吗，咱们几个可都是被逮到那里去的，你还流了两回呢，忘了？"

梁鑫垂了眼皮说："这样啊，真对不住你们了，你们都很记恨我们吧？"

"有啥记恨的，你们又不是跑上门来害我们的，我们都明白那是你们的工作，哪能怪你们啊。"

"梁主任，遇见你太难得了，你再给我瞧瞧病吧。"

"我退休了，四个月以前刚退了。"梁鑫遗憾地回答。

"人退了，本事又没退。"这句话像平地上的土包，把一直因退休而郁郁寡欢无所适从的梁鑫绊了一下，人不由得一惊。

未等她明白惊的是啥，王梁伟走来对母亲说："咱们先回去吧，她姐夫说合同先不用签了。"

"那结实呢？他们接收吗？"梁鑫站起身朝院子里看。

"在西墙根和他爹哭鼻子呢。"

梁鑫顺着王梁伟的手指看过去，只见朱士秋蹲在结实旁边，捏了结实的手指反复捋着抻着，抖着音儿说："儿子，叫爹——"

"爹—爹—爹—爹—"结实抽噎着。

朱士秋看看又哭又笑的娘四个哽咽着跟儿子说："娘们儿家就是没出息，有啥好哭的。"

结实跟他爹说："娘—嘛—没—粗—西—"

梁鑫抿嘴一笑对儿子说："走吧，别掺和了。"

17

梁鑫看着公交车站牌上的字，她的眼睛在"西山镇医院"几个字上亮了起来，她想起那个女人的话——人退休了，本事没退休啊。她思忖着。设想着。突然远处传来呼喊声，回头看见傅小雪带着王凤英跑来了，梁鑫和王梁伟迎上前去。王凤英距离梁鑫两三米远就俯身跪了下去，哭着说："谢谢恩人啊，你给我送来了两个孩子。"梁鑫红了眼睛，赶紧拉起她说："大姐你惭愧煞我了，我哪里受得起啊，我是个罪人啊，要不是因为我，结实今天就是个顶天立地的男子汉呢……"王凤英说："哪能怪你啊，再说了，他不管是个啥样都是我的孩子，都是我的天……"梁鑫想起二十年前自己跪向怪爷爷的情景，顿时泪流满面，她连说："我懂，我懂。"王凤英擦擦眼泪说："还有句话，想问问你，我儿子他这些年过得还好吧？"傅小雪朝梁鑫挤了下眼说："我跟娘说，弟过得挺好的，她不信。"王凤英嗔怪她："你又没看见。"梁鑫心里夸着傅小雪对她母亲的体恤，叹口气对王凤英说："结实这些年虽然没过什么好日子，但是收养他的人是实实在在地疼爱着他，再穷苦，只要是手里有了点钱就给他买好吃的，认识他们的人都知道，小雪也知道，她和我儿子一直处着对象呢，所以说，今天我给你带回来的不是两个孩子，是三个呢。以后，让他和小雪一起帮您照顾结实。"她把王梁伟往王凤英面前推了推。

傅小雪先是惊讶地张大了嘴巴，接着用手试图捂住自己的惊喜和快乐，但她的动作迟了，它们已经从她的嘴里画着曲线跑出来～啊～啊～呜～呜～

王梁伟先是兴奋地紧抱了一下母亲，然后一下蹿到傅小雪跟前，掰开她捂在脸上的手打趣说："怎么哭了，你相不中我就算了，别委屈自己。"傅小雪咻地乐出鼻涕泡来，红了脸说："讨厌。"

梁鑫在边上定睛瞅着小雪和儿子，遗憾地在心里嘀咕："你们这俩孩子如果都能把工作换换就好了。好在，来日方长，我就不信我说服不了你们。"

王凤英已欢喜得泪更旺了，连连说："相得中，相得中，咋能相不中呢。"

梁鑫对傅小雪笑笑："咱们也不急着回去，我去趟镇医院办点事，你领着伟伟回去让你爹也相看相看，也得尊重他的意见。"

傅小雪羞涩地说："谢谢阿姨，你放心吧，我把该说的话说出来了，也就解恨了。你们不会被我吓着了吧？"王梁伟说："你凶起来跟孙二娘一样样的，我都吓傻眼了。"四个人都笑起来。

梁鑫拒绝了傅小雪和她母亲陪同的盛情，独自一人朝着西山镇医院走去。她对自己说："如果能同意我来免费坐诊，我自己也算是老有所用，我那些积攒了一辈子的知识和经验也还能晚几年退休，那些书那些杂志也还能再看，就是对这周边的女人们也算是个补偿……"

一个小时后，梁鑫再三挥别热情相送的西山镇医院院长后，她觉得自己肿胀疼痛了四个月的腿脚又充满了力量，它们嗒嗒地踩在地上，步步都是鼓点，步步都是快乐。一种重新开始的快乐；一种另类移栽的快乐；一种延长生命的快乐；长新根发新芽，重新生发枝枝叶叶的快乐；重回人群重获他人尊重的快乐；是一种救赎的自我洗涤的快乐。它们曼妙地在她的身体里旋舞，在她唇周的肌肉上牵拽——这个时刻，看见她的人必看见了她的笑——

舒心的。

舒展的。

舒畅的。

赏心乐事谁家院

1

日出时分了，冉月出还缩在被窝里。这可是几十年来都没有的事，除了丈夫谷昊没有人知道真正的原因。谷昊倒是破天荒地先她而起，并出演了她以往张罗早餐的角色。冉月出听得出他是兴奋的，他说话的声音和腔调都像在主席台上。

他在主席台上的样子她只见过一回，记不太清具体的日子了，是她要退休的那年，也是这样干冷无雪的冬天，学校校长郑重地对她提出请求——请她的丈夫——这个城市的市长在六十年校庆的时候来给学生们讲讲话。那时，她并不像现在这样能经常看见他，他不是在会议上就是在出差中。她给他电话说了校长的意思，他毫不犹豫地回绝了。她恳求说，去一趟吧，我想看看你在主席台上讲话的样子。他哈哈笑了两声说，电视里不是经常看吗。她说，那不一样。他又笑两声说，好，下不为例。他真的来了，在老师们受宠若惊的喧哗里，在学生们踮脚伸脖的翘望中走上了主席台。她知道他是专门来讲话给她看的。隔着两千多人呵出的白气，她凝视着他，心里泛起暖暖的甜蜜和骄傲。她站在学生们的后面，远远地看他。

如遥远的当年。

当年，也是这样的寒冬，她七岁，他也七岁。他因为上课不停地做小动作被老师拽到教室外面罚站。下课了，她好奇地远远地看这个调皮捣蛋的坏孩子。他低着头，鼻涕水簌簌地掉，她掏出细棉布的白手绢擦擦自己的小鼻子，往他跟前走走，再走走，她想验证自己的想法——那些鼻涕水在地上会不会马上结冰。走近了，看见他的左脚丫子穿在半只单鞋里——鞋底的脚跟部分没有了，脚背上缠了两道麻绳。在她对着他的脚发愣的瞬间，他得到了老师从对面窗子里发出的赦免通知，跑了。她追着他跑进教室，看见他又在座位上做小动作——跺脚搓手颠哒腿。他的鼻涕水还在流，她掏出手绢递给他——借给你擦擦吧。他用袖子擦擦鼻涕说，不用。她看他的袖子——它们是锃光发亮的破褂子的袖子，长长短短好几层。他蛮横地说，别看我，有什么好看的？她问，你妈怎么不给你做棉衣呀？他说，我妈死了。这句话让她整整一节课都陷在失去妈妈的恐惧里，挨到下课，她第一个跑出教室，跑回教室后面第三排的家里，抱紧妈妈哭——妈妈，我不允许你死，妈妈你答应我永远都不死。问明白原因的妈妈，把他领回家，用被子裹着他，脱下他的两层褂子，拆开她和爸爸的被子撕棉花。两个褂子之间有了棉花就成了棉袄。爸爸的一条夏裤从膝盖处撕下两截裤管来，和他的裤子掺和在一起做成了棉裤。没有合适的棉鞋——做双鞋没有四五天是完不成的，要先打糨子，糊衬，裁剪，纳底，绲边，上帮子。妈妈瞅瞅他的脚再看看自己的，思忖一下，从床底下找出单鞋换上，又找了些布头塞进棉鞋里，让他穿上。他穿戴齐整了，不一会儿小脏手就热乎起来。妈妈端了脸盆倒了热水来搓洗他的小狗爪——看看这手都脏成小狗爪了。他和她咯咯乐起来，她把自己的小狗爪也伸进脸盆里，四只小狗在温热的水底嬉闹起来——汪汪汪，汪汪汪。不一会儿，他和她就把自己汪汪成了对方的好朋友。但出了家门，他就不再亲近她，他是全年级男孩子的头儿，学习是，捣蛋也是。她和其他的女孩子远远地看他，看他爬树，看他掏鸟窝，看他翻墙头，看他上学校主席台领知识竞赛的奖状，看他被老师揪着耳朵提溜出教室，看他在讲台前高度警惕地和老师手里的教鞭斗智斗勇，左躲右闪偶尔还有点像英雄好汉。他一进她家门，他俩相互汪一声，就是两条相亲相近的小狗，她继续用崇拜的眼光看他用发动机才能有的速度咀嚼食物，把稀饭和水喝出咕咚咕咚的响声。

2

冉月出在被窝里缩缩身子，她觉得自己的身体空了，瘪了，像一个鼓胀的气球慢撒了气。谷昊是昨晚深夜给她那张纸的。他给她的时候，像是递一张戏票那么平静平常。等她拿在手里，他就在她对面的圈椅里坐下来。她拉开床头柜的抽屉，拿出老花镜来戴上。花镜是最近新买的，上面椭圆的小标签还没有拽下来，像只豆角里吃撑了的青虫被吊在镜腿打弯的地方。戴上花镜的瞬间，她朝谷昊微微一笑说，这眼到底还是花了。谷昊没接她的笑也没接她的话，他低头从口袋里掏出烟来。

嗒！

离！

噔！

谷昊弹开打火机的声音正合在冉月出看见的第一个字上，心里面噔地一沉，里外两个声音把一个离字夹住了，让它像只咬了香饵的小柳叶鱼在冉月出的眼前挣扎。等她看清楚第五个字的时候，谷昊的打火机嗒的一声关上了，他的鼻子里窜出两条灰白的触须，在就要抵达冉月出手里那张白纸的时候飘然而散，纷纷扰扰地就在她和他之间阻隔成了楚河汉界。她抬头问他——这是谁的？话一出口，她就抖了，手里的纸也抖了，耷拉在她左颧骨外侧的小标签成了一只疼痛的挣扎的胖虫子，他新吐出的烟雾抖成了风卷云涌。

你和我的。谷昊的声音远远地飘来，在她面前的浓烟密雾中翻腾。

你和我的。她重复着这句曾搅动过她十七岁心怀的话。那是多少年前？那是多少年前？也是这样洁白的纸，也是豇豆一样大的字，也是这句——你和我的。

你和我的什么呀？十七岁的她就着日光灯一样的月光看着上面的"月出"和"昊"字。

新名字，我想好了，我把谷号改成谷昊，昊，博大，无边无际，也是天的意思。你呢，把月娥改成月出。

她笑起来，你改你的，我不改，我很喜欢月娥这名字。

改！他用温柔的腔调给她下命令。

她低头捏着自己的指头温柔地反抗——不改，月娥，不正好就是住在天上的嘛。

他说，我念首诗给你听，这首诗的名字叫月出——月出皎兮，佼人僚兮。舒窈纠兮，劳心悄兮。月出皓兮，佼人懰兮。舒忧受兮，劳心慅兮。月出照兮，佼人燎兮。舒夭绍兮，劳心惨兮。

哎哟，我听不懂这咬文嚼字的。

我翻译给你听呀——月亮升起色皎皎，美人长得多俊俏。缓步轻移身段好，想她想得好心焦。月亮升起光皓皓，美人长得好容貌。缓步轻移好婀娜，想她想得好烦恼……

我又不美，我配不上这样的名字。

你敢说你不美，我觉得这首诗就是写的你和我，再说了，不想让你的名字和那个自私的抛弃丈夫的女人挨边。他猛地抱住她，在她耳边咕咕哝哝，让她觉得她听到的是他喉咙里泛出的一串又甜又酸的泡泡，他的胸膛里呼呼地响着风箱的声音，伴着嘣咚的鼓点——里面着火了，正煮着一锅加了醋的糖稀。而她自己，自从他休学被父亲重新带回来那天起，就是一锅悄悄保着温的糖稀，有了他的明火一烧，立马也开了锅，冒出了快乐的眩晕的浓稠的心满意足的香甜泡泡——我听你的，我什么都听你的，这辈子都听你的。

谷昊看着哆嗦成一团的再月出，尽管在半生的相处里，他从未见她大喊大叫过——她的愤怒和委屈都像她的名字，月光一样把人捉住，裹起来，浸泡着。虽无声息，但丝丝缕缕地就让人浑身不自在。这一会儿，谷昊觉出她的愤怒和委屈比以往的强烈了很多，那捉住他的包裹他的浸泡他的是通了电的，只几秒钟就让他浑身刺痒，手足无措。他在膝盖上擦擦手心说——你早点休息，有不同意见明天再说。谷昊轻着脚走出去，走到书房，反锁了门。锁舌嗒地一下把再月出风抖的心穿了个洞，她瘫软下去，任凭她的愤怒、屈辱、恼恨、惊讶、不解、恐惧和疼痛从那个洞里泻出来。等她哭空了身子的时候，那些泻出的东西又蹿回去，把她整个人吹张起来。

几欲爆裂。她想自己死了是好的，无论对他对自己对儿女对孙子们——一家人的脸面和长久的痛苦都能用她突发心梗或脑溢血的意外给兜住了，掩埋了。这样想的时候，她停止了抽泣，恐惧而万般留恋地想着她的孩子们、他和她曾经的岁月，等待着自己体内爆裂的声音——它大概不会比孙子的摔炮发出的声音更大，它一定很小，小得只有她自己听见。好几次，她感觉到那个声音就要来了，就要来了，她的心突突得不成样子了，害怕在里面憋死一样拼了命地往嗓子眼里挤，而那用了六十多年的气管和鼻子像陈旧了的塑料排风筒一样透风撒气了——一口本该一个道进出的气，四散了，不成形了。就要响了。她等着。但它猛地又跑远了，她一身汗洗地躺着，原本四散的气又回到通常进出的道上来。远离了死，她又觉得她不能现在就死，她哪能撇的下孩子们哪能撇的下他。万一只是他一时糊涂呢？她要努力，像她的学生们努力解一道难题一样，把眼前这道题解开。

3

冉月出听着谷昊用兴奋的主席台上的声音向女儿女婿和外孙女撒谎——赶紧吃饭，赶紧吃饭，今天你妈想睡个懒觉，你们谁也不准去打扰她。丰收问，我妈不舒服吗？谷昊说，你妈昨晚茶喝多了，让她睡吧，这懒觉也不能光咱们睡呀，也让姥姥睡一回，对吧，贝贝？冉月出听得出一家人都有些兴奋，女儿几乎是用撒娇的口气说——爸，我都快三十年没吃过你做的饭了，今天这太阳是从哪边出来的呀？丰收把一个爸字拖了三个弯。贝贝跑到花园看看又跑回餐厅认真地告诉妈妈——今天的太阳还是从东边出来的。可能是贝贝的话把女婿郭栋梁惹呛了，她听见女儿急咧咧地指挥自己的男人——捂着，捂着点嘴，别喷一桌子。冉月出明白谷昊的心思——他怕她在孩子们面前失态，怕孩子们当面责问他，让他难堪。从七岁到现在都五十五年了，你还是不了解我啊，就是你不撒谎，我也不会撒泼。

冉月出听见女儿一家出门了，听见谷昊的司机进门拿了他的公文包又出去了，听见谷昊的脚步走到卧室门口站住。她屏住气息听着他的动静，她想或许他会进来和她说点什么。他会说什么呢？说都是自己昏头了？只要他这么说，她就原谅他，就当昨晚没有存在过，就当今早自己真的是睡了个懒觉。五十五年了，你谷昊再有本事也不能把五十五年的相亲相爱相依相靠删除吧？虽然说人生像答卷，但这张卷子没人能用铅笔来答，没人能用橡皮来擦，一笔一画都在上面呢，谷昊啊，我们已经都答到最后一题了，你就进来和我说句什么吧，只要你进来，哪怕你不说什么，或者把它拿走撕了，咱就当什么都没发生啊……冉月出在心里求着，想到那张纸被她在被窝里攥成了团儿，她坐起身翻开被子找，她以为它已经被她一夜的泪水和汗水泡软了。左左右右都没寻见，其实它就在枕边，像朵嗷待盛放的花。她想应该展开它，这样他就能注意它，把它拿走。纸质很硬，每展一下就发出吱吱的响声，她展一下，停一下，眼盯着门的黄铜把手，等待着。

　　我到外地去几天，有时间我让司机再送一份给你，你也知道，我决定了的事情是没人能改变的，你我都是有身份的人，没必要跟凡夫俗子那样来一哭二闹三上吊的一套。谷昊的脚步朝客厅走了几步停下，过了三四秒，才走向客厅门口，咚地关上了门。她想他肯定忘了戴围巾，他的驼色衬着粉丝粗的蓝条羊绒围巾挂在门口的衣架上。冉月出把那张未被完全展开的纸重新握成团扔到地上，纸团滚到窗帘底下，她顺着它的轨迹看到窗帘上在阳光映照下朝气蓬勃的竹子，那些粗得顶得上她大腿的竹子无根无首地杵在那里，每一个节骨儿都像一个粗大的铁环禁锢着。谷昊喜欢竹子，喜欢竹子有节。他常说——人有节，人的行为才有紧箍咒。选窗帘的时候，冉月出跑遍了窗帘市场才找到。她喜欢鲜花，繁花盛开，太阳出来一照，整个窗子就是一片永不凋谢的花园。丰收说，把爸书房里安竹子的，你们卧室里还是安鲜花的，也不能全照爸的口味来。冉月出犹豫了一会儿还是决定家里的每个窗子都挂竹子的。她不但已经习惯了以他为中心，更重要的是她支持他做一个有气节的人，她知道在他的位置上有很多诱惑，她希望这些栩栩如生的竹子还有花园里她亲手栽下的那些像他的拇指那么粗的活生生的竹子都是些无言的提醒。

　　为什么他说过的做过的讲究过的突然就不算数了？就非得把笔下这张卷子作废了？她知道他是为了女人，昨晚他给她这张纸的时候就明白地说了——你也不用跟我吵，我知道你没什么错，你也没有对不住我的地方，都是我对不住你，但我就是想过更有滋味的日子，和更有滋味的女人过，我不想这辈子留下遗憾。她想他一定是鬼迷心窍了。一定是鬼迷心窍了。你又不是三四十岁，你都六十二岁了，都过了贪恋女人的年龄了，怎么还会有这荒唐的想法干这荒淫无耻的事情？！你让我们这一大家子人的脸往哪里搁？孙子都十二岁了，外孙女也八岁了，再说了你清廉奋斗了一辈子的政治生涯临结尾了非要用团狗屎当句号吗？！冉月出想她应该把这个鬼找出来，应该帮助丈夫认识到鬼的真面目，帮他醒悟过来。聊斋里的那些狐狸精哪一个不是把男人迷得神魂颠倒，书也不读了，功名也不求了，翘首期盼的爹娘不顾了，老婆孩子也不认了……没别的办法，只有让那狐狸精现出原形才能让男人幡然醒悟。

4

冉月出起床吃了降压药，洗漱了一下，给每天来帮她做家务的钟点工打了电话说一家人要外出，需要的时候再电话联系。干完这些，冉月出坐下来，一向喜静的她突然觉得家里静得让她害怕——或许以后真就要熬这孤独一人的日子吗？躺在身边四十年的那个人，半夜醒来就再也摸不到了，听不见他的喘息了吗？他渴了饿了累了病了就再也不关她的事了吗？她往后的生老病死就和他没关系了吗？关系了五十五年的人从此以后就没关系了？没了他，那日子还叫日子吗？没了他，心里那份凄苦该怎样打发？那夜晚该长成什么样？她想起谷昊三十年前离开她进修的那段时间里曾给她写过一句关于夜晚相思的诗，那句诗怎么说来？

长相思，夜不眠，一夜就像一百年。

现在，他竟然用他对别的女人的相思来折磨她，让她的夜晚长得像百年了。她把电视打开——这屋里总得有点人声有点人气啊。电视里正播放一个顶发稀疏的领导满面笑容地拍手，镜头徐徐拉近，屏幕上是他放大了的面孔，冉月出才看清他的顶发像遗落在冬季田里的倒伏了的稻草，稀稀拉拉的七八垄，由前向后，那浅褐的发色和头皮的色差很小，看起来有一种自然和谐的味道，想必是经了美容师的手的。领导的脸微微上扬，使得那笑容就有了一种向往，像孩童面对大人手里的糖果。冉月出正纳闷那么大个老爷们怎么能笑成这样？镜头转到一个抱着鲜花浓妆艳抹的女人身上。镜头再转回领导的身上，这回是远景，领导已经笑得肚子大眼睛小了，他拍着手上台和女人握手，握了又握，女人说了句什么，他的后脑勺颤了好几颤，把手伸向旁边的男演员，但头却还扭在女人那里。冉月出对这种司空见惯的镜头突然有了新的解读和警惕——群众的眼睛是雪亮的，这种镜头就是群众留给人们捉鬼的。

她有了找鬼的办法——从谷昊当上市长的会议和活动，凡是电视里播过的她都录了下来——她喜欢看他在主席台上在人群中讲话，他在那里就是她的荣耀，也是她的一份成果——这么多年了，为了他能平安无事，她像老母鸡护小鸡一样防着那些嘴尖爪利的鹰——她不允许她所有的亲朋是，不允许孩子是更不允许自己是。为了他，她三十年没调动一次工作没升过职，她把她的小学语文老师当到了底。她只放纵过一次——求他到她的学校，也是他的学校里讲话给她听。

那一天，他讲得很动情，他说这所学校里有我最美好的记忆，我曾在这里读书学习，在这里恋爱结婚，后面倒数第二排平房最东头的两间曾是我和你们冉老师的家，我在这里不但得到了知识更懂得了做人的道理，这里是养我育我的地方，这里的每一草一木都让我怀念，都是美好而深刻的记忆，是能够温暖我一生激励我一生的记忆！我对这里的师德无比放心！对这里的学生更是充满希望！我相信不久的将来，你们当中肯定会有一大批人成为我们这个城市的栋梁！甚至会成为我们国家的栋梁！时代的弄潮者！

谷昊讲到这里的时候，冉月出看见教务主任低声对面前的学生说了句什么，然后把两只胳膊做出往上抬举的姿势——学生们在他的授意下，高喊——向谷市长学习！向谷市长学习！……如风吹过，声音从前面向后铺展，最后形成荡漾的波浪围在冉月出身边，触手可及。冉月出看着被学生们的声浪和校领导谦恭的笑容簇拥着的谷昊，她伸出手在身体两侧轻轻地拍了拍。竟然就有了响声。冉月出一瞬间有些恍惚，扭头来看，见是教务主任拍着巴掌来叫她——谷市长说要去看看你们原来的家。

原来的家。

青砖青瓦的一排房最东头的两间，几乎还是当年的样子，只是那屋顶也像赶时髦的人一样焗染了头发，在阳光下泛着和气温极不相称的红火，但墙体毕竟是经了几十年岁月侵蚀的仓青，一副年迈气衰又熬了夜的神情。和它并肩的是学校里最早的一座三层楼，也是顶了个红红火火的帽子。这个城市里主要街道上的早期建筑物都在谷昊的命令下戴上了红火的帽子。从高处俯视或从远处匆匆一瞥的时候，这座城市就像被燎着的冬季草原。冉月出知道最有精神气的是那些用玻璃片或尖石子刻在东山墙上的少年的誓言或愤怒。东山墙紧挨着操场，是最好的展示板。她绕过人群走近去，已经有人处理过了，成人能够得着的部分都泛着新鲜的青灰色粉末。她朝着粉末下那些模糊的刻痕笑笑，走回人群。

有人问——谷市长，你们当年在这里住了几年？她代他说——他住的时间短，五年，从结婚到女儿三岁我们搬走。我住的长，二十多年。他看着那门窗说——我呀，从七岁就把这里当家了，看见了吗？门框左上角那有个洞，是我们当年藏钥匙的地方。是吗？校团委书记踮了脚伸手去摸，人们纷纷笑起来。校长对谷昊说——现在这里是学校对青年教师的最高奖赏，只有最出色最优秀的青年教师才有资格住在这里。谷昊言语欢快地问，现在谁住里面？校长赶紧吩咐人去找。有人提出要和谷市长留影，一直悄悄拍摄的宣传干事赶紧凑上前去。

在人们的喧哗里，冉月出为着丈夫那句——我七岁就把这里当家了——红了眼睛，她想起他穿半截鞋的童年；想起在这里去世的父母；想起"文化大革命"时全校红卫兵揪斗爸爸的夜晚，谷昊倚门而睡的憨态和他怀里的铁锹——他对她说，谁要敢闯进来欺负你我就劈了他！想起他俩情窦初开的瞬间——初中二年级时他突然失踪了，那时的爸爸是他俩的班主任。爸爸四处寻他，后来打听到他在修水库的工地当小工。爸爸恳求妈妈——咱们再紧紧手就能让这个孩子的命运发生翻天覆地的变化，他那么聪慧，这么辍学太可惜了。她也求妈妈——妈，我保证每顿饭都省一点给他。辍学三个月以后，他又被爸爸领了回来，坐在她家的板凳上抠指甲灰，她觉得他陌生了一些，高大了一些，拘谨了一些，她不知道怎么找回原来的他，只得端了脸盆放到他面前让他洗手，放下脸盆的瞬间，她想起他们的游戏，自己先把手伸进水底——汪汪汪。他抬头看着她，眼里突地闪出了她熟悉的神采，他把手伸进水里——汪汪汪。四只长大了的小狗在脸盆底上就有了挤挤撞撞的亲热，两只酱色的捉住了两只米白色的，她轻轻地挣，他呵呵地捉，阳光在他俩搅起的水纹水花里东倒西歪。妈妈在厨房里喊吃饭。她笑着逃，他着慌地攥住了她的手腕——两股类似疼痛的劲道就顺着她的腕蹿进她的胸膛里，她有些愣怔地抬眼看他，不想两双眼睛里都有了飞镖一样的东西，闪着光地剜进对方的心上。又如两只粗鲁的脚踹开了隐秘的门，放出了万马，一齐奔腾。

5

冉月出把专门放置光盘的小樟木箱从橱子里找出来，从最近的日期开始倒着看。看了几张都是些正儿八经的会议，很少有女人镜头出现，偶尔出现的，按了暂停键仔细审查也没看出那女人的滋味来，她觉得自己的寻找方向错了，更有滋味的女人肯定是不一般的女人，是些能歌善舞妖娆多姿的女人。她翻找出三张市里联欢会的，快进到有谷昊镜头的地方开始播放，有三个女人曾紧跟在他的镜头后，尽管他拍巴掌的时候脸上并没有垂涎的痴像，但握着女演员手的时间也足够喝半杯水了。这几个女人，谁会是那个迷他心窍的鬼呢？冉月出决定把自己的好友肖桂萍请来。她是她小学的同学，也是谷昊的同学，如果说谷昊当年是男孩子的头儿，那肖桂萍就是她们女孩子的王，不管是和男孩子之间的对垒还是女孩子之间的针头线脑的小恩怨，肖桂萍从来都是她的保护神。肖桂萍的老公李广是市政府秘书处处长，她平日里又热爱交际，应该知道些什么。更何况她曾无数次朝冉月出控诉过李广的种种是非，她也当仁不让地给他们夫妻间当过消防员。所以，冉月出觉得在肖桂萍面前说丑事还是能张开嘴的。

肖桂萍一进门，看见冉月出的脸就猜了个八九——老谷欺负你了！冉月出说，离婚协议都写好了。冉月出干了一上午的眼睛在好友面前顷刻间排江倒海。两个一起成长了六十多年从没拥抱过的女人不由得用胳膊相互架住对方的悲哀和疼痛，然后把两颗泪流满面的白头垂在对方的肩膀上，紧紧拥抱，失声痛哭。肖桂萍等冉月出哭累了，扶着她坐下来说——我做梦都祈祷这灾难千万别落到你身上，你这么内向这么冰清玉洁的一个人咋承受啊。有一阵我真就放心了，我想啊老谷圆滑聪明，他会伪装，不像老李总是让我发现异常。我还以为你能躲过去呢。肖桂萍的几句话就把冉月出家里的暖气和太阳说没了，她冷得哆嗦起来。和刚才趴在肖桂萍肩膀上沸沸扬扬的委屈不一样，这次是凛冽里肃杀的冷——谷昊早就背叛她了！早就欺骗她了！肖桂萍害怕了——月出你别吓我，你的药在哪里？冉月出说，你放心吧，我没事，把你知道的都告诉我吧，我不会让老谷知道是你说的。肖桂萍说，从哪个说起呢？

哪个？冉月出问，你这意思是说，是说他有好几个？！肖桂萍说，你见谁家的猫只偷吃一回腥的？有的吧，我觉得是瞎传，但是我觉得在谱的有四个，我问过老李，他不反驳，或装听不见的差不多就是真的，没影的他就说我瞎扯老娘们舌头。

四个！四个！四个！天呐，谷昊，天呐，谷昊啊谷昊，这是真的吗？！

老谷当副市长的时候，传过一个电视台的，过了一段时间那女的突然调省台去了，他们传是老谷帮的忙。后来，他干市长的后两年传的比较多，是戏剧院一个唱花旦的，这人我见过，你也见过，前年市委新年联欢咱们家属不都参加了吗，这个女人还专门和你握手了呢，还夸你气质好、衣服漂亮来着，我当时看她朝你献媚那样我就恶心——真是又当婊子又立牌坊。

你是说唱杜丽娘游园惊梦的那个？冉月出努力回想那女人的模样，想起的也仅仅是绚丽的油彩下古装里的美艳。她问，这女的多大岁数？肖桂萍说，四十八九吧，嗓子好，人也漂亮，听说老谷没沾手前市里好几个领导都和她扯拉不清，自从老谷沾了手，他们都撤了。冉月出想想那婀娜撩心的身姿那一字三叹绕梁不绝的唱腔，她觉得老谷有滋味的生活莫过于此了。她记得当晚睡前她还向谷昊夸她唱得好，他说——你不懂，她的扮相是没的说，但唱得不到位，那句良辰美景奈何天，便赏心乐事谁家院，她没唱出杜丽娘的无奈和幽怨来，她唱得太快活了些，有时间你找梅兰芳的看看。冉月出想到这里，心里刺啦一下裂了个口子——那女人当年的那份快活是故意的，是情不自禁的，是唱给她冉月出看的——赏心乐事谁家院？！

冉月出觉得有东西浮上了喉咙，她吞咽一下说——谷昊一定是因为这个女人。肖桂萍说，不一定，前几天，就元旦那天我还看见他们一家三口亲亲热热地到我邻居家串门来，你以为人家和你一样拿他当命根子？就一工具，先献献身投投资，关键时刻用死他。她儿子的工作已经安排了，老公也提起来了，何况你家老谷到人大都一年多了。

另外那俩是什么样的人？

肖桂萍往冉月出跟前挪下屁股，放低声音说，我最担心的是那个属鳖的女人，她可是咬住男人就不撒口的，哎呀，要真是这样，月出你这婚姻可能就真没救了，无耻者无敌啊。

到底是啥样的女人？她怎么就能咬住老谷不撒口？

这个女人和别的不一样，她是东城区国土资源局的，人长得非常一般，但职位好，你想那东城区是啥？新城区啊，开发区啊，听说这女人是雁过拔毛的那种，肥得流油。

这种女人早晚有一天会倒的，死了那口还能咬着啊？冉月出说。

问题就在这里，这女人怎么样才能长命百岁保住她中饱私囊的财产啊，她咬住当官的保她啊。

你这意思是我家老谷和她一起贪污了？

一听就知道你白当了这么多年的官太太，这思维一点都没创意，嗨，别说你了，就我这荤素都掺和的人听说的时候还被吓一跳呢！这女人玩得是反向思维法——嫖男人！具体地说是嫖当官的男人！一级有一级的价，副科级的一晚上就五万，一级级往上，到你家老谷这里那该是个啥价呀？听说她现在已经嫖到省里了。肖桂萍在冉月出米黄色的皮沙发上戳出三个窝坑。

天呐，天呐！这是真的吗？那些男人们就傻到这个份儿上？都是有知识有文化受党培养多年的人啊，这可是出卖肉体出卖灵魂的事啊！这，这可是要多不要脸就多不要脸的事啊，这样的女人怎么能沾啊？！我不信我们家老谷是这样的人，不信！不信！他也就是被哪个风情万种的女人给迷了心窍，他说了，他就是想和有滋味的女人过更有滋味的生活，不会是这个女人的，不会的。

听说这女人骚着呢。肖桂萍说着往下出溜了一下身子靠在沙发上，无奈而疲软。

骚着呢。冉月出在心里嘀咕这三个字，试图找出它和有滋有味的雷同之处。

但愿不是吧，但老李说前些天吃饭老谷还带着这女人呢，说老谷嘴角上沾了粒米，那女人抬手就给捏掉了，大家都装没看见。

这些事你早都知道你怎么能不告诉我啊？冉月出的话和她的心一样一揪一揪的，一顿一顿的。

肖桂萍说，起初，我也是想告诉你来，后来，从我自己身上我体会到知道不如不知道，这些男人又不是几岁的孩子能听我们劝听我们管吗？再说了，风气在那里，他们不觉得干这些丑事是丑的是臭的，反而觉得是映衬他们成功的必不可少的一景。我跟你说啊，这当官的要是变成臭屎那得引来多少苍蝇啊，苍蝇再生蛆，蛆再长成苍蝇！唉，你说，我告诉你能有什么用，让你拿个苍蝇拍子满世界打苍蝇去？还是让你扔了那团臭屎？你又不像我，从小蚂蚁都不敢踩的主儿，你只能是打不了苍蝇还把恶心塞肚子里了，要不是老谷要和你离，我还真不说这些。

你说我该怎么办呀？冉月出用手指把即将流出的泪赶到太阳穴上，那里的三两片褐色的老年斑发出了淡淡的光亮。

问题是你自己怎么打算的？肖桂萍说。

我，我想啊这谁都有鬼迷心窍的时候，对吧？我想把这鬼找出来，花点冤枉钱连哄带吓说不定就能把她赶走了，我还要考虑孩子们啊，你说这孩子们的脸面往哪里搁啊，我退休了大不了不出门了自己在家里掩耳盗铃，可儿女们不行啊，我就是跟孙子孙女也没法讲啊，突然地那爷爷就不见了，哪天遇到爷爷那身边的奶奶就换人了，怎么跟孙子们解释啊？！

肖桂萍说，我知道了，我这两天再出去喝酒打牌的时候，留心着老谷的消息，回家我再探探老李的信儿，听他怎么说。

你不是说有四个吗，这第四个是什么样的人，会不会是啊？

银行的，具体长什么样我没见过，你别太苦自己了，你看看我，不是折腾了几次还好好地活着吗，我帮你赶紧打听去。

这种事好打听吗？

说好打听就好打听，说不好打听就不好打听，这要看上哪儿打听去，要上平头百姓那里去打听，三辈子也打听不出来，凡是不利于他们的事，他们都对外捂盖得严丝合缝，但是在他们自己那个小圈子里可能就是公开的，明目张胆的，最多是装聋作哑……只要几杯酒一喝，麻将牌一划拉，个个嘴上都不关门。这男人们在一起说那多半是炫耀，回家说是为了用别人的丑遮自己的丑，总是免不了犹抱琵琶半遮面。这女人们聚一堆说就彻底得多，说人家——大多是当武器攻击那些曾经门缝里看她的人，说自己——是为了痛扁陈世美，总是酣畅淋漓，掘地三尺。再说了，任何谷子地里都有稗草，总有那么一棵半棵个别的。哼，你还就别小看了这棵个别的，它还就真能让人知道谷子地里的真相。就说那个属鳖的吧，她不是嫖一个成一个嘛，有一天她想嫖她那小司机，小司机不干，她很恼火，说我他妈的领导个个都睡得就你我睡不得？陪我睡一晚给你五万。小司机还不干。她说，我睡科级的才给五万，还得是有前途的科级，给你五万你还嫌少？小司机说，不是钱多少的问题，我有女朋友，我得有我自己的原则。你猜那属鳖的咋说？她说，给你一个礼拜的时间，把女朋友给我踹了，我还就不信我改不了你的原则。小司机被吓得工作也不要了，和女朋友背井离乡去了。这事就在司机之间传开了，一时间有几分姿色的司机都人心惶惶。

冉月出说，这跟畜生有什么两样啊？！肖桂萍说——肯定两样啊，畜生不糟蹋人民币啊！冉月出叹口气说，你到书房来帮我看看这几个女人有没有可能。

6

肖桂萍一走进书房就朝着电视屏幕上的女人呸了一口说，一看见这骚娘们我就想撕了她。冉月出的心晃悠起来——就是这个？肖桂萍说，你赶紧关了吧，别让我看见她，她就是前几年气得我半死的那个，你说这女人有多不要脸吧——她就敢在办公室里坐我们老李腿上给他喂香蕉呢，秘书在外屋把关不让进，我一把就把门推开了，正抓了个现行。听到这里，冉月出的心脏稳当了一些，她说——都过去了，别再想了，现在看来，老李还算好的。肖桂萍由人推己地想了一下，点点头说——不说了，你也别太难过了，这些男人都一样，那看着好的，只是恶心人的那一面没让咱知道，像老李这种不敢太兴风浪的，那也是因为他没在那个位置上，这人要变质也得有权力和风气这两层热被窝捂着发酵才行。

冉月出哽咽着说，谁变质谷昊也不该变啊，桂萍，你是知道我的，这么多年我和孩子们没给他添过麻烦，只要他好好的，我就无欲无求——满仓当年从纺织品公司下岗的时候，有好几家单位上门主动要求给他安排工作，我都给回绝了，惹得儿子两口子到现在都对我有意见……我真不敢相信你说的这些是真的呀！肖桂萍四下看了看，拿过纸巾盒来放到冉月出面前说——你啊，平时没事的时候别光是厨房花园的，你也出门凑凑堆儿，四下里走走看看，看多了听多了你就明白了——这扎根的土地已经严重污染了，你就是给老谷这棵谷子搭上防雨棚又能怎样？

　　肖桂萍说着，蹲下身帮冉月出关了电视和DVD，收了光盘，把那个有雕花的散着樟脑香味的箱子收拾停当，抬起头就和冉月出正脸相对了——此时，冉月出的脸就像只被搓洗了六十年的鱼盘，已没了釉色，油烟菜汁的身影又浸入了肌理，洗不净抠不掉地让糙白泛出深浅不一的黄褐来。那眼珠子也是磨损了的，毛糙糙的没了水光灵动，又经了长似百年的一夜幻灭折磨，此时连活的气息都散淡了，只有那些曲曲弯弯的小血管鲜艳得如同绣花的丝线。肖桂萍看着她衰老憔悴的样子鼻子一酸，说，早饭还没吃吧，我帮你煮点面条吧，你这样可不行，不等那狐狸精找出来自己就先成鬼了。她把冉月出扶到客厅，在离厨房最近的沙发上半躺着。肖桂萍在厨房里边忙边后悔自己这张不上锁的嘴，嘚吧嘚吧地就把自己几年来听到的全说了——别说是月出，就是换了自己也扛不住。想到这里，就怕月出真出点什么事，边煮面条边喊她——月出，你没睡着吧？月出，你还好吧？听着冉月出有气无力的回应，她对着锅思忖了片刻，决定给谷丰收打个电话。煮好面条，她逼着冉月出吃了半碗，又逼着她躺到被窝里睡一觉。她说，我不放心你，我打电话让丰收回来照顾你。冉月出此时头晕恶心，像她年轻时怀孩子时的妊娠反应，她绵软无力地恳求肖桂萍——先别告诉丰收，等等再说。

　　肖桂萍见了谷丰收哪里憋得住真相，就把丰收拉到厨房里关了门，一五一十把事情都说了一遍，一再嘱咐丰收先装不知道，看事情发展再说——这种事，孩子们一插手就特没面子，就怕你爸没有台阶了。丰收不停地挠着头皮，她觉得从听见父母要离婚的那一句，她的头皮就簌簌地麻起来。她低着头盯着自己的脚尖，她知道此时此刻那层围绕着她照耀着她温暖着她的光环原来早已在很多人的眼里消散了。许多年以来，那足以令她崇拜骄傲乃至飞翔飞升的自豪在肖阿姨的唇边啪啪地破碎了倒塌了。她的高大的光辉灿烂的父亲在这破碎倒塌的声音里低矮了褪色了反胃了。她真切地觉得自己也随着父亲一起缩小——掉翎的小，只几分钟的时间，她就从一只凤凰小到了麻雀。她瞅着肖桂萍的鞋尖说——谢谢肖阿姨，我知道该怎么办，你就放心地回去吧。

谷丰收送走了肖桂萍，在客厅沙发上坐下，想稳稳自己的情绪再到卧室看母亲。她掉翎的痛苦和愤怒早已像泄漏的煤气充满了整栋房子，只一个火星就能爆炸。她在把头扭向母亲卧室的瞬间，看见了红木条几上的镜框，那是父亲在七八年前一次会议上讲话的瞬间。那一瞬间几乎是完美地展现了父亲的神采和气质，她从晚报上看到后，专门打电话找到拍照片的记者要了底片来冲洗放大的。这个完美的瞬间在谷丰收瞥见它的瞬间成了一个火星，引爆了——她蹿过去一巴掌把镜框扫到地上，顺手拿起条几上的摆设砸到照片上——你怎么可以这样？！你怎么可以这样？！……你怎么就这样了啊？你怎么就这样了啊？！爸——爸——爸啊！谷丰收坐在狼藉的碎片中，看着父亲那完美的定格，凄厉绝望地质问着父亲。呼唤着父亲。

冉月出扶着门框泪眼看着客厅里的女儿，那是模糊的一片，像有浓稠的迷雾裹挟着女儿，但女儿的声音是清晰的，女儿切切的呼唤让她觉得像根绳索一样把她从昏睡中拽了起来，屏退了那即将在她体内爆裂的声音，牵住了她乱跳着要罢工逃离的心脏。她想儿女都是父母的心头肉，能牵着母亲当然也就能牵着父亲。她擦擦眼睛走到女儿身边说——你爸啊，现在就是那吊在悬崖上的人，咱们得救他，给他根绳子抓着，把他拉上来。

谷丰收听见母亲的声音，她仰起脸喊了声，妈——

看向母亲的第一眼，她是个受屈的孩子，她的身体不自觉地蹿回童年——孩子一样蹬了下腿——撒娇要赖讨要妈妈的疼爱。第二眼，就把自己看成了忠诚的战士——她从地上噌地站起来，紧紧拥住她，护住她。她第二眼里的母亲是她从未见过的——衰败苍老得不及院子里的草。那些干枯的草，叶脉里也还有着些许的韧性，根里有着来年重生的能量和希望。而她的母亲，只是一片被寒风摘掉扔弃的叶子，她的枯萎和衰败是不可逆的，是破碎了就会永远消逝的。她的心尖锐地疼起来。她把刚刚还肆意泼洒的委屈和愤恨一下收紧憋住，生怕它们会压碎母亲。那被突然收紧憋住的以及新生的对母亲的疼惜和失去母亲的恐惧在她的筋脉里游蹿，暴乱。

冉月出在女儿的颤抖里惯性地坚强冷静起来，她拍拍女儿的后背说，相信你爸就是一时鬼迷心窍，他会明白过来的。母亲声音里的冷静让谷丰收大舒一口气，她把母亲护送回卧室，让她躺到床上，问她是否吃了药。服侍母亲喝了半杯水，表达完了惯常的关心，谷丰收就发现自己第一次在母亲面前变得笨嘴拙舌，连目光都有了笨重的形状，柱子一样无处安放。她只得低下头拿起床沿上母亲的手指，轻轻揉捏。食指的第一关节和无名指的第二关节变形了，手上的皮肤像陈旧的皱褶的塑料膜，上面浅褐色的斑如同洗不净的酱油渍，斑斑点点。她不忍再看，就用两只手把母亲的手罩起来，护着，暖着。她在心里问狂行霸道的寒风——一个一生信奉爱情甘愿付出的女人在她衰败了的时候就该因此被抛弃吗？！就是陈世美还有包拯的铡刀呢！在权势能够任意操控铡刀的时代里有什么能够制约操控者的欲望啊？过去有天神地狱和人们的唾沫能够制约人的奸淫抢盗。现在呢？！天神地狱早都被迷信两个字轻易地爆破了，人们的唾沫已成泡沫，只是羡慕地荡漾在权势和欲望的身边……这样的年代，我的衰老的跟不上时代步伐的母亲啊，那些还没有跟上时代步伐的人们啊，将活得多么郁闷无望愤怒绝望啊？！在那些把权势摆弄成万能消音器的人面前，你能怎么样？！她的眼前浮现出那些上访的人们，那些来不及表达自己的冤屈和愤怒就被"护送"回老家甚至被长久"保护"的人们……他们的声音再大，在消音器里也散不出去。消音是展现和谐给上层给民众最省力最便捷有效的方法。这一点，连鲁迅都想不到铁皮屋子能造成消音的吧……谷丰收用她信访工作者的脑子和业余诗人的心脏问得自己泪流满面，恐慌不已。

　　泪是流给母亲们的，恐慌却是自己的——从她第一次失恋起，父母就成为她观察这个世界信任这个世界的眼镜和证据。第一次失恋，让她明白了人的精神和感情是能够像房屋一样倒塌的——它们塌了，和这个世界的亲近也就倒了。在她试图用药物把自己永远安眠在昏睡中时，父亲告诉她——真正属于你的爱还没出现，还需要你去等去找，你在这个过程中必须相信它的存在，只有这样，它来的时候你才能认出它来。她摇着头对父亲说，爸，世界上没有真正的爱情，那都是人们想出来安慰自己的。父亲说，有，看看我和你妈，我们已经深信不疑地爱了三十多年，从没改变过。十七岁的谷丰收闭上眼睛在脑海里翻找记忆中的影像……良久，她流着泪朝父亲笑了——她脚下塌陷的和头顶掉落的都逐渐回归了原有的海拔和轮廓。后来，她又经历过两次小规模的失恋，终于等来了她真正的爱情——从报刊上读到她的诗句（我相信你在，在地老的皱褶里，在天荒的茅草丛中，山菊一样悄然开放，只是，我还不够幸运，还没能将你遇见），辗转打听到她的单位，专门跑到她的面前让她遇见的郭栋梁。遇见了，相知相爱了，又欢喜地埋怨着命运故意的捉弄——在拜见未来岳父的时候，他才知道她竟然是自己在师专读书时最敬爱的老师的女儿；她才知道他曾是爸爸教书生涯里最得意的门生。他们是师徒的阶段正是她第一次恋爱的时候，她坚信——如果早十年遇见，她所有的情伤都可以避免。父亲在她娇嗔的埋怨里（都怪你没早把他带来，让我白白受了那么多苦）告诉她，没有对比哪能知道哪个是真哪个是假，哪个重于泰山哪个轻于鸿毛？哪个是值得你爱一生的值得你用生命相托的？她说，你和妈妈没有对比过，你们怎么能知道呢？爸爸哈哈大笑，任何事情都会有那么几个幸运儿，我和你妈就是。

父亲的笑声还在耳边，他对母亲的爱却坍塌了，连怜悯都丢弃了。她不知道父亲做出这么绝情的决定时是否经过了对比？是否预见了母亲的后果？如果是经过了对比，是什么样的人生观世界观和价值观成了父亲对比的标尺？如果预见了母亲的衰败甚至消逝，又是什么样的力量击碎了五十五年的构建？连父亲这种生在旧社会长在红旗下的人都能够改变，连父母这种患过难同过苦见过了半生真情的爱都会改变，那郭栋梁呢？！郭栋梁和她谷丰收呢？谷丰收突地松了母亲的手站起来，快步走到窗前，背对着母亲，疑邻偷斧——那个请回家来给贝贝补课的研究生仅仅是他的学生吗？那么多男生，他郭栋梁为什么偏偏选了个女的？那些在他博客上留言的为什么大部分都是女生？一看那些花里胡哨的名字和腻不拉叽的话语就知道是些正怀春的女子……

再月出恍惚中感觉到了丰收的情绪变化，她睁开眼打起精神说，丰收，坐到妈这里来。等谷丰收坐下，她担忧地说，丰收啊，妈知道你的脾气不像我，你和你爸一样都是属毛驴的，脾气倔，还容易发火，丰收啊，你答应妈妈先别管我和你爸这事，你主要的任务就是帮妈把这个家照顾好，妈想啊，凭你爸的性格脾气，咱们谁和他谈都改变不了他，你还记得他当年在师专因为看不惯校长的做派愤而辞职的事吧，所有的人都劝他给自己留条后路都劝不动，要不是你姥爷通过老同学把他调进市政府去，他这辈子还真就失业了……唉，我想啊，只能把那个迷了他心窍的女人找出来，咱们对人家晓之以理动之以情，再破费些钱补偿补偿人家，或许就行了……等妈对付不了的时候你再出面，我已经托你肖阿姨打听去了，估计很快就会打听到的。谷丰收知道妈妈说得有理，也知道妈妈不想因为自己的事给儿女增加伤害。她是那种为了亲人宁愿千刀万剐也心甘的人。丰收乖顺地点点头，按下自己的恐慌，重新拿起母亲的手，疼惜地揉捏。仿佛那岁月的皱褶，那生命的轨痕，那无常的人生，都能够被她揉捏得一马平川。

7

一周过去了，没有谷昊任何的消息。

肖桂萍一天两个电话汇报她毫无进展的谍报活动。谷丰收大喘了好几次气，想装得若无其事在电话里探听父亲的行踪和想法，但每次都无人接听。第七天，丰收把电话打到了他秘书手机上。秘书吭哧半天说，首长的身体很好，家里放心就是了。丰收说，我爸忘记戴围巾了，他颈椎不好，我爸要是忙，你有时间回来给他拿一趟吧。秘书又吭哧一会儿说，首长戴着新围巾呢。这天傍晚，司机回来了，递给谷丰收一个大牛皮纸信封，不等谷丰收拐弯抹角打探就离开了。谷丰收看信封上写着妈妈的名字，就把信拿到冉月出的卧室。

一份新打印的连个折痕都没有的离婚协议书。

你和我的。

白纸黑字的，字大如豆的。你和我的。

冉月出默默地看着，它在她的手里，抖如风中。比上次多了一张——你和我的。谷昊的亲笔信——冉月出，这么多年了你应该了解我的脾气，不要再抱什么幻想了，咱们好合好散。你能低调处理这件事，我也低调处理以后的事，这对你对孩子们要好些。为了避免不必要的争吵，以后咱们就不见面了，你好自为之吧。

妈，爸这是什么意思?! 他这是说，冉月出，你要忍气吞声，你要哑巴吃黄连，你要打掉牙往肚子里咽吗？！太过分了！我找他理论去！谷丰收抢过母亲手里的信就往门口跑。冉月出一把扯住女儿，无语而呆滞地看她。丰收知道母亲虽然不赞成她去理论，而她自己又毫无办法，她的表情完全是呆的。无望的呆。

那怎么办？只能听爸的吗？丰收坐到母亲的床沿上。冉月出说，不不不，你肖阿姨在帮我打听那女人，快了，快了，不要紧的，不要紧的，你爸会明白的，你爸会明白的……冉月出说着说着，就说成了老人的喃喃自语。她坐到床沿上，嘟囔着倒下去，扯过被子连头蒙住。一瞬间，她的自语就满了被窝，像一群早春破壳的小鸡虚弱地瑟缩。谷丰收看着把母亲的身体连同她无望的颤抖和自语一起遮蔽了的驼色被子，咬唇而泣。

谷丰收给哥哥谷满仓打了个约见的电话。两人在谷丰收很久没居住的家里碰头。谷满仓一听就恼了——他想离就离吗？他的光我半点没沾到，反倒要跟着他出这种名？！他要是给我一百万还差不多。

哥，你这说的是人话吗？你想过妈了吗？给你一百万你就答应，一百万能买妈的命吗？能买妈在他身上付出的这一生的心血吗？是不是给你二百万你就慌慌地跑到他新女人跟前去当孝子贤孙去呀？！谷丰收在母亲面前收紧挤压了七天的愤怒恼恨和疼痛挣开了绳索，她随手抄起靠垫朝谷满仓扔过去。谷满仓头一偏，孔雀蓝的靠垫落到栗皮色的地板上，带着久积的灰尘窜行出去。

谷满仓弯腰捡起靠垫，连上面的灰垢一起放到沙发上说，谷丰收你也别在我面前装孝顺，戳鼻子点眼地指责我，把你放到我现在这个状态里你试试，让你失失业试试！谷丰收看谷满仓没把坐垫扔回来，怒气就消了一大半，她拍拍胸口说，我承认你过得辛苦一些，可这也不能全怪爸妈啊，再说了你的困难大家不是一直都在帮吗？这些年，妈补贴给你的还少吗？我和郭栋梁可是从来没攀比过，老话还说人穷志不短呢，你还没穷就把那志短得卖妈了？！

谷满仓用指头搓着茶几上的尘埃，连连点头，是呀是呀，我这些年是得了妈不少补贴。谷丰收看他语气软了，就缓了声说，承认就好，算你还有良心。话音还没落地，没想到谷满仓突地提高了八度喊起来，你以为我愿意要吗？你以为我拿得很开心吗？我偷着乐吗？我谷满仓要不是他谷昊和冉月出的儿子，我会是今天这样子？我像老鼠一样躲着这个出身！谁不认为堂堂市长的儿子肯定是大逆不道不受父母待见才混成这样的！这个出身就是我谷满仓行为不端的一个展示牌！谷丰收你看看这市里哪个当官的儿子不呼风唤雨啊？！就我他妈的谷满仓在批发市场里卖床单被罩，还得受人指指点点！快看，快看，那就是市长的儿子！我倒是给他当了清正廉洁的证据了，他给我当什么了？！到头来，他腐败了，我连这样的证据我都被当作废了，你说，我跟他要点补偿费过分吗？！

不过分，不过分，你去找他要去！你别在这里朝我喊！谷丰收抓起了钥匙，谷满仓哼了下鼻子跟着往外走。谷丰收走到门口，想起母亲无望呆滞的眼神想起她蜷缩在被子里的老年的嘟囔，她的腿一下子软了，把头顶在门上让眼泪直接从眼珠上掉到地上。谷满仓看着妹妹弓起的后背说，刚才那些都是气话，你说咋着，我听你的。谷丰收哭出声来，妈是承受不了这种打击的，这七天她已经老得跟八十似的，她现在还存着爸能回头的希望，她就这样了，要是阻止不了的话，我真怕妈顶不住呀……谷满仓的眼睛也湿了，他咳咳嗓子说，咱们找爸去，说什么也不同意他胡来。

谷丰收直起身子，擦擦眼泪说，我猜爸根本就没去外地，咱们给他的司机打电话问他到底在哪里。谷满仓点头同意。谷丰收拨通司机的电话说，我知道我爸根本没外出，你告诉我他现在在哪里？司机说，这，这，你还是给他打电话吧，我不方便。谷丰收说，你方便也得说不方便也得说，你怕得罪他就不怕得罪我是吧？我和他是砸断骨头连着筋的，你呢？你就不怕我在他面前给你上点眼药？司机沉默片刻说，我告诉你，你也体谅我们这些当差的难处，别说是从我这里知道的。谷丰收说，我又不是傻瓜，这话还用得着你教吗？司机在电话里连声说谢谢。谷丰收在纸上记地址，谷满仓在旁边炉火再燃，等她扣了电话，他说，丰收，看你这话说得多牛B，活脱脱一个官家大小姐的派头，我谷满仓就没这底气。谷丰收折叠了纸片，放进兜里说，别天天把自己搞得跟后娘养的一样。谷满仓冷笑一下说，我是提醒你，小心哪天让人揪着小辫子，文章里写的都是针砭时事，指责别人精神堕落，你自己其实也是堕落的一员。谷丰收愣了愣，摸了摸自己的面颊说，我不跟你斗嘴，咱们找爸去。谷满仓哪肯轻易丢了掐妹妹的指甲，跟在她身后再冷笑一声说，哦，我忘记了你写文章都是用笔名，你的小辫子藏着呢。谷丰收不愿和他打嘴官司，两个人默默地坐进了她的车里，在导航器上鼓捣了几下，就发动了车。一路上，谁也无话，只是听着导航器里指挥谷丰收左转右转直行的声音。半个小时以后，谷丰收的车停了下来，谷满仓下了车，嘀咕说，这可是高档别墅区啊。

8

谷昊打开门的瞬间，愣住了，两三秒后他就恢复了常态，让他的一双儿女进了门。谷满仓四下里转了转，扭开各个房间的门看看说，爸，四室两厅，还带观景台呢，这得有二百平吧？这么高档的小区得一万多一平吧？谷丰收也跟着谷满仓转，她在仔细找寻关于女人的痕迹，想根据发现推测女人的品位和身份。

谷丰收一无所获。

谷昊一言不发地坐在客厅的沙发上抽烟斗。等儿女转完了，他用三分不满七分威严的语气说，坐。谷丰收和谷满仓在他对面坐下来，两个人对看一眼，都以为对方是让自己先说，不约而同地小声喊了句——爸。谷昊抬手一摆说，你们来干啥，想说啥，我都清楚，这是我和你妈的事，你们作为晚辈是没资格说三道四的，你们唯一的义务就是多做做你妈的思想工作，让她别那么传统，这都什么年头了还拿着离婚当耻辱，现在是提倡个人价值和生命质量的时代，离婚它已经是被广大民众认可的一种生活常态，合得来就合，合不来就分，毛泽东都说天要下雨娘要嫁人，只能随它去。谷满仓动了动屁股直了直腰，干咳一声说，爸，那你给妈什么条件？你总得让她后半辈子有着落吧？谷昊说，条件嘛，对你妈我是不会亏待的，原来的房子是市里分配给我的，没有产权，我另外给她一套房，这些年我没管过钱，咱们家的存款都在你妈手里，怎么也有个百八十万吧，也都归你妈，我净身出户，用眼下时髦的说法叫裸离。谷昊说到这里，嘴角堆起了笑。

爸——，你不能这样，爸，你不能和妈离婚啊……一张嘴就哽咽是不在谷丰收自己的设计范围里的，她在来的路上已经想好了要和父亲深入地谈谈，要用几十年的父女情感化父亲，要给他摆事实讲道理，让他明白他人生最好的道路就是顺着原路走下去，这是对他自己对母亲对子女对他世世代代的子孙都有益的路。雁过留声，人过留名。他已经是谷家的骄傲了，是谷家祖坟上窜起的最高的青烟，他应该为那些曾经以他为荣的人保持他的精神高度和外在形象，何况他已经六十多岁了……谷丰收脑子里对自己又恼又怒，原来的思绪乱成了一团雾，只有父亲的年龄清晰地在里面游逛——爸，你都已经六十多岁了，爸——

谷昊皱皱眉，把手里已经燃尽的烟斗放到烟头架上不耐烦地说，你什么意思？我六十多岁就没有追求幸福的权利了吗？难道说，我该怎么做还要你来教我吗？还是那句话，你们做晚辈的没有资格对我说三道四。

谷丰收一着急，干脆放声哭起来，边哭边说，爸，我不是这个意思，我是没有权利说三道四，我总有权利求你吧，总有权利替我妈求你吧？爸，你这么做会毁了妈的，一个星期她就老了快二十岁，爸，求你可怜可怜妈，爸，求你了，爸，妈这一辈子没做过一件对不住你的事，她做任何事情都是先为你考虑……爸，你要是和妈离了，爸你还是我们原来的爸吗？有人隔在我们之间，我们的亲情会变的，爸，你想过没有，这世界上还能有比妈更疼你的人吗？现在人家可能是喜欢你，但是过几年等你退了，等你老了呢？爸，等你老了呢？我们不干涉你追求幸福的权利，只求你别和妈离，行吧？

谷昊脸阴阴地站起身走到窗户前，背朝客厅站着。谷满仓戳戳妹妹说，别哭了，爸烦了。谷丰收晃晃身子，哭的声音更大了。这一瞬间，她想起母亲的话——你爸就是吊在悬崖上的人，咱们得给你爸根绳子。她要把亲情这根绳子源源不断地送进父亲的耳朵里。此时，谷丰收脑子里的那团雾散开了，原来设计好的谈话思路清晰了，她一一道来——从她有记忆说到现在，从她听来的关于父母恋爱的传说说到眼见的事实，从他作为丈夫父亲爷爷的责任说到他作为公众人物的责任……滔滔不绝，声泪俱下。谷丰收被自己的诉说感动了，数度泣不成声。她听见自己的声音在父亲这个崭新的家里回响，听到它们转了一圈又回到她的身体里。她用眼角看见哥哥一会儿四处张望一会儿盯着天花板一会儿摸摸眼角，她真真切切地看见父亲的后背软了，松了。她听见了他粗重的喘息。她知道父亲和哥哥都随着她的诉说一起回到了从前，都被里面的记忆烘烤着，软化着。她想了想，站起身，走到父亲身边，抱住他，哭，爸，求你了，爸，爸——

谷昊叹口气。再叹口气。他拍拍女儿，往沙发那里走。谷丰收哭着挽着父亲的胳膊相随。十几步的相依，谷丰收觉得父亲已经是原来的父亲了。她把头靠在父亲的肩上，朝谷满仓露出一个红色的欣慰的失而复得的笑。谷满仓看着父亲和妹妹回到原来的位置上坐下，他殷勤欢快地说，爸，我给你装烟斗。他说着拿起父亲的烟斗在烟灰缸里磕打起来。

谷昊赶紧制止说，这活你可干不了，看着简单，实际上是个技术活，这样磕打是要伤烟斗的。谷昊说着，打开烟斗架上的一个筒子，拿出烟勺轻轻地挖着烟斗里的烟灰说，手法得轻，重了容易伤着内壁和积碳。清理完烟斗，他打开烟丝盒，捏起烟丝往烟斗里揉撒，说，这装烟丝要分三层，看了吗，等它满了，要用孩子的手力，压至半斗满，这是第一层，然后再揉撒，满了，用女人的手力，压至四分之三斗满，这是第二层，然后再撒满，这时才能用男人的手力，压紧表层，这样装出来的烟才有弹性，才好抽。他说着把他用三层手法装满的烟斗递给谷满仓，你按按试试有没有弹性。谷满仓用拇指压了压，说，还真有弹性，这活我还真没干过，还真有技术啊。他笑着把烟斗递给妹妹。谷丰收小心翼翼地把拇指放到父亲用三层手法装好的烟斗上，含着泪说，我小的时候最喜欢给爸卷烟卷了，把旧作业本撕成长条，放上烟沫，从一个角开始卷，卷到最后，用舌头一舔就粘住了，那也是个技术活，紧了抽不动，松了就往外掉烟沫子呢，爸，是吧？

谷昊笑着从谷丰收手里拿过烟斗，谷满仓抢着拿起茶几上的火柴擦燃了，谷昊把烟斗往高处一抬，避开儿子的手说，你不懂，我自己来。谷满仓讪讪地把手里的火柴晃灭，和妹妹一起看着父亲。谷昊把烟斗叼在嘴上，擦燃火柴，沿着烟斗的外延点火。一根不够，又擦了一根。点完了，他慢悠悠地抽了几口才说，这叫修整烧，这样才能让烟丝均匀地燃烧。谷丰收感叹说，还真有讲究，爸不说还真不知道，光看人家叼个烟斗，以为装上烟丝就能抽。谷满仓笑着对谷丰收说，还敢说你当年给爸卷的烟卷是技术活吗？三个人相互察着言观着色，呵护着这难得的温馨。三个人都极力地寻找不相干的话题，从气温扯到雨雪从中国扯到西伯利亚，从寒流扯到台风扯到地震扯到房价扯到戏剧电影，扯了个把小时，扯得表面看来已经完全删除了离婚这个词带来的不良影响了。谷昊把烟斗放到架子上，腾出嘴来喝茶，谷满仓问，不会灭吧？谷昊说，装好了，它能一整天不灭，这叫阴燃。丰收问，什么阴燃？谷昊说，阴燃，就是没有明烟明火，暗暗地燃烧。丰收又问，爸你什么时候开始抽烟斗的？怎么没见你抽过？谷昊拿起烟斗抽一口说，就这两年的事，在家里，你妈一看我抽烟就嘟囔，我哪还敢叼个烟斗让你们看。说到冉月出，三个人小心呵护的乐融融里就有了玻璃渣子，谷昊的声音干涩了，尖利了，他正正脸色说，你俩回去好好做做你妈的工作，早一天办了早一天利索。

什么？！爸，说了这半天你还是没改变心意？！谷丰收从沙发上站起来，抬抬胳膊又无奈地放下，一屁股坐回去。谷昊往后靠靠身子，吸口烟说，我一贯都主张民主集中制，今天我已经让你们俩发表了自己的看法，包括你妈怎么想的，我都已经很明白了，归结起来无非就是两点：一是对离婚这个事情的认识不同，再就是对生活的态度不同。你们都认为离婚是丢人的事，尤其是老年人更应该凑合着度晚年，我和你们的看法是不同的，我主张每个年龄段都应该像花一样怒放，充分展现自己的生命和激情。

生命和激情！谷丰收一把夺过父亲手里的烟斗说，你想过我妈的生命和激情吗？你想过吗？！我妈在你眼里算什么？估计还抵不上这个烟斗吧？！一个烟斗你怕它碰了伤了，我妈呢？她死了你也不在乎吧？她啪地把烟斗摔地上。谷昊盯着女儿说，你是真的在为你妈想吗？说到底，你们还不是为了自己的脸面，为了不失去我这棵大树吗！谷丰收一下子噎住了，她气恼地踢了下茶几说，是呀，这么多年来我都把你当金子贴在脸上，现在是你自己非要变成臭屎抹在儿女身上。谷昊冷笑一声。谷满仓说，爸，你这话说妹妹行，你不能说我，我可是没在你树荫底下呆过。谷昊抬抬眉毛说，是吗？和你一块干的有几个坚持到现在的？！有几个效益比你好的？！有些事我装聋作哑，你们自己也装吗？谷满仓哑摸一下父亲的话，哑了声，从地上把四分五裂的烟斗捡起来，放到桌子上。谷丰收把它们拨拉到地上，站起身朝谷满仓说，我走了，你继续在大树底下乘凉吧。谷满仓站起身跟着往外走，回头对谷昊说，爸，我们走了。谷昊愤愤地摆了下手。谷丰收走到门口停下，梗着脖子说，我妈是不会同意的！我是不会同意的！你那一己的私欲就别打算充分展现了！

谷丰收坐进车里，心里疼着刚刚折损了的父女感情，疼着母亲蜷缩在被子里的期待。她发动了车，窜出去十几米才想起谷满仓还没上车，停下来等他。谷满仓钻进车里说，告诉妈，就要这套房子。谷丰收说，别让妈知道咱们找过爸，就是阻止不了，能拖到春节以后也好，总比大过年的好些。谷满仓点头应着。

9

因为怕外人知道家里的事情，冉月出没有再请帮工，自己强打精神打理家务。她总幻想自己只是在一场梦里煎熬着，谷昊一进家门就能把这个噩梦给破了。这天早晨从梦里醒来，在床边坐着回想梦里的情景——谷昊出差回来了，一进门就对她说，天气真好，今天的午餐就在花园里吃。她赶紧拿了抹布去擦花园里的石桌石凳，谷昊坐下后，看看旁边的竹丛说，怎么落了这么多黄叶子？

冉月出听女儿一家出门了，她穿了外套拿了花锄和簸箕到花园里清理竹丛。冉月出抬头看看天，并不是梦里谷昊说的好天气，而是无声无息地低矮着，很瓷实地阴着，罩在人的头顶上像个密不透风的大罩子让人憋得慌。她走到竹丛跟前，就听见门外女儿急咧咧地在逼问女婿，你说呀，到底说的啥？郭栋梁说，你声音小点，你不怕妈听见啊？谷丰收说，妈还睡着呢，你赶紧告诉我到底说的啥，别让我着急！郭栋梁说，考虑到行车安全，我还是不告诉你为好，你找时间自己到我博客上去看吧，我琢磨着不是我的仇人，只能是你的。谷丰收说，快说，要不一会儿贝贝就过来了。贝贝出了大门才想起来老师要观察落叶，她跑到对面的树底下看落叶了。你说呀，到底说啥？我谷丰收向来光明磊落，我能有什么样的仇人要跑到你的博客上骂我？郭栋梁说，不是你的就是妈的，唉，别忘了看完了给我电话，我好把它们删了。谷丰收说，妈能得罪谁呀？一个退休快十年的老太太。冉月出听到这里赶紧返回屋里给肖桂萍打电话。肖桂萍说，月出啊，我正往你家走呢，我昨晚上真是给你出气了，你等着啊，我一会儿就到。

肖桂萍进了门一边脱外套一边说，月出啊，你猜昨天晚上我遇着谁了？几个姐妹约着喝茶去，人约人就把银行那女的给约上了，一开始人介绍说肖行长，我还没对上号，后来就有人对她说，你也不能光顾着事业，得趁着还算是中年的时候再找个人。听到这里，我这心里一亮，等她上厕所我就跟进去了，我把她堵卫生间里直截了当地问她，还打算掺和谷昊家的事吗？她脸腾地就红了，一再说那是别人瞎传的。我说瞎传的可是都已经传到人家老婆儿女耳朵里了，你说咋办吧？她说，我保证以后不会再有这样的事了，对不起对不起。那对不起得说了一厕所，我就直直地盯着她让她说，盯了半天，直到她眼里有泪了，我才说——我觉得这女人吧流着泪说的话还有点可信度，我先信你这一回，回头要是再有什么传闻或者我们从谷昊那里感觉到你做了什么，那可就不是一个对不起能解决的！月出，你说，这口气我给你出得还痛快吧？冉月出鼻子酸酸地说，从小你就护着我。肖桂萍叹口气说，我要能真把你护住就好了。她咂下嘴又说，这几天听人说那个属鳖的女人现在的男人是从别人手里抢来的，两口子表面很恩爱，那男人把绿帽子戴得有滋有味的。冉月出给肖桂萍倒了茶，等她坐下来问，你懂博客吗？我今天早晨听丰收和栋梁在嘀咕，说栋梁博客上有人在骂丰收。肖桂萍皱了眉头问，骂丰收？是谁这么不知天高地厚？

也可能是骂我，栋梁跟丰收说不是你的仇人就是妈的仇人，你说我能得罪谁？我除了在离婚这事上得罪谷昊，我不可能得罪谁呀！

肖桂萍伸嘴吹着漂浮的茶叶说，能是老谷？他也不用跑到女婿的博客上骂你和闺女啊，他疯了？冉月出说，不知道呢，你懂吧，懂就帮我看看。肖桂萍放下杯子，和冉月出去了书房，搜到郭栋梁的博客，点开上面的博文，在上面的一条评论里她们看到了这样的句子：

你老婆是野种！！！

你老婆是个野种！！！

知道吗？你老婆是个野种！！！

冉月出没顾上找花镜，眯缝着眼往后仰着身子念电脑上的字——你—老—婆—是—野—种！桂萍，这人说这话是啥意思啊？肖桂萍站起身挡住电脑说，咱不看啊，月出，咱不看。冉月出已经彻底明白了这句话的意思，意识到了这人的身份和这句话的来源。她的牙齿捉对厮打起来——这人说这话啥意思啊？这人说这话啥意思啊？桂萍，你是知道我的，桂萍，你是知道我的……冉月出像个无助的孩子又急又气，不知道该如何为自己申辩，不知道该向谁申辩，生怕眼前的人也怀疑了她，就紧紧絮叨起来。肖桂萍扶住她坐到旁边的沙发上，连说，咱不生气啊，谁不知道你呀，这世上没有人再比你月出干净的，我知道，他谷昊更知道，咱不生气呀，气坏了身子没人替咱受。

肖桂萍不知道自己的安慰于此时的冉月出来说已经没有作用了——她远离了，被侮辱绑架了。被侮辱用胶带捆绑了，封住了她的嘴巴鼻子和耳朵。这侮辱是要她死。要掐死她。勒死她。憋死她。闷死她。剁死她。用否定她生命里最确切的品德和行为的双手来干掉她。只有那眼睛是能呼喊和抗争的——它们鼓起来突出去，迸发着拼死要呐喊辩解的渴望。但那双手却拖了她摁进水底……

冉月出的样子把肖桂萍吓得浑身酸软地哆嗦了，嘴唇已是破旧的簸箕——想说的话被颠簸得漏掉了，只剩一个字在边边上抖动——药……药……药！她看见月出的指头动了动，朝着她的卧室。她跑进去，把进了眼的抽屉拽开，抽屉掉到她的脚上，里面大大小小的瓶子四散逃离。她顾不得疼痛蹲下身抓起一个，看看，扔掉，再抓起一个，再扔掉……找不到月出的救星，她急得在心里大喊，月出你可不能死啊，不能啊，我可没法跟孩子们交代啊，让你死在我面前还不如我自己死呢！到这里，她清醒了，她的外套口袋里就装着防止死的药，她从没有发过病，只是因为心电图异常，大夫建议她这样做而已。她跑到客厅，掏了硝酸甘油片出来，给月出塞到舌头底下。冉月出口鼻上的胶带崩断了，那双要她死的手逃跑了，她从水底浮蹿上来，水淋淋地大喘着气。

10

冉月出住院的一周里，谷丰收和郭栋梁、肖桂萍都闭口不提博客的事，冉月出知道他们是怕她再受刺激。谷昊没有来过。她想或许是丰收没有告诉他。她想问问女儿，好几次话到嘴边又咽了下去。或许，这样或许着，会好一些。

出院回家的第二天晚上，丰收和贝贝在客厅里下跳棋，冉月出坐在一边看着，郭栋梁从他们的卧室里出来喊，丰收，你过来一下。丰收抬眼皮看看母亲再看看栋梁。栋梁催促说，赶紧啊。冉月出合上眼皮装休息，丰收站起身走进卧室。

郭栋梁的博客上刚刚跳出了——你老婆是个野种！！！你知道你老婆是个野种吗？！

真不要脸！这个泼妇到底想干什么？！这个野种，这个没人管教的野种到底想干什么呀？！前两句，谷丰收还能绷紧全身的筋骨把词咬磨在牙齿间，说第三句的时候牙咬得酸疼了，松动了，那蝎子一样蜇了她的辱骂就趁机长了翅膀，成了马蜂飞出去。蛰在冉月出的身上。冉月出浑身一哆嗦，闭紧了眼。郭栋梁低声制止丰收——小声点，妈和贝贝在呢！

贝贝闻声跑进卧室抱住丰收，妈妈，你怎么了？妈妈你别生气！丰收摸摸贝贝的头，强压住怒火说，没事，没事，宝贝，妈妈没生气，妈妈没事，你去和姥姥下棋，听话。

贝贝出去了。郭栋梁关了门说，要不我休博算了。丰收说，你让我想想，让我想想，这样吧，找朋友问问看能查到她的 IP 地址吧，不管她藏在哪个老鼠洞里我都要把她揪出来！我非撕了她的臭嘴不可！两个人正说着，冉月出敲门了。

丰收打开门把母亲扶到沙发上坐下，安慰母亲说，没事，就是疯狗又叫了，让栋梁把博客关了就眼不见心不烦了。说着，示意郭栋梁把电脑关了。

冉月出说，人的怨恨跟发面一样，越捂盖发得就越厉害，你肖阿姨说，栋梁是能给人家回话的，栋梁啊，你告诉她我想见见她，和她谈谈。丰收说，妈，你身体不好千万别找这个气生，这事你就别管了，我估摸着是我工作上得罪人了，我自会有办法处理好的。冉月出叹口气说，这疙瘩要真是你工作惹下的你自己能解开，那要是妈惹下的不还得妈来解呀？郭栋梁看看岳母再看看妻子不知该听谁的。冉月出催他说，给人家回话，说我想和她聊聊。郭栋梁看看谷丰收，回复——你这样骂人是很伤和气的，有什么事情我们不能坐下来聊聊吗？郭栋梁的手指刚从键盘上抬起来，新的留言就出来了——好呀，我还以为你们一家子都是哑巴呢，我不和你聊，你让那个老女人和我聊，如果她不愿意聊也可以，你告诉她别坏我的好事。郭栋梁回头看眼谷丰收，回复：你是谁？你说的老女人是指我妻子吗？谷丰收赶紧倒了杯水给母亲，趁母亲喝水的时候凑到电脑跟前。留言说，哈，真可怜，你老婆也已经很老了，不过我说的是那个生你老婆的女人。谷丰收盯着电脑，心里一阵寒缩，还真是对着妈来的！顿觉肚子里飞起了千万只的马蜂要去回击！但又不敢当着母亲的面放它们出来，就使劲扭着栋梁肩膀上的肉，郭栋梁龇牙咧嘴地忍着。冉月出喝完水问，栋梁你告诉人家了吗？丰收代栋梁说，告诉了。她松了手回到母亲跟前，生怕母亲看见那些蛆虫一样的字眼。冉月出又说，把我的手机号告诉她。

妈——，可不行！你这身体怎么行，这人一看就是个泼妇，你会被这种人气死的，说不准她还会打你呢，如果你非要和她谈，我把QQ号告诉她，咱们和她网上聊，咱们一家子一起对付她。

冉月出苦苦一笑说，丰收啊，我早就猜到这就是你爸的那个了，这事只有我出面和她谈合适，不当面锣对面鼓的这种事是谈不开的。你们不用担心我，我这些日子想通了，那骂人的话，只要不是从你爸嘴里说出来的，我就不伤心了，我是个什么样的女人你爸自己知道就行了。丰收啊，你也别生气，你是谁的孩子你自己知道就行了。谷丰收想想说，妈，你得答应我，如果那人给你电话，你一定要告诉我，要见面也是我陪你去。冉月出点点头。郭栋梁在谷丰收的眼睛示意下打上了岳母的手机号。

短信是在周一的上午九点收到的——你不是要和我谈谈吗，我在市立医院斜对面张家胡同里的碧苑茶馆等你，怡然厅，中午十点半，能否去，回信。冉月出戴上老花镜仔仔细细地把每一个字看了两遍。等她确定了发信人身份的瞬间，每一个字都有了让她哆嗦的魔力了。鬼终于露面了。她就要揭下她一层层的画皮了。她就要让迷了心窍的谷昊清醒过来了。她的手指抖得总对不准要按的字母，用了好大一会儿才按出了八个字——请放心会按时去的。发完信息，还紧张地握着手机，仿似握了一根救命的稻草。她握着手机坐着，老花镜滑下来，悬挂在鼻尖上，让她的目光在上下浮动的时候有了恍恍惚惚的变化，原本打了无数次腹稿的谈话条目在这恍惚间就有了闪闪烁烁的模糊，给自己打了大半个月的底气滋溜溜地撒出来。一直计划着孤胆救夫的信心瘪下去……她按下丰收的电话，想想又删除了，最后把电话打给肖桂萍——桂萍，你听听我这样和她谈行不行？

肖桂萍正心事重重地在家里嗑着瓜子。在冉月出的婚姻没亮红灯前，她的瓜子基本上都嗑得寂寞无聊——退休了，子女远在国外，双方的父母又都过世了，只剩她守着个偌大的家守着个无法亲密也无法放弃的男人。

她知道男人是狗和猫的混搭。她已没有了一二十年前把他完全当猫防范的戒备，也没有了完全把他当狗信任的热情。她期待着他退休的日子，退了休，荤腥就没了——他可能就会是条和她相互瞅着打打瞌睡的狗了，相依相伴地走向终老。但谷昊要过"有滋有味"生活的决心像强电流一样把她沉睡了的恐惧激活了。她要保护冉月出！她要保护自己！她清楚一旦谷昊得逞而且真就把和臭鱼烂虾的日子过得有滋有味，他立马就是一个榜样。她的混搭男人说不准就会跟着变成精神抖擞的猫了。肖桂萍知道，于情于理，于人于己，她都要管冉月出的事。她曾经在牌桌上由衷地发表看法——对付这席卷整个社会的风浪，女人们就得团结起来，手拉手打成人墙，才管用。谁也不能轻易地开了口子，让一个男人得逞了，所有的男人就有了冲破堤坝的动力。她在冉月出的电话里顿时热血沸腾，噗地吐出瓜子皮——她要陪冉月出去战斗！

肖桂萍把手袋往冉月出家的沙发上一扔说，那是个泼妇，月出，你对付不了的，我陪你一起去。

冉月出说，她越是泼妇我就越放心，我想，不管她怎么泼，我都忍着性子和她谈，把她那些恶劣的品性看出来了，说给谷昊，他才能幡然醒悟，对吧？她肯定比我年轻漂亮，要再有品有德，我也没有见人家的必要了，我这心里紧张得很，想让你跟我一块，又怕她当着你的面难为情。肖桂萍说，那茶馆我常去，怡然厅就在楼梯边上，它对面是一排小隔间，有门帘，我就坐那里陪着你。冉月出说，这样再好不过了，没有你我这心里慌得不行。肖桂萍说，我帮你收拾一下，化化淡妆。冉月出点点头，由着肖桂萍在她脸上抹来擦去，描描画画。她和肖桂萍都清楚这是一场虽然没有观众但是要全力出演的戏。对手是你真正的敌人，任何的疏忽大意都会给对方杀死你的信心和机会。在肖桂萍的手下，冉月出从一片枯叶变成了一朵晚秋的白荷，虽然没有绚丽的色彩也无明亮的点缀，边边角角还有了损色的枯痕，但仍有一番端庄静雅之态。肖桂萍说，把老谷从法国给你捎来的那件灰大衣穿上，那是最适合你气质的一件。冉月出收拾停当了才九点半，虽然市立医院打车不用十分钟就能到，她还是决定立马动身。她这心里从接到短信就扑腾个没完，她想起在学生去外校会考的时候她都会带着他们早早地去，在那里熟悉一会儿，紧张的情绪就会放松。肖桂萍提醒说——

把药装兜里，觉得难受就赶紧含上。

　　天沉沉地阴着，是谷昊的头发远望时——黑少白多掺和起来的那种灰，也是她现在头发的颜色。是谷昊买给她的名牌大衣的颜色。丰收说，这种灰叫高贵灰。她曾在那来自法国的高贵灰里暖暖地被女儿打扮着，被推拥着到谷昊的面前——爸爸看看这效果！这衣服只有你妈这种端庄典雅的女人才能穿出味道来。谷昊微笑着看微笑的冉月出。那一刻，冉月出觉得他的目光成了一朵朵的鲜花开在了衣服上。半个月后的春节联欢晚会，她穿着这开满了鲜花的高贵典雅的灰大衣去了，以至于站在那美艳的杜丽娘跟前时也丝毫没有自惭形秽的感觉。想到这里——她记起了那把杜丽娘的无奈幽怨唱成快活的女人的赞美——哎呀，这衣服真漂亮，我也特别喜欢这种狸猫灰。冉月出担心即将看见的那个女人和她穿着一样的灰，来自同一个男人的挑选和馈赠。她浑身刺挠起来。肖桂萍打断冉月出的思绪说，咱们打车吧，我怕开车让朋友们看见了车再大呼小叫地上去找我。冉月出点点头。两个人到了张家胡同口下了车，肖桂萍说，那里人我都熟，为防她们多嘴咱们分开进，你慢慢走，我先去。她匆匆去了，在怡然厅对门的小隔间里坐下，要了壶茶等着。过了一会儿，她从帘子底下看见月出和服务员进了怡然厅，听见服务员问冉月出您需要些什么？冉月出回答说，等客人来了再点。看见服务员脚步走了，她推开门朝月出闭紧嘴唇给她点头，鼓劲。月出抬眼看着她，紧张得像个大考的学生。肖桂萍小声说，紧张啥，偷人汉子搞破鞋破坏社会安定团结的又不是你，你是正义的一方，咱怕谁？！看你这样子，我真恨不得替了你。冉月出叹口气，咧咧嘴。肖桂萍听见楼梯上有了动静，赶紧关门退回。

11

　　冉月出从兜里摸出纸片，上面是她列出的谈话纲要，一共有五个方面：一是回忆和谷昊从七岁的情谊，让对方知道他们情感基础的深厚，明白谷昊和她是有真正爱情的；二是告诉对方自己在谷昊的生命里尤其是政治生命里的角色，让对方明白她的付出明白她的品德明白她把他当全部的呵护；三是谈谈他的子女儿孙的反对，那都是谷昊的心头肉，是和谷昊砸断骨头连着筋的血亲，这对一个家庭的幸福来说是至关重要的；四是从女人的角度谈谈自己的感受，让对方能由人及己，明白破坏别人的家庭是会给人造成极度痛苦的；五是让女人明白虽然她的行为是受人唾骂和法律惩罚的，但只要她选择退出，她和她的儿女子孙还是不会怪罪她，而且会补偿她。冉月出把谈话的纲要温习了一遍，把纸片揣进兜里。

　　房间里的温度很高，冉月出脱下大衣，放在身边的椅背上，纸片从口袋里滑出来，她把纸片轻轻地塞回去，一双无所事事的手在空荡荡的桌子上紧张着，如同孤独的壮士等在寂静的角斗场。对方迟迟不现身，冉月出只能仔细端详眼前的东西——桌子是长方形栗皮色的，泛着慵懒疲惫的光，使得被照进去的人和物都像淹在了陈年的酱菜缸里，无端地模糊了细微之处，看不清皱纹和老年斑的冉月出又有了三十年前的模样——那时她是带着两个孩子忙得连镜子顾不上照的年轻女人，把谷昊写给她的诗和信夹在书本里，放在枕头下，等孩子们睡了，她洗净了手在昏红色的灯光里把它们展开，它们就像把神奇的扇子把她一天的疲劳辛苦扇得稀薄飘散……她轻轻地抚摸着自己的影子，湿了眼珠，怕弄花了妆，不敢由着性子流泪。她抬起头来看墙。墙用镶金银丝的锦缎软包着，上面挂着一副郑板桥的竹子，稀稀拉拉几个竹叶配着三四根纤细的竹子，粗不及贝贝的手指，却自有一种清秀的神韵。冉月出心里一揪——谷昊喜欢的有节的竹子。

　　楼梯上不时传来脚步声，肖桂萍边喝着普洱边从帘下观察着。异常情况在半个小时后出现了，有三双脚在怡然厅门前站住了。两双男式的一双女式的。很明显，他们是有备而来，而且每一步都计划好了。两双男式的脚躲在了旁边，等女士的一双高跟皮靴走进去，安然无恙地关了门后，它们才到她的隔壁坐下了。她仔细听着对面和隔壁的动静。

　　当门打开的时候，冉月出看见了一团桃红的二十岁左右的女孩子。桃红的纯色羽绒服。桃红的面颊。桃红的绒线护耳帽，上面飘满了白色的音符。女孩看她一眼，又四下瞅了瞅，摘掉帽子，开始脱羽绒服。里面是粉白的短袖羊绒衫，下身是黑色的皮短裤配着过膝的高跟皮靴。女孩子一言不发地脱了外套坐下，伸手在桌边的按钮上快速地按了按，嘴里嘟囔说——服务太差了。冉月出已经把女孩子看仔细了——眼睛周围是由深及浅的烟熏色，上下睫毛上都有未匀开的睫毛膏，像细小的黑色冰珠挑着、挂着，眼睛鼻子是普通而标致的，最有特点的是嘴唇——上唇的弧度偏大，如两片不等长的桃红花瓣从两端捏在了一起，这就使得女孩子时刻有种在噘嘴撒娇的神态。冉月出心里想——那撒泼骂人的女人竟然有这么漂亮的女儿，她要是结婚早的话估计也就是四十岁出头，比自己小二十岁呢。冉月出问，姑娘，你自己来的？你妈妈呢？

姑娘说，干吗问我妈呀？我又不是三岁小孩出来还得我妈领着呀？姑娘桃红的花瓣一样的嘴唇动起来，冉月出觉得那花瓣动起来像睡醒的虫子，一弓一弓的。

冉月出说，哦，我不是那个意思，我是觉得大人的事情还是大人们亲自谈比较好。

姑娘笑了，桃红的虫子伸了个懒腰——我要不是为了亲自和你谈，我干吗见你啊，你觉得我有这个必要吗？

你？！怎么会呢？！冉月出不敢相信自己的耳朵。

服务生敲门进来，端来了六个果盘和一个漏斗型的大杯子，里面是血红的西瓜汁。女孩子把果汁端到自己跟前，用里面的吸管搅起来，转眼间，杯子里就有了龙卷风。服务生问冉月出，阿姨，你要什么饮料？冉月出说，啊，茶吧，红茶。

服务生出去了，姑娘伸伸脖子笑着对冉月出说，阿姨，你就别坏我的好事了，行吧？算我求你了，你就把老耗子让给我吧。

什么？老耗子？冉月出看着笑嘻嘻的姑娘又娇又憨地恳求她的姑娘，让她感觉有点似曾相识的姑娘——是一个在要玩具的孩子，她俩可能是相互认错了人。

姑娘看着冉月出傻愣愣的表情，让鼻子下那条桃红色的虫子使劲伸伸懒腰说，老耗子，是我给谷昊起的外号呀，阿姨，我知道你舍不得，可老耗子都已经不喜欢你了，你纠缠着他也没意思呀，我求求你了，你就把老耗子让给我吧。

一直潜伏在冉月出筋脉里的颤抖消停下来——原来只是个小孩子呀，冉月出直了直腰，语重心长地说，姑娘啊，你太小了，你还没经历生活，你还不懂真正的爱情和生活是什么，你听我说啊。冉月出在心里重新梳理谈话的纲要，她要先给姑娘讲讲爱情，讲讲和爱情搅和在一块的生活。

姑娘的那条柔软的桃红虫子僵了，桃红色的面颊僵了，只有一双眼睛抖擞了，像草丛里伺机扑出的蛇盯着冉月出，你什么也不用给我讲，我马上就二十三岁了，我什么都懂，爱情我懂，生活我也懂，你要讲的无非就是你和老耗子曾经多么相爱多么要好，你多么贤妻良母，多么舍不得他，你们一家子都舍不得他，对吧？这有什么可讲的？这能说明什么？只能说明老耗子有多么爱我多么喜欢我，你们那么美好的过去那么重的情分那么多的人都抵挡不了他想要我的愿望，这不就说明了一切吗？你觉得还有说的必要吗？

冉月出被姑娘问得张口结舌，她咽口唾沫说，姑娘，我承认你说的也有道理，可是你想过吗，你和谷昊之间的感情其实就是一时的激情，激情在短期内可能会有强大的力量，可是，可是它很快就会过去呀，我觉得谷昊真的不适合你，你想啊他已经六十多岁了，他后年都要退休了。

哼，一听就知道老耗子早都不把你当自己人了，我告诉你吧，老耗子不是后年退，而是主动要求明年退，这样他就能让他的一个心腹成为常委候补委员，所以呀老耗子再过十年也还是老耗子。哼，适不适合我自己最清楚，用不着你告诉我，你这人是不是有说教癖呀？姑娘鼻子下面那条桃红的虫子越来越不耐烦——其实，就是你不答应，老耗子也是我的，起诉呗，只是我不想拖那么久罢了，要早知道你这么难缠，我才不来见你呢！姑娘鼻子底下簌簌地掉下很多的毛毛虫来。

姑娘，你以为你要的仅仅是一个玩具吗，你说要就要，想拿走就拿走，你知不知道你要的是我相依为命了大半生的丈夫，是我孩子的父亲，是我孙子孙女的爷爷呀！姑娘，你年轻经的事少，很多东西你可能不知道，人活着不是说光有物质就行的！做人是不能太自私的！不能光替自己想啊！

得了吧，我最烦别人教训我！什么做人不能太自私，不能光替自己想，你不自私吗？你不自私你怎么不替我想想啊？！你风风光光地活了好几十年，有车有房，有保姆，有名牌衣裳，到哪里都高接远迎，优越得跟神仙一样，你已经活得够滋润了！够合算了！我呢？我有什么呀？我什么都没有！你为我想过吗？你已经好了几十年了，就不兴我好几年吗？你已经老到了一年和十年没有区别了，我呢？你知道我的一年有多重吗？你拖拖拖，耽误我的青春！

你，你真是不明事理，你这是什么逻辑啊，人家的好是人家经了千辛万苦才努力到的，不是天上掉下的，你怎么能这样硬抢硬夺啊！姑娘啊，谁的日子都要一步一步地走，那好也是要一点一点地积攒，你这样硬抢硬夺跟强盗有什么两样？！冉月出所有的筋脉抽搐起来。

哼，我是强盗？！我要是强盗，大家，全体，集体都是强盗！大家都在当强盗凭什么我就得乖乖的呀？不抢就没有好吃的好穿的就没有好日子过，这谁都懂！我凭什么不抢啊？！你说，我凭什么就得乖乖的啊？！再说了，是老耗子先当的强盗，他破了我身子的时候我才十九岁呢，是他说的我只要跟了他就什么都会有的！

有黏稠的东西拥堵到冉月出的喉咙里，她知道那是她这一辈子都无法下咽的——十九岁的孩子，花季的孩子，能当你孙女的孩子啊！谷昊，你疯了吗？！冉月出把手伸进口袋，抓住了药瓶，判断着胸口的感觉。好在，那只是一团恶心。

还有什么是能说的？还有什么？！对，对，告诉她他对她未必是真心，他可能就是喜欢她的青春，他还有别的情妇，还有好几个。冉月出舔舔嘴唇，咽口唾沫，她想把话说出来，可她实在无法说出口。她努力地想能婉转表达的词语——姑娘，老话说男怕入错行，女怕嫁错郎，你应该找一个和你真心相爱的，能托付一生的人啊。

不知道是冉月出眼里的泪光感化了姑娘还是她的腔调让她觉出了这话里的真诚，姑娘那娇媚的桃红虫子抖了抖说，唉，真心相爱托付一生，这种话你怎么到现在还信啊？这是不可信的，你自己就是例子你还不明白啊？再说了，现在没人怕嫁错，错了就离，离了再重找呗！

姑娘，你不懂，这种错对女人来讲是最大的伤害，会在你的心上陪你一辈子。

那是你这样的女人，带着老式的心活在新式的社会里，所以你才觉得受伤害，难以放手。我们不，这就像在公交车上让座一样，你们是给别人让着座长大的，所以你老了的时候就总希望别人给你让座，别人不让你，你就气愤得不行。我们是现在不让，老了也不指望别人让，当然也不会生气喽。姑娘眼里的两条蛇趴伏下去，脸上又出现了开始嬉皮笑脸要冉月出让老耗子给她的神情，她细细的脖子往前伸了伸。

冉月出担心她再跟讨要玩具一样来和她要放手的承诺，她往后挪挪身子。她突然想起了代沟这个词。她第一次意识到这个词代表的距离会如此遥远。她不知道是什么样的环境让这姑娘拥有了这些歪理邪说。她趁姑娘没开口，说，姑娘，咱俩说了半天我还不知道你的名字，你在哪个学校读的书呀？

郑莎莎，你问的是大学、高中、初中还是小学？

从小学说起吧。

小学嘛是在营东街小学。

营东街？你认识我吗？

你？

我是那里教一二年级语文的老师，我叫冉月出。

冉——老——师——？

冉月出在脑海里搜寻她学生幼时的身影，她想起那个叫李莎莎的女孩——在雨天，冉月出上课总会带块干毛巾，在教室门口给孩子们擦头上的雨水，李莎莎这时就会趴在她耳朵上说，冉老师你要是我妈妈就好了！那是个每当说话的时候就先伸直小脖子的漂亮女孩，那个漂亮女孩常常泪汪汪地跟她说，冉老师，我家那只老公鸡和老母鸡又吵了一夜。那时，她去女孩家家访过好几次，希望她的父母给她一个好的成长环境。每次她走的时候，那女孩都会远远地跟着送她，她停下来摆手让她回家，她就跑过去趴在老师的耳朵上说，我想看着你。她总是安慰她，好孩子，明天上课不就能看见了吗……

冉月出说，我班里曾有个女孩子也叫莎莎，她叫李莎莎。

就是我，我爸妈离婚后，我妈就给我改姓了，怪不得我进门的时候看你眼熟呢。郑莎莎的脸上突地现出了惊喜欢快的神情，只一瞬间，就消失了。她缩了缩身子，把眼低下去。她不能看冉老师的眼睛——不不不，老师，那是很早之前的事了，现在她只是一个对手，只是一个阻碍你获得美好生活的绊脚石……老师又怎么啦，老师的东西就不能争吗？！何况，老耗子给我的东西都是他的权利和地位带来的，也不算是老师的呀！郑莎莎直起了身子，重新把桃红色的漏斗搅成龙卷风。

冉月出也把眼睛低了下去，她心里五味杂陈，一起挤对得她老泪纵横——她竟然是自己曾经最疼爱的学生！最爱老师的那个学生！她瘦小的默默跟随的身影还能清晰地想起，那在老师耳边悄悄说出的亲昵还在旋转……那个令她心疼的孩子长大了，长成了这个样子——一个美丽的强盗。该对她说点什么？！该说点什么？！孩子啊，老师该对你说点什么啊？！

就在这时，郑莎莎的手机响了。郑莎莎把手机放到耳朵上，她听见了老耗子的声音。顿时，她为了自己的幸福铤而走险、冲锋陷阵的委屈让她哽咽了，老耗子，呜呜呜……

怎么了？宝贝儿，告诉我谁欺负你了？谷昊的声音针一样扎进冉月出的心上，疼得她哆嗦起来。

呜呜呜，在茶馆里和冉老师谈话呢，呜呜呜。郑莎莎清澈透明的年轻的眼泪和鼻涕流下来，她用她娇嫩的手指在脸上忙着。

谁？！谷昊粗混的激情的主席台上的声音。

还能有谁？能有几个冉老师啊？郑莎莎的声调高上去。

你，你怎么不听话呢？我不是告诉你不要去招惹她吗？我会办好的……谷昊的声音低下去，低成柔软的波纹。

人家就因为你老办不好才着急的嘛，你说情人节要送我结婚证当礼物的你忘了吗？郑莎莎的眼泪汹涌着把那些悬挂在她睫毛上的细小的黑色冰珠冲到了平原上。

你把电话给她。谷昊的主席台上的声音。

给你，老耗子要和你说话。郑莎莎把手机递到冉月出的面前。冉月出犹豫着接过来，她张了张嘴，没能发出声音。她的粗重的呼吸已经替她做了回答。他用了不耐烦的哀求喊她，月出，月出你听我说，你不要难为小郑，我一人做事一人当，你找不着人家小郑，你明白吗？你这样闹下去你觉得有意思吗？！

不是我找她的，是她在栋梁的博客上骂丰收是野种，你知道她竟然骂丰收是野种！

这，这有什么，不就是一句话嘛！

你，你怎么能这样？你真是鬼迷心窍了，你，谷昊，这孩子不适合你，你懂吗？！

行了行了，别啰嗦了，你要说什么我都知道，你不就是想说人家看上的是我的地位、权利，不是我这个人嘛，我告诉你我不认为这样的感情有什么不正常！

你疯了，谷昊，你疯了！冉月出绝望地哽咽了。

郑莎莎看冉月出告她的状，生气地从她手里把手机拽出来，哼了下鼻子说，你也听到了，老耗子对我的感情是任何人都离间不了的，因为我从头就没骗过他，我就是看上他有钱有权了，要不我不成傻瓜了？！

你也疯了！你也疯了！你们都疯了！都疯了！

哼，这有什么稀奇的？这社会早就是个疯人院啦，不疯才是不对的呢。郑莎莎觉得冉月出的智商太低了，她二十岁就明白的事，她一个六十岁的人还在大惊小怪，难怪老耗子会抛弃她。

冉月出捂住脸，她不想让郑莎莎看见自己的疲惫和恐惧，她觉得身体的某个地方又出现了漏洞——支撑了她近二十天的信念和力气都在泄露。她明白谷昊是回不来了——他不是被鬼迷了心窍，不是她揭了鬼的画皮就能让他清醒的。他成鬼了。他自己是鬼了。他想过的更有滋味的生活就是和这强盗一样的女人、疯子一样的女人、过强盗的、疯子的、鬼的生活！

你没事吧？冉老师，冉老师？郑莎莎的声音里有小心也有关心，她纤细白皙的手指来拨弄冉月出捂脸的手。冉月出用手掌擦擦眼睛，稳稳情绪，她看着眼前这个能把亲昵和痛恨、美丽和邪恶、坦率和无耻、天真和欲望、娇憨和龌龊搅和在一起的学生。她的学生在她的盯视下垂下了眼睛，因为刚刚哭过，那烟熏妆有了烟熏火燎的态势。冉老师，我知道你会恨我，其实就是我不跟你抢，也有很多人来抢的，真的，我不骗你，我的好几个姊妹都虎视眈眈的呢，她们知道我要和老耗子结婚都快嫉妒死了。姑娘噘噘着她桃红色的花瓣一样的上唇，说话的语气和神态都像一个孩子在说她在幼儿园里得到了小红花，好几个小朋友都嫉妒她呢！

李莎莎，老师答应你了，你告诉谷昊下午两点去民政局办手续。

真的吗？！真的呀？！太棒了！天呐！天呐！郑莎莎惊呼着，先是把她年轻美丽的手指拍在一起，然后分开攥成拳头，连晃三下。她幸福得要飞了！她体内蹿起了幸福快乐的火焰，那火焰像热气球的火焰一样升腾着她！她的脸红得像盛开的桃花。她的眼睛里有了欢快蹦跳的小鸟。她恨不得搂住冉月出，给她一个亲吻——这个老太太真好！真好对付！她竟然这么痛快就答应了！我郑莎莎真是太棒了！太棒了！！！她的心里为没有人看到这伟大的一刻感到遗憾，她拿起手机要第一时间内把她的胜利发给老耗子！发给她的朋友们！那些惦记着老耗子的死丫头们——死了这条心吧，老耗子是我郑莎莎一个人的了啦！那个老女人已经被我轻松搞定啦！！！

冉月出看着兴奋不已的郑莎莎——她曾经的李莎莎——那个曾经渴望当她女儿的孩子——眩晕快乐——啪地一掌拍在桌边的按钮上。服务生进来了，冉月出拿出钱包示意结账。正忙着发信息的郑莎莎抬起头来看见了冉月出手里的钱包，她急忙站起身按住冉月出的手说，冉老师，你一定让我来，算我表示感谢行吗？她说着拿过服务生手上的账单说，给我笔。服务生把笔递给她，郑莎莎在上面唰唰几笔签下了自己的名字。服务生说，小姐，我们这里是不挂账的。郑莎莎那桃红的虫子蠕动起来，你是新来的吧？回去问问你们总经理就知道了，他会告诉你谁来结账的。服务生哦一声，出去了。郑莎莎抓起羽绒服帽子和包对呆望着她的冉月出说，冉老师，拜拜！

肖桂萍看见女士的鞋子出来了，听见她欢快地喊了声——go！听见几双脚快速地冲下楼梯去，她打开怡然厅的门问，谈得怎么样？她答应退出吗？冉月出说，是我答应退出了。肖桂萍恨铁不成钢，月出，你怎么能这么意志不坚定啊！

肖桂萍扶着冉月出下了楼，出了门见细碎的雪沫在风里蹦跳着。肖桂萍仰头看看天，不满地说，一冬也不下雪，好不容易下点吧，连个雪花也没有，跟头皮屑似的落人一身，让人没情绪。冉月出嘟囔说，那是因为老天脏了，被那些鬼弄脏了。

月出你说啥？

没啥，回去吧。

12

冉月出当天下午就独自去和谷昊把离婚手续办了。刚碰面时，谷昊说，我在阳都花园有一套二百平方米的房子，丰收和满仓都见过，已经装修好了，那里安静，生活也方便，是我给你准备的。冉月出说，不了，我就要营东街那套吧。谷昊说，那套怎么能住人？三十多年的老楼了，一共才四五十个平方米。冉月出说，那里干净。她浑浊的眼神如苍黄的月光把他裹住包住捆住，让他不由得瑟缩躲闪。她说，我已经在协议书上注明了，就这样吧。

冉月出出门前已经给钟点工打了电话，安排她去老房子里打扫卫生，把她的被褥洗刷用品规整了，带过去。惊得钟点工半张着嘴，只会呆呆地应承。她从民政局出来，直接朝老屋走去。头皮屑一样的雪沫已经积了一指的厚度，把干冷肮脏的地面铺排成了巨大的陷阱，冉月出小心翼翼地挪动着——她不能倒下，老屋在那里等着她。她最快乐的记忆和生活都在老屋和老屋对面的学校里等着她。一辆辆出租车在她身边慢下去又快起来，他们和那些从她身边匆匆而过的人们，那些在路边店铺里往外张望的人们一样都不知道那个彳亍而行的老太太，怀着怎样的伤痛怎样的固执去回收她曾经生活的痕迹，它们睡在边边角角里，要一点一点地寻，一丝一丝地找，不能丢了，不能遗漏了。那点点滴滴那丝丝缕缕，是她活下去的唯一支撑，是她绵绵寒夜里阴阴而燃的一点火星。

快了，快了，就要到了，就要到了。那老屋。那，她和他七岁时一起坐着喝粥吃饭的板凳；那，她和他一起趴在上面写字读书的桌子；他写给她的字条和信，他穿过的旧衣服，他读过的书，结婚时他送她的草戒指，满仓和丰收月月里穿过的衣服，那些小得只有他手那么大的衣服曾经裹着他和她初为人父母的惊喜和辛苦……还有那把铁锹，那把他抱着它睡在她门口的铁锹，她也一直保存着，就放在老屋卧室的床底下——每年下雪的时候用用，用完了她就擦干塞到床下。哦，那床是他们的婚床，是她和他的青春岁月……谷昊和孩子们都笑她守财奴，破铺衬烂麻团都不舍得丢，他们哪里知道那就是她这一生的卡片。就要到了。到了，到了，就要挨着那些温暖的卡片了，就要抚摸到了。冉月出推开了老屋的门，在钟点工扭头回望的视线里，瘫倒下去。她听见了自己的头在谷昊曾经踩过的十几年的地板上发出了很大的沉闷响声。那个好几次侵扰她都没有成功的爆裂顺势得逞了，声音比她孙子的摔炮声小了百倍，连她自己都没有听到……

六天后，冉月出在鞭炮声中醒过来。没有人发现她的生命出现了奇迹。她做了个很长的梦，六十多年的日子全在里面，好多是她的卡片上没有记录的也出现了。她很满意这个梦，这个帮她回放了一遍生命的梦。她睁眼看看，知道自己躺在医院里，她听见肖桂萍和丰收在窗前说话。她闭上眼睛听着：

丰收啊，看你妈这样真让人着急啊。

肖阿姨，你也别总往这跑，别累着你，这里有我和栋梁，还有我哥我嫂呢。

唉，这人啊，除了自己亲生的谁也指望不上，丰收啊，有个事我要对不住你妈了。

肖阿姨，你能有啥事对不住我妈啊，你是我妈最好的朋友呢。

就因为是最好的朋友我才觉得对不起她，你说啊，你妈被你爸害成这样，昏迷着……可我家老李说你爸的婚礼无论如何要参加，我们家你强子哥在国外的公司出了点事，打算一家搬回国内，老李说还得指望你爸帮忙……丰收啊，我……

去吧，肖阿姨，我妈不会怪你的，我妈会理解的，就是这样的社会，各人有各人的无奈，依我的脾气，我能把他的婚礼给砸了，可我不也得忍着嘛，唉——

那我走了，丰收，有需要帮忙的你就给我打电话。

肖桂萍和谷丰收走了出去。冉月出趁床前没人擦了擦眼角那滴黏稠的泪。

有两个脚步声进来了，到了她的床前，又往沙发那里挪动。是她的儿子和女儿。

妈怎么还不醒啊？！急死人了。谷满仓说，哎哎，丰收，你说咱妈傻不傻啊，老头子给他的是咱们去看过的那套房子，二百平，最少值二百万呢，她不要，你说她怎么想的，她怎么就不为咱俩想想啊，就是她不愿住，卖了咱俩还能分个小百十万呢。

你怎么知道的？

我找过爸了。

赶着道喜去了吧？去讨你那二十二岁的小后妈欢心去了吧，谷满仓你真让我恶心！

你就恶心吧，我不像你端着公务员的饭碗衣食无忧，我还得考虑生存呢。

郭栋梁和贝贝进来了。贝贝在哼哼唧唧地哭。谷满仓说，我还有点事，我先走了，明天我来值班。

哼，赶紧滚吧，你以为我不知道你干啥去？谷丰收低声呵斥完哥哥，再呵斥贝贝，哭哭哭，一天到晚就知道哭哭哭，还让不让人清静一点？

丰收，你别这样，孩子哭是有原因的，在咱家楼下被小朋友抢了她的跳跳球，手背上都被抓破皮了。

是谁欺负你？！啊？！郭贝贝你给我记住了——我不允许你再因为这样的事哭！一个人要看好属于自己的东西，谁要是敢来抢，你就揍他，揍不过告诉爸爸妈妈，爸爸妈妈去帮你揍他！听见了吗？要狠狠地揍他！

丰收！有你这么教育孩子的吗？！

这么教育不对吗？就得这样教育，你打算怎么教育她？把她教育成姥姥那样的人吗？！你郭栋梁也给我听好了，赶紧把给贝贝补课那女研究生给我辞退了，看你和她说话那眼神就不对，用得着一个小时进去送两趟水果吗？！你别指望我像我妈那样好欺负！

谷丰收，你怎么变这样了，说这些乌七八糟的话，你也不嫌丢人。郭栋梁摔门而去。

谷丰收憋了一肚子的气愤和委屈坐到冉月出床前的椅子上，拿起她干瘦枯黄的手指轻轻地揉捏——妈，妈，你就这样睡着也挺好，什么丑的恶的也听不见看不见，挺好的，妈，妈啊——谷丰收趴在母亲的床边嘤嘤而泣，贝贝跑过来趴在妈妈的背上哇哇大哭——妈妈，我听你的话，妈妈别难过了——

外面突然响起鞭炮声，谷丰收知道那不是祝贺新年的鞭炮，那是祝贺他父亲新婚的鞭炮。鞭炮持久地响着，谷丰收就着这响声的掩盖放声痛哭。

冉月出听着女儿的哭声，听着鞭炮声还有她体内那微小的炸裂声，再次昏晕过去——六十二年的悲欢离合、酸甜苦辣是一大摊湿热的沼泽，再次包绕着她……

中国言实出版社全民阅读精品文库

"当代中国最具实力中青年作家作品选"系列图书

1. 《一路划拳》　　　　孙春平　著　　2016 年 1 月出版　　9787517116974

2. 《香树街》　　　　　宗利华　著　　2016 年 1 月出版　　9787517116981

3. 《金角庄园》　　　　海　桀　著　　2016 年 1 月出版　　9787517116967

4. 《眼缘》　　　　　　郑局廷　著　　2016 年 1 月出版　　9787517117001

5. 《江南梅雨天》　　　张廷竹　著　　2016 年 1 月出版　　9787517116950

6. 《午夜蝴蝶》　　　　胡学文　著　　2016 年 1 月出版　　9787517117018

7. 《股东》　　　　　　丁　力　著　　2016 年 3 月出版　　9787517117254

8. 《在时间那边》　　　荆永鸣　著　　2016 年 3 月出版　　9787517117285

9. 《金山寺》　　　　　尤凤伟　著　　2016 年 3 月出版　　9787517117261

10. 《人罪》　　　　王十月　著　　2016年3月出版　　9 787517 117278 >

（该书入选出版界图书馆界"全民阅读好书推荐书目（2015—2016）"）

11. 《桃花落》　　　温亚军　著　　2016年4月出版　　9 787517 118428 >

（该书入选出版界图书馆界"全民阅读好书榜 50 种（2015—2016 ）"）

12. 《莫塔》　　　　吕　魁　著　　2016年6月出版　　9 787517 118688 >

13. 《营救麦克黄》　石一枫　著　　2016年6月出版　　9 787517 118725 >

14. 《界碑》　　　　西　元　著　　2016年6月出版　　9 787517 118664 >

15. 《八道门》　　　周李立　著　　2016年6月出版　　9 787517 118640 >

16. 《时间飞鸟》　　邱华栋　著　　2016年6月出版　　9 787517 118695 >

（该书入选出版界图书馆界"全民阅读好书推荐书目（2015—2016）"）

17. 《戏法》　　　　杨洪军　著　　2016年7月出版　　9 787517 118732 >

18. 《弑父》　　　　曾维浩　著　　2016年7月出版　　9 787517 119180 >

19. 《种春风》 余一鸣 著 2016 年 10 月出版

20. 《同一条河流》 阿 宁 著 2016 年 10 月出版

21. 《金枝夫人》 弋 舟 著 2016 年 10 月出版

22. 《绣鸳鸯》 马金莲 著 2016 年 10 月出版

23. 《红领巾》 东 紫 著 2016 年 10 月出版

24. 《吼夜》 季栋梁 著 2016 年 10 月出版

25. 《你没事吧》 杨少衡 著 2016 年 10 月出版

26. 《隐声街》 薛 舒 著 2016 年 10 月出版

27. 《黑夜给了我明亮的眼睛》 女 真 著 2016 年 10 月出版

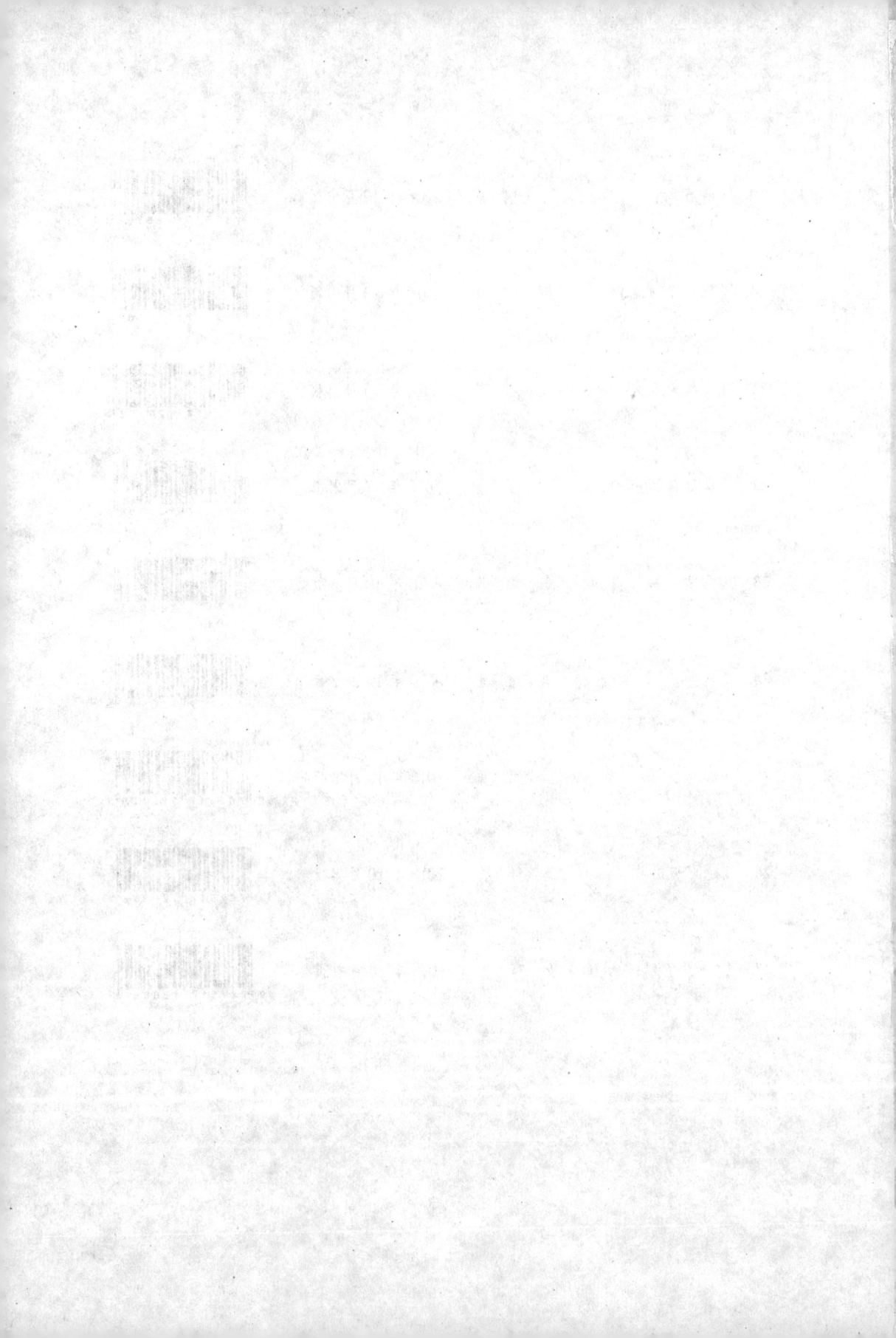